Eisriesengrab

Georg Gracher, geboren 1949 in Bad Gastein, war dreieinhalb Jahrzehnte Deutsch- und Geschichtslehrer an der HS Bad Hofgastein und widmet sich nun im Ruhestand vermehrt seinem liebsten Hobby, dem Verfassen von Kriminalromanen, die er vorwiegend in seiner engeren Heimat, der bekannten Kur- und Tourismusdestination Gasteiner Tal, spielen lässt.

GEORG GRACHER

Eisriesengrab

KRIMINALROMAN

emons:

Bibliografische Information der Deutschen Nationalbibliothek
Die Deutsche Nationalbibliothek verzeichnet diese Publikation in der Deutschen Nationalbibliografie; detaillierte bibliografische Daten sind im Internet über http://dnb.d-nb.de abrufbar.

MIX
Papier aus verantwortungsvollen Quellen
FSC
www.fsc.org
FSC® C083411

Umschlagmotiv: photocase.com/designritter
Umschlaggestaltung: Tobias Doetsch
Gestaltung Innenteil: César Satz & Grafik GmbH, Köln
Lektorat: Susanne Bartel
Druck und Bindung: CPI – Clausen & Bosse, Leck
Printed in Germany 2015
ISBN 978-3-95451-714-5
Originalausgabe

Unser Newsletter informiert Sie
regelmäßig über Neues von emons:
Kostenlos bestellen unter
www.emons-verlag.de

1 UM ZWEI UHR MORGENS klarte der Himmel über dem Salzburger Tennengau innerhalb von Sekunden großflächig auf. Die Wolken gaben einen fast vollen Mond frei, wodurch das Mädchen die dunkel gekleideten Gestalten auf dem Autobahnübergang Bruderloch unweit der Salinenstadt Hallein wesentlich besser durch ihr Nachtglas erkennen konnte.

Die fünf jungen Leute lehnten schweigend am Brückengeländer und schienen auf etwas zu warten. Allerdings verirrte sich in diese relativ abgeschiedene Ecke kaum jemals ein Disco-Bus, um irgendwelche Spätheimkehrer einzusammeln, und die Sturmhauben der Jugendlichen waren wohl auch nicht gerade als Schutz gegen die Frühlingswitterung gedacht.

Die Spionin – auch sie war bis über die Nasenspitze vermummt – hockte in einem Gebüsch an der steilen Bergflanke des sogenannten Riedls, etwa zwanzig Meter oberhalb des Radfahrerübergangs und des Bruderlochwegs nach Bad Vigaun. Über die Lärmschutzwände hinweg hatte sie freien Blick nach beiden Seiten und konnte von ihrem Versteck aus die Altersgenossen beobachten, die vor einer Viertelstunde auf der Brücke erschienen waren.

Ihre Geduld wurde auf eine harte Probe gestellt, denn weder auf der Brücke noch auf der A 10 tat sich etwas. Gelegentlich durchbrach Motorenlärm die Stille, wenn sich ein Fahrzeug näherte, unter der Brücke hindurchfuhr und wieder in der Ferne verschwand, doch die Nachtschwärmer schienen davon kaum Notiz zu nehmen.

Plötzlich kam ohne ersichtlichen Grund Bewegung in die Gruppe. Ein Mädchen zeigte nach Norden Richtung Hallein, und während der hoch aufgeschossene Schlacks neben ihr mit seinem Feldstecher die Fahrbahn absuchte, zückte ein dritter schmächtiger Jugendlicher einen Stift, den ein Uneingeweihter für einen Kugelschreiber hätte halten können. Aber die heimliche Beobachterin war keine Uneingeweihte. Als das stiftförmige Gerät mit geübtem Griff auf ein Infrarot-Zielfernrohr gesteckt wurde und Sekunden später ein nadeldünner Lichtstrahl kilometerweit die Nacht durchdrang, sah sie ihre Befürchtungen bestätigt und konnte gerade noch einen Schrei des Entsetzens unterdrücken. Ohnmächtig musste sie mit ansehen, wie der Schmächtige bereits das Visier adjustierte, noch ehe das Ziel für all jene erkennbar war, die über kein Fernglas verfügten.

Es ging alles rasend schnell: In der Ferne schrammte Blech kreischend an einer Leitschiene entlang, splitterte Glas, und schon tauchte ein weißer Porsche, auf dem Dach dahinschlitternd, aus der Dunkelheit auf, touchierte einmal rechts, einmal links die Fahrbahnbegrenzung, schoss unter dem Radfahrerübergang hindurch und blieb etwa hundert Meter dahinter, von der Leitschiene abermals abgebremst, auf der Kriechspur liegen. Seine stark deformierte Front zeigte in Richtung Brücke.

Die fünf Rabauken waren zum anderen Geländer auf der Südseite gestürzt und starrten gebannt auf das Autowrack. In welcher Verfassung waren Lenker und etwaige andere Insassen? Bewegte sich da etwas hinter der unversehrten Seitenscheibe des 911ers? Sowohl den Attentätern als auch der Augenzeugin im Gebüsch war die Bewegung nicht entgangen. Letztere atmete vor Erleichterung laut aus, während der Laser-Schütze und seine Kumpane auf der Brücke keinerlei Emotion erkennen ließen.

Plötzlich wurde die eingedellte Fahrertür mit energischem Ruck aufgestoßen, eine schlanke Blondine in Jeans und Designer-Lederjacke quetschte sich am Airbag vorbei und kippte schließlich kopfüber aus dem Wagen. Sich an der Tür festhaltend rappelte sie sich mühsam hoch – doch anstatt sich eiligst hinter der Leitschiene in Sicherheit zu bringen, blieb sie stocksteif stehen und blickte zur Brücke hinauf. Dann taumelte sie unvermittelt in die Mitte der Fahrbahn und schrie mit sich überschlagender Stimme: »Fickt euch, ihr verdammten Arschlöcher!«

Der Lenker des heranrasenden schweren SUVs konnte

nicht mehr rechtzeitig bremsen. Wie ein Dummy wurde die Porsche-Fahrerin durch die Luft gewirbelt, um dann – für das beteiligte Publikum unhörbar – auf der Straße aufzuschlagen. Augenblicke später hielt der Jeep Grand Cherokee auf dem Pannenstreifen, während sein dumpf grollender V8-Motor weiterlief. Auf der Brücke war niemand mehr zu sehen, die fünf Jugendlichen hatten sich schleunigst auf ihre Mountainbikes geschwungen und waren ohne Licht in Richtung Hallein davongeradelt.

Die Vermummte verharrte derweil in ihrem Versteck und wartete, wie sich der Jeep-Fahrer verhalten würde.

Dieser stieg nicht wie erwartet aus, um nach dem Unfallopfer zu sehen, sondern schien sich zunächst durch einen Blick in den Rückspiegel einen Überblick über die Lage zu verschaffen. Bisher war kein weiteres Fahrzeug aufgetaucht oder in Sichtweite, und als ihm bewusst wurde, dass außer der Lenkerin niemand im Porsche gesessen hatte, stieg der Mann prompt aufs Gas und fuhr ebenfalls davon.

Die Augenzeugin der Fahrerflucht verlor keine Zeit, wählte aber statt der 122 die Nummer des Polizei-Journaldienstes der Bezirkshauptstadt Hallein. In lakonischer Kürze gab sie die Unfalldaten und die Autonummer des flüchtigen SUV-Fahrers durch und legte sofort danach auf, ohne auf die wiederholten Aufforderungen des Diensthabenden, ihren Namen und ihre Adresse zu nennen, eingegangen zu sein.

2 OBERST OSKAR JACOBI, der Leiter des Referats 112 Delikte gegen Leib und Leben des LKA Salzburg, Franz-Hinterholzer-Kai Nummer 4, öffnete eines der großen Bürofenster, das zur Salzach hinausging, um frische Luft hereinströmen zu lassen.

Vor einem Jahr hatte er das geräumige Amtszimmer von Oberst Dürnberger übernommen, der sich in den Ruhestand verabschiedet hatte und an den nur noch der Rhododendron rechts neben dem Eingang erinnerte. Ein anderes Relikt aus beschaulicheren Zeiten, die populäre Sitzgarnitur, hatte Jacobi nach seinem Amtsantritt als Dienststellenleiter zunächst entsorgen lassen wollen, sie aber dann dem Wunsch von Chefinspektor Hans Weider entsprechend in das IT-Zentrum hinüberschaffen lassen. Vom Rhododendron abgesehen wirkte der Arbeitsplatz eines der bekanntesten Kriminalbeamten Westösterreichs nun nüchtern und kahl. Ein antik anmutender Schreibtisch mit PC und zwei gerahmten Fotografien, ein paar Stühle, zwei Aktenschränke und eine schwarze Pendeluhr bildeten das gesamte Inventar des Büros.

Für einen Maimorgen war es draußen empfindlich kalt, und die Salzachmöwen hatten sich noch immer nicht Richtung der großen Seen im bayerischen Voralpenland oder Salzkammergut verabschiedet, wie sie es im Jahr zuvor um diese Zeit schon längst getan hatten. Jacobi, der in den letzten Tagen mehr denn je einem zutiefst melancholischen grau melierten Albert Einstein glich, empfand die Kälte als angenehm, lenkte sie ihn doch von der frustrierenden Gewissheit ab, demnächst von Sicherheitsdirektor Magister Marcus Krummbiegel gegen den Strich gebürstet zu werden.

Natürlich saß dem SIDI wiederum Wien im Genick und machte ihm Druck, dazu wurde landauf, landab in den Medien gebetsmühlenartig urgiert, warum denn in puncto Laserpointer-Attacken auf der Autobahn zwischen Salzburg und Golling überhaupt nichts weiterging. Auch an diesem Morgen war das LKA-Gebäude bereits in aller Herrgottsfrühe von Reportern umlagert gewesen – wie jeden Tag in letzter Zeit.

Je länger seine Abteilung in dieser Angelegenheit auf der Stelle trat, umso massiver schoss man sich auf ihn und den Sicherheitsdirektor ein, wobei er, Jacobi, keine Schonfrist mehr zugebilligt bekam, mochte man ihn bei anderen Gelegenheiten auch noch so oft als den »Terrier« gefeiert und in den Himmel gehoben haben. Letzteres war wohl auch der Grund, warum er abends zum ORF-Landesstudio pilgern musste, während

Krummbiegel es durchaus erwarten konnte, sich erst nach erfolgreicher Erledigung dieses so spektakulären Falls im öffentlichen Wohlwollen zu sonnen.

Minutenlang ruhte Jacobis Blick schon auf seiner Dachterrassenwohnung am Ignaz-Rieder-Kai am gegenüberliegenden Salzachufer, als ihm bewusst wurde, dass er sie immer häufiger als Zuflucht vor nervtötenden Mitmenschen zu betrachten begann.

Die Laserpointer-Unfälle lagen ihm wie ein Stein im Magen, im Vergleich dazu war der Totschlag an dem rumänischen Bettler vor einem Monat ein Klacks gewesen. Nach einer weiteren ergebnislosen Woche würde Wien vermutlich teilnahmsvoll anfragen, ob man in Salzburg etwa einen auf Jugendkriminalität spezialisierten Profiler benötige.

Dabei hatte »man« hier, in der Salzburger Provinz, schon nach dem ersten derartigen Unfall naheliegenderweise vermutet, dass Halbwüchsige die Verursacher sein könnten, eine Theorie, welche die folgenden ebenso mutwilligen wie willkürlichen Anschläge auf dem Tennengauer Abschnitt der A 10 nur noch erhärtet hatten. Dass zeitgleich mit dem ersten Laserpointer-Crash eine Serie von Einbrüchen in Sport- und Jugendmode-Outlets im Raum Salzburg ihr Ende gefunden hatte, konnte natürlich Zufall sein, aber auch den Schluss erlauben, dass sich ein und dieselbe Bande einem anderen Zeitvertreib zugewandt hatte.

Anfänglich waren die Fahrer nur kurz geblendet worden – nie länger als zwei Sekunden, aber immerhin lange genug, um heftige Brems- und Lenkreaktionen zu provozieren. Trotzdem liefen die ersten drei Attentate für die Betroffenen noch halbwegs glimpflich ab, wodurch sich die »Laserpointer-Crashkids« – so hatte der Stammtisch die Täter inzwischen getauft – offensichtlich veranlasst sahen, den Kick zu erhöhen. Die folgenden Unfälle fielen entsprechend krasser aus, ein Umstand, der aber leider nicht die Chancen erhöhte, die Verursacher auf frischer Tat zu ertappen – dafür wurden die Rufe nach Aufklärung in der Öffentlichkeit immer lauter.

Die Crashkids waren bisher nie vor zwei Uhr morgens aktiv geworden, wodurch sie das Risiko der zufälligen Augenzeugen minimiert hatten. Höchstwahrscheinlich gingen sie vor, indem sie von einer der zahlreichen Überführungen der A10 aus mit geeigneter Optik Fahrzeuge beobachteten, die in südlicher Richtung unterwegs waren, und nahmen dann ein entsprechend schnelles aufs Korn. Der Lenker wurde durch den Laserstrahl wie von einem Blitz geblendet, und zwar bereits in einer Entfernung von etwa einem Kilometer, wie eines der Unfallopfer angegeben hatte. So konnten die Täter die Sekunden vor dem meist unausweichlichen Crash von ihrem Logenplatz aus mitverfolgen. Nachdem der havarierte Wagen zum Stillstand gekommen war, flüchteten sie, ohne sich um die Opfer zu kümmern, auf Fahrrädern. Letzteres hatte die Spusi feststellen können.

Die Willkür bei der Auswahl der betroffenen Schnellfahrer, die einzige Übereinstimmung zwischen den Unfallopfern, tröstete nicht darüber hinweg, dass der Crash in der vergangenen Nacht für eine vierzigjährige Lenkerin aus Thalgau tödlich geendet hatte. Und obwohl die Problemkids immer sehr vorsichtig zu Werke gegangen waren und sich kaum Fehler geleistet hatten, war ausgerechnet ihr bisher folgenschwerstes Vergehen von einer anonymen Zeugin mitverfolgt worden. Die hatte nicht nur die Polizei benachrichtigt und dezidiert eine Gruppe von Jugendlichen für den Tod einer Porsche-Fahrerin verantwortlich gemacht, sondern auch das Kennzeichen eines beteiligten Jeeps durchgegeben.

Zwar wäre das Unfallopfer, eine gewisse Lore Zuckerbusch, Produktdesignerin, selbst bei sofort geleisteter Erster Hilfe nicht zu retten gewesen – der Aufprall auf dem Asphalt hatte Hals- und Rückenwirbelverletzungen verursacht, die augenblicklich zum Tod geführt hatten –, aber dem Lenker des Jeeps würde trotzdem nicht erspart bleiben, neben Fahrerflucht auch wegen unterlassener Hilfeleistung angeklagt zu werden. Da konnte er noch so sehr beteuern, die Frau für tot gehalten zu haben.

Über das zentrale Halterverzeichnis hatte man die Zulassungsdaten schnell feststellen können, sodass der Versicherungskaufmann Franz Hinterebner aus Wagrain auf dem Posten St. Johann im Pongau bereits von den zuständigen Kollegen einvernommen und sein arg ramponierter Jeep Grand Cherokee sichergestellt wurde.

Der Oberst seufzte. Ein Unbeteiligter war zur falschen Zeit am falschen Ort gewesen, hatte eine Frau totgefahren, die ihm von minderjährigen Soziopathen quasi vor den Kühler getrieben worden war, und tat dann auch noch das denkbar Verkehrteste, was man in so einer Situation tun konnte: Er beging Fahrerflucht.

Dennoch war es weniger das tragische Fehlverhalten des Versicherungsagenten, das Jacobi jetzt seufzen ließ, als vielmehr der Anruf der Augenzeugin, die über ihr Prepaid-Handy wohlweislich nicht die Nummer des Notrufs, sondern die des Journaldienstes des Polizeipostens Hallein gewählt hatte, um nicht gleich ausfindig gemacht werden zu können. Ihre junge Stimme und die knappen Auskünfte legten die Vermutung nahe, dass sie die Mittäter auf der Brücke kannte und eben deshalb anonym bleiben wollte. Aber das Spekulieren sparte sich Jacobi für die kommenden Minuten auf.

Er blickte auf seine Breitling. Schon kurz nach neun! Er war bereits seit vier Stunden auf den Beinen – ohne Frühstück. Seiner Anweisung folgend, ihn umgehend zu benachrichtigen, sollte sich im Laserpointer-Fall etwas Neues ergeben, hatte man ihn um fünf Uhr in der Früh aus tiefstem Schlummer geklingelt. Um zehn hatte er den Termin beim SIDI, also würden sich das Update-Briefing mit seiner Truppe und ein kleiner Imbiss hinterher gerade noch ausgehen.

Jacobi machte sich auf den Weg ins IT-Zentrum, das Heiligtum von Innendienstchef Hans Weider, dem Taufpaten seiner Tochter.

3 ALS ER DEN RAUM BETRAT, waren die Schreibtische und die schon etwas antiquierten PCs verwaist, stattdessen war die fast vollzählige Mannschaft in der Sitzecke mit dem Kirschholztisch versammelt, die einst dem Chefbüro einen unverwechselbaren Hauch von altösterreichischem Laisser-faire verliehen hatte.

Neben dem distinguierten Weider, dem grobschlächtigen Chefinspektor Leo Feuersang und Major Lorenz Redl, einem der fähigsten Mitarbeiter Jacobis, saß auch noch seine attraktive Lebensgefährtin, Oberleutnant Melanie Kotek, mit am Tisch. Lediglich Kontrollinspektor Max Haberstroh war schon in aller Herrgottsfrühe in die Bezirkshauptstadt St. Johann gefahren, um die Vernehmung von Franz Hinterebner, dem Jeep-Fahrer, mitzuverfolgen. Die Mittdreißiger Kotek und Redl galten in der Truppe als vergleichsweise junge Hüpfer, weil die alten Haudegen Weider, Feuersang, Haberstroh und auch Jacobi selbst bereits jeweils ein halbes Jahrhundert oder mehr auf dem Buckel hatten.

»Morgen.«

»Morgen, Chef!«, kam es im Chor zurück.

Ehe der Oberst auf dem für ihn reservierten Polstersessel Platz nahm, warf er einen kurzen Blick auf die altbackene Weichkarton-Pinnwand. IT-Spezialist Weider hätte sie gern durch ein digitales Whiteboard ersetzt gehabt, stieß mit diesem Wunsch aber bei den Pfennigfuchsern der internen Finanzabteilung auf taube Ohren. Zu teuer, lauteten die stereotypen Bescheide zu jedem seiner Anträge. Vorläufig hatte man an die Memory-Tafel allerdings ohnehin nur die Unfallfotos, Zettel mit den Namen der Opfer und die Notiz »Keinerlei Hinweise auf personenbezogene Anschläge!« geheftet.

»Welche Schlüsse ziehen wir aus der Zeugenmeldung von vergangener Nacht, und welche Schritte bieten sich eurer Meinung nach nun an?«, ging der Chef unverzüglich in medias res. »Vorschläge?«

Die Blicke aller richteten sich auf Redl.

»Die Anruferin war eine Jugendliche«, rekapitulierte der

dunkelhaarige Beau, dessen Äußeres schon manche LKA-Beamtin zu Tagträumen veranlasst hatte. »Etwa fünfzehn oder sechzehn, meint der Kollege vom Posten Hallein. Er wird uns den Mitschnitt noch heute vorbeibringen.«

»Willst du mit dem Hinweis auf das Alter andeuten, die Zeugin könnte die Täter vom Bruderloch kennen?«, warf Kotek ein. Hatte Redl in puncto männlicher Attraktivität keinen Vergleich mit den Kollegen zu scheuen, galt vice versa für sie dasselbe innerhalb des weiblichen Corps. Bei den 112ern war hinsichtlich Koteks Erscheinung in knallengen Jeans und Kaschmirpullis in eineinhalb Jahrzehnten noch kein Gewöhnungseffekt eingetreten. Sie war nach wie vor eine Augenweide, die niemand hätte missen wollen, während ihr Interesse hingegen immer nur dem Unscheinbarsten im Referat gegolten hatte, dem Chef, was vom Rest der Mannschaft von Beginn an respektiert worden war.

Redl bejahte ihre Frage mit einem Nicken. »Genau das meine ich. Die Anruferin hat die Unfallwagen exakt beschrieben und die Autonummer des Jeeps durchgegeben, muss also das Geschehen aus unmittelbarer Nähe mitverfolgt haben. Trotzdem ist sie bei der Beschreibung der Laserpointer-Gang sehr vage geblieben, wollte nicht einmal sagen, wie viele Personen sie auf der Brücke gesehen hat.«

»Drei, vier – viel mehr waren es bestimmt nicht«, schätzte Kotek.

»Für den eben angesprochenen Standort der Zeugin sehe ich eigentlich nur zwei Möglichkeiten«, meldete sich Feuersang mit knarrendem Bass. »Entweder stand das Mädel gemeinsam mit den anderen auf der Brücke, oder es hat sie heimlich von einem Versteck aus beobachtet.«

»Jedenfalls hat oder hatte die junge Frau Kontakt zu ihnen, sonst hätte sie heute Nacht den Unfall nicht mitverfolgt«, folgerte Kotek.

»Stimmt, die Brücke ist kein Ort, an dem man sich zufällig nachts aufhält«, bekräftigte Weider. »Außerdem muss sie ein ebenso gutes Nachtglas verwendet haben wie die Typen auf der Brücke, sonst hätte sie nicht über den Autobahnrastplatz und zwei Fahrbahnen hinweg das Kfz-Kennzeichen des Jeeps entziffern können.«

»Ein nicht unwesentliches Detail«, lobte Jacobi. »Wir werden jede Kleinigkeit festhalten, die wir über sie herausfinden, und uns, wenn nötig, damit sogar an die Medien wenden.«

Anerkennung vom Chef war so selten wie Schnee in der Kalahari. Das knappe Lob bewies seiner Truppe nur, unter welch enormem Druck er stand. Nicht zuletzt deshalb legte Weider noch ein Schäuferl nach: »Ein aufmerksamer Kollege von der Streife hat die Meldung der Zeugin heute Nacht zufällig mitgehört und mir dazu gerade etwas Interessantes auf Band gesprochen.«

»Nämlich was?«, knurrte Feuersang, der die Marotte seines Kameraden kannte, selbst dringliche Neuigkeiten nur tröpfchenweise preiszugeben.

Doch zur Verblüffung aller antwortete Weider ohne Umschweife. »Der grausige Unfalltod der Porsche-Fahrerin muss einem der Kids, als sie von der Brücke in Richtung Hallein-Burgfried getürmt sind, den Magen umgedreht haben. Das Erbrochene auf der Straße ist den Kollegen von der Streife aufgefallen, und clever, wie sie nun einmal sind, haben sie es in Zusammenhang mit dem Unfall auf der A 10 gebracht. Die Spusi wurde angewiesen, neben den Fahrradprofilen auch eine Probe davon sicherzustellen.«

»Die uns durchaus weiterbringen kann. Hast du klasse gemacht, Hans«, betonte Jacobi noch einmal. »Und nun –«

»Eine Frage noch, Oskar. Du sagtest eben, wir würden uns bezüglich der Zeugin an die Öffentlichkeit wenden«, unterbrach ihn Kotek. »Sollten wir damit nicht doch noch ein wenig warten?«

»Keine Angst, Melanie«, sagte er lächelnd. »Ich habe den Kollegen in Hallein und St. Johann sogar einen Maulkorb verpasst. Unsere Informantin bloßzustellen, ist das Letzte, was ich beabsichtige. Wenn die Laserpointer-Gfraster nämlich spitzkriegen, dass sie beobachtet wurden, erraten sie vielleicht auch, von wem, und könnten heftig reagieren. Was ich vorhin meinte, war eher: Wir behalten das Mädel als Trumpf in der Hinterhand, und du, Hans, spürst es für uns auf. Die Verfügung für die Peilung hab ich bei Richterin Zehentner bereits beantragt, wobei ich die Dringlichkeit nicht mal mehr betonen musste.« Der IMSI-Catcher in Weiders IT-Center, den Jacobi einmal ironisch als Quantensprung in der Polizeiarbeit bezeichnet hatte, ersparte ihnen das früher so zeitraubende Gerangel mit den Providern. »Der übrige Kader hält sich weiterhin an das vorgegebene Konzept.«

»Du meinst, wir sollen Klinken putzen?«

»Das kann ich euch leider nicht ersparen. Wenn weit und breit außer Mutwilligkeit keine greifbaren Tatmotive in Sicht sind, bringt es nichts, jetzt wie üblich im Umfeld der Opfer zu ermitteln und nach einer Verbindung zu suchen, die es vermutlich nicht gibt. Dass einer der Betroffenen ein Kommunalpolitiker ist, ist wahrscheinlich auch nur Zufall. Die einzige Gemeinsamkeit der Opfer besteht darin, dass sie zu schnell unterwegs waren, weshalb die Crashs umso spektakulärer auszufallen versprachen. Noch mal zum Thema Klinkenputzen: Einfacher wär's natürlich, überall rumzutelefonieren, alle rebellisch zu machen und sich im Übrigen damit zu begnügen, über die Medien nonstop nach einer Jugend-Gang auf Fahrrädern zu fragen. Aber durch allzu viel Öffentlichkeitsarbeit würden wir riskieren, dass die Täter in Deckung gehen, und genau das wollen wir eben nicht. Apropos Täter: Wie, denkt ihr, setzt sich die Gang zusammen? Habt ihr nach der anonymen Zeugenaussage schon eine etwaige Vorstellung?«

»Ich hege da tatsächlich eine bestimmte Vermutung«, meldete sich Redl wieder zu Wort. »Unsere Zeugin muss wie gesagt eine Eingeweihte sein, durfte aber entweder nicht mitmachen oder wollte nicht. Ihre zurückhaltende Beschreibung der Beteiligten lässt jedenfalls darauf schließen, dass sie Rücksicht auf jemanden nimmt. Vielleicht ist sie mit einem der Jungs aus der Gang verbandelt. Bei ihm denke ich weniger an das Alphamännchen, sondern eher an einen Mitläufer.«

»Möglicherweise sind auch andere Gang-Mitglieder unsichere Kantonisten, die bei allzu krassen Aktionen nicht mitmachen wollen oder dürfen«, beteiligte sich Kotek an Redls Spekulationen. »Da ist wahrscheinlich nur der harte Kern dabei.«

»Lenz?« Mehr sagte der Chef nicht, aber jeder im Raum wusste, dass Redl seine Idee nun ausführlicher darlegen sollte, ohne unterbrochen zu werden.

Der kam diesem Wunsch auch unverzüglich nach. »Ich halte den Anführer der Gang –«

»Warum keine Anführerin?«, forderte Kotek trotz Jacobis Appell ungerührt Geschlechtsparität ein.

»Weil auf so idiotische Ideen wie das Blenden von Autofahrern oder Piloten meist nur Jungs verfallen«, parierte Redl den Sexismus-Vorwurf elegant. Dank seiner Coolness kam er mit Koteks Temperament gelegentlich sogar besser zurande als Jacobi. »Ich denke, der Anführer der Gruppe stammt aus gutem Haus«, nahm er auf dessen ursprüngliche Frage Bezug, »und verfügt über das Auftreten und die Mittel, um andere Jugendliche an sich zu binden, während er in seiner Familie vermutlich eine weniger glänzende Position einnimmt. Möglicherweise kann er es einem Elternteil nie recht machen und wird deshalb vom anderen stets in Schutz genommen.«

Jacobi grinste. »Da schau her! Du hast also Conny schon in aller Herrgottsfrühe herausgeklingelt und dich mit ihr über die jüngsten Erkenntnisse ausgetauscht.«

Dr. Cornelia Wächter war forensische Psychologin und hatte für das LKA schon so manches punktgenaue Täterprofil erstellt.

Den unterschwelligen, nicht ernst gemeinten Vorwurf Jacobis, Redl würde sich mit fremden Federn schmücken, konterte dieser ganz locker: »Lass es mich so ausdrücken: Das Copyright für das Profiling gebührt uns zu gleichen Teilen.«

»Jedenfalls hast du keine Zeit verloren, was wichtig ist«, stellte Jacobi fest, indem er rasch wieder ernst wurde. »Wenn wir also – den Leitwolf mal ausgeklammert – von einem gemischtgeschlechtlichen Rudel ausgehen, worauf das ambivalente Verhalten unserer Zeugin hindeutet –«

»Warum denn ambivalent?«, wollte Feuersang wissen.

»Weil sie einerseits die todbringenden Spielereien der Clique ablehnt und uns deshalb auf ihre Spur gesetzt hat«, erklärte der Chef genervt ob der neuerlichen Unterbrechung, »andererseits aber, wie von Lenz erwähnt, an jemandem aus der Gruppe interessiert zu sein scheint, weshalb sie letztlich davor zurückschreckte, Nägel mit Köpfen zu machen.«

»Vielleicht will sie durch den Anruf nicht nur einem Freund oder einer Freundin, sondern allen Gang-Mitgliedern einen Schuss vor den Bug setzen, dass diese Art von Laserpointing keine Medizin gegen Langeweile, sondern ein Kapitalverbrechen ist«, mutmaßte Weider.

Feuersang winkte ab. »Ich glaub, es war schlicht und einfach ihr Gewissen, das sie anrufen hat lassen. Dass sie sich nicht dazu durchringen konnte, Namen zu nennen, vielleicht sogar einen Freund zu verraten, steht auf einem anderen Blatt.«

»Darf ich jetzt weiterreden?« Jacobis Stärke war die Geduld. Wenn er die jedoch zu verlieren drohte, war es besser, den Ball flach zu halten und ihm nicht mehr auf die Nerven zu gehen. »Wir erkundigen uns also nach einer drei- bis sechsköpfigen Clique von Mädels und Jungs, die irgendwo zwischen Salzburg und Golling daheim ist«, fasste er zusammen. »Recht viel weiter würden Jugendliche auf Fahrrädern wohl kaum von den Tatorten flüchten –«

»Die bisher immer zwischen Puch-Urstein und Golling lagen«, fügte Kotek ergänzend hinzu.

»Sie könnten aber auch irgendwo einen Pritschenwagen oder einen Pick-up geparkt haben und die Räder in einiger Entfernung von der A 10 verladen. Vielleicht hat einer schon einen Führerschein«, wagte Weider einzuwerfen.

»Könnten sie, Hans«, räumte Jacobi ein. »Aber ein mit Bikes beladener Pick-up ist auch um zwei Uhr nachts einer zufälligen Entdeckung eher ausgesetzt als ein Radfahrer. Warum sollten die Crashkids außerdem einen derartigen Aufwand betreiben, wenn sie sich doch so verdammt sicher fühlen? Wir, die Polizei, können nicht Nacht für Nacht ein Dutzend Autobahnübergänge überwachen lassen, während sie nach Lust und Laune Zeit und Ort ihrer Anschläge bestimmen und ihr Operationsgebiet dann beobachten, ohne von unseren Leuten überhaupt wahrgenommen zu werden. Anders gesagt: Wenn ihnen auch nur in der Nähe eines Übergangs etwas verdächtig erscheint, hätten sie immer noch die Chance, auf ihre Aktivitäten zu verzichten oder diese woandershin zu verlegen.«

»Du willst also doch die Öffentlichkeit informieren?«, fragte Kotek ahnungsvoll.

»Allerdings – aber nur ganz allgemein und natürlich ohne ein Wort über unsere Zeugin zu verlieren. Ich hoffe, sie wird das zu würdigen wissen. Dass wir Jugendliche hinter den provozierten Unfällen vermuten, ist ja nicht die Neuigkeit schlechthin und kann auch auf unserm Mist gewachsen sein. Ihr werdet euch jetzt im Gastgewerbe umsehen. Wirte und Servierpersonal können sich noch am ehesten an eine Teenie-Clique erinnern, deren Wortführer vielleicht nicht nur durch eine dicke Lippe, sondern auch durch eine dicke Brieftasche aufgefallen ist.«

Kotek rümpfte ihre schöne Nase. »Wir sollen also von Lokal zu Lokal ziehen und deren Inhabern Löcher in den Bauch fragen?«

»So ist es«, sagte Jacobi ungerührt. »Du wirst Golling, Kuchl und Sankt Koloman übernehmen, wo du bisher schon unterwegs warst, und dir dazu auch in den jeweils zuständigen Polizeiinspektionen Auskünfte einholen.«

»Warum das denn? Reicht es nicht, dass wir wie Landpolizisten ein Wirtshaus um das andere abklappern müssen?«

»Wie Landpolizisten?« Jacobi verzog den Mund zu einem säuerlichen Grinsen. »Höre ich da etwa einen gewissen Dünkel heraus? Es wäre ziemlich unklug, die Kollegen draußen nicht in die Ermittlungen einzubinden, denn jeder noch so unwesentlich erscheinende Hinweis kann uns auf die richtige Spur führen. Max wird zu dir stoßen, sowie er aus St. Johann zurück ist, Lenz ist weiterhin für Hallein und die umliegenden Gemeinden zuständig, Leo und ich werden uns in den südlichen Bezirken von Salzburg, also vorwiegend in Anif, Hellbrunn und Elsbethen umhören.«

Dass Oberst Jacobi vom LKA Salzburg Außendienst-Aufgaben übernahm wie ein x-beliebiger Inspektor, war niemandem im Referat noch einen Kommentar wert. Alle im Raum kannten die Eigenheiten des Terriers lange genug, wobei Jacobi damit natürlich auch die Latte für seine Mitarbeiter hoch legte. Gelegentlich sorgte sein Verhalten zwar für Gemurre im Fußvolk, aber kein Angehöriger des Referats 112 hätte am geltenden Level ernsthaft etwas ändern wollen.

Das bewies nun auch Kotek, welche die angeordneten Maßnahmen trotz der ihnen zugemuteten Fleißaufgaben noch immer für zu wenig weitreichend hielt. »Und warum nur innerhalb dieses eingeschränkten Bereichs? Die Typen könnten doch auch aus einem anderen Stadtteil Salzburgs oder aus dem bayerischen Grenzgebiet stammen – sie wären mit einem Fahrrad trotzdem in ein bis zwei Stunden an den Unfallstellen gewesen.«

»Könnten sie, natürlich. Aber gerade die Bikes sagen mir, dass sich ihr jeweiliges Zuhause im engeren Umkreis der Tatorte befindet. Länger als eine halbe bis dreiviertel Stunde würden die nicht fahren, auch wenn sie sicher nicht alle aus demselben Plattenbau kommen, sondern aus unterschiedlichen Wohngegenden, und sich wahrscheinlich aus der Schule oder von Jugendtreffs her kennen. Und ich fress einen Besen, wenn sie nicht irgendwo ein exponiertes Beisl zu ihrem ›Clublokal‹ auserkoren haben, wo sie sich vor ihren Abenteuern kurzschließen, ehe sie aktiv werden. Diese Hütte gilt es zu finden.«

»Oder das Mädchen«, warf Weider optimistisch ein.

»Das wär natürlich der Hattrick«, bestätigte der Chef.

»War's das jetzt fürs Erste?«, fragte Kotek.

»Vorläufig, ja.« Jacobi warf einen Blick auf seinen Spickzettel, den er sich in seinem Büro noch gemacht hatte. »Moment mal, ich hab da noch so eine Idee. Hans, du wirst nicht nur nach dem

Mädchen suchen, sondern auch stichprobenartig Jugendliche überprüfen, die in der letzten Zeit wegen Serieneinbrüchen im Raum Salzburg hopsgenommen worden sind. Dass eine bestimmte Gang ihre nächtlichen Aktivitäten in den Outlets von heute auf morgen eingestellt hat, wird im Milieu sicher nicht unbemerkt geblieben sein. Vielleicht erhalten wir so den einen oder anderen Tipp.«

»Kein schlechter Ansatz«, pflichtete Weider bei. »Ich werde gleich die JVA kontaktieren. Sonst noch was?«

»Nein, das war's jetzt wirklich. Und vergiss nicht, die Verfügung der Zehentner bis spätestens heute Abend an den Provider weiterzuleiten, auf Gemäkel von welcher Seite auch immer können wir verzichten.«

4 DR. ARIADNE PUMHÖSL verfolgte mit gemischten Gefühlen, wie der Range Rover ihres Vaters von der Raphael-Donner-Straße die Zufahrt zum Landhaus heraufrollte. An manchen Tagen kam sie mit dem betagten, aber nach wie vor aktiven Anwalt noch weniger klar als in ihrer Jugendzeit, in der es oft zwischen ihnen gekracht hatte. Am ärgsten dann, wenn sie den frühen Verlust der Mutter mit diversen Exzessen zu kompensieren versucht hatte.

»Rechthaberisches altes Ekel!«, murmelte sie, während sie einen Schritt vom Wohnzimmerfenster zurücktrat, um nicht dem Blick des Vaters zu begegnen, der eben mit beinah jugendlichem Elan aus dem Wagen stieg. Im selben Augenblick schlug die alte Wanduhr einmal zur vollen Stunde. Dr. Nimrod Pumhösl legte auf Pünktlichkeit Wert, wie er überhaupt ein knochentrockener Pflichtmensch war, der sich den Luxus von Gefühlen günstigstenfalls während seiner Musiktheaterbesuche leistete.

Wie unendlich froh war sie damals gewesen, als sie mit Hängen und Würgen die Rechtsanwaltsprüfung für Wirtschaftsstrafrecht und dann auch noch den Doktor geschafft hatte. Fast überstürzt hatte sie den Job bei einem Winkeladvokaten angenommen und war noch im selben Monat aus dem elterlichen Haus in Salzburg-Aigen ausgezogen, nachdem ihr Vater sie noch während ihrer Referendarszeit genötigt hatte, das Studium unter familiärer Obhut zu beenden.

Auch heute noch kotzte es sie an, dass der ebenso unfehlbare wie autoritäre Dr. Pumhösl, dem sie natürlich auch ihren skurrilen Vornamen verdankte, am Ende immer recht behielt. Wie er es prophezeit hatte, wollte ihre Karriere an ihrem ersten Arbeitsplatz in der Altstadt einfach nicht in Schwung kommen. Im Gegenteil: Ihr Chef hatte bald auf ihre Dienste verzichtet, weil ihre intellektuelle Flexibilität zu wünschen übrig ließe, wie er sich ausgedrückt hatte. Ebenso gut hätte er natürlich sagen können, sie sei zu blöd und zu ehrlich für den Job, es wäre aufs Gleiche hinausgelaufen.

Auch in den nächsten beiden Kanzleien hatte sie nicht auf Dauer Fuß fassen können. Damit nicht genug, musste sie sich justament zu jener Zeit Hals über Kopf in den Windbeutel Bruno Sengstvoggen verlieben, sich von ihm in das Sowoinvest-Abenteuer drängen lassen und auch noch schwanger werden. Schließlich brachte sie einen Jungen zur Welt, aber aus dem erträumten Eigenheim draußen in Unterkoppl wurde nichts. Wer hätte auch ahnen können, dass ausgerechnet die Protagonisten des als bürgerlich-sozial beworbenen Wohnungsbaufonds Sowoinvest die abgefeimtesten Defraudanten waren, die jemals im Land Salzburg ihr Unwesen getrieben hatten? Weil die Spekulationsgeschäfte von sieben Baulöwen, drei Bankern, zwei Wirtschaftstreuhändern, einem Staatsanwalt, einem Richter und einer Chefbuchhalterin des Landesrechnungswesens nicht die erhofften Gewinne abgeworfen hatten, waren zig Salzburger Häuslbauer um ihr Geld betrogen worden, das sie in den Treuhandfonds eingezahlt hatten – in einen Fonds, der nur einem Zweck gedient hatte: die Konsequenzen einer Fehlspekulation von allzu gierigen City-Haien zu mindern, die nach dem Platzen eines Hedgefonds in China und dem Ausstieg zweier US-Banken nicht mit leeren Händen dastehen wollten. Auch sie, Ariadne Pumhösl, hatte auf ihren Pflichterbteil mehrere Hunderttausend Euro aufgenommen und sich bis zur Halskrause verschuldet, wogegen der chronisch klamme Bruno kaum ein Zehntel der erforderlichen Summe aufgebracht hatte, sich dafür aber umso rascher in eine Staubwolke verwandelt hatte, als Artikel über die Pleite von Sowoinvest die Titelseiten der regionalen Zeitungen zu füllen begannen.

Natürlich minderte sein Verhalten nicht den Vorwurf ihrer eigenen Dummheit, denn ganz ahnungslos war sie damals ja nicht gewesen. Ihr Vater hatte sie nicht nur vor den Anteilscheinen, sondern ausdrücklich auch vor Dr. Norbert Flotzinger und Bernd Schimmelpfennig gewarnt und entgegen seiner sonstigen Eitelkeit durchblicken lassen, dass die Schlitzohren sogar ihn, Dr. Nimrod Pumhösl himself, vor langer Zeit bei einem scheinbar wasserdichten Deal um Haaresbreite über den Tisch gezogen hätten. Leider hatte sie sich durch seine vermeintliche Besserwisserei veranlasst gesehen, erst recht bis zum bitteren Ende am Wohnbauprojekt festzuhalten.

Ariadne Pumhösl machte sich nichts vor: Sie verfügte nicht über den scharfen Verstand ihres Vaters, sondern war eher nach der gefühlsbetonten Mutter geraten, deren frühen Krebstod sie lange Zeit nicht hatte verwinden können. Trotz ihrer nur durchschnittlichen Begabung war ihr schon als Kind von ihrem Vater eingetrichtert worden, dass sie Jus zu studieren und den Doktor zu machen hatte. Natürlich war sie durch diese Erwartungshaltung permanent überfordert gewesen, weshalb sie seit ihrer Schulzeit mit Schlafstörungen kämpfte.

Den Zwang und den Drill der Jugendzeit hatte sie dem Vater nie verziehen, wenngleich sie ihm ihr finanzielles Scheitern und ihren Gang nach Canossa zurück ins Elternhaus nicht auch noch anlasten konnte, denn dazu hatte er sie wahrlich nicht gezwungen. Gewiss rissen seine Demütigungen – etwa in der Aussage, dass sie sich besser als Hausfrau als zur Anwältin eignen würde – immer wieder alte Wunden auf, aber sie war stets darauf bedacht, die gelegentlich hochkochenden Hassgefühle nicht dauerhaft zu kultivieren. Schließlich gab ihr der Vater doch jene Sicherheit, die sie selbst für sich und ihren Sohn nicht hatte schaffen können. Und wenn der sechzehnjährige Michael überhaupt jemals so etwas wie Bereitschaft erkennen ließ, sich an einer Autorität zu orientieren, dann bestenfalls an seinem Großvater, der mit ihm besser zurechtkam als sie selbst.

Nein, alles, was sich jahrelang in ihr aufgestaut hatte, allen Hass und Frust, fokussierte sie ausschließlich auf eine Person: auf Dr. Norbert Flotzinger, das Mastermind der Sowoinvest-Abzocke. Der ehemalige Staatsanwalt und Republikflüchtling war ihrer Meinung nach verantwortlich dafür, dass sie nach dem Zerplatzen des Traums vom Eigenheim vollkommen desillusioniert auch im Beruf gescheitert war, dass Bruno sie mit dem einjährigen Michael hatte sitzen lassen, dass sie zusehends als Mutter versagte und dass sie – als allerschlimmste Konsequenz – bei ihrem Vater zu Kreuze kriechen und in seinem Haus und seiner Kanzlei Unterschlupf hatte suchen müssen.

Ihr einziger Trost war, dass sie sich mit ihrem Hass auf Flotzinger und Schimmelpfennig nicht allein fühlen musste. Abgesehen von Bruno tauschte sie sich mit vier weiteren zur Untermiete wohnenden Leidensgenossen hin und wieder über die Betrüger aus, die sie ins Unglück gestürzt hatten. Die Gespräche hatten die Funktion eines »seelischen Stuhlgangs«, wie Ariadne Pumhösl die Art von therapeutischem Small Talk in Gedanken nannte, denn danach ging es ihr regelmäßig besser – vielleicht auch, weil es sich eben nicht nur um Small Talk handelte.

»Nicht wahr, Ajax?«, wandte sie sich jetzt an die zahme Rabenkrähe, die auf der Voliere in der Wohnzimmerecke gesessen hatte und nun angeflogen kam, um sich auf ihrer Schulter niederzulassen und in ihrer Pagenfrisur herumzuschnäbeln. »Jetzt wissen wir wenigstens, wo sich die Kanaille aufhält.«

Als sie Ajax vor Jahren im Garten hinter dem Landhaus gefunden hatte, war er kaum mehr als ein Küken gewesen. Da Corviden entgegen dem Klischee ihre Jungen nie im Stich ließen, musste den Eltern etwas zugestoßen sein. Michael, damals gerade acht Jahre alt geworden, hatte sie gedrängt, den potthässlichen Jungvogel nicht seinem Schicksal zu überlassen. Also hatte sie ihn mit Mehlwürmern aufgepäppelt, und er hatte sich prächtig entwickelt. Aber so oft sie ihn seither auch in die Freiheit hatte entlassen wollen, er war immer wieder zu ihr zurückgekehrt.

»Tja, du hast's auch nicht geschafft, wieder von hier abzuhauen«, sagte sie in Gedanken daran und fütterte Ajax mit einem Leckerli, wofür er sich mit schauerlichem Krächzen bedankte. Sein rußschwarzes Gefieder glänzte und sah sehr gepflegt aus, weshalb ihm Ariadne Pumhösl heute die tägliche Ration Desinfektionspuder ersparte.

»Wenn es immer so leicht wäre, die Parasiten in Schach zu halten, Ajax, dann hättest du jetzt ein wesentlich zufriedeneres Frauchen«, sagte sie seufzend.

Mit schief gelegtem Kopf beäugte der Vogel sie aus seinen klugen schwarzen Augen. Für Ariadne Pumhösl war ebenso klar, dass er jedes Wort verstand, wie dass ihre hellblauen Zimmerhortensien wieder gegossen werden mussten. Sie hielt große Stücke auf das Arrangement mit dem von ihrer Mutter handbemalten Blumentopf, das dem altdeutsch möblierten Wohnzimmer viel von seiner klobigen Strenge nahm. Neben den Hortensien stand noch eine zweite Kostbarkeit: eine gerahmte Fotografie, die Michael anlässlich eines Schulfaschings in der ersten Klasse der Volksschule als Clown zeigte und an der sie fast nie vorbeigehen konnte, ohne sie kurz mit der Hand zu berühren.

In diesem Augenblick läutete das altmodische Onyx-Telefon auf der Kommode.

5 IN DER DIELE legte Dr. Nimrod Pumhösl eben geräuschvoll ab und rief dabei durch das offene Stiegenhaus ins obere

Stockwerk hinauf, was es denn Gutes zu Mittag gäbe, aber seine Tochter zog es vor, die Frage des Vaters einstweilen zu ignorieren und zunächst den Anruf entgegenzunehmen.

»Pumhösl.«

»Grüß dich, Frau Doktor. Ich bin's, Susanne. Ich musste dich unbedingt anrufen. Weißt du schon das Neueste?«

»Du wirst es mir gleich sagen.«

Susanne Krenreich, einst Buchhalterin im Landesamt 10 für Wohnbauwesen und Subjektförderung, war ebenfalls eine Sowoinvest-Geschädigte. Ariadne kannte sie von den Prozessterminen. Die attraktive Enddreißigerin hatte neben dem investierten Geld auch ihren Posten in der Landesrechnungsabteilung verloren, weil sie schon Monate vor dem Platzen des Skandals auf einige Ungereimtheiten im Bautreuhandfonds aufmerksam gemacht hatte, freilich ohne das volle Ausmaß der Katastrophe auch nur im Entferntesten zu ahnen. Rasch war ihr eine ausgewachsene Paranoia attestiert worden, wobei sie noch von Glück sagen konnte, dass man sie nicht hinter Anstaltsmauern hatte verschwinden lassen. Im letzten Moment hatte sie kapiert, dass »recht haben« auch im demokratischen Rechtsstaat nicht automatisch gleichzusetzen war mit »recht bekommen«, falls man damit gewissen Kreisen in die Quere kam. Und dass es, um dieses Prinzip außer Kraft zu setzen, sehr viel mehr Mut und Stehvermögen brauchte, als dem Durchschnittsbürger gewöhnlich zur Verfügung stand. Obwohl sie daraufhin die Anzeige zurückgezogen und eine Unterlassungserklärung unterschrieben hatte, bekam sie trotzdem als Buchhalterin nirgendwo mehr einen Job und musste sich letztlich ihren Lebensunterhalt als Raumpflegerin verdienen, während sie früher kein größeres Vergnügen gekannt hatte, als in schickem Outfit mit Pudel Billy durch die Verkaufsmeilen der Stadt zu flanieren und »Was-kostet-die-Welt« zu spielen.

Ihr Ex Diethelm, genannt »Didi«, war schon Jahre vor diesen Ereignissen mit einem Sportartikelgeschäft baden gegangen, und obwohl die Firma nur auf ihn eingetragen gewesen war, hatten sie sich wegen einer strittigen Haftungsfrage vorsichtshalber noch vor dem Konkurs scheiden lassen, obwohl sie erst zwei Jahre verheiratet gewesen waren. Danach hatten sie die Beziehung jedoch aufrechterhalten und den Traum vom Eigenheim weitergeträumt – bis zuletzt auch Susanne durch das Platzen des Fonds bitteres Lehrgeld gezahlt hatte und sie beide vor dem Nichts standen.

Didi war – daran verbat sich seine Ex jeden Zweifel – ein ebenso liebenswerter wie handwerklich geschickter Zeitgenosse, der freilich geschäftlich noch nie etwas auf die Reihe bekommen hatte. Es war ihm daher nicht fremd, pleite zu sein, und anscheinend kam er mit dem Zustand besser zurecht als sie. Zurzeit arbeitete er als Hausmeister im Medizinischen Zentrum Bad Vigaun und versuchte daneben, sich als Hundeflüsterer ein zweites Standbein aufzubauen, wobei sich diese Tätigkeit hauptsächlich darin erschöpfte, jahraus, jahrein mit den Lieblingen von Kurgästen und Anwohnern Gassi zu gehen. Obwohl ihm eine Dienstwohnung zur Verfügung stand, war er es, der die Partnerschaft mit Susanne pflegte, indem er sie regelmäßig in ihrer Garçonnière in St. Margarethen besuchte, die nur einen Katzensprung von der Kuranstalt entfernt war. Zu ihm in die Hausmeister-Wohnung zu ziehen, ließ ihr Stolz nicht zu – das gab sie zumindest vor. Tatsächlich aber hatte sie sich an gewisse Single-Freiheiten gewöhnt, die sie nicht mehr missen wollte. Das Gerücht, sexy Susi würde ihr bescheidenes Putzfrauengehalt als Escort-Girl in Lack und Leder aufbessern, war, wie Ariadne mit eigenen Ohren gehört hatte, nicht aus der Luft gegriffen und schien die ohnehin strapazierte Beziehung der ehemaligen Eheleute zusätzlich zu belasten. Deshalb konnte es auch nicht ausschließlich der Kitt der gemeinsam verbrachten Jahre sein, der die beiden zusammenhielt, sondern wohl vor allem der gemeinsame Hass auf Flotzinger.

»Flotzinger besitzt eine Wohnung in Prien am Chiemsee«, unterbrach die Stimme am Telefon wie aufs Stichwort den gedanklichen Rekurs von Ariadne Pumhösl.

»Das weiß ich schon, aber vielen Dank, Susanne.«

Susanne Krenreich war nicht besonders überrascht. »Du weißt es schon? Also hat dich dein Ex ebenfalls angerufen?«

Die Anwältin erwog kurz, die Frage detailliert zu beantworten, entschied sich dann aber anders: »Hat er. Aber warum dich?«

»Keine Ahnung. Hab jedenfalls gute Lust, demnächst nach Prien zu fahren und mich selbst zu überzeugen, ob unser gemeinsamer Freund wirklich die Frechheit hatte, sich so nahe an Salzburg einen Schlupfwinkel einzurichten.«

Dr. Nimrod Pumhösl stand in der Wohnzimmertür. »Gibt es nun Mittagessen, oder muss ich zur ›Überfuhr‹ rüber?«

Der nur einige hundert Meter entfernte Gasthof »Zur Überfuhr« am Salzach-Kai galt als Geheimtipp unter Beamten im gehobenen Dienst und Freischaffenden und war wohl nicht zuletzt deshalb eines der bestbesuchten Restaurants der Innenstadt.

Ariadne Pumhösl legte eine Hand auf die Sprechmuschel. »Ich telefoniere, Vater. Aber das Essen ist fertig. Es gibt Linseneintopf, den magst du doch so gern. Allerdings möchte ich die Anruferin nicht wegen dir rigid abfertigen. Ein paar Minuten Geduld, bitte!«

»Anruferin? Ist das etwa wieder diese Krenreich?«, fragte er. »Dass euch dieser romantische Verschwörungsquatsch nicht langsam zu blöd wird! Ihr alle habt Pech gehabt und seid über den Tisch gezogen worden – vor fünfzehn Jahren! Schließt endlich damit ab, oder wollt ihr am Ende noch magenkrank werden? Flotzinger und Konsorten haben schließlich Hunderte von Idioten drangekriegt, nicht nur euch.«

»Bitte, Vater! Frau Krenreich kann dich möglicherweise hören.«

»Soll sie doch! Vielleicht nützt's ja was.« Er machte kehrt und verzog sich in Richtung seiner eigenen Wohnung. Wenigstens hatte er sich verkniffen, hinzuzufügen: Ich habe euch damals ja gewarnt!

Ariadne Pumhösl widmete sich wieder der Anruferin. »Entschuldige, Susanne, aber mein Vater ist grad reingekommen.«

»Ich hab's gehört. Er hat kein Verständnis dafür, dass uns der Gedanke an Flotzinger nicht loslässt. Wir reden einfach ein andermal weiter, Ariadne. Bis bald!«

6 GRIESSNOCKERLSUPPE UND LINSENEINTOPF waren ganz nach dem Geschmack des alten Anwalts, weshalb die Mahlzeit in der geräumigen altmodischen Küche im Parterre mehr oder minder friedlich verlief. Doch Ariadne Pumhösl wusste, dass die relativ harmonische Stimmung zwischen ihnen nicht lange anhalten würde.

In den Hörfunk-Regionalnachrichten lief gerade zum x-ten Mal ein Bericht über das Gesprächsthema Nummer eins, die Laserpointer-Unfälle, in dem der Sprecher mit dem Ärger über die offenkundige Ratlosigkeit der Polizei nicht hinterm Berg hielt.

Die Pumhösls saßen zu zweit bei Tisch, Michael hatte angegeben, vormittags wieder einmal beim AMS in der Auerspergstraße um eine Lehrstelle als Karosseriespengler anzufragen, obwohl seine Mutter nicht recht daran glauben mochte. Jedenfalls ward er seither nicht mehr gesehen und war auch nicht über sein Handy erreichbar.

Als Ariadne Pumhösl den Tisch abgeräumt hatte und den Kaffee servierte, war es dann vorbei.

»Der Schokoladenpudding war wirklich delikat«, begann der Alte unverbindlich, um gleich darauf hinterhältig fortzufahren: »So wie vermutlich auch dein Telefongespräch vorhin.« Er zündete sich eine seiner grässlich stinkenden Virginias an. Es bereitete ihm keine Skrupel, mit dem Qualm die Wohnung der Tochter zu verpesten, schließlich konnte er in seinem Haus rauchen, wo und wann er wollte. »Krenreich wollte dir also etwas mitteilen, das du bereits wusstest?«, sagte er und lehnte sich entspannt zurück. »Worum ging es denn?« Natürlich war ihm klar, dass Flotzinger das Thema gewesen war, aber er wollte es aus ihrem Mund hören.

»Private Telefongespräche sind, wie der Terminus schon sagt, privat«, versuchte sie auszuweichen, wohl wissend, dass sie ihm die eingeforderte Auskunft nicht auf Dauer würde vorenthalten können.

»Falls du und dein Bademeister wieder irgendwelche Flausen im Kopf habt, die uns alle in die Bredouille bringen werden, geht mich das sehr wohl etwas an, meine Liebe. Man muss dich, wie wir ja beide wissen, manchmal vor dir selbst schützen.«

Mehr als dieser letzte Zusatz ärgerte Ariadne Pumhösl, dass ihr Vater ihren Ex-Verlobten konsequent als »Bademeister« titulierte. Klar, Bruno hatte sich damals letztklassig verhalten, als er sie allein mit Kind und Schulden hatte sitzen lassen. Plötzlich war er verschwunden gewesen, sie hatte ihn schon bald Tag für Tag über sämtliche Medien gesucht und trotzdem ein Jahr gebraucht, um ihn in Waging am See aufzustöbern, wo er bis dato als Campingplatzwart jobbte, aber nach wie vor an seiner alten Adresse in Gastein gemeldet war. Die schicke kleine Wohnung in Waging war zumindest ein Hinweis darauf, dass es ihm schon längere Zeit wieder relativ gut ging. Vermutlich weil sich wieder irgendeine Dumme für ihn den Arsch aufriss – vielleicht sogar mehr als eine, schließlich war er ja auch in der Zeit mit ihr zweigleisig gefahren. Dass er sich trotz der für ihn momentan günstigen Umstände noch immer nicht von seinem alten Wohnmobil getrennt hatte, sprach im Übrigen Bände.

Dennoch hatte es ihr nicht weitergeholfen, Bruno ausfindig gemacht zu haben. Bei ihrem ersten Wiedersehen nach der Sowoinvest-Pleite hatte er auf ihre Frage, ob er nicht wenigstens einen Teil der Schulden übernehmen wolle, geantwortet, es sei sinnlos, einem Nackten in die Taschen zu greifen, und sie auf später vertröstet. Den verräterischen Funken Hoffnung in ihren Augen versuchte er dabei gleich für einen Nostalgiequickie zu nützen, und sie hatte sich nicht entblödet, sich in dem versifften Campingbus vögeln zu lassen. Dass es an diesem Tag heiß und schwül gewesen war, hatte ihren anschließenden Selbsthass nicht mildern können.

Aber Typen wie Bruno fielen wie Katzen immer auf die

Füße, egal, wie oft ihr vernunftbefreiter Hedonismus sie auch abstürzen ließ. Vor zwanzig Jahren war er Lehrer an einer Mittelschule gewesen und hatte wegen einer Beziehung zu einer Schülerin den Dienst quittieren müssen. Und auch der folgende Karrieresprung zum Fahrlehrer war ähnlich abrupt beendet worden: Mit einer ehemaligen Fahrschülerin, der jungen Frau eines deutschen Lebensmittel-Großaktionärs, schob er in dessen Luxusschlitten eine Nummer, wobei sich der geparkte Wagen unglücklicherweise trotz automatischer Handbremse in Bewegung setzte und einen Hang hinunterrollte. Das Auto war Schrott, die Ehe der Frau ebenfalls, und auch Bruno konnte sein Bündel wieder schnüren. Als sie, Ariadne, ihn während jenes Winterurlaubs in Gastein kennenlernte, hatte er gerade erst als Skilehrer angeheuert, nachdem er im Sommer davor noch als Surflehrer auf Zakynthos zugange gewesen war.

Sie hatte sich nicht dagegen wehren können, sie liebte diesen Windbeutel nun einmal, obwohl sie sich über seine Gefühle für sie keine Illusionen machte: Die Idee vom gemeinsamen Eigenheim in Unterkoppl war zwar einst auf ihrem Mist gewachsen, befeuert vom Wunsch, doch noch von zu Hause wegzukommen, aber der Motor dahinter war zweifellos Bruno gewesen, freilich nicht aus einem Bedürfnis nach Familie – Gott bewahre! –, sondern nach einer Adresse, die den Ambitionen eines zukünftigen Bestsellerautors hätte entgegenkommen sollen.

Die Herabwürdigung seiner Person durch den wesentlich weniger geschätzten Vater ließ Ariadne dennoch nicht unwidersprochen: »Bruno ist kein Bademeister, wie du sehr wohl weißt. Und damit du beruhigt bist: Er hat mir vor drei oder vier Wochen lediglich mitgeteilt, dass er in Prien am Chiemsee den Flotzinger, diese Kanaille, gesehen hat.«

»Also warst du in Waging – bei ihm?«

»Beim Flotzinger?«

»Jetzt komm mir bloß nicht blöd! Bei deinem Bruno natürlich.«

»Erstens ist er nicht mehr mein Bruno, zweitens hat er mich

angerufen. Und selbst wenn ich ihn in Waging getroffen hätte, wäre das meine Sache. Darüber hinaus kannst du beruhigt sein: Ich habe nicht vor, irgendeiner Schimäre hinterherzujagen. Mit dem Fulltime-Job als deine Büroassistentin und Wirtschafterin bin ich mehr als ausgelastet. Du musst also keine Angst um dein Geld und dein Haus haben.« Den Hinweis auf ihren zusätzlichen Fulltime-Job als Mutter verkniff sie sich, um sich einen Vortrag über Ursache und Wirkung zu ersparen.

»Hast du eigentlich noch Kontakt zu dem anderen Ehepaar in Elsbethen, wo der Mann Unteroffizier in der Rainer-Kaserne Glasenbach und ein paarmal als UNO-Soldat auf den Golanhöhen war?«, fragte Nimrod Pumhösl jetzt, ohne auf den unterschwelligen Vorwurf der Ausbeutung zu reagieren.

»Du meinst Johann Rader und seine Frau Waris?«

»Genau die meine ich. Also, hast du?«

»Ja, hab ich – sogar regelmäßig.« Und provoziert durch sein missbilligendes Kopfschütteln schob sie nach: »Weißt du, es tut gut, mit Leuten auf Augenhöhe zu reden – mit Leuten, die dasselbe Schicksal erlitten haben wie ich und mich verstehen. Vor ihnen muss man sich nicht ständig für seine Naivität rechtfertigen, die einen dorthin gebracht hat, wo man jetzt ist.«

»Gott, wie theatralisch! Ich hab dich nicht gezwungen, samt Anhang in dein Elternhaus zurückzuziehen. Aber gut, ich gebe zu, dass meine Kanzlei, seit du mir gewisse Arbeiten abnimmst, besser läuft als früher, weil ich mich so auf das Wesentliche konzentrieren kann.«

Wie er die Spitze, dass sie nur für subalterne Tätigkeiten einsetzbar war, auch noch mit einem vordergründigen Lob ummantelte, war typisch für ihn: Dr. Nimrod Pumhösl in Reinkultur.

»Danke«, sagte Ariadne ungerührt. »Also bin ich ja immerhin für irgendetwas nütze. Und dein Gemecker wird mich nicht davon abbringen, mich mit Waris und Susanne auszutauschen, sooft mir danach ist.«

»Tu, was du nicht lassen kannst. Ach ja: Ist diese Waris nun eigentlich eine Mulattin oder eine Kreolin?«

»Weder noch! Übrigens fragst du das nicht zum ersten Mal.« Mit Mühe verkniff sie sich eine deutlichere Anspielung auf seine beginnende Altersdemenz, aber noch wurzelte der Respekt vor ihm zu tief. »Sie ist eine Somalierin«, half sie seiner Erinnerung auf die Sprünge. »Als sie drei Jahre alt war, floh ihre Mutter, die dem Clan der Darod angehörte, zig Meilen weit mit ihr nach Mogadischu und vertraute sie dort einer Journalistin an, die über die grässliche Sitte der Beschneidung vor Ort recherchiert hatte und im Begriff war, in ihre Heimatstadt Haifa zurückzufliegen.«

»Und die Journalistin hat das Kind tatsächlich mitgenommen?«, fragte Nimrod Pumhösl ungläubig, da ihm diese Exodus-Geschichte tatsächlich noch nicht bekannt gewesen war.

»Adoptionsurkunden erhält man in somalischen Städten für ein Trinkgeld, man muss nur die entsprechenden Stellen kennen, an die man sich wenden muss. Die Journalistin kannte die Gepflogenheiten und brachte es nicht übers Herz, der bettelnden Mutter den Wunsch abzuschlagen – umso weniger, als diese beteuerte, auf dem Land- und Seeweg nachkommen zu wollen.«

»Sie kam aber nicht nach?«, griff der Alte ihrer weiteren Schilderung vor.

»So ist es. Niemand weiß, was aus ihr geworden ist. In Israel wurde Waris zunächst als Flüchtlingswaise geführt, blieb das aber nicht lang: Eine kinderlose Freundin der Reporterin war, wie von dieser vorausgesehen, von dem reizenden Kind hin und weg und ließ nicht locker, bis die – diesmal amtliche – Adoption in Haifa nach Jahren unter Dach und Fach war.«

»Und wie kam das Mädel dann nach Salzburg?«

»Da war Waris bereits eine junge Frau. Ihre Adoptivmutter war Wirtschafterin auf einem Weingut in der Nähe von Katzrin, das auf den Golanhöhen liegt.«

»Lass mich raten: Und Vizeleutnant Rader war wiederholt auf den Golanhöhen stationiert –«

»Stimmt, als gelernter Mechaniker war er Werkstattleiter seiner Truppe und ab und an auch dienstlich in Katzrin unterwegs. Bei einer solchen Gelegenheit lernte er die schöne Physiotherapeutin Waris kennen. Der Rest ist dir ja bekannt.«

»Du hast es mir oft genug erzählt. Auch, dass die Mutter Vorbehalte gegen Österreich hegte und in Katzrin blieb. Waris hingegen erhielt, nachdem ihr Ausbildungsdiplom in Österreich anerkannt worden war, in Salzburg eine Anstellung und jobbte daneben – wie auch jetzt mit fast vierzig noch – als Model für Bademode und Unterwäsche.«

»Wirklich erstaunlich, dass gerade dieses Detail bei dir hängen geblieben ist. Du darfst übrigens dreimal raten, warum sie den Nebenjob heute noch ausübt und warum ihr Mann Johann auch nach ihrer Heirat noch mehrmals auf den Golanhöhen war – wohlgemerkt beruflich und ohne sie und die beiden Kinder.«

Dr. Nimrod Pumhösls Greisenmund verzog sich zu einem spöttischen Grinsen. »Weil sie und ihr Gespons ebenso vertrauensselig in den Fonds eingezahlt haben wie du, wobei sie aber vermutlich von niemandem gewarnt worden sind.«

»Sie zahlen noch immer ihre Schulden ab, und das geht sehr, sehr langsam, weil Johann Raders Vater bei Bekanntwerden der Sowoinvest-Pleite einen Schlaganfall erlitten hat und deshalb ständig eine Pflegekraft benötigt.«

7 FÜR DIE STRECKE vom Franz-Hinterholzer-Kai bis zum ORF-Landesstudio benötigte man in einem Pkw nur wenige Minuten, weshalb Jacobi auch nicht befürchtete, zum TV-Auftritt bei »Salzburg heute« zu spät zu kommen, obwohl er knapp dran war. Während er nach dem Kreisverkehr beim Justizgebäude links abbog und den betagten Audi RS4 im dichten Abendverkehr auf der Nonntaler Hauptstraße mitschwimmen ließ, rekapitulierte er noch einmal den Rapport bei seinem Vorgesetzten. Obwohl Magister Krummbiegel nach dem Abgang von Hofrat Kandutsch im Zuge einer politischen Umfärbung auf seinen Posten gehoben worden war, verstand

man sich trotz unterschiedlichen Stallgeruchs in der Regel ganz leidlich. An diesem Vormittag jedoch glaubte der SIDI, so richtig die Sau rauslassen zu müssen, wobei der Vorwurf der Unfähigkeit zwar nicht expressis verbis erfolgte, aber deutlich in der Luft hing. Erst als er, Jacobi, ihm hatte klarmachen können, dass die Zeugin des tödlichen Unfalls den ersten vielversprechenden Ermittlungsansatz darstellte – vorausgesetzt, sie hatte ein Handy verwendet, das man ihr zuordnen konnte –, war wieder ein konstruktiverer Meinungsaustausch möglich gewesen, wobei der erarbeitete Konsens nicht mit einschloss, dass Krummbiegel sich selbst den Journalisten des ORF gestellt hätte. Dazu erschien ihm die Suppe doch noch zu dünn, auch wenn die richterliche Verfügung zum Ablesen der Handydaten bereits ergangen war.

Jacobi hätte zwar immer noch die Möglichkeit gehabt, das Interview an die Presseoffizierin des LKA zu delegieren, aber Drückebergerei widerstrebte ihm. Zudem war dies nicht seine erste Wallfahrt zu Österreichs größter Medienorgel in der Nonntaler Hauptstraße 49. Jacobi wusste, was man ihn fragen würde, und hatte sich die Antworten längst zurechtgelegt.

Routiniert parkte er vor dem Hauptgebäude des Landesstudios in eine Lücke ein, ohne einen der Reporter zu überfahren, die auf den Wagen zustürmten. Das Aussteigen gestaltete sich mühselig, aber nachdem er versprochen hatte, später zur Verfügung zu stehen, wurde er von den Medienvertretern nicht länger behelligt.

Jacobi kannte die sympathische Moderatorin schon seit Jahren, weshalb man sich *off records* duzte und Frau Alma Eisl seinen Pflichttermin in der Maske wie schon bei früheren Gelegenheiten zu einem zwanglosen Vorab-Briefing nutzte, damit beide nicht ausschließlich darauf angewiesen sein würden, Fragen und Antworten vom Monitor abzulesen.

»Also, Oskar, alles läuft wie immer: Anfangs stelle ich die Themen vor, dann werden Unfallfotos eingespielt, ich kündige dich an, du kommst zu mir an das Stehpult, und ich werde etwa so anmoderieren: ›Herr Oberst, heute Nacht hat ein Autounfall auf der A 10 südlich von Hallein für die vierzigjährige anhanglose Produktdesignerin Lore Zuckerbusch tödlich geendet. Aus Gründen, auf die wir gleich zu sprechen kommen werden, liegt der Verdacht nahe, dass der Crash, den Frau Zuckerbusch in ihrem Sportwagen nicht überlebt hat, wie zuvor schon weitere auf eine Laserpointer-Attacke zurückzuführen ist. Teilen Sie diesen Verdacht, oder war die Unfallursache ein Fahrfehler?‹ Was würdest du antworten?«

»›Ihr Verdacht ist berechtigt, der Unfall war eindeutig fremdverschuldet.‹«

»Okay, dann weiter. ›Unmittelbar nach dem Crash soll Frau Zuckerbusch stark benommen aus dem Autowrack geklettert und von einem nachkommenden Fahrzeug überfahren worden sein. Was können Sie uns dazu sagen?‹«

»Ich werde den mutmaßlichen Verlauf der Ereignisse schildern und dazu die Aussage jenes Verkehrsteilnehmers heranziehen, dem Frau Zuckerbusch vor den Wagen gelaufen ist und der danach Fahrerflucht begangen hat.«

»Gut, das passt. Natürlich werde ich auch betonen, dass es nicht die erste Attacke dieser Art war, und dich nach der Identität der gemeingefährlichen Irren fragen, die solche Unfälle verursachen. Was wisst ihr über sie? Was ist an dem Gerücht dran, dass es sich um Halbwüchsige handelt? Hast du darauf eine Antwort?«

»Letzteres wissen wir noch nicht mit Bestimmtheit, sind uns aber aufgrund verschiedener Hinweise bereits ziemlich sicher. Wir haben Spuren von Fahrradprofilen am A 10-Übergang Bruderloch abgenommen und in deren unmittelbarer Nähe am Wegrand Proben von frisch Erbrochenem sichergestellt. Selbstverständlich muss alles erst kriminaltechnisch untersucht werden, aber von der Auswertung versprechen wir uns einen signifikanten Fortschritt. Jedenfalls nimmt das Täterprofil bereits Konturen an. Wir ersuchen auch die Bevölkerung im Raum Salzburg und im Tennengau um Hinweise auf Jugendliche, die in einer Gruppe auftreten und schon früher durch mutwillige Zerstörungsaktionen aufgefallen sind.«

»Okay. Auch darauf würde ich eingehen. Zum Beispiel so: ›Aber ein solcher Aufruf könnte eine Hexenjagd auf junge Leute auslösen, die man gemeinhin als unangepasst bezeichnet, etwa auf vergleichsweise harmlose Sprayer, oder sind Sie da anderer Meinung?‹«

»›Das bin ich tatsächlich. Die überwiegende Mehrheit der Salzburger neigt nicht zur Hysterie, daher nehme ich auch nicht an, dass etwas Derartiges eintritt. Wir müssen sogar um diese Mithilfe bitten, weil der mögliche Täterkreis einfach zu groß ist. Natürlich haben wir alle Unfallopfer bereits einem gründlichen Hintergrund-Check unterzogen, dabei aber nicht den Ansatz eines Motivs erkennen können, weder für eine Beziehungs- noch für eine Verdeckungstat oder für eine aus Habgier. Es gibt keine – ich wiederhole – keine wie auch immer geartete Verbindung zwischen den Opfern, die einen Schluss in eine bestimmte Richtung nahelegen würde. Die Betroffenen sind unterschiedlich alt, kommen aus verschiedenen Gegenden, und ihr berufliches und soziales Umfeld unterscheidet sich in vielerlei Hinsicht. Auch unser Rasterprogramm konnte keine substanziellen Überschneidungen feststellen.‹«

»›Womit wir bei Ihrem derzeitigen Ermittlungsstand wären: Die Öffentlichkeit wirft der Polizei vor, mit zu wenig Esprit an die Sache heranzugehen, sonst hätte es ihr doch möglich sein müssen, einige unbedarfte Mitglieder der Gruppe in absehbarer Zeit am Schlafittchen zu packen.‹«

»›In der Theorie hört sich das einfacher an, als es in der Praxis ist. Die Anonymität der Täter, vielleicht auch der Schutz, den ihr Milieu ihnen bietet, vor allem aber das Fehlen jeder persönlichen Beziehung zu den Opfern machen die Ermittlungen höchst schwierig. Aber seien Sie versichert, dass meine Mitarbeiter und auch Kollegen anderer Dienststellen ihr Bestes geben, um der Crashkids habhaft zu werden.‹«

»›Apropos Crashkids: Glauben Sie, dass die Laserpointer von vornherein mit dem Vorsatz eingesetzt wurden, tödliche Unfälle wie jenen von heute Nacht zu verursachen?‹«

»›Das will ich nicht hoffen, kann es aber freilich auch nicht ausschließen, denn selbst der gefühlloseste Soziopath müsste bei einem derart massiven Eingriff in den Straßenverkehr eigentlich immer mit dem Schlimmsten rechnen.‹«

»›Reden wir Klartext, Herr Oberst: Wann rechnen Sie und Ihre Mitarbeiter mit einem Erfolg Ihrer Ermittlungen?‹«

»›Aufgrund eines konkreten Hinweises hoffe ich, dass schon nächste Woche das Stochern im Nebel ein Ende hat.‹«

»Oh, wirklich?« Die Moderatorin runzelte zweifelnd die Stirn, befand sich plötzlich wieder im persönlichen Unterhaltungsmodus. »Ist das jetzt nur so dahingesagt, Oskar, oder habt ihr tatsächlich einen Trumpf im Ärmel? Zeit wär's ja.«

»Wir sind dicht dran, Alma, aber das kann ich dir –«

»Aus ermittlungstechnischen Gründen nicht verraten, schon klar.«

»Ich werde auch im Interview nichts Näheres sagen, erst wenn wir Nägel mit Köpfen gemacht haben.«

»Das heißt also, wir sehen uns nächste Woche mit guten Neuigkeiten wieder?«

»Das glaube ich wiederum nicht. Vermutlich wird sich dann Magister Krummbiegel die Ehre geben.«

»So sicher bist du dir, dass du Erfolg haben wirst?«

»Ich habe sehr gute Leute, und ja, ich bin mir sicher.«

»Okay, dann wünsch ich euch viel Glück. Für heute passt der Text im Großen und Ganzen. Und falls du einen Hänger hast, schau auf den Monitor: Die Redaktion hat die von dir vorbereiteten Stichworte eingespielt. Unmittelbar nachdem ich auf Sendung bin, bist du an der Reihe. Man wird dir Bescheid geben.«

Das Knacken im Lautsprecher an der Wand fiel mit dem Ende des Vorbereitungsgesprächs zusammen. »Frau Eisl, bitte in den Regieraum, Frau Eisl, bitte in den Regieraum!«

8 IN DER WOHNKÜCHE von Natascha Petritsch im Souterrain der Wohnbausiedlung Jung-Ilsenheim-Straße 8b, Stiege eins, herrschte am Wochenende dicke Luft. Nicht nur, weil der deprimierten Wohnungsbesitzerin das Abendessen angebrannt war, sondern vor allem, weil ihr Lebensgefährte Leopold Taverner endgültig das Weite gesucht hatte, wofür die Verlassene in erster Linie ihre Tochter Katja verantwortlich machte.

Die Fünfzehnjährige war aus der Auseinandersetzung, bei der sie die Meinung vertreten hatte, ihr Zimmer behalten und ihre Ausbildung an der HAK fortsetzen zu dürfen, als Siegerin hervorgegangen. Der Freund der Mutter, ein Bilderbuch-Macho, der auch gerne mal handgreiflich wurde, hatte verlangt, Katja solle die Schule abbrechen, als Kellnerin arbeiten und ausziehen. Nur vordergründig war es dabei um ihr Zimmer gegangen, das der Fernfahrer gern als Wohnzimmer adaptieren wollte, um an seinen freien Tagen nicht im Küchendunst oder im Schlafzimmer fernsehen zu müssen und einen Raum für sich zu haben.

Doch Katja, die sich seit dem Streit nach der Schule meistens in ihrem erfolgreich verteidigten Refugium verbarrikadierte, um den Vorwürfen der Mutter nicht ausgesetzt zu sein, wusste den wahren Grund, warum Poldi plötzlich ohne große Gegenwehr die Segel gestrichen hatte. Zuerst hatte er es immer wieder bei ihr probiert, war immer unverschämter und übergriffiger geworden, und dass er ihr auswärts ein Zimmer hatte zahlen wollen, hatte er sicher nicht nur vorgeschlagen, um mehr Platz in der Wohnung ihrer Mutter zu bekommen. Aber die hatte das Offensichtliche weder sehen noch ihr glauben wollen, denn Poldi war ein begnadeter Heuchler, ein ärgerer noch als der von Molière gezeichnete »Tartuffe«. Erst nachdem Katjas Freund Felix sich ins EKIS, in die zentrale Datenerfassung der Polizei, gehackt und festgestellt hatte, dass Taverner wegen Missbrauchs und Nötigung minderjähriger Mädchen mehrfach vorbestraft war, hatte sie ihm mit Anzeige und den Medien gedroht, wohlweislich, ohne sich noch einmal an die Mutter gewandt zu haben.

Dieses Problem hatten Felix und sie also mit vereinten Kräften beseitigt, aber dafür hatte sich das andere in der Woche darauf zu einem apokalyptischen Alptraum ausgewachsen.

Noch während sie wie schon so oft in den letzten Wochen auf ihrem Bett liegend hin und her überlegte, wie sie sich in dieser Angelegenheit am besten verhalten sollte, um den Schaden für alle Beteiligten möglichst gering zu halten, ließ das durchdringende Klingeln der Türglocke sie zusammenzucken. Kam etwa der unsägliche Grabscher zurück?

»Katinka-Mäuschen, schaust du bitte, wer draußen ist?«, rief Natascha Petritsch. »So verheult, wie ich aussehe, kann ich einfach nicht aufmachen.«

»Ich heiße Katja, Mama!«, rief ihre Tochter. »Und wenn du einem Schwein wie Poldi unbedingt hinterherweinen willst, ist das dein Privatvergnügen. Aber lass gut sein, ich mach schon auf.«

Katja ging hinaus in den Vorraum und zur Wohnungstür, blickte durch das Guckloch ins Stiegenhaus – und fühlte sich in eine prähistorische Sagenwelt versetzt. Sie kniff die Augen zusammen, riss sie nach gezählten drei Sekunden wieder auf, aber der dionysische Minotaurus stand immer noch dort. Zwar wuchsen ihm keine Hörner aus der Stirn, es waren bestenfalls kleine Höcker, und er trug auch kein Fell, sondern Windjacke und Jeans wie jeder beliebige Mann auf der Straße – aber Nacken, Schultern, Gliedmaßen und vor allem sein Gesicht hatten mehr Ähnlichkeit mit einem Stier als mit einem Menschen. In exakt diese Fratze mit den grotesk geschwungenen Brauen über den gleichgültig glotzenden Augen, mit der klobigen Sattelnase und den wulstigen Lippen musste Theseus geblickt haben, als er dem Ungeheuer im minoischen Labyrinth gegenübergestanden hatte.

»Wer … wer sind Sie, und was wollen Sie?«, fragte Katja mit trockenem Hals durch die geschlossene Tür.

Der Minotaurus griff in eine Jackentasche, holte eine Ausweiskarte und eine Dienstmarke hervor und hielt beides vor den Spion. »Chefinspektor Leo Feuersang vom LKA, ich würde gerne die Schülerin Katja Petritsch sprechen.«

War Katja beim Anblick des Mannes schon erschrocken gewesen, so war sie nach der Legitimation des Beamten geradezu entsetzt. »Landeskriminalamt? Aber warum denn? Ich meine, von uns hat doch niemand was angestellt.« Noch in derselben Sekunde hätte sie sich am liebsten auf die Zunge gebissen. Was fiel ihr bloß ein, so einen Blödsinn daherzustottern!

»Wer ist es, Liebes?«, fragte die Mutter von der Küche her.

»Jemand von der Polizei, Mama.«

»Es geht nur um eine Auskunft, Frau Petritsch«, versuchte Feuersang durch die Tür hindurch, sie zu beruhigen. Als Katja hinter sich die Mutter ins Vorzimmer kommen hörte, schloss sie notgedrungen auf und schob den Sicherungsriegel zurück.

»Geht es um Poldi, um Leopold Taverner, meinen Lebensgefährten?«, fragte Natascha Petritsch aufgeregt, noch ehe Feuersang eintreten konnte.

»Deinen Ex-Lebensgefährten und Kinderschänder«, berichtigte ihre Tochter, die plötzlich inständig hoffte, es möge doch um Poldi und nicht um sie und Felix gehen.

Doch die verdutzte Miene des Kriminalbeamten machte diese Hoffnung rasch zunichte, und als der Mann auch noch mit ihr unter vier Augen sprechen wollte, wurde ihr Mund so trocken, dass sie krampfhaft schlucken musste. Minotaurus bemerkte es natürlich, und sein Blick schien zu sagen: Ich weiß ohnehin schon alles.

»Es handelt sich nur um eine Information, die ich mir von Ihrer Tochter Katja erhoffe, Frau Petritsch«, wandte sich Feuersang, der mittlerweile im Flur stand, neuerlich an die Mutter.

»Meine Tochter ist noch minderjährig«, sagte Natascha Petritsch trotzig, »Sie dürfen sie noch gar nicht allein vernehmen.«

»Lass nur, Mama«, wehrte Katja ab, noch ehe Feuersang zu der Behauptung Stellung nehmen konnte. »Du hast ja gehört, dass es bloß um eine Auskunft geht.« Sosehr sich alles in ihr auch gegen ein Gespräch mit Minotaurus sträubte, so war ihre Mutter doch die Letzte, die dabei zuhören sollte.

In ihrem Zimmer bot sie dem Beamten Platz auf einem

der beiden Stühle an, die hinter beziehungsweise neben dem Schreibtisch am Fenster standen. Die barock wirkende Stehlampe rechts vom Schreibtisch hatte möglicherweise einmal eine besser eingerichtete Wohnung geziert. Katja selbst setzte sich auf ein schmales Klappbett an der linken Zimmerwand, die auffällig grell tapeziert und mit Postern dekoriert war. Zwischen dem Bett auf der einen und zwei Ikea-Kommoden auf der anderen Seite des Raumes bedeckte ein breiter roter Kokosläufer den alten Parkettboden von der Tür bis zum Fenster.

Noch ehe sich Feuersang auf den Stuhl neben dem Schreibtisch setzte, warf er einen Blick in den tristen Innenhof der Wohnanlage, der hauptsächlich als Parkplatz genutzt wurde. Um von dem Fenster der Souterrainwohnung aus dorthin zu gelangen, bedurfte es keiner besonderen akrobatischen Fähigkeiten.

»Nun, worum geht es denn?«, gab sich die Halbwüchsige betont gelassen, nachdem er Platz genommen hatte. »Was wollen Sie wissen?«

»Wie war das doch gleich mit dem Lebensgefährten deiner Mutter?«, ließ es der Beamte langsam angehen, aber die betonte Beiläufigkeit seiner Frage bestätigte Katja nur, dass eben nicht Leopold Taverner ihn hergeführt hatte. Umso eifriger war sie bestrebt, die Causa Kinderschänder vor ihm auszubreiten.

Feuersang ließ sie gewähren, unterbrach sie kein einziges Mal, auch dann nicht, als sie ihm die reichlich unglaubwürdige Story auftischte, wie sie von Taverners Vorstrafen erfahren haben wollte. Schließlich versiegte ihr Redefluss, und das daraufhin eintretende Schweigen wurde umso peinlicher, je länger es dauerte.

Irgendwann hielt Katja es nicht mehr aus. »Wieso habe ich das Gefühl, dass Sie nicht wegen Poldi Taverner gekommen sind?«

Statt sofort zu antworten, ließ der Ermittler weitere Sekunden dahintropfen, sodass der Kreislauf der Fünfzehnjährigen bereits Purzelbäume zu schlagen begann.

»Du weißt, warum ich hier bin, Katja«, sagte ihr Gegenüber endlich. Feuersang duzte Jugendliche grundsätzlich, auch wenn das abseits seiner Heimat, der Pinzgauer Berge, nicht immer gut ankam. »Ich mach's kurz: Du hast mit deinem Prepaid-Handy gestern um zwei Uhr morgens den Unfall auf der A 10 am Bruderloch gemeldet. Dafür hast du nicht etwa den Notruf gewählt, wie es jeder zufällige Augenzeuge des Unfalls getan hätte, sondern die Nummer der Halleiner Polizei, damit der Anruf nicht zurückverfolgt werden konnte. Dennoch bist du aufgeflogen: Eine Richterin hat uns ermächtigt, dein Handy zu orten und deine Anrufliste zu checken. Die Inhaber der Nummern werden natürlich jetzt überprüft.«

Der Minotaurus hätte nichts Schrecklicheres sagen können als diesen letzten Satz, und während Katjas Wangen eben noch glühend rot gewesen waren, stürzte ihr Blutdruck nun in den Keller, und sie wurde kalkweiß.

Feuersang merkte es und sagte gleichmütig: »Falls es dir nicht gut geht, können wir die Befragung auch gern für ein paar Minuten unterbrechen.«

Katja schüttelte vorsichtig den Kopf. »Es ist nichts, ich hab nur meine Tage. Und warum, sagten Sie, haben Sie mein Handy geortet?«

Das Mädchen war eine härtere Nuss, als Feuersang angenommen hatte. Wieder legte er eine kleine Pause ein, dann nickte er. »Okay, Katja, ich weiß natürlich, warum du dich dumm stellst. Aber anstatt jetzt mit dir über dein Verhalten zu streiten, werde ich dir lieber sagen, was *wir* wissen, in welcher Situation *du* dich befindest und wie sehr sich das Strafmaß erhöht, wenn du weiterhin glaubst, dich und andere aus der Sache raushalten zu können, während möglicherweise noch weitere Personen zu Schaden kommen.«

»Ich verstehe nach wie vor nur Bahnhof.«

»Auch gut. Fakt ist, dass du den tödlichen Unfall von Lore Zuckerbusch vor Ort beobachtet und die Polizei schon Sekunden danach benachrichtigt hast, wobei dein Handy in der Nähe des Bruderlochs eingeloggt war. Dort konntest du dich um diese Zeit nur aufhalten, weil du vorweg entsprechend informiert worden warst, also entweder selbst zu den Laserpointer-Crashkids gehörst oder sie zumindest kennst.«

Wieder reagierte Katja nur mit Achselzucken. »Das wird ja immer verworrener, auf derartige Phantastereien hab ich wirklich keinen Bock. Ehrlich nicht!«

Feuersang war nicht im Mindesten irritiert über ihre Reaktion, dazu übte er seinen Job schon zu lange aus.

»Uns ist klar, dass du bei diesen Sauereien nicht mehr mitmachen wolltest, denn du bist weder dumm noch wirklich kriminell veranlagt. Also fragten wir uns, warum du dich nicht längst von diesen Flaschen losgesagt hast.«

»Ach?«

»Ja, das haben wir uns gefragt. Das Wichtigste für Jugendliche in deinem Alter ist in der Regel der Kontakt zu anderen Jugendlichen, weshalb die Antwort auf der Hand lag: Du bist mit jemandem aus der Gang ganz dick, mit einem Freund oder einer Freundin. Nur deshalb hast du niemanden verpfiffen, obwohl du jeden Einzelnen der Unfallverursacher namentlich kennst.«

»So ein Unsinn. Abgesehen davon, dass ich mit diesen Crashkids, von denen hier anscheinend die Rede ist, nicht das Geringste am Hut hab, bin ich sicher nicht mit derart durchgeknallten Typen befreundet.«

»Und genau das ist der Knackpunkt.« Feuersang verschränkte seine Wurstfinger ineinander. »Du bist schon halb oder ganz raus aus der Gang, weshalb du am Bruderloch auch nur noch heimliche Beobachterin warst. Vielleicht möchte dein Freund ebenfalls raus, kann das aber aus irgendeinem Grund nicht. Entweder aus falsch verstandener Solidarität, oder man hat ihm klargemacht, dass mitgehangen auch mitgefangen heißt.«

»Was Sie sich da zusammenreimen, geht wahrhaftig auf keine Kuhhaut. Aber nur mal gesetzt den Fall, ich wäre diese Anruferin: Weshalb könnte ich nicht einfach nur zufällig vor Ort gewesen sein, sondern muss gleich einen von den Crashkids kennen? Es ist wirklich kein Wunder, dass Zeugen es sich dreimal überlegen, einem Bullen etwas zu stecken, wenn man zunächst einmal selbst verdächtigt wird, mit drinzuhängen.«

Zum ersten Mal seit Beginn des Gesprächs hatte das Mädchen – wenn auch nur indirekt – einen persönlichen Bezug zu dem Unfall angedeutet.

»Zufällig um zwei Uhr morgens am Bruderloch?« Feuersangs Augenbrauen hoben sich wie die Schwingen eines startenden Vogels. »Selbst wenn ich einen solchen Zufall vielleicht noch schlucken würde, kann ich es nicht akzeptieren, dass jemand bei Mondlicht über Schallschutzwände und zwei Fahrbahnen hinweg und eine Entfernung von mehr als hundert Metern mit freiem Auge ein Autokennzeichen ablesen kann. Die Zeugin muss von einem erhöhten Standort aus durch ein Nachtglas mitverfolgt haben, was sich abgespielt hat. Aber wozu hatte sie einen Feldstecher dabei, frage ich mich – und die nächste sich aufdrängende Frage wäre, ob du rein zufällig einen solchen besitzt, Katja.«

»Nein, ein solches Teil besitze weder ich noch meine Mutter«, sagte die Gefragte so selbstsicher, dass ihr Gegenüber die daraus resultierende Schlussfolgerung nicht für sich behalten mochte.

»Also hast du es inzwischen woanders deponiert, vielleicht bei deinem Freund?«

Schulterzucken.

Feuersang nickte entgegenkommend. »Okay, okay. Da du also irrigerweise als Zeugin geführt wirst, solltest du ja nichts zu befürchten haben, wenn du mich einen Blick in deine Anrufliste von heute werfen lässt.« Er griff nach dem nagelneuen Smartphone, das er schon beim Betreten des Zimmers auf dem Schreibtisch neben einem Laptop hatte liegen sehen.

»Finger weg, sonst schrei ich das ganze Haus zusammen«, sagte Katja sehr bestimmt. »Oder haben Sie für eine derartige Verletzung des höchst privaten Lebensbereichs eine richterliche Anordnung?«

Feuersang ließ das Handy, wo es war. »Deine Widerborstigkeit kostet nur Zeit, in der wieder etwas passieren kann. Die codierten Namen auf deiner Kontaktliste werden unsere Spezialisten bald entschlüsselt haben, wobei das Hauptaugenmerk natürlich auf deine Freunde und Mitschüler gerichtet sein wird.«

»Tun Sie, was Sie nicht lassen können.«

»Jemand von den Laserpointer-Crashkids hat unter dem Eindruck des tödlichen Unfalls am Bruderloch direkt neben dem Übergang auf die Straße gekotzt. Wir haben also DNA-Proben – vielleicht von deinem Freund, dem das alles ebenso wie dir über den Kopf zu wachsen droht?«

Das zarte Rot, das in ihrem eben noch kalkweißen Gesicht aufkeimte, bestätigte ihm, dass er mit seiner Vermutung ins Schwarze getroffen hatte. Schon wollte er nachsetzen und ihr drohen, sie und ihre Mutter vorladen zu lassen, als sein eigenes Handy läutete.

Jacobi war dran. »Wie kommst du mit dem Mädchen voran, Leo?«

»Im Moment noch etwas zäh, Chef, ich melde mich später.«

»Wenn sie mauert, heiz ihr noch einmal tüchtig ein, dann lassen wir sie eine Nacht im eigenen Saft schmoren. Und morgen, am Wochenende, rückst du ihr vormittags noch einmal auf die Bude. Mach bald Schluss für heute, ich will keinen Ärger mit deiner Loni. Melanie scheint übrigens auf eine zweite Spur gestoßen zu sein – oder besser gesagt: Eine Revierinspektorin aus Golling hat vielleicht neue Hinweise. Mehr davon morgen. Also, wie gesagt, mach nicht mehr so lang, Alter.«

9 DR. NORBERT FLOTZINGER kam nur langsam wieder zu sich. Hatte er einen Unfall auf der Autobahn gehabt? Nein, definitiv nicht. Aber was war dann passiert? Halt, jetzt wusste er es wieder: Er war bereits von der A 10 abgefahren und hatte den Oldtimer vor dem Blockhaus geparkt. Ja, und dann? Richtig,

er wollte dort endlich einmal mit dieser scharfen Farbigen zur Sache kommen, aber dann – ja, wie war das dann gelaufen?

Nach wie vor litt er unter Gedächtnislücken, durch sein Gehirn jagten ausschließlich Erinnerungsfetzen in der Qualität von Schnappschüssen, und sein Kopf brummte wie ein startender Jumbojet.

Er fasste beziehungsweise wollte sich an die schmerzende Stelle an seinem Hinterkopf fassen – konnte aber nicht: Seine Handgelenke waren fixiert.

Flotzinger bemühte sich, die Augen weiter aufzumachen, dennoch konnte er die Gestalt, die breitbeinig vor ihm stand, nur undeutlich und schemenhaft wahrnehmen. Sehr wohl aber spürte er, dass er auf einem gebohnerten Holzboden lag und mit Handschellen an einen Heizkörper gekettet war.

»Wachst du endlich auf, du Kretin? Bist halt mit sechsundfünfzig doch nicht mehr ganz so fit wie damals, als du mit gutgläubigen Opfern nach Belieben verfahren bist und sie zu Hunderten aufs Kreuz gelegt hast, nicht wahr? Aber dein Nickerchen hatte auch sein Gutes: So konnte ich in Ruhe alles vorbereiten.«

Flotzinger konnte die Stimme nicht einordnen, musste sie aber irgendwann und irgendwo schon einmal gehört haben: vor langer Zeit. Und natürlich vorhin, ehe er das Bewusstsein verloren hatte. Nur hatte sie da nicht so scharf, so hasserfüllt geklungen wie jetzt.

»Was … was konntest du vorbereiten?« Mehr brachte Flotzinger nicht heraus, seine Mundhöhle war trocken, die Zunge aufgequollen. Woher er das Hämatom am Hinterkopf hatte, das nun immer heftiger schmerzte, war ihm inzwischen klar geworden: Er war gestürzt und mit dem Kopf gegen etwas geschlagen.

Aber warum war er gestürzt? In diesem Punkt streikte die Erinnerung noch. Hatte die Gestalt vor ihm etwas damit zu tun? Und stand dort vorne neben der Tür noch jemand? War es die Farbige … oder doch nur der Kleiderständer?

»Alles für deine Hinrichtung, Norbert Flotzinger«, antwortete die Stimme. »Dein Blut hab ich schon.« Ein dunkler länglicher Gegenstand wurde vor dem Gesicht des malträtierten Mannes hin und her geschwenkt, dem sich erst ganz allmählich erschloss, dass es sich um eine medizinische Phiole handelte, die mit Blut gefüllt war. Die Hand, die das Glas hielt, steckte in einem Autohandschuh aus schwarzem Carpincho-Leder. Um aber das Gesicht seines Henkers oder seiner Henkerin zu erkennen, war Flotzingers Sehsinn noch zu sehr in Mitleidenschaft gezogen. Sosehr er die Augen auch zusammenkniff, er sah nur einen hellen ovalen Fleck.

Sein Gegenüber bemerkte seinen Blick und verabreichte ihm zwei schallende Ohrfeigen, dass sein Kopf nur so hin und her pendelte. »Na, siehst du jetzt wieder besser? Das wäre wirklich wünschenswert, dann könntest du dir auch dieses Foto anschauen, damit du weißt, warum du sterben musst.«

»Ich habe Durst.«

»Du sollst dir das Foto anschauen, du Stück Scheiße! Deinem Durst wird danach schneller abgeholfen werden, als dir lieb ist.«

Aber weder mit dem Foto, das ihm vor die Nase gehalten wurde, noch mit dem kryptischen Satz auf der Rückseite – »Ich muss den Weg gehen, den ich gehen muss« – konnte Flotzinger etwas anfangen. Er bemühte sich auch gar nicht, sein lädiertes Gehirn anzustrengen, denn der Hinweis auf die »gutgläubigen Opfer« hatte ihm bereits genug verraten, und langsam begann er zu begreifen, dass die Person es ernst meinte und ihm wirklich und wahrhaftig ans Leder beziehungsweise ans Leben wollte.

Todesangst befiel ihn. Er begann, unkontrolliert zu zittern, die Beklemmung behinderte seine Atmung, was seine Panik noch verstärkte. »Wenn ich … jemandem unrecht getan habe, tut es mir aufrichtig leid …« Keuchend hielt der zeitlebens so rücksichtslose Defraudant inne und musste ein paarmal tief Luft holen, ehe er weitersprechen konnte. »Aber das alles ist doch schon so lange her.«

»Soso, das alles ist doch schon so lange her?«, kam es höhnisch retour. »Und leid tut es dir außerdem? Na, das ist doch schon mal was. Sag einmal, hörst du dir eigentlich selbst zu? In deiner

Situation wäre das nämlich durchaus angebracht.« Und dann zischend wie ein Reptil: »Dir hat niemals etwas leidgetan, und du hast all die Jahre hindurch nie auch nur einen Gedanken daran verschwendet, wie gründlich du deinen Opfern den Boden unter den Füßen weggezogen hast.«

Plötzlich begann Flotzinger, blindwütig an seinen Fesseln zu zerren, aber vergeblich. Niemand hätte die Zu- und Abflussrohre des Heizkörpers aus der Verankerung reißen können. Er zog sich lediglich schmerzhafte Schürfwunden zu, die ihn laut aufstöhnen ließen.

»Tut's weh?« Die gehässig klingende Stimme hätte man ebenso gut einer Frau wie einem Mann zuordnen können. »Schön, aber gleich wird es noch viel mehr wehtun.«

Zwei wuchtige Fausthiebe zertrümmerten ihm das Nasenbein, dann spürte er in seinem Mund etwas herumkullern: zwei Schneidezähne. Er spuckte sie aus, fluchte. Auf der Zunge spürte er den süßlich-metallischen Geschmack des Blutes, das ihm aus der Nase und den aufgeplatzten Lippen rann.

Die Gestalt hatte sich wieder zurückgezogen und stand wie zuvor breitbeinig zu seinen Füßen. Noch immer konnte Flotzinger nicht sagen, ob es sich bei ihr um die Frau handelte, die ihm die Hüttentür geöffnet hatte, oder um eine andere Person. Sie trug einen schwarzen Overall, wie um grobe Arbeiten zu verrichten – zum Beispiel ein Grab auszuheben, durchfuhr es Flotzinger. Wenn es die Frau war, dann hatte sie das Teil vorhin jedenfalls noch nicht getragen.

Schlagartig kam die Erinnerung zurück. Eine Frau hatte ihm die Tür geöffnet, doch in welch bizarrem Aufzug! Das Gesicht unter der roten Perücke war weiß geschminkt gewesen, die schwarz umrandeten Augen und Lippen und die rote Clownsnase hatten grell aus ihm hervorgestochen. Ja, es war das Antlitz eines Clowns gewesen, eines traurigen Clowns – und plötzlich fiel ihm auch ein, dass es sich bei dem Satz auf der Rückseite des Fotos um ein Zitat aus dem Roman »Ansichten eines Clowns« von Heinrich Böll handelte.

Aber warum die Maskerade, wenn er doch ohnehin umgebracht werden sollte? Abgesehen vom offenen Nadelstreifen-Sakko, den Netzstrümpfen und High Heels war die Frau splitternackt gewesen, als sie ihn hereingebeten hatte – wohl, um ihn gar nicht erst auf die Idee kommen zu lassen, noch an der Tür zu fragen, warum das Arrangement geändert worden sei.

Und ihre Rechnung war aufgegangen: Beim Anblick ihrer schönen Brüste mit den rot geschminkten Brustwarzen und des dunklen Dreiecks zwischen ihren Beinen war er ihr wie ein geiler Rammler dichtauf ins Innere der Hütte gefolgt, ohne lange zu überlegen. Fragen stellen konnte man ja auch hinterher noch.

Jetzt aber trug die Person Overall und Laufschuhe; Sakko und Perücke waren verschwunden. Weder ihr dunkelblonder Pagenschnitt noch die dicke Schminke ließen eine halbwegs exakte Schätzung ihres Alters zu. Die gut proportionierte sportliche Figur deutete auf eine jüngere Frau, vielleicht sogar auf ein Mädchen hin, aber genauso gut konnte diese rasende Mänade dreißig oder vierzig sein.

Flotzinger traten die Tränen in die Augen, doch es waren nicht Tränen der Angst oder des Schmerzes, sondern Tränen der Verzweiflung und Wut über die eigene schwanzgesteuerte Blödheit. »Hören Sie, man kann doch über alles reden …« Die Worte kamen stockend und kaum noch verständlich über seine anschwellenden Lippen.

»Falsch, Flotzinger, dein Abgang ist nicht verhandelbar. Spar dir den jämmerlichen Versuch, um dein Leben zu betteln! Du wirst gleich eine lange Reise antreten, eine sehr lange Reise. Aber vorher sollst du wenigstens noch eine Ahnung von Schmerzen bekommen, die eigentlich kein Mensch ertragen kann, indem du jetzt einen klitzekleinen Bruchteil jener Qualen genießt, die du uns zugefügt hast.«

Noch ehe er den Kopf abwenden konnte, hatte ihm die Frau mit einem Streifen Isolierband den Mund verklebt. Jetzt erst ließ die Angst vor dem Kommenden das einstige Mastermind der Sowoinvest-Treuhand wild um sich treten und sich hin und her werfen. Den wuchtigen Fußtritt in seine Genitalien konnte er damit allerdings nicht verhindern. Der Schmerz war überwältigend, und er hätte sich die Seele aus dem Leib geschrien – wenn er denn gekonnt hätte. Aber der Mann, der so viele Menschenschicksale beeinflusst hatte, war nun nicht einmal mehr dazu in der Lage. Schließlich erlöste ihn – freilich nur vorübergehend – eine abermalige Ohnmacht.

Irgendwann brachten ihn Rütteln und Schütteln und eine Serie von Ohrfeigen wieder zu Bewusstsein, und augenblicklich war der grauenhafte Schmerz wieder da.

»So still schleichst du dich nicht davon«, sagte seine Henkerin und blickte dabei auf ihre Armbanduhr. »Hätte mich wirklich maßlos geärgert, wenn du frühzeitig schlapp gemacht und mich so des Vergnügens beraubt hättest, dich ins Jenseits zu befördern. Es ist jetzt einundzwanzig Uhr zwanzig. Du sollst wissen, wann die Minute deines Abgangs gekommen ist und diese voll auskosten. Sie hat übrigens schon begonnen. Du hast noch genau zehn Sekunden zu leben …«

10

NACH EINEM FRIEDLICHEN, aber wenig erfolgreichen Sonntag – Katja Petritsch mauerte nach wie vor hartnäckig, und die avisierte Revierinspektorin aus Golling hatte sich wegen der Heirat ihrer Schwester übers Wochenende frei genommen und war nicht erreichbar – kündigte der Montagmorgen trotz Vogelgezwitschers am Ignaz-Rieder-Kai und der warmen Sonnenstrahlen auf der Dachterrasse von Jacobis Wohnung einen der deprimierendsten Tage in seiner Laufbahn an. Redl hatte ihn und Melanie um halb sechs aus dem Bett geklingelt: noch ein Toter auf der A 10! Und wieder beim Bruderloch! Für Jacobi klang das wie eine Kriegserklärung an das LKA, denn einen Zufall schloss er nach den Ereignissen der vergangenen Wochen aus.

Major Redl, Gerichtsmediziner Dr. Sebastian Pernauer und Abteilungsinspektor Oliver Stubenvoll mit seinen drei KTU-Leuten waren bereits an der weiträumig abgesicherten Unfallstelle vor Ort, als Jacobi und Kotek auf dem Seitenstreifen der A 10 unter der Überführung Bruderloch hielten. Unweit der Stelle, an der das Porschewrack Tage zuvor geborgen worden war, hing ein stark verformter schwarzer Mercedes-Oldtimer an der eingedellten Fahrbahnbegrenzung, einige Meter daneben hatte man die Leiche eines gut gekleideten mittelgroßen Mannes mit auffälligen Geheimratsecken und gewelltem eisgrauem Haar zwischen Leitschiene und Lärmschutzwand in einen offenen Sanitätssarg gebettet.

Redl setzte den Oberst umgehend ins Bild. »Nach Spurenlage erfolgten die drei Kollisionen mit den Leitschienen unmittelbar hintereinander, erst rechts, dann links, dann wieder rechts. Eine davon muss letal für den einzigen Insassen des Wagens gewesen sein, einen gewissen Dr. Norbert Flotzinger, sechsundfünfzig, Konsulent eines Büros für wirtschaftsjuristische Fragen in Monaco. Die Büroadresse ist in den bei ihm sichergestellten Papieren zwar angegeben, aber aus ihnen geht nicht hervor, wo er gemeldet ist. Eine Tankquittung aus Prien am Chiemsee könnte vielleicht ein Hinweis sein.«

»Vermutliche Todesursache?«

»Sehr wahrscheinlich Genickbruch, sagt Wastl. Das deformierte Gesicht klebte förmlich an der Windschutzscheibe. Beim Daimler handelt es sich um einen SD 280, W 126, Baujahr '81, seit 1994 auf das Unfallopfer in Salzburg/Stadt angemeldet.«

»Anzeichen auf weitere beteiligte Fahrzeuge oder Personen?«

»Negativ.«

»Sollte es sich um *den* Dr. Flotzinger handeln, der vor eineinhalb Jahrzehnten mit dem Sowoinvest-Skandal in aller Munde war, würde es mich nicht wundern, wenn sich bei ihm keine offizielle Adresse findet«, ließ sich da Kotek vernehmen, die zu den beneidenswerten Frauen gehörte, welche unausgeschlafen ebenso anziehend wirkten wie in aller Frische. Jacobi, für den diesbezüglich das Gegenteil galt, runzelte die Stirn. Nichts ging ihm mehr gegen den Strich, als wenn sich ein ohnehin zäher Fall unversehens weiter verkomplizierte, und das noch dazu am frühen Morgen.

»Flotzinger, das Mastermind der Bautreuhand? Für den gilt doch hierzulande noch immer ein Haftbefehl, wenn ich mich nicht sehr täusche, oder?«

»Allerdings«, bestätigte Stubenvoll, der gemeinsam mit Dr. Pernauer zu ihnen an den Transportsarg getreten war. »Die Anklagen wegen Parteienverrats und Betrugs gegen ihn sind in den letzten fünfzehn Jahren immer wieder erneuert oder ergänzt worden, sodass seine Schandtaten nicht verjähren konnten. Verhaftet hat man ihn trotzdem nie. Im Gegenteil: Der österreichische Staat hat dem mittellosen Republikflüchtling sogar die Kosten bei Gericht erstattet, obwohl der feine Herr es vorzog, zu keiner der Verhandlungen zu erscheinen. Wäre fast so etwas wie eine Fügung von oben, wenn ihn der Zufall zu einem Opfer der Crashkids gemacht hätte. Die juristische Gerechtigkeit ereilt solche Gauner ja ohnedies höchst selten. Seine Opfer werden kaum jemals auch nur einen Cent Entschädigung erhalten.« Stubenvoll hatte in seinem Job schon zu viel gesehen und sympathisierte nicht zuletzt deshalb mit dem altbabylonischen Rechtsgrundsatz: Auge um Auge!

»Aber wo wäre da die höhere Gerechtigkeit?«, maulte Pernauer. »Flotzinger hat außer den paar Sekunden Stress vorher doch keinerlei Schmerz gespürt – im Vergleich zu den jahrelangen Selbstvorwürfen der Betrogenen ist diese Bestrafung ein Witz.«

»Du erkennst ihn? Es ist also wirklich *der* Flotzinger?«, wollte Jacobi wissen, ohne auf Pernauers Gejammer einzugehen.

»Ganz sicher«, bestätigte der Leiter der Gerichtsmedizin mit angeekelter Miene. »Das Gesicht einer Pottsau dieses Formats vergisst man so leicht nicht. Ein ebenso niederträchtiger wie manipulativer Charakter! Eine Nichte meiner Frau ist ihm wie so viele andere damals auf den Leim gegangen. In letzter Zeit soll er übrigens wiederholt in München und am Chiemsee gesichtet worden sein.«

»Das würde die Tankquittung erklären. Wie ist er nun definitiv gestorben, Wastl?«

»Er hat ein Schleudertrauma vierten Grades, Genickbruch, wie schon gesagt«

»Todeszeitpunkt – ungefähr?«

»Schwer zu sagen, da die Mobilität der Totenflecken kaum noch gegeben ist. Aber er muss schon mehr als sechs Stunden tot sein. Grob geschätzt dürfte er gestern zwischen einundzwanzig und vierundzwanzig Uhr gestorben sein. Sehr bezeichnend übrigens für unsere Unkultur des Wegschauens, dass der Unfall erst lange nach Mitternacht von einem Truckfahrer gemeldet wurde. Zu Hause werde ich mir Herrn Flotzinger auf meinem Seziertisch natürlich noch genauer anschauen, aber etwas großartig Neues solltest du im Nachhinein nicht mehr erwarten. Alles andere sagt dir Olli.«

Der Gerichtsmediziner war nicht weniger missgelaunt als Jacobi, dass man ihn so früh aus den Federn gejagt hatte, während Stubenvoll, der freiwillig mit den Hühnern aufstand und als eifriger Katholik sogar hin und wieder die Frühmesse in der Blasius-Kirche besuchte, solche Wehleidigkeit fremd war. Empfindlich reagierte er nur, wenn ihm jemand weltanschaulich blöd kam. Jetzt machte er den Chef bereitwillig mit den vorläufigen Erkenntnissen vertraut: »Da der Wagen keinen Platten hatte und nichts darauf hindeutet, dass das Opfer durch Sekundenschlaf in eine Gefahrensituation geraten ist, ist wohl davon auszugehen, dass die Crashkids wieder am Werk waren und er falsch reagiert hat. Die Bremsspur lässt auf eine Fahrgeschwindigkeit von nicht mehr als hundertdreißig Kilometern pro Stunde unmittelbar vor der Vollbremsung schließen. Der Mann ist also mit Normalgeschwindigkeit unterwegs gewesen, da er aber nicht angegurtet und sein Oldtimer nicht mit Airbags ausgestattet war, hat ihn der willkürliche Reflex das Leben gekostet.«

»Und das Blut in seinem Gesicht?«

»Er hat versucht, sich gegen das Lenkrad zu stemmen, hatte aber gegen die Fliehkräfte keine Chance. Vermutlich ist er schon beim ersten Crash mit der Nase gegen den Lenkradkranz geknallt und hat sich das Genick dann durch die gegenläufige Peitschenschlagbewegung gebrochen. Für uns von der KTU gilt übrigens dasselbe wie für Wastls Knochenmühle: Den endgültigen Bericht über die Untersuchung der Fahrgastzelle erhältst du wie üblich in zwei oder drei Tagen.«

»Morgen wäre mir lieber.«

Kotek hatte sich inzwischen zu dem Leichnam hinuntergebeugt und schnüffelte an dem blutverschmierten Gesicht und dem besudelten Sakko. Provoziert durch dieses Bild wollte der grantige Oberst schon zu einem Kalauer über nekrophile Neigungen ansetzen, beschränkte sich dann aber bei dem Gedanken an die mögliche Replik auf die beiläufige Frage: »Was ist?«

Die Kriminalbeamtin mit Modelmaßen richtete sich aus ihrer gebückten Haltung auf und drehte mit einer von Jacobi entlehnten Geste der Ratlosigkeit die Handflächen nach oben. »Flotzinger hat ein starkes Eau de Toilette mit Chypre-Fougère-Noten benutzt. Es überdeckt einen weiteren Geruch, ich komm nur noch nicht drauf, welchen. Vielleicht ein Hauch von Jasmin, könnte aber auch Rosenduft sein.«

»Wenn du willst, gehen wir dem nach, Melanie«, bot Spusi-Chef Stubenvoll an, um aber gleich hinzuzufügen: »Die Analyse von Duftproben braucht freilich seine Zeit, wie du weißt.«

Jacobi wandte sich an Redl. »Okay. Lenz, du schließt dich bitte mit Hans kurz. Ermittelt, woher Flotzinger gekommen ist beziehungsweise wo er zurzeit logiert hat. Als in Österreich behördlich Verfolgter wird er sich kaum schon vor Sonntagnacht hierzulande aufgehalten haben, was zumindest die Vermutung nahelegt, dass er neben seiner Wohnung in Monaco auch im benachbarten Ausland über eine Bleibe verfügt haben könnte. Diesbezüglich konsultierst du am besten die Bayern. – Wohin der nur so spät wollte? So verstohlen ist ein Schlitzohr wie Flotzinger doch nur zu einem geheimen Deal unterwegs, meint ihr nicht auch?«

»Ich werde diesbezüglich beim Referat für Wirtschafts- und

Finanzermittlungen anklopfen, vielleicht wissen die ja was«, meinte Redl. »Was habt ihr jetzt eigentlich mit dieser Katja Petritsch vor?«

»Ich hab schon mit der Direktorin ihrer Schule telefoniert. Leo ist auf dem Weg dorthin. Jetzt wird Tacheles geredet.«

11 REVIERINSPEKTORIN SABRINA NOVAK hatte sich schon am Montagmorgen in der Polizeiinspektion Golling am Markt 27 zurückgemeldet, obwohl sie nach ihrem Kurzurlaub erst für den Nachmittag zum Journaldienst eingeteilt war. Ihr Vorgesetzter, Gruppeninspektor Philipp Lurmtaxer, nahm das wohlwollend zur Kenntnis, denn Sabrina war einer der wenigen Lichtblicke auf dem Posten, der wie so viele andere auch demnächst geschlossen werden sollte, zudem war er als derzeit einziger Diensthabender zu Tode gelangweilt. Dabei gab es nach den beiden so rasch hintereinander erfolgten tödlichen Unfällen am Bruderloch wahrlich mehr als ausreichend Gesprächsstoff, und nicht nur das: Plötzlich ließen sich Personen in Golling blicken, die es beruflich sonst nie hierher verschlug.

Gerade war der gesetzt wirkende, aber recht lebenslustige Beamte dabei, der aparten Kollegin plastisch zu schildern, welch bemerkenswerte Bekanntschaft er am Samstagabend im Gasthof »Abfalter« im Gollinger Ortsteil Torren gemacht hatte, als es an der Tür des Amtszimmers klopfte.

»Wirklich eine Wucht, dieses Weib!«, fuhr Lurmtaxer, den Störenfried einfach ignorierend, in seiner Schilderung fort. »Hab sie zunächst für einen Filmstar oder so was Ähnliches gehalten, wie sie da im Gasthof aufgekreuzt ist, erst recht, als sie den Wirt verlangte. Dachte, sie wolle sich über irgendeine Unzulänglichkeit beschweren. Manni, dem Wirt, fielen bei ihrem Anblick ebenfalls fast die Augen aus dem Kopf. Einen Pulli hatte die an, sag ich dir! Das rote Teil klebte förmlich an ihrem Körper, man konnte die –«

»So detailliert muss ich über die Vorzüge dieser Sexbombe gar nicht informiert werden«, fiel ihm die Kollegin ins Wort, woraufhin sich Lurmtaxer augenblicklich um Schadensbegrenzung bemühte.

»Entschuldige! Wie unsensibel von mir, in Gegenwart einer hübschen Frau von einer anderen zu schwärmen.«

»Lass stecken, Lipp! Erstens ist mir die Dame ohnehin bekannt, und zweitens hat es schon wieder geklopft.«

Die dichten Brauen des Gruppeninspektors wanderten nach oben, wodurch sich die Dackelfalten auf seiner Stirn weiter vertieften. »Du kennst den Hasen?«

»Nicht persönlich, aber Frau Oberleutnant Kotek hat mich schon vorgestern Nacht, gleich nachdem sie einen ebenso angesäuselten wie kontaktfreudigen Kollegen losgeworden ist, zum ersten Mal angerufen, wobei sie natürlich auch erwähnte, wer ihr meine Nummer gegeben hat. Später hat sie mir noch zweimal auf die Mailbox gesprochen, aber ich hatte mein Handy übers Wochenende abgeschaltet und habe deshalb die Mailbox erst gestern Abend abgehört.«

Lurmtaxer war bei der Bemerkung über den »kontaktfreudigen Kollegen« puterrot angelaufen. »Das ist eine maßlose Übertreibung. Ich hab nur zufällig gehört, wie sie den Manni nach einer Fahrrad-Gang gefragt hat, die schon das eine oder andere Mal bei ihm eingekehrt und ihm deshalb aufgefallen sein könnte. Und weil der Manni nichts von einer solchen Gang wusste, hab ich mich vorgestellt und gesagt, ich hätte da vielleicht einen Tipp für sie.«

»Ja, aber vorher musstest du ihr noch ein paar Achterl Veltliner aufnötigen, ehe du sie an mich verwiesen hast«, zeigte sich Sabrina Novak gut informiert.

Wieder klopfte es, diesmal lauter, und wieder reagierte der Postenkommandant nicht. »Und was soll daran falsch gewesen sein?«, verwahrte er sich gegen den Vorwurf. »Ich hab ihr gesagt, dass du seit einiger Zeit hinter diesen Laserpointer-Freaks her bist und schon gewisse Erkenntnisse über sie gewonnen hast.«

»Falsch war es nicht …«, sagte die Frau, die jetzt in der

geöffneten Bürotür stand. Melanie Kotek, von der eben die Rede gewesen war, hatte keine Lust mehr gehabt, noch ein viertes Mal anzuklopfen.

Sie ist tatsächlich eine Wucht, dachte Sabrina Novak, die selbst nicht unattraktiv war, ohne Neid: groß, schlank, mit idealer Jeans-Figur und dem Busen einer Zwanzigjährigen, obwohl sie sicher schon jenseits der Dreißig war. Die üppige dunkelbraune Haarflut bildete den idealen Rahmen für das schmale Gesicht mit großen dunklen Augen und Schmolllippen. Abgesehen von einer Rolex Oyster Submariner Date am linken Handgelenk trug Kotek keinerlei Schmuck, aber den hatte eine Frau wie sie auch nicht nötig.

»Auf die Dauer fände ich es allerdings ziemlich anstrengend, jedes Mal erst eine Lacke Weißwein wegsüffeln zu müssen, um eine Handynummer zu erfahren«, vervollständigte sie lächelnd den begonnenen Satz, während die Kopfbewegung, mit der sie ihre Mähne nach hinten warf, Novak merkwürdigerweise an eine Amazonendarstellung in den Ruinen von Akrotiri erinnerte.

»Ich bitt Sie: Behalten Sie doch Platz!«, wehrte Kotek ab, als die beiden Anstalten machten, aufzustehen, und wandte sich fast noch im selben Atemzug an die etwa gleichaltrige Kollegin. »Frau Novak, nehme ich an?«

Die Revierinspektorin nickte und deutete auf den einzigen noch freien Stuhl. »Bitte, Frau Oberleutnant.«

Kotek schüttelte den Kopf. »Nein, heut bin ich dran mit Einladen. Der Lipp hat sicher nichts dagegen, wenn ich Sie zu einem Kaffee außer Haus entführe. Und die Frau Oberleutnant lassen wir weg, ich heiße Melanie.«

»Und ich Sabrina«, sagte Sabrina Novak, nun ebenfalls lächelnd. »Ich denke, das ›Café Maier‹ ein paar Meter weiter würde sich gut für ein Gespräch eignen.«

Lurmtaxer machte ein langes Gesicht, weil er so offensichtlich zu diesem Kaffeeplausch nicht eingeladen war, schickte sich aber ins Unvermeidliche.

Wenige Minuten später hatten die Frauen im nahe gelegenen Café trotz hoher Besucherfrequenz einen ruhigen Ecktisch ergattert.

»Also, Sabrina, ich bin ganz Ohr«, begann Kotek, nachdem die Bedienung ihre Bestellungen aufgenommen hatte. »Seit voriger Woche bin ich im Tennengau auf der Jagd nach Infos unterwegs, die uns auf die Spur der Bande setzen können. Nach dem Hinweis von Lurmtaxer vorgestern hab ich ein paarmal versucht, Sie zu erreichen, aber bedauerlicherweise nur auf die Mailbox sprechen können.«

»Tut mir leid. Ich hatte mir ein paar Tage freigenommen, weil meine jüngere Schwester am Wochenende geheiratet hat. Gestern Abend war ich zwar wieder zurück, aber die Nachrichten auf dem Handy habe ich ganz bewusst erst vor dem Schlafengehen abgehört.«

Kotek verkniff sich die Bemerkung, dass eine Polizeibeamtin auch in ihrer Freizeit erreichbar zu sein hatte, und wurde für ihre Zurückhaltung belohnt.

»Nun, jetzt steh ich ja zu Ihrer Verfügung und kann zur Frage, die Sie dem Wirt vom ›Abfalter‹ gestellt hatten, tatsächlich etwas sagen. Ich glaube nämlich, einer Fahrrad-Gang, wie Sie sie suchen, schon zweimal begegnet zu sein, und füge gleich hinzu: Nach meiner letzten Beobachtung hätte ich mich ohnehin diese Woche beim LKA gemeldet – mit Vorbehalt freilich, schließlich will man sich ja nicht blamieren.«

»Sofort wäre besser gewesen, Sabrina! Trotz marginaler Fortschritte treten wir noch immer mehr oder weniger auf der Stelle, weil unsere einzige Zeugin eisern mauert. Also sind wir auf jeden noch so kleinen Hinweis angewiesen wie auf den obligaten Bissen Brot. Hat Ihnen Lurmtaxer schon erzählt, dass es heute Nacht den zweiten tödlichen Unfall am Bruderloch gegeben hat? Wir haben mordsmäßig eins aufs Dach gekriegt, weil man an höherer Stelle der Meinung ist, wir hätten die erwähnte Zeugin zu lange mit Samthandschuhen angefasst. Wegen zögerlichen Vorgehens will man dem Referat 112 jetzt sogar eine moralische Mitschuld am Tod von diesem Dr. Flotzinger anhängen.«

»Sie sind bemerkenswert ehrlich, Melanie.«

»Sieben Laserpointer-Unfälle, zwei davon mit tödlichem Ausgang, sind noch immer nicht aufgeklärt, Sabrina. Da kann sich unsere Abteilung den Luxus von Eitelkeit wirklich nicht mehr leisten. Also, wie war das nun mit Ihrer Beobachtung?«

Mit einer verlegenen, dennoch fast maskulin anmutenden Geste fuhr sich Sabrina Novak durch das kurz geschnittene gewellte Haar. »Ich bedauere: Auch wenn die Angelegenheit dringend ist, muss ich dazu ein wenig ausholen.«

»Holen Sie aus, so weit Sie wollen, aber reden Sie endlich, Sabrina! Helfen Sie uns auf die Sprünge!«

Bedächtig, fast schüchtern begann die Revierinspektorin zu berichten. »Wie Sie wissen, bin ich eigentlich in Hallein stationiert. Deshalb habe ich mich im Rahmen von Beobachtungsaufgaben auch mit der Causa prima, dem Laserpointer-Fall, befasst. Nicht nur im Dienst, auch in der Freizeit fahr ich gerne Rad. Da ich Single und kinderlos bin, habe ich dazu ausreichend Gelegenheit und in den letzten Wochen die Augen natürlich besonders offen gehalten.«

»Warum natürlich?«

»Weil die Täter wahrscheinlich Jugendliche sind, die ebenso wahrscheinlich nicht auf Mopeds oder Mofas unterwegs sind, sondern auf diskreten Fahrrädern, und sich regelmäßig irgendwo treffen – vor allem unmittelbar vor den geplanten Unfällen und nicht allzu weit vom Ort des Geschehens entfernt.«

Die anfängliche Hemmung Novaks machte mit jedem Satz wachsender Selbstsicherheit Platz. »Diese Vermutung hege ich übrigens nicht erst seit dem Aufruf von Oberst Jacobi in ›Salzburg heute‹, sondern bereits seit der ersten Attacke dieser Art. Mit kaum einem anderen Vehikel können die Teenies so unauffällig vor Ort aufkreuzen und sich nach vollbrachter Tat rasch wieder in alle Winde zerstreuen.«

Fast beschämt nahm Kotek zur Kenntnis, wie logisch und schlicht das Profiling der Landpolizistin klang.

Die Bedienung brachte zwei Cappuccino und zwei Stücke

Topfentorte. Als sie sich wieder entfernt hatte, fuhr Novak in ihren unterbrochenen Ausführungen fort. »Bei meinen Ausflügen fahre ich nicht nur die Flusstäler entlang, sondern auch schon mal ein Stück weit die Hänge rauf, so zum Beispiel am Donnerstag vor drei Wochen nach St. Jacob am Thurn zum ›Schützenwirt‹. Ich hatte mich dunkel daran erinnert, dass sich die Wirtin einmal über eine Fahrrad-Gang beschwert hatte, die gelegentlich im Gastgarten Station macht. Einer der Jugendlichen sei bekifft und kaum davon abzubringen gewesen, andere Gäste mit seinem Laserpointer zu belästigen.«

»Der ›Schützenwirt‹ also«, flüsterte Kotek andächtig, wobei sie ihre Ungeduld kaum noch beherrschen konnte. »Dann treffen sich die Typen dort regelmäßig?«

»Möglich – wenn es denn die sind, nach denen wir suchen«, bremste Novak ihre Euphorie. »Jedenfalls ist mir an diesem Donnerstag – es war einer jener ausnahmsweise warmen Tage im heurigen Frühjahr – eine Gruppe von Teenies, zwei Mädchen und vier Jungs, im Gastgarten des Lokals aufgefallen. Ich hatte dort Rast gemacht, trank eine Schorle und hätte den sechsen vermutlich kaum Beachtung geschenkt, wären sie nicht mit Bikes unterwegs gewesen und hätte nicht einer der Jungs, so ein hühnerbrüstiger Spargeltarzan, unentwegt das große Wort geführt.«

»Was hat er denn gesagt?«

»Eben das konnte ich nicht hören, denn ich saß drei Tische weiter, auch wenn die übrigen fünf kaum dazwischenredeten.«

»Was Sie umso hellhöriger machte?«

»Sie sagen es. Das geheimnisvolle Getuschel und die Anführerallüren dieses Kretins bestärkten mich in meinem leisen Anfangsverdacht. Später vergewisserte ich mich auch noch bei der Wirtin, dass es sich um jene Jugendlichen handelte, die ihre Gäste mit dem Laserpointer belästigt hatten. Als dann freitagnachts um zwei der mittlerweile vierte Anschlag erfolgte, brachte ich ihn zwangsläufig mit den Kids beim ›Schützenwirt‹ in Verbindung, und da die Täter bisher jedes Mal in der Nacht von Donnerstag auf Freitag aktiv geworden waren, beschloss ich, am folgenden Donnerstagnachmittag wieder zur Stelle zu sein. Diesmal kreuzte ich nicht mit dem Fahrrad, sondern im Golf und mit einer Freundin beim ›Schützenwirt‹ auf. Meine Begleitung hatte ich nicht eingeweiht, sie sollte nicht wissen, welchem Zweck unser Nachmittagsplausch wirklich diente, damit sie sich unbefangen verhielt.«

»Und? Waren die Typen wieder da?«

»Ja, sie trudelten so gegen siebzehn Uhr auf ihren Bikes ein, einer nach dem anderen. Diesmal waren es allerdings nur fünf, eines der Mädels fehlte.«

»Eines der Mädels fehlte«, wiederholte Kotek wie ein Echo.

Sabrina Novak war nicht auf den Kopf gefallen. »Sie denken an den Anruf beim Posten Hallein in der Nacht auf Freitag?«

Kotek nickte. »Möglich, dass der Anruferin die Aktionen ihrer Kumpane zu heiß geworden sind, möglich aber auch, dass man ihr nicht mehr traute und sie deshalb nicht mehr dabeihaben wollte.«

»Das würde auch erklären, warum in der Nacht zu Freitag vor vierzehn Tagen ausnahmsweise kein Anschlag erfolgte, sondern erst wieder letzte Woche. Man hat abgewartet, wie sich die Wackelkandidatin entwickeln würde. Erst als sie weiterhin schwieg, sich also als loyal erwies, hat man fröhlich weitergemacht.«

Novaks Rückschlüsse hatten Hand und Fuß, fand Kotek. »Doch nach dem tödlichen Unfall der Porschefahrerin war es endgültig vorbei mit der Loyalität«, spann sie ihrerseits den Faden weiter. »Der brachte das Fass zum Überlaufen. Die Meldung an die Polizei war ein nicht misszuverstehender Warnschuss vor den Bug der Verursacher. Dass die daraufhin sofort einen weiteren Crash provozierten, kann eigentlich nur als überschießende Gegenreaktion auf das Stopp-Signal gewertet werden, wobei ich den Versuch, die Abtrünnige einzuschüchtern, für eher kontraproduktiv halte und glaube, dass jetzt alle Dämme brechen werden.«

Noch während die Kriminalbeamtin erwog, der Landpolizistin die Identität der Zeugin weiterhin zu verschweigen, sagte diese auch schon: »Ich nehme an, Sie kennen den Namen der Anruferin inzwischen. Es wird wohl die Zeugin sein, die Sie vorhin erwähnten.«

Es war keine Frage, und Kotek sah ein, dass Geheimnistuerei einen nicht unbedingt weiterbrachte, wenn man selbst auf Infos angewiesen war. »Unsere Zeugin heißt Katja Petritsch. Sie ist fünfzehn, Schülerin der HAK I in Lehen und wohnt in Salzburg-Glasenbach.«

Novak nippte mit zusammengezogenen Augenbrauen an ihrem Cappuccino, leckte sich den Schaum von der Oberlippe und sagte dann nachdenklich: »Einmal fiel der Name Katja, eben an jenem vorletzten Donnerstag, als die Typen nur zu fünft waren. Ich glaube, das zweite Mädchen fragte nach ihr. Es war übrigens einer der zwei einzigen Wortfetzen, die ich aufschnappen konnte.«

»Worum ging's in dem anderen?«

»Einer der Jungs schien Bedenken gegen irgendetwas zu hegen und nannte den Wortführer dabei Baldi.«

»Ein Kollege ist bereits unterwegs, um Katja Petritsch die Daumenschrauben anzusetzen«, erklärte Kotek, während sie nach ihrem Handy griff. »Leo? Ich habe Neuigkeiten. Allem Anschein nach dient der ›Schützenwirt‹ bei St. Jacob am Thurn der Gang als Treffpunkt. Katja Petritsch hat bis vor Kurzem höchstwahrscheinlich dazugehört, und einer der Typen wird Baldi gerufen. Damit haben wir jetzt zwei Namen.«

»Drei«, berichtigte Chefinspektor Feuersang. »Ich bin derzeit in der HAK in der Johann-Brunauer-Straße und habe mich bereits bei Mitschülern von Katja umgehört. Sie ist mit einem gewissen Felix Zöllner verbandelt, einem IT-Crack aus ihrer Klasse.«

»Vielleicht hilft es auch, dass ich ein Foto von den fünfen gemacht habe«, sagte die Revierinspektorin in beiläufigem Plauderton, als würde sie damit nicht eben eine Bombe hochgehen lassen. »Heimlich, mit dem Handy. Deshalb ist es auch nicht besonders gut geworden, aber immerhin sind alle fünf Köpfe drauf, und die KTU kann da sicher noch einiges rausholen.«

»Hast du das gehört, Leo? Mensch, Sabrina, ich könnte Sie küssen!«

»Ich lass Katja jetzt aus ihrer Klasse holen«, gab Feuersang Bescheid. »Ihr Freund sitzt schon bei mir. Wenn ihr mir das Foto mailt, zeig ich es den beiden gleich. Ich glaub nicht, dass ich dann noch mit Veröffentlichung drohen muss, sie werden auch so das Richtige tun.«

Das Gespräch war zu Ende, und die Mühlen der Staatsmacht begannen zu mahlen.

12 ALS KATJA PETRITSCH in der dritten Schulstunde von Feuersang aus der Klasse geholt wurde, hatte sie bereits vom neuerlichen tödlichen Unfall am Bruderloch aus den morgendlichen Nachrichten erfahren. Ihr war klar, dass die Polizei nun kaum noch Rücksicht auf den Status einer Minderjährigen nehmen würde. Minotaurus hatte sich vorweg ein Kabinett anweisen lassen, wo er sie ungestört in die Mangel nehmen konnte. Der als Kopier- und Abstellkammer dienende Raum, in dem sich neben Bücherwänden, Pulten, Stühlen und vorsintflutlichen PCs auch eine ausgediente Kaffeemaschine und eben der Kopierer befanden, war Katja mehr als vertraut, hatte sie doch Felix hier zum ersten Mal so richtig heißgemacht.

Auch jetzt war er da und lümmelte betont lässig an einem der Pulte, wirkte dabei aber trotzdem wie ein Häufchen Elend. Vor ihm saß der Kiberer auf jenem Tisch, der auch der Kaffeemaschine als Stellplatz diente, und fixierte beide unverwandt mit eisgrauen Augen.

Angesichts des steinzeitlichen kleinen Rekorders, der vor Felix stand, überlief es Katja kalt. Mit weichen Knien setzte sie sich neben ihren Freund. Dass Felix und sie beisammen waren, hatte der Beamte wahrscheinlich längst von ihrer Mutter oder ihren Mitschülern erfahren.

Nachdem der Bulle das Gerät in Betrieb genommen und

die relevanten Daten daraufgesprochen hatte, erwartete sie, zuallererst mit dem Unfall jenes Dr. Flotzinger konfrontiert zu werden, von dem in den Nachrichten die Rede war und an dem, wie sie wusste, Felix nicht beteiligt gewesen sein konnte.

Der Minotaurus packte sie gleich an ihrer schwächsten Stelle. »Katja, Felix Zöllner brauche ich dir nicht vorstellen, und genauso wenig muss ich dir sagen, weshalb er hier sitzt.«

Während sie es unter seinem wissenden Blick gerade noch einmal schaffte, weiterhin die Ahnungslose zu mimen, folgte schon der nächste Hammer: »Deine Mutter hat mir den Tipp gegeben, wer dich über die Vorstrafen von Leopold Taverner informiert haben könnte.«

Katja Petritsch wäre nicht menschlich gewesen, hätte sie nicht für den Bruchteil einer Sekunde zu jener Person geblickt, die gemeint war.

»Ja, Felix war deine Quelle«, hielt Feuersang fest. »Schließlich steht er mit kaum sechzehn Jahren bereits in dem Ruf, der beste Hacker eurer Schule zu sein.«

Bei dem Wort »Hacker« zuckte Katja zusammen.

»Hast … Hast du etwa …?«, stotterte sie, den Freund hilflos anstarrend.

»Gar nichts hab ich!«, verwahrte sich der große pickelige Wuschelkopf, aber die hektischen roten Flecken in seinem Gesicht und die feucht glänzende Stirn über der beschlagenen Hornbrille sprachen für sich.

Feuersang war nicht nur ein exzellenter Ermittler, er verfügte auch über Menschenkenntnis – und hatte selbst Kinder, die allerdings bereits erwachsen waren. Dass sich ein intelligenter, aber ein wenig farbloser Jüngling wie Felix für das Glück, eine so attraktive Freundin wie Katja zu haben, lieber vierteilen lassen würde, als etwas für sie Nachteiliges auszusagen, musste ihm niemand erklären. »Wie du siehst, Katja«, fuhr er deshalb fast behutsam fort, »will dein Freund um keinen Preis vor dir als Weichei dastehen, also musst *du* jetzt die Vernünftige sein. Zwei Menschen sind gestorben, das kann dir doch unmöglich gleichgültig sein.« Zum psychologisch richtigen Zeitpunkt zückte er sein Handy. »Wir haben übrigens ein Foto von eurer Gruppe, das ein Gast im ›Schützenwirt‹ in St. Jacob gemacht hat. Felix ist gut drauf zu erkennen.« Er zeigte es den beiden. »Es erübrigt sich zu erwähnen, dass unser Referat inzwischen alle erforderlichen Vollmachten hat. Kurz nach acht haben Kollegen den Laptop von Felix abgeholt, und während wir hier sitzen, wird nicht nur gecheckt, wie es ihm gelang, sich ins EKIS zu hacken, man wird auch seine gesamte Korrespondenz überprüfen.«

»Das dürfen Sie gar nicht!«, begehrte Felix auf.

»Hörst du schlecht?«, fuhr ihn der Ermittler an. »Wir dürfen seit heute Morgen sogar noch viel mehr: zum Beispiel eine DNA-Probe von dir nehmen und sie mit dem Abstrich von Erbrochenem vergleichen, der Samstagmorgen am Bruderloch-Übergang gemacht worden ist.«

Das Gesicht des Angesprochenen nahm die Farbe pannonischer Fleischtomaten an.

»Und eure Handys bekomme ich auch. Sofort!«

Beim Blick auf Feuersangs ausgestreckte schaufelartige Pranke fand Katja ihren ersten Eindruck von ihm wieder bestätigt: Dieses mitleidlose Ungetüm glich nicht nur Minotaurus, es war Minotaurus. »Gib es ihm«, sagte sie seufzend zu Felix, während sie ihr eigenes Smartphone neben den Rekorder auf das Pult legte. »Zu mauern hat jetzt wohl keinen Sinn mehr.«

»Sehr vernünftig, Katja«, schnurrte Feuersang, nun wieder die Umgänglichkeit in Person, während er die beiden Beweismittel eintütete. »Wenn ihr mit uns zusammenarbeitet, wird euch der Staatsanwalt jede erdenkliche Strafmilderung zukommen lassen. Sogar eine Kronzeugen-Regelung ist möglich, zumindest hat man Oberst Jacobi eine solche für euch in Aussicht gestellt. Er wird übrigens gleich zu uns stoßen, im Moment spricht er noch mit der Direktorin eurer Schule.«

Ein noch lauterer Seufzer war Katjas Reaktion. »Muss das denn sein? Hätte man die ganze Angelegenheit nicht auch diskreter handhaben können?«

»Diskret wäre vor zwei Tagen durchaus noch möglich gewesen, Mädel, aber da wolltest *du* ja nicht! Abgesehen davon sind zwei durch Gewaltanwendung herbeigeführte Todesfälle nicht irgendeine beliebige *Angelegenheit*!«

»Was wollen Sie wissen?«

»Zunächst alles, was die Laserpointer-Aktionen betrifft. Was ihr davor angestellt habt, darum wird sich das Referat Eigentumsdelikte kümmern. Wer gehört zur Gruppe? Wer ist der Anführer, der auf diese Irrsinnsidee verfallen ist? Und was mich persönlich fast am meisten interessiert: Wie sind zwei so vife junge Menschen wie ihr in eine solche Gesellschaft geraten?«

»Das ist eine lange Geschichte.«

Die Tür zum Kabinett öffnete sich, und ein kleiner grauhaariger Mann, der Astrophysik-Gottvater Albert Einstein zum Verwechseln ähnlich sah, trat ein. Feuersang musste ihn nicht vorstellen, Oberst Jacobi war den Jugendlichen von seinen TV-Auftritten her bekannt. »Falls es nicht in unmittelbarer Zukunft zur nächsten Bluttat kommt: Wir haben Zeit«, knüpfte er an Katjas letzte Bemerkung an und setzte sich auf einen der freien Stühle. »Also, lasst hören!«

»Nicht in unmittelbarer Zukunft?«, meldete sich nun wieder Felix Zöllner. »Soll das heißen, Sie machen uns auch für den Unfall heute Nacht verantwortlich?«

»Chefinspektor Feuersang führt die Vernehmung. Fragen sind also an ihn zu richten. Ausschließlich.«

»Felix hat mit dem Unfall von diesem Flotzinger nichts zu tun, das kann ich bezeugen«, machte sich Katja jetzt für den Freund stark.

»Dafür hast du dir den Namen des Unfallopfers aber recht gut gemerkt«, meinte Feuersang.

»Kunststück! Den hört man ja ständig in den Nachrichten.«

»Außerdem haben unsere Attacken immer an einem Freitag um zwei Uhr früh stattgefunden«, sagte Felix. »Und die letzte, bei der die Frau ums Leben gekommen –«

»Frau Zuckerbusch«, warf Feuersang ein, »sprich den Namen nur aus.«

»Jedenfalls hat ihr Tod uns den Nerv gezogen. In dieser Nacht haben wir uns alle gegen Baldi aufgelehnt und gemeinsam beschlossen, dass Schluss ist, dass wir nicht mehr mitmachen wollen.«

»Baldi – wer?«

»Baldur Grolich, Sohn des gleichnamigen Immobilienmaklers.«

»Und das heißt, alle haben für Sonntagnacht ein hieb- und stichfestes Alibi?«

»Ich war bei Katja«, stellte Felix sofort klar, »da können Sie ihre Mutter fragen. Die hat mich um dreiundzwanzig Uhr rausgeworfen.«

»Und die anderen?«

»Mit Babs und Sandro hab ich noch heut Morgen telefoniert«, sagte Katja, »die waren im ›Shamrock‹, was etliche Zeugen bestimmt bestätigen können.«

»Babs und Sandro – wer?«, fragte Feuersang geduldig.

»Barbara Holleis und Sandro Zanetti.«

»Und wo war Baldi? Darauf kommt es an.«

»Das müssen Sie sie schon selbst fragen«, sagten Katja und Felix unisono. »Seit dem Tod von Frau Zuckerbusch hatten wir keinen Kontakt mehr zu ihnen.«

»Du bist ja ohnehin schon einige Zeit davor ausgestiegen, Katja. Wann war das genau? Und warum ist Felix deinem Beispiel nicht gefolgt?«

»Ich hatte nach dem Unfall des Abtenauer Kommunalpolitikers vor achtzehn Tagen die Schnauze voll«, erklärte das Mädchen. »Die Folgen waren – wie auch die Male zuvor – zwar nur Blechschäden und leichte Verletzungen, zudem soll der Mann alkoholisiert gewesen sein, aber die Idee mit den Laserpointern war mir von Anfang an schon zu heiß. Felix und ich haben nur unter Zwang mitgemacht.«

»Grolich hat euch mit den vorangegangenen kleinen Ladendiebstählen erpresst, bei den immer riskanter werdenden Unternehmungen mitzumachen?«, riet Jacobi.

Katja nickte. »Ganz zu Beginn ließen wir uns von ihm und

seiner gönnerhaften Masche noch blenden, aber ich will nichts schönreden: Wir selbst fanden es auch cool, Alarmanlagen auszutricksen, in Outlets einzusteigen und die angesagtesten Teile mitgehen zu lassen.«

»Aber dabei blieb es nicht«, machte ihr Feuersang die Räuberleiter. »Baldi stand bald schon der Sinn nach aufregenderem Nervenkitzel. So seid ihr auf die Laserpointer-Attacken verfallen.«

»Nicht wir! Baldi hat das vorgeschlagen«, differenzierte Felix sofort. »Er hat sich diesen Idioten zum Vorbild genommen, der anfliegende Jumbojet-Piloten zu blenden versucht hat, und meinte, bei Autos müsse so etwas doch viel besser funktionieren. Abgesehen von Hermann Jablonsky, seinem drogensüchtigen Freund, waren alle von uns dagegen. Wegen der unvorhersehbaren Folgen hielten wir es für viel zu gefährlich.«

»Und dennoch habt ihr mitgemacht«, erfolgte postwendend der Flankenangriff von Jacobi.

»Weil wir, wie schon gesagt, erpresst wurden«, erinnerte ihn Katja.

»Warum ist Felix nicht mit dir vor vierzehn Tagen abgesprungen?«, wiederholte Feuersang seine Frage von vorhin.

Wieder blieb die Antwort aus, was Jacobi weniger überraschte als seinen Chefinspektor. »Baldi hatte dich nicht nur wegen deiner Rolle bei den Einbrüchen, sondern auch noch wegen anderer Hacker-Aktivitäten in der Hand, nicht wahr?«, wandte er sich direkt an Felix Zöllner.

Dem Angesprochenen stand das Wasser in den Augen. »Ich war so blöd, mich als tougher IT-Crack aufzuspielen, aber das Unglück hat schon lange davor begonnen. Katja und ich haben es nicht so dick zu Hause wie Baldi – übrigens auch die anderen drei nicht, die zwar nicht mehr zur Schule gehen –«

»Aber arbeitslos sind?«, mutmaßte der Oberst.

»Die haben sich noch nie ein Bein ausgerissen, um Arbeit zu bekommen«, präzisierte Felix. »Aber wie gesagt: Katja und ich sind an unserer Schule lange Zeit hindurch als Underdogs gemobbt worden, bis Baldi, der Anführer der Clique, uns eines Tages anbot, die Schikanen abzustellen, falls wir ihm in Deutsch und Wirtschaftsinformatik ein wenig unter die Arme greifen. Er ist ein grottenschlechter Schüler, Repetent und eineinhalb Jahr älter als ich.«

»So seid ihr also näher in Kontakt gekommen – und dann?«, versuchte Jacobi, das Gespräch auf die Hacker-Karriere des Jungen zurückzubringen.

»Obwohl Katja mich vor ihm warnte, freundete ich mich mit ihm an – jedenfalls sah ich das so«, konkretisierte Felix Zöllner. »Aber während wir ihn schulisch auf Vordermann brachten, zog er uns moralisch hinunter. Viel zu spät erkannte ich, dass ich nur Mittel zum Zweck für ihn war, und als ich wieder mal den coolen Hacker raushängen ließ, nagelte er mich fest. Nannte mich einen Angeber mit nix dahinter, der wahrscheinlich vor der simpelsten Alarmanlage kapitulierte. Er triezte mich so lange, bis ich ihm das Gegenteil bewies – und auch noch Katja in die ganze Scheiße mit reinzog.«

»Das stimmt nicht, ich hab freiwillig mitgemacht«, berichtigte ihn das Mädchen.

Felix schüttelte nur traurig den Kopf. »Du hast meinetwegen mitgemacht, und bald kam eins zum andern. Irgendwann …«

»Irgendwann prahltest du damit, sogar das EKIS geknackt zu haben«, ergänzte Feuersang an seiner statt. »Von diesem Zeitpunkt an hatte Baldi dich endgültig an den …«, er verbesserte sich geistesgegenwärtig, »am Haken.«

»Was haben wir von einer Kronzeugen-Regelung zu erwarten?«, griff Katja nun nach dem in Aussicht gestellten Strohhalm. »Was bekommen wir für … für die Zusammenarbeit mit Ihnen?«

Wieder ahnte Jacobi, wo sie der Schuh drückte. »Gewissensbisse wegen eurer Kumpane sind unangebracht, Katja. Mir fällt als Vergleich grad niemand anders ein als Claus Schenk Graf von Stauffenberg und die Männer des 20. Juli. Sie versuchten, dem Nazi-Regime ein Ende zu setzen, als sie dessen Verbrechen nicht mehr ignorieren konnten. Hältst du sie deshalb für Verräter?«

»Nein, natürlich nicht. Sie brauchen nicht weiterzureden, ich versteh schon, was Sie mir sagen wollen, auch wenn nicht alles, was hinkt, ein Vergleich ist. Also wiederhole ich meine Frage: Was passiert jetzt, und welche Chancen haben wir?«

Katja Petritsch war, obwohl fast ein Jahr jünger als Felix Zöllner, wesentlich reifer und pragmatischer als er. Sie wusste, dass sie beide trotz ihrer Jugend nicht ungeschoren davonkommen würden, auch wenn sie selber nie mit dem Laserpointer hantiert hatten. Ihr Trumpf war das besondere Talent ihres Freundes, und sie schien zu wissen, was dieses wert war.

Jacobi konnte in dem Gesicht der Jugendlichen lesen wie in einem Buch. »Zunächst schildert ihr uns in chronologischer Reihenfolge den Ablauf der Laserpointer-Attacken bis zum heutigen Tag –«

»Bis zum vergangenen Freitag!«, unterbrach Katja sofort.

»Okay, bis zum letzten Freitag«, räumte Jacobi ein.

»Wie sieht das zu erwartende Strafmaß aus?«

»Selbst wenn ihr immer nur Zuschauer gewesen sein solltet, kann ich euch das nicht exakt sagen. Günstigstenfalls läuft es auf Sozialstunden hinaus, aber auch eine Jugendstrafe wäre eine Möglichkeit. Das entscheidet allein das zuständige Gericht. Vergesst nicht die Einbruchsdiebstähle, mit denen kommt schon was zusammen.«

»Was bieten Sie uns also an?«, packte sie den Stier bei den Hörnern.

Jacobi wandte sich an ihren Freund. »Unsere IT-Abteilung interessiert sich für dich, Felix, beziehungsweise dafür, wie du dir Zugang zum EKIS verschafft hast. Ebenfalls strafmindernd würde sich auswirken, wenn du ohne Umschweife erklärst, wie du die Alarmanlagen in den Outlets überbrückt hast.«

»Und wo bleib da ich?«, fragte Katja nervös. »Soll das heißen, alles bleibt an *mir* hängen, weil ich kein IT-Ass bin?«

»Selbstverständlich nicht«, beruhigte Feuersang sie, wofür er in ihren Augen sogar fast menschliche Züge annahm. »Mit deinem Anruf bei der Polizei hast du der Laserpointer-Infamie ja einen Riegel vorschieben wollen und außerdem unsere Ermittlungen vorangebracht. Wenn ihr uns vertraut, holen wir für euch raus, was rauszuholen ist. Mehr können wir nicht versprechen.«

»Doch, das können wir«, wandte Jacobi ein. »Ihr kriegt den besten Strafverteidiger von Westösterreich: Dr. Alfons Zwicker.«

»Den Schröpfkopf Zwicker?«, fragte Katja aufgebracht. »Den können sich unsere Mütter doch nie leisten!« Dass ihr der Spitzname des Anwalts geläufig war, der unter anderem als Spezialist für Kreditschädigungs- und Haftungsprozesse galt, bewies ein vorausschauendes Interesse an dieser Berufssparte.

»Dr. Zwicker wird euch eventuell gratis verteidigen«, stellte Jacobi in Aussicht. »Euer Prozess wird sicher reges Medieninteresse auf sich ziehen, was für einen Staranwalt immer Anreiz ist, ein Mandat zu übernehmen.« Er verzichtete darauf zu erwähnen, dass Zwicker sein Freund war, wiewohl beide beruflich oft gegensätzliche Positionen vertraten. »Über eines solltet ihr euch allerdings keine Illusionen machen: Ihr werdet höchstwahrscheinlich von der Schule verwiesen, unabhängig davon, wie die Justiz in eurem Fall entscheidet. Zwar wird man euch beraten, wie ihr unter den gegebenen Umständen eure Ausbildung fortsetzen könnt, wobei Felix einen kleinen Vorteil hat, weil ihm seine Fähigkeiten so manche Türen öffnen werden, das ändert jedoch nichts daran, dass euch diese Zäsur in eurem Leben noch lange nachhängen wird.« Als Katja betroffen zu Boden blickte, fügte Jacobi tröstend hinzu: »Wir werden euch beide im Auge behalten und nötigenfalls an den richtigen Stellen intervenieren, wenn sich wegen eurer Vorstrafen an eurem weiteren Werdegang da und dort etwas spießen sollte, mein Wort darauf.«

Von seinem offenen, treuherzigen Blick fühlten sich Katja wie auch Felix angesprochen. Jetzt waren sie dort, wo der Leiter des Referats für Gewaltverbrechen sie haben wollte.

»So, dann seid ihr jetzt an der Reihe«, sagte Feuersang, der sich mit Jacobi bei Vernehmungen blind verstand, zum exakt richtigen Zeitpunkt.

13 »HAT MEIN VATER keinen Anwalt für mich gestellt?«, fragte der schmächtige Blondschopf sofort, nachdem man ihn in den Vernehmungsraum I des LKA Salzburg geführt hatte und er sich den zwei Kriminalbeamten gegenübersah, die er bereits kannte. Der Mann, der ihn von der anderen Seite der Trennscheibe aus beobachtete, blieb für ihn unsichtbar.

Der Mittwoch war noch jung, doch Jacobis Truppe hatte seit Montag ganze Arbeit geleistet. Die Laserpointer-Gang war zerschlagen, wobei zwei der namensgebenden Leuchtpunktstifte in Baldurs Mansardenwohnung im Zuge der Haussuchung in der Villa Grolich sichergestellt worden waren. Der Fall stand vor der endgültigen Klärung – hätte nicht ein kleiner Schönheitsfehler Jacobi schon bei der Bestandsaufnahme am Unfallort Kopfweh bereitet, das sich noch verstärkt hatte, nachdem Pernauer auf die Sowoinvest-Opfer zu sprechen gekommen war.

»Setz dich erst mal, Grolich«, sagte Feuersang, während er selbst neben seiner schlanken Kollegin Oberleutnant Kotek Platz nahm. Es war durchaus beabsichtigt, dass er neben ihr noch bulliger wirkte als gewöhnlich. »Und nun zu deiner Frage: Nein, dein Vater hat keinen Anwalt geschickt. Er lässt dir sogar ausrichten, dass er in Zukunft keinen Finger mehr für dich krümmen wird. Du sollst dich tunlichst an deine Mutter halten, die du ja ohnehin ständig als Krücke benützt, statt auf deinen eigenen Beinen zu stehen.«

Baldur Grolichs wasserblaue Augen wurden glasig, seine Lider begannen zu zucken, und für einen Moment hatte Kotek den Eindruck, er würde vor ihnen in Tränen ausbrechen. Doch gleich darauf hatte er sich wieder gefangen. »Kriege ich wenigstens einen Pflichtverteidiger?«, fragte er patzig. »Ohne juristischen Beistand sage ich hier nämlich gar nichts.«

Feuersang sah ihn mit seinem Ich-zerquetsch-dich-gleich-Blick an. »Nur die Ruhe, Grolich. Stanislaus Potocnik, ein renommierter Strafverteidiger, ist bereits auf dem Weg. Wie man sieht, lässt dich wenigstens deine Mutter nicht im Stich.«

»Und diese Hilfe haben Sie auch dringend nötig«, bereitete Kotek eine Attacke vor. »Ihre Rolle bei sämtlichen Laserpointer-Unfällen, einschließlich jenem, bei dem Frau Lore Zuckerbusch ums Leben kam, ist, wie Ihnen bereits mitgeteilt wurde, bis ins Detail durch die Aussagen Ihrer ehemaligen Kumpane dokumentiert, außerdem liegen uns vier unterschriebene Geständnisse vor. Aus dieser Nummer wird Sie auch ein Potocnik nicht rausboxen können.« Sie stieß den Namen des Anwalts hervor, als würde es sich bei dem Genannten um einen ekligen Kerf handeln. Stanislaus Potocnik, ein Intimfeind Jacobis, nahm gelegentlich sogar weniger lukrative Mandate an, wenn er eine Chance sah, dadurch Ermittlungsergebnisse des Referats 112 zu torpedieren.

»Die vier genannten Jugendlichen haben für Sonntagnacht astreine, von uns überprüfte Alibis«, setzte die Kriminalbeamtin nach einer Kunstpause fort. »Sie, Herr Grolich, haben keins, ebenso wenig wie Ihr spezieller Freund Hermann Jablonsky.«

Grolich wurde unruhig, und schon im nächsten Augenblick rückte er von seinem Vorsatz, zu schweigen, ab. »Was soll das heißen? Warum brauch ich ein Alibi? Wollen Sie mir in einem Aufwasch auch noch den Unfall von Norbert Flotzinger anhängen?«

»Natürlich wollen wir das«, bestätigte Feuersang gemütlich, »denn von Unfall kann keine Rede sein. Fahrlässige Tötung war es in jedem Fall, möglicherweise aber diesmal kein zufälliger Crash, immerhin war dein Vater, der Immobilienhai – pardon – Immobilienhändler, meine ich natürlich, einst mit Flotzinger befreundet.«

Der Siebzehnjährige schüttelte unwillig den Kopf. »Klar kannte mein Alter ihn, aber er war nicht mit ihm befreundet und hatte auch nie was mit Sowoinvest zu schaffen.«

»Aber Ihnen ist der Name Sowoinvest komischerweise geläufig, obwohl Sie kaum zwei Jahre alt waren, als der Skandal ans Licht kam«, hakte Kotek ein, doch um Grolich auszuhebeln, eigneten sich solche Schüsse ins Blaue nicht.

»Natürlich ist mir der Begriff geläufig, seit vorgestern wird er in den Medien ja gebetsmühlenartig wiederholt. Mir wäre es lieber, Sie nennen mir einen Grund, weshalb ich Flotzinger hätte verunglücken lassen sollen«, ging er seinerseits zum Angriff über. »Selbst wenn mein Alter irgendwann einmal Wickel mit ihm gehabt hätte: Warum sollte ich einen Mord für einen Vater begehen, der sich einen Dreck um mich schert?«

»Gegenfrage: Welchen Grund – außer Langeweile – hatten Sie bei Ihren anderen Opfern?«, parierte Kotek. »Womit wir wieder bei Ihrem Alibi wären. Wo waren Sie Sonntagnacht? Und vergessen Sie nicht, dass wir Ihren drogensüchtigen Freund bereits gestern befragt haben.«

»Sie müssen mir nicht mit Hermanns Labilität drohen, das zieht bei mir nicht. Dass ich mit der Laserpointer-Spielerei jetzt selber die Arschkarte gezogen habe, ist mir ohnehin klar. Und was mein Alibi betrifft, so war ich sonntags durchgehend zu Hause – allerdings allein, Mutter war wieder einmal auf Kur und mein Alter auf irgendeiner Tagung in Wien. Ich versuchte, für eine Prüfung zu lernen, ging dann aber bald schlafen, weil der Samstag sehr heftig ausgefallen war.«

»Sehr heftig?«, fragte Feuersang. »Was haben wir uns darunter vorzustellen?«

»Der tödliche Unfall dieser Porschefahrerin ist nicht nur den vier Weicheiern an die Nieren gegangen. Auch für Hermann und mich war am Freitag Deadline. Wir haben uns Samstagnachmittag wieder getroffen und uns in diversen Lokalen die Kante gegeben. Weil Hermann ständig Geld wollte, um sich Koks zu besorgen, trennte ich mich um etwa dreiundzwanzig Uhr von ihm und zog noch eine Weile allein um die Häuser. Dabei versuchte ich wiederholt, Babs, Sandro, Felix und Katja zu erreichen, aber keiner der vier reagierte auf Anrufe oder Nachrichten. Was ich sonst noch gemacht habe und wo ich überall war, weiß ich nicht mehr so genau.

Jedenfalls wachte ich sonntagnachmittags daheim in meinem Zimmer auf.«

»Du bist also nicht auf die Idee verfallen, noch mal zum Übergang Bruderloch rauszufahren und einen weiteren Unfall zu provozieren – als Fanal sozusagen, um Katja und Felix einzuschüchtern?«, kam der Ermittler auf den Punkt.

»So ein Blödsinn! Sitzen Sie denn auf den Ohren? Ich sagte doch schon, dass ich den ganzen Sonntag lang zu Hause war. Ich wäre ohnehin außerstande gewesen, irgendwas zu unternehmen. Schon als ich Felix nach dem Exitus der Zuckerbusch auf die Straße kotzen sah, fühlte ich instinktiv, dass es vorbei war und es nicht mehr lang dauern würde, bis man uns auf die Pelle rückt. Und so war es dann ja auch: Als mir gestern Abend der Druck zu groß wurde und ich Mutter in Bad Schallerbach anrufen und mich ihr anvertrauen wollte, standen eure Leute bereits bei uns zu Hause auf der Matte.«

Kotek legte die Fingerspitzen aneinander. »Tja, das ist wirklich eine nette, unterhaltsame Geschichte, aber ich sehe trotzdem weit und breit kein tragfähiges Alibi, Herr Grolich. Mal sehen, was Ihr Anwalt dazu sagen wird.«

Auf der transparenten Seite der einseitig verspiegelten Trennscheibe verfolgte neben Jacobi nun auch Alfons Zwicker, der das Mandat für Katja Petritsch und Felix Zöllner tatsächlich übernommen hatte, die Einvernahme Grolichs. Dessen Mutter, Diana Grolich, die ihre Kur schleunigst unterbrochen hatte, und der von ihr engagierte Strafverteidiger Stanislaus Potocnik schienen noch immer im morgendlichen Stau zu stecken.

Zwicker, wie gewohnt im eleganten Dreiteiler, linste aus den Augenwinkeln zu seinem langjährigen Freund hinüber. Sein nachdenklicher Gesichtsausdruck, manifestiert durch eine steile Stirnfalte über der Nasenwurzel, war ihm nur allzu vertraut. »Was brütest du aus, Alter?«, fragte er flapsig, da im Moment sonst niemand in der Nähe war.

Jacobi sah keinen Grund, Zwicker nicht an seinen Überlegungen teilhaben zu lassen. »Der Junge ist ein Kotzbrocken erster Güte, aber den Tod von Flotzinger haben er und

Jablonsky höchstwahrscheinlich nicht herbeigeführt – weder absichtlich noch willkürlich. Wie hätten sie denn in Erfahrung bringen sollen, wann genau Flotzinger vor der Überführung Bruderloch auftaucht, geschweige denn, dass er sich überhaupt im Land befindet? Andererseits ist er kein Zufallsopfer wie etwa Lore Zuckerbusch. Falscher Tag, falsche Tageszeit. Sein Unfall passierte an keinem Freitag, auch nicht zwei Stunden nach Mitternacht wie die anderen, und wurde bei Normalgeschwindigkeit verursacht, während Grolich und Co. ja immer nur Schnellfahrer wegen des größeren Kicks aufs Korn nahmen. Kurz und gut: Er passt nicht ins Profil der Crashkids, und was die Todeszeit anlangt, hat Pernauer ohnedies eine Überraschung angekündigt. Ich erwarte stündlich seinen Bericht.«

»Und was bedeutet das nun für meine Klienten?«

»Du brauchst dich nur ganz entspannt mit ihren Delikten zu befassen – angefangen von den Einbrüchen in den Outlets bis zum Zuckerbusch-Unfall. Für Katja kann's so schlecht nicht aussehen, schließlich hat sie uns sehr geholfen, was ihr angerechnet werden muss, und was Felix betrifft, haben wir mit Rothmayer, deinem alten Spezi, einen Deal vereinbart.«

Dr. Ewald Rothmayer war ein Schulfreund von Zwicker und zufällig der für die Laserpointer-Delikte zuständige Staatsanwalt.

»Felix soll also mit euren EKIS-Spezialisten kooperieren?«, fragte Zwicker überflüssigerweise.

»So ist es. Er muss seinen Teil dazu beitragen, dass sich nicht jeder halbwegs begabte IT-Freak in den Polizei-Zentralcomputer hacken kann. Die Angelegenheit ist auch der Justiz so wichtig, dass es weder einer Intervention bei Rothmayer noch bei der Richterin bedurfte. – Ich glaube, Potocnik ist jetzt eingetroffen, ich höre ihn unten mit dem Pförtner streiten. Sein Organ erkenne ich unter Tausenden.«

Zwicker schmunzelte. »Mit Grolichs Verteidigung hat er sich ganz schön was aufgeladen. Dabei weiß er noch gar nicht, dass er neben euch Kiberern und dem Staatsanwalt mittelbar auch die Richterin gegen sich hat.«

»Nicht zu vergessen seinen erfolgreichen Kollegen Dr. Alfons Zwicker, den besten Anwalt, den ich kenne«, fügte Jacobi grinsend hinzu. »Und eben weil ich dich kenne, weiß ich, dass du Grolich entsprechend tief eintunken wirst, um deine Klienten besser dastehen zu lassen.«

Zwicker hob abwehrend beide Hände. »Du musst mir keinen Honig ums Maul schmieren, weil ich die Kinder gratis vertrete.«

»Tu ich auch nicht. Außerdem verteidigst du sie ohnehin nicht gratis! Bei dem voraussichtlich milden Strafmaß, das Katja und Felix zu erwarten haben, lässt sich dein Image-Zugewinn wieder einmal nicht in Zahlen ausdrücken. Nicht nur gewisse russische Oligarchen werden daraufhin mehr denn je deine Dienste in Anspruch nehmen.«

Der Anwalt setzte seine kummervollste Miene auf. »Das ist mal wieder typisch für dich: Erst lobst du mich über den grünen Klee, um gleich darauf wieder mit der Kapitalismuskeule auf mich einzudreschen. Du wirst dich nie ändern.«

»Brave Scotland«, der Klingelton von Jacobis Handy, unterbrach den launigen Diskurs. Innendienstchef Hans Weider war dran. Er war von Jacobi noch am Todestag Flotzingers beauftragt worden, dessen Wohnung in Prien, die sie schnell ausfindig gemacht hatten, durch die bayerische Polizei versiegeln zu lassen, ehe diverse Berechtigte Beweismaterial davonschleppen konnten. Vor allem aber sollte er Sowoinvest-Geschädigte aufspüren, die irgendwann bei dem Versuch, Flotzinger und Kumpane auf nicht legalem Weg zur Rechenschaft zu ziehen, aktenkundig geworden waren.

»Was hast du für mich, Hans?«

»Flotzinger war mit einer Musiklehrerin verheiratet, die er nach der Treuhand-Pleite samt den beiden halbwüchsigen Söhnen in Salzburg zurückgelassen hat«, begann Weider seinen Bericht. »Seine Frau Ilse hat bei der Heirat ihren Beruf aufgegeben, weil der Herr Staatsanwalt es so wollte. Nach seiner Flucht ließ sie sich zwar scheiden, doch mit der Hypothek, die Gattin eines Verbrechers zu sein, gelang es ihr nicht mehr, in ihrem alten Beruf Fuß zu fassen. Hätte sie nicht Klavierstunden gegeben, wäre sie in den ersten Monaten ausschließlich auf Sozialhilfe angewiesen gewesen.«

»Ein brutaler sozialer Absturz. Aber wie ging's nach dieser harten ersten Zeit weiter?«

»Nach einem halben Jahr erhielt sie wohl in unregelmäßigen Abständen Geld aus dem Ausland, wie uns ihre Nachbarin und einzige Freundin mitteilte. Eine Zeit lang ging es ihr besser, trotzdem verkraftete sie die gesellschaftliche Ächtung nicht und begann zu trinken. Dadurch entglitten ihr die Söhne, die in der Schule schon als Kinder von Republikflüchtlingen und Säufern gemobbt wurden, letztlich auch noch. Der Jüngere rutschte ins Drogenmilieu ab und geriet nach einem Entzug in die nächste Abhängigkeit: Er konvertierte zum Islam und schloss sich radikalen Dschihadisten an. Inzwischen datiert das letzte Lebenszeichen von ihm aus dem afghanisch-pakistanischen Grenzgebiet schon mehrere Jahre zurück.«

»Was ist aus dem älteren Sohn geworden?«

»Der hat die Schule geschmissen, wechselte, sobald es ihm möglich war, den Namen, erlernte ein Handwerk und zog aufs Land.«

»Wohin aufs Land?«

»Nach Lend.«

»Nach Lend? Eine Bekannte von mir aus dem ebenfalls nicht gerade urbanen Nachbarort Taxenbach sagte einmal boshaft, in Lend möchte sie nicht einmal als Leiche übern Zaun hängen.«

»Nichtsdestoweniger scheint es dem älteren Flotzinger-Sohn dort gut zu gehen. Er ist Werkmeister bei der Salzburger Aluminium-Gruppe, verheiratet mit einer Arbeitskollegin und polizeilich ein völlig unbeschriebenes Blatt.«

»Kontakt zur Mutter?«

»Möglicherweise telefonisch, aber nie von Angesicht zu Angesicht, sagt eine Nachbarin von Ilse Flotzinger.«

»Okay. Du lässt ihr Alibi und das ihres älteren Sohnes überprüfen, und wenn Flotzingers Leiche freigegeben ist, sollte jemand von uns an der Bestattung teilnehmen. Wie sieht es mit möglichen Sowoinvest-Geschädigten aus, die versucht haben, etwas gegen Flotzinger zu unternehmen?«

»In den Medienarchiven habe ich, abgesehen von dem einen bereits erörterten Vorfall, nichts unmittelbar für uns Interessantes für den Zeitraum gefunden, der in Frage kommt.«

»Und mittelbar?«

»Ein ›K.u.K.‹-Kolumnist erwähnt ein halbes Jahr nach dem Treuhand-Skandal einige Suizide, zu denen es infolge der Pleite gekommen sein soll, wobei er aus einer soziologischen Studie im Rahmen einer Doktorarbeit zitiert, die unter anderem die Wechselwirkung zwischen immer selbstherrlicher agierenden Finanzmärkten und ansteigenden Selbstmordraten zum Thema hat.«

»Interessant, und weiter?«

»Ich hab mir den Text besorgt und bin dabei, mich durchs entsprechende Kapitel zu ackern. Ein paar Zahlen kann ich dir bereits anbieten: Da ist zunächst von vier Suiziden die Rede, die als unmittelbare Reaktion auf den Treuhand-Skandal zu sehen sind. In einem Abstand von etlichen Monaten folgten weitere zwei als Schlusspunkt nach äußerst schweren Depressionen, deren Auslöser ebenfalls die Sowoinvest-Pleite war. Leider sind aus Datenschutzgründen immer nur die Vornamen und die Anfangsbuchstaben der Familiennamen angeführt. Gib mir noch einen Tag, dann hab ich die Leute identifiziert.«

»Geb ich dir gern. Lenz und Max sollen dann die Angehörigen aufsuchen, Leo und Melanie brauche ich anderweitig. Sollte sich was –«

»Neues ergeben, wirst du natürlich sofort unterrichtet, geht klar. Bis später dann.« Weider hatte den nicht unbeträchtlichen Aufwand, der nötig sein würde, um die Angehörigen der freiwillig aus dem Leben Geschiedenen aufzuspüren, sie zum Reden zu bringen und auf eine mögliche Täterschaft zu scannen, mit keinem Wort erwähnt. Kriminalistische Knochenarbeit fiel unter die Selbstverständlichkeiten, über die man sich beim Chef besser nicht beklagte.

»Hast du deine Bluthunde also schon auf neue Fährten angesetzt?«, fragte Zwicker, der natürlich gemerkt hatte, dass etwas im Busch war.

»Es wird wie immer in mehr als nur eine Richtung ermittelt«, hielt sich Jacobi bedeckt, weshalb es der Freund anders versuchte.

»Was sagt Krummbiegel eigentlich dazu, dass du den Laserpointer-Fall noch keineswegs für abgeschlossen hältst?«

»Nicht viel. Nachdem er bei seinem TV-Auftritt gestern die Ermittlungen für beendet erklärt hat, wird die Sprachregelung, Grolich und Jablonsky als Hauptverdächtige zu führen, vorerst beibehalten. Da sie ohnehin nur unter Vorbehalt festgenommen sind und zumindest bei Grolich keine unmittelbare Fluchtgefahr besteht, wird Potocnik seine vorläufige Freilassung beantragen, während wir versuchen werden, diese hinauszuzögern, um den Schein zu wahren. Anders sieht die Sache bei Jablonsky aus, der keinen festen Wohnsitz hat. Allein schon wegen seiner Drogen- und Beschaffungsdelikte wird er erst einmal in U-Haft bleiben, daran kann auch sein Pflichtverteidiger nichts ändern. Bis letztlich alle sechs in weiß Gott wie vielen Monaten vor Gericht stehen, können wir den Mörder von Flotzinger auch schon gestellt haben.«

»Flotzingers Mörder? Du gehst also nicht von billigend in Kauf genommener Körperverletzung mit Todesfolge aus?«

»Nein, die Tat war kein Eventualvorsatz, sondern mit ziemlicher Sicherheit Mord.«

»Das verrät dir deine Nase?«

»Könnte man so sagen, wobei mir die Abschlussberichte der Gerichtsmedizin und der Spusi noch gar nicht vorliegen«, relativierte Jacobi, in dessen legendärer grauer Lederjacke sich in diesem Augenblick abermals das Handy meldete. »Gedankenübertragung!«, sagte er grinsend. »Das ist Pernauer. Du entschuldigst mich?«

»Bis irgendwann einmal!«, rief Zwicker dem Davoneilenden nach, der, ohne sich umzuwenden, die Linke zum Gruß hob, während er den Anruf des Rechtsmediziners bereits entgegennahm.

»Wastl, was hast du für mich?«

»Guten Morgen erst mal. Also: Der Todeszeitpunkt von Flotzinger entspricht in etwa meiner ursprünglichen Schätzung. Er ist Sonntagabend um einundzwanzig Uhr dreißig plus/minus eine halbe Stunde verstorben. Die Totenflecken ließen sich montags um sechs kaum noch wegdrücken, sodass der Todeseintritt von vornherein nicht nach zweiundzwanzig Uhr anzusetzen war.«

»Und das soll die Überraschung sein?«, sagte Jacobi und konnte seine Enttäuschung nicht verbergen.

»Gemach, gemach. Ich habe festgestellt, dass Flotzinger postmortal bewegt worden ist.«

»Heißt was? Haben Olivers Leute geschlampt?«

»Quatsch. Ollis Blutspurenanalysten haben gewohnt gute Arbeit abgeliefert. Flotzinger muss schon eine Stunde tot gewesen sein, als man seinen Oberkörper auf das Armaturenbrett des Oldtimers gewuchtet hat. Zu diesem Zeitpunkt hing der Wagen bereits havariert auf Höhe Bruderloch an der Fahrbahnbegrenzung der A 10, nachdem er vorher mehrmals gegen die Leitschienen gefahren wurde, wobei die Leiche vermutlich noch im Kofferraum verstaut war.«

Obwohl Jacobi tausend Fragen auf der Zunge lagen, übte er sich in Geduld. Er wusste, dass die Begründung für solche Behauptungen nachgereicht werden würde.

Pernauer spannte ihn auch nicht länger auf die Folter. »Ich habe jede Menge Vibices an unverfärbten Stellen des Körpers entdeckt.«

Auf solche signifikanten Blutungen der Livores, der Totenflecken, bei der Inaugenscheinnahme eines Leichnams zu achten, gehörte zum Einmaleins jeder Tatortanalyse, zudem kannte Jacobi den Rechtsmediziner lange genug, um seine Befunde gerade auf dem Gebiet der Thanatologie entsprechend hoch zu gewichten. Falls die Leiche bewegt worden war, nachdem sich an ihr bereits Totenflecke gebildet hatten, waren in den oberen Hautschichten winzige Blutgefäße geplatzt. Aber Vibices abseits der Livores bedeuteten, dass Letztere durch die

Schwerkraft gewandert waren. »Da du behauptest, man habe die Leiche über das Lenkrad gehängt, müssten sich die Totenflecke körperabwärts verlagert haben«, folgerte er.

»Richtig kombiniert«, bestätigte Pernauer. »Der Mörder war schlau und hat sich sogar die Mühe gemacht, seinem Opfer noch vor dessen Exitus Blut aus einer Fußvene abzuzapfen, um es zu gegebener Zeit auf Lenkrad, Armaturenbrett und Windschutzscheibe zu verteilen. Aber er stand unter enormer Anspannung, vielleicht auch unter Zeitdruck, was, wie wir wissen, bei Tätern nicht selten zu einem Tunnelblick führt. Jedenfalls lohnten seine Bemühungen den Aufwand nicht, weil der Einstich nicht zu übersehen war und Olivers Leute überdies rasch merkten, dass die Blutspuren nicht mit den kinematischen Bedingungen übereinstimmten. Flotzingers Nasenbein ist weder vom Lenkrad noch von der Windschutzscheibe zertrümmert worden, auch wenn es so aussehen sollte. Es wurde ihm gebrochen, als er noch lebte und sich nicht im Auto befand. Außerdem hat er eine Platzwunde am Hinterkopf, die etwa um dieselbe Zeit verursacht wurde. Meine Assistentin hat sowohl das am Körper angetrocknete Blut untersucht als auch jenes, das im Wagen verspritzt wurde. Letzteres stammt wenig überraschend ebenfalls vom Mordopfer, wobei aber der Gerinnungszeitpunkt um mindestens eine Stunde von dem des Nasenbluts differiert.«

»Soll heißen, das Blut im Wagen trocknete erheblich später an?«

»So ist es. Die Blase wiederum entleerte sich um eben jene Stunde früher, und zwar auch nicht im Wagen, sondern am eigentlichen Tatort, an dem Flotzinger die Nase eingeschlagen und danach sehr fachgerecht das Genick gebrochen wurde. Der nachträglich gebrochene Axis-Zahn am zweiten Halswirbel sollte uns ein tödliches Peitschenschlagsyndrom suggerieren, aber wir konnten feststellen, dass noch vor diesem vertikalen Ruck bereits die Durchtrennung des Gelenkknorpels und des Rückenmarks zwischen Hinterhauptbein und Atlas durch zwei horizontal geführte gegenläufige Bewegungen erfolgte. Ich tippe mal auf einen Kampfsportgriff.«

»Auf einen Griff ähnlich jenem, mit dem ein Chiropraktiker seine Patienten vom Hexenschuss befreit?«

»Ähnlich, ja – nur mit anderem Ergebnis. Details entnimmst du bitte meinem Bericht, die E-Mail an dich ist raus. Oliver tüftelt noch, seine Ergebnisse erhältst du morgen.«

»Flotzinger hat sein Leben also definitiv nicht auf der A 10 verloren?«

»Ich dachte, das hätte ich dir eben erschöpfend erläutert?«

»Womit wir bei deiner Vermutung wären, seine Leiche hätte im Kofferraum seines Wagens gelegen. Warum ist das eigentlich nur eine Vermutung?«

»Weil dort keine verwertbaren Spuren gefunden wurden, weder Blut noch Urin. Trotzdem sagt Oliver, Flotzinger muss im Kofferraum transportiert worden sein. Wäre die Leiche auf dem Beifahrersitz oder der Rückbank festgegurtet gewesen, ließe sich das nachweisen, außerdem wäre sie dem Fahrer bei den Kollisionsmanövern unausweichlich um die Ohren geflogen, was erst recht Spuren hinterlassen hätte. Apropos: Man hat ein brünettes Frauenhaar an der Fahrersitzlehne sichergestellt, wo es sich aber schon wer weiß wie lange befunden haben kann.«

»Du meinst also, so wenig Spuren lassen auf eine von langer Hand vorbereitete Tat und daher auch auf spurensicheres Verpackungsmaterial schließen?«

»Letzteres muss der Mörder oder die Mörderin verwendet haben – vielleicht sogar einen Leichensack. Und dass die Tat von langer Hand vorbereitet gewesen ist, darauf weisen ja auch noch andere Indizien hin.«

»Nämlich welche?«

»Da jemand mit dem Blut von Flotzinger einen derartigen Aufwand betrieben hat, haben wir es natürlich besonders genau unter die Lupe genommen.«

»Und was festgestellt?«

»Wir haben beim Blut-Screening trotz der für Indikatorentests bereits kritischen Zeitüberschreitung Spuren von GHB nachweisen können.«

»Liquid Ecstasy?«, entfuhr es Jacobi überflüssigerweise.

»Vermutlich grad so viel, dass er kurz betäubt, vielleicht sogar nur ein bisserl groggy war. In diesem Zustand ist ihm das Blut abgezapft worden. Außerdem war er mit Handschellen irgendwo angekettet – ebenfalls nicht lange, aber sein Versuch, sich zu befreien, hat immerhin zu Blutergüssen und Abschürfungen an seinen Handgelenken geführt. Ach ja, er hat auch ein äußerst schmerzhaftes Hodentrauma durchleiden müssen.«

»Sein Mörder hat ihm in die Eier getreten?«

»Sagen wir lieber: jemand, der bei seiner Ermordung anwesend war«, präzisierte Pernauer. »Jedenfalls haben wir am Skrotum ein großes Hämatom festgestellt, eine Verletzung, die ihm nur Minuten vor seinem Tod zugefügt worden ist. Auch Anhaftungen eines Klebebands auf seiner unteren Gesichtshälfte deuten darauf hin, dass er gefoltert wurde. Sein Abgang war also, entgegen meiner anfänglichen Vermutung, sehr wohl von starken Schmerzen begleitet. Deren Verursacher zu ermitteln, ist zwar euer Job, aber aus langjähriger Erfahrung weiß ich, dass Traumata dieser Art typisch für Racheakte nach Sexualdelikten sind.«

»Oder so aussehen sollen«, ergänzte Jacobi. »Tja, die Frage ist nur, wo das Gemetzel stattgefunden hat.«

»Über mögliche Tatorte musst du dich mit Oliver austauschen, das ist sein Krautgarten. Wenn du an mich noch Fragen hast –«

»Weiß ich, wie ich dich erreiche, Wastl. Hast wieder super gearbeitet.«

»Spar dir dein Gesülze, du Leuteschinder. Ich nehme mir jetzt zwei Tage Urlaub und gehe fischen. Diese Nachtschichten zehren einfach an meiner Substanz, bin ja kein Jungspund mehr.«

Jacobi kehrte zu der inzwischen fortgesetzten Vernehmung von Baldur Grolich zurück, die sich in Anwesenheit seines Anwalts gestaltete wie erwartet: Potocnik erklärte gleich zu Beginn, dass sämtliche bisher von seinem Mandanten getätigte Aussagen unter Druck zustande gekommen und als gegenstandslos zu betrachten seien. Die Beweislage für eine Teilschuld von Baldur Grolich an den Unfällen von Zuckerbusch und Dr. Flotzinger halte er ohnehin für unzureichend, da sie sich ausschließlich auf die Aussagen von Jugendlichen stütze, die derselben Delikte verdächtigt würden und daher wenig glaubwürdig seien.

Wie von Jacobi erwartet, drängte er auf die unverzügliche vorläufige Enthaftung Grolichs, da dieser bereits über vierundzwanzig Stunden festgehalten werde, während seine Mittäter längst wieder auf freiem Fuß seien. Sein Mandant verfüge über einen festen Wohnsitz, sei in elterlicher Obhut jederzeit erreichbar, es bestünde weder Verabredungs- noch Verdunkelungs- oder Fluchtgefahr, geschweige denn die Gefahr einer neuerlichen Straftat.

Mit dem Einwand, vier Aussagen von Augenzeugen könnten nicht einfach als unzureichend abgetan werden, gab sich Jacobi den Anschein, strikt gegen die Aufhebung der Haft zu sein, aber kaum jemand – am allerwenigsten der vor Selbstzufriedenheit strotzende Potocnik – ahnte, wie relativ egal es ihm war, ob Grolich nur mehr bis zur Unterzeichnung des Vernehmungsprotokolls oder noch einige Tage länger in Gewahrsam blieb beziehungsweise nicht. Was die Crashkids anlangte, war die Arbeit des Referats 112 getan.

14 WÄHREND AUCH NACH DER FESTNAHME der Jugendlichen noch immer das Top-Thema die österreichischen Medien und Stammtische beherrschte – »Wie konnten diese Irren es nur so weit treiben?« –, beschäftigte Dr. Nimrod Pumhösl vor allem der zweite tödliche Crash am Bruderloch. Nicht zuletzt deshalb hatte er an diesem Donnerstag, vier Tage nach Flotzingers Tod, einen schon länger geplanten Ausflug nach Linz zu einer alten Freundin unternommen. Am frühen Abend rief er Ariadne, seine Tochter, zu Hause an, um ihr mitzuteilen,

dass er wie besprochen erst im Laufe des nächsten Tages aus der oberösterreichischen Landeshauptstadt zurückkehren würde.

Tatsächlich war er nur kurz bei der erwähnten Freundin in der Bergstraße 51 am Fuß des Pöstlingbergs gewesen, hatte sich aber schon nachmittags auf den Heimweg gemacht. Zum Zeitpunkt seines Anrufs befand er sich längst wieder in Salzburg.

Es war ihm durchaus bewusst, dass er sich seltsam verhielt, aber seltsam war auch das Telefonat seiner Tochter gewesen, das sie am Montagabend mit mehreren Personen in Konferenzschaltung geführt hatte und das er – wie schon frühere Gespräche dieser Art – heimlich mitgehört hatte. Ariadne hatte in diesem Gespräch nämlich neben den geschiedenen Krenreichs und dem Ehepaar Rader auch den unsäglichen Sengstvoggen, den Erzeuger Michaels, für Donnerstagabend zu einem Imbiss geladen, um – wie sie es formulierte – das Kapitel Sowoinvest in dieser speziellen Runde ein für alle Mal abzuschließen.

Sollte Ariadne doch glauben, ihr Vater stünde an der Schwelle zur Altersdemenz, er war durchaus noch imstande, eins und eins zusammenzuzählen. Wie die meisten Salzburger hatte er die Aktivitäten der bizarren Laserpointer-Gang verfolgt und sich über das Versagen von Eltern derartiger Gfraster ebenso mokiert wie viele andere auch. Während ihn jedoch der Tod von Lore Zuckerbusch nur am Rand berührte, beschäftigte ihn das gewaltsame Ende von Dr. Norbert Flotzinger umso mehr. Nicht dass er dem miesen Aasgeier auch nur eine Träne nachgeweint hätte, aber seit der ersten Meldung am Montagmorgen ließ ihn ein Gedanke nicht mehr los: Hatte sich Ariadne in ihrem Bedürfnis nach Rache zum bisher größten Fehler ihres Lebens hinreißen lassen? Oder war sie Komplizin, vielleicht auch nur Mitwisserin der Täterin oder des Täters? Aber woher nahm er überhaupt die Weisheit, dass es sich nur um *einen* Täter handelte?

Dem betagten Anwalt war nicht entgangen, dass Flotzingers Kollision in einem wesentlichen Punkt vom Muster der bisherigen Unfälle der Crashkids abwich, die bisher immer an einem Freitag um zwei Uhr früh stattgefunden hatten, während der

Anschlag auf den einstigen Berufskollegen sich Sonntagnacht ereignet hatte.

Diese Diskrepanz musste einem Fuchs wie Oberst Jacobi vom LKA ebenfalls auffallen, umso mehr, als vier der beschuldigten Jugendlichen ihre Beteiligung an den Unfällen, einschließlich jenem von Lore Zuckerbusch, wohl oder übel einräumten, wogegen alle sechs trotz medialen Sperrfeuers eine Verantwortung am Tod des Ex-Staatsanwalts energisch von sich wiesen. Zudem wurden die Anwälte der Jugendlichen nicht müde, die Kripo auf etwaige Rachegelüste von Sowoinvest-Opfern aufmerksam zu machen, welche sich bei einem Sündenregister wie jenem von Flotzinger als Trittbrettfahrer der Crashkids doch förmlich aufdrängen würden.

Dass die Medien solche Kommentare im Moment noch als Advokatentricks abqualifizierten und noch nicht auf diesen Zug aufsprangen, musste nicht bedeuten, dass Jacobi ihre Skepsis teilte.

Nimrod Pumhösl blickte aus dem Seitenfenster seines alten Range Rovers, den er in einer Seitengasse geparkt hatte. Ein kleiner Junge begutachtete den Wagen im Vorbeigehen und spazierte in Richtung Raphael-Donner-Straße davon.

Hoffentlich war Ariadne nicht so naiv zu glauben, der Eklat vor dem »Goldenen Hirschen« seinerzeit sei zu nebensächlich gewesen, um noch Ermittlungen nach sich zu ziehen. Dieselben sechs Leute, die sich heute Abend bei ihr trafen, waren Flotzinger drei Wochen nach Bekanntwerden des Sowoinvest-Skandals nach einem Vortrag in der großen Aula der Universität zum Thema »Sachwert schlägt Geldwert« zu dem bekannten Hotel gefolgt. Damals kochte die Volksseele gerade über, weil der Defraudant noch immer nicht verhaftet war und sogar die Chuzpe hatte, bei öffentlichen Veranstaltungen aufzutreten und anschließend in exklusiven Restaurants zu dinieren. Fünf der sechs hätten ihn und seine Begleiterin fraglos ins Koma geprügelt, wäre nicht Johann Rader immer wieder dazwischengegangen, bis schließlich zwei herbeigerufene Wachleute dem unwürdigen Auftritt ein Ende gesetzt hatten. Einige Knüffe und Püffe hatten Flotzinger und seine Tussi dennoch einstecken müssen, und ebendiese waren aktenkundig geworden.

Dr. Pumhösl verspürte keinerlei Gewissensbisse, weil er nach dem Rundruf der Tochter bei der ersten sich bietenden Gelegenheit ihr Wohnzimmer verwanzt hatte. Das Equipment dazu stammte aus den achtziger Jahren, als man als Anwalt für Wirtschaftsstrafrecht im Vorfeld von Österreichs EU-Beitritt noch gutes Geld verdienen konnte. Ein einziges Mal hatte er es bei einem besonders kniffligen Deal für nötig befunden, sich durch einen illegalen Lauschangriff einen Vorteil zu verschaffen. Da er, um später nicht erpresst werden zu können, keinen Profi mit der Installation hatte beauftragen wollen, war er gezwungen gewesen, sich selbst mit der Materie zu befassen, was ihm nun zum Vorteil gereichte.

Jetzt klebte unter Ariadnes Wohnzimmertisch das winzige, aber immer noch funktionstüchtige Mikro, während er im Range saß und schon seit einer Stunde missmutig darauf wartete, dass aus dem zündholzschachtelgroßen Empfänger auf der Mittelkonsole noch etwas anderes zu hören war als das gelegentliche Krächzen von Ajax.

Auch wenn er, wie er sich in stillen Stunden eingestand, Ariadne seit ihrer Kindheit bis in die Gegenwart viel zu sehr bevormundet hatte, war es nicht allein der Kontrollfreak in ihm, der ihn zu so drastischen Mitteln greifen ließ, sondern die seiner Meinung nach nicht unberechtigte Sorge um eine Tochter, die sich eher von Gefühlen als von der Ratio leiten ließ. Dass sie sich ihm nämlich freiwillig und von sich aus anvertraut hätte, falls sie in Schwierigkeiten geraten war, darauf hätte er wohl bis zum Sankt Nimmerleinstag warten können. Er *musste* einfach erfahren, ob und wie weit sie in den Unfalltod von Flotzinger verstrickt war, um ihr helfen zu können. Und zwar musste er das *jetzt* wissen und nicht erst, wenn die Kripo vor ihrer Tür stand.

15 ARIADNE PUMHÖSL EMPFING ihre Gäste ebenso aufgebrezelt wie aufgeräumt. Sie fühlte sich von einer Last befreit. Es war ihr sogar egal, dass ihr Sohn nicht zur verabredeten Zeit zu Hause war. Im Gegenteil: Der Gedanke, dass ihr Vater ausnahmsweise einmal nicht über eine Freundin seines Enkels, in diesem Fall die Tierpflegerin Penelope, Bescheid wusste, erheiterte sie sogar, was sie von der nachlässig betriebenen Jobsuche Michaels freilich nicht sagen konnte.

Bruno Sengstvoggen, dem die Abwesenheit des Sohnes nichts auszumachen schien, war Ariadnes gute Laune schon bei seiner Ankunft aufgefallen. Er schrieb ihr Stimmungshoch zunächst ihrem Prosecco-Konsum zu. Waris Rader, das langbeinige milchkaffeebraune Dessous-Model, deren lässige Anmut schon von Weitem ihre ostafrikanische Herkunft verriet, hatte die feinere Antenne für die Befindlichkeit der Gastgeberin und glaubte, den Grund für ihre verhaltene Fröhlichkeit zu kennen. Sie selbst wiederum wurde von der sehr offenherzig gekleideten Susanne Krenreich nicht wegen ihres eleganten weißen Hosenanzugs beobachtet, sondern weil Letztere schon bei der Begrüßung in den dunklen Augen der Schicksalsgenossin ein seltsames Glitzern bemerkt haben wollte. Dass die ehemalige Buchhalterin diesem Glitzern eine bestimmte Bedeutung beimaß, hatte mit einem Geheimnis zu tun, das sie mit der Somalierin teilte und von dem nicht einmal Johann Rader wusste. Schon allein deshalb übte es eine autosuggestive Wirkung aus und ließ die Phantasie von sexy Susi nicht zur Ruhe kommen.

Im Gegensatz dazu war am Gesicht des drahtigen Berufssoldaten rein gar nichts abzulesen – weder Genugtuung über den Tod des Schurken noch Erleichterung darüber, dass dieses Kapitel zumindest emotional abgeschlossen werden konnte, noch irgendeine andere Regung. Dabei hätte Johann von ihnen allen sicher die besten Voraussetzungen mitgebracht, so etwas durchzuziehen, falls er den Mumm und die Kaltschnäuzigkeit dazu besessen hätte, dachte die Raumpflegerin wider Willen in einer Anwandlung von weiblichem Chauvinismus.

Nachdem man einen hochprozentigen Aperitif in der Diele genommen hatte, wechselte die sechsköpfige Gesellschaft ins Wohnzimmer, wo ein Catering-Service auf der Anrichte und zwei weiteren Kommoden über Bedarf für das leibliche Wohl gesorgt hatte, sodass trotz zusätzlicher Servierwagen kaum noch Platz war, irgendwo einen Teller oder ein Glas abzustellen.

»Ich mache es kurz«, begann Ariadne Pumhösl, nachdem die Gäste das Büfett ausgiebig akklamiert und dann am niedrigen Nussholztisch Platz genommen hatten. »Der Grund, weshalb ich zu diesem Treffen geladen habe, ist mit ein paar Sätzen erklärt. Den Medien zufolge ist Flotzinger, dieses Scheusal, einem Unfall zum Opfer gefallen. Wenn das stimmt, ist alles gut. Wenn nicht, halte ich es zwar ebenfalls für unwahrscheinlich, dass sein Tod Konsequenzen für uns haben könnte, aber der Teufel schläft ja bekanntlich nie.«

»Du meinst, bei der Polizei könnte sich jemand an den Watschentanz vor dem ›Goldenen Hirschen‹ erinnern?«, warf Bruno Sengstvoggen belustigt ein. »Ah, war das Balsam für meine geschundene Seele! Sogar jetzt noch denke ich oft mit Vergnügen daran zurück, wie ich ihm damals die selbstgefällige Fresse poliert hab.«

»Es wird sich bald herausstellen, ob du auch in Zukunft mit Vergnügen daran zurückdenken kannst«, meinte Ariadne Pumhösl trocken. »Aber du hast recht: Ich wollte auf diesen Vorfall zu sprechen kommen. Falls – ich betone – *falls* jedem von uns ein Alibi für Sonntagnacht abverlangt werden sollte, wäre es gut, sich jetzt schon darüber Gedanken zu machen.«

»Ich hab keins«, sagte Susanne Krenreich sofort. »Ich war allein zu Haus, Didi hatte Spätdienst.«

»Als ob du andernfalls *nicht* allein gewesen wärst«, merkte ihr Ex-Mann böse an. »Mittwoch- und Sonntagabend darf ich dich ja grundsätzlich nicht besuchen. Und wenn ich's an diesen Tagen doch gelegentlich tat beziehungsweise tun wollte, warst du nie in deiner Wohnung, obwohl du es noch Minuten zuvor am Handy behauptet hattest.«

»Ich glaube nicht, dass deine grundlose Eifersucht hierhergehört, Didi«, würgte Susanne Krenreich den sich abzeichnenden, immer gleichen Disput ab. »Mal sehen, was die anderen Herrschaften zu vermelden haben.«

»Waris hat ebenfalls kein Alibi«, sagte Johann Rader. »Die Kinder waren am Sonntag bei meiner Schwester und deren Töchtern in Oberndorf und sind erst am Montagmorgen mit der Bahn in die Stadt zurückgefahren. Auch ich war nicht zu Hause, hab für einen Kameraden Sonntagsdienst in der Rainer-Kaserne gemacht und anschließend an einer kleinen Geburtstagsfeier in unserer Kfz-Werkstatt teilgenommen.«

»Was ist mit dir, Bruno?«, fragte Ariadne Pumhösl den Vater ihres Sohnes.

»Das willst du gar nicht so genau wissen, meine Liebe ...«

»Ich bin nicht *deine Liebe*, schon sehr lange nicht mehr!«, verbat sie sich wenig überzeugend die vertrauliche Anrede, was er mit einem fast mitleidigen Grinsen quittierte.

»Ich war am Sonntagabend in meiner Wohnung in Waging und hatte Besuch von meiner Vermieterin«, sagte er dann. »Sie wird mein Alibi jederzeit bestätigen.«

Ariadne spürte den Stachel der Eifersucht, aber sein Stich schmerzte längst nicht mehr so wie früher.

»Wie steht's denn mit *deinem* Alibi?«, bewies Sengstvoggen plötzlich ein Interesse, das er wahrscheinlich gar nicht empfand. Hauptsache, er selbst war fürs Erste aus dem Schneider. »Wo warst du Sonntagabend?«

»Ich war ebenfalls zu Hause, mein Vater und mein Sohn werden das bei Bedarf bezeugen.«

Mit einem Achselzucken, das seine Lebensphilosophie wohl am anschaulichsten ausdrückte, sagte Sengstvoggen: »Na, dann ist ja alles in bester Ordnung. Wo liegt also das Problem?«

»Zum Beispiel bei Waris und bei Susanne. Oder kann jemand bezeugen, dass ihr beide euch den ganzen Sonntagabend in euren vier Wänden aufgehalten habt?«, wandte sich Pumhösl direkt an ihre Freundinnen. »Nachbarn vielleicht?«

Beide verneinten mit einem Kopfschütteln.

Die Anwältin glättete unsichtbare Fältchen ihres kleinen

Schwarzen. »Nun, um jede Komplikation schon im Vorfeld zu vermeiden, schlage ich vor, dass wir drei uns bei Waris getroffen und den Abend bis – sagen wir – dreiundzwanzig Uhr in ihrer Wohnung verbracht haben. Die Details besprechen wir, während wir uns dem Büfett widmen. Einverstanden?«

Waris Rader suchte den Blick ihres Mannes. Er nickte. »Okay, dann machen wir es so, aber verplappert euch nicht, wenn es wirklich darauf ankommt.«

Auch Susanne Krenreich hatte keine Einwände gegen die vorgeschlagene Alibivariante, sondern fühlte sich im Gegenteil sehr erleichtert.

»Ich dachte, dein Vater könnte bestätigen, dass du zu Hause gewesen bist, Arie?«, wandte Sengstvoggen ein, wobei er es vermied, auch ihren gemeinsamen Sohn als Zeugen anzuführen.

Ariadne Pumhösl nickte. »Vater und Michael würden mein Alibi *bei Bedarf* bezeugen, so drückte ich mich aus – nicht mehr und nicht weniger. Belassen wir's dabei. Waris, Susanne und ich haben ja jetzt ein gemeinsames Alibi. Gibt es sonst noch Fragen zu einem anderen Punkt in dieser Angelegenheit? – Nein? Dann ist das Büfett eröffnet. Bitte greift zu!«

Während Susanne Krenreich sich am Büfett bediente, beteiligte sie sich kaum am noch sehr zäh dahintröpfelnden Small Talk. Das eben Gehörte beschäftigte sie zu sehr. Ihren Diethelm schien die jüngste Causa Flotzinger dagegen kaltzulassen, jedenfalls schenkte er dem kulinarischen Angebot sichtlich mehr Aufmerksamkeit als diversen Kommentaren zu dem Ereignis, das sie hergeführt hatte. Würde er überhaupt jemals auch nur auf die Idee verfallen, jemand von ihnen oder gar seine Ex könnte bei Flotzingers Tod die Hand im Spiel gehabt haben?

In diesem Moment blickte Didi Krenreich von der Schinkenplatte hoch und ihr in die Augen, als hätte er ihre Gedanken gelesen. Er lächelte und deutete auf einen besonders lecker aussehenden Schweinebauch. »Davon musst du unbedingt kosten, Liebes. Ein Gedicht, sag ich dir! Und dazu den Rosé vom Leithagebirge. So beschert uns diese Hyäne wenigstens im

Tod einen angenehmen Abend. Und den haben wir uns nach den letzten durchwachsenen Jahren weiß Gott verdient.«

Also dachte er auch an Flotzinger! Aber war das jetzt nur Small Talk, oder wollte er etwas Bestimmtes andeuten?

Doch als Susanne Krenreich den satten, zufriedenen Zug um die Mundwinkel ihres Partners bemerkte, wusste sie, dass er mit sich wieder einmal im Reinen war, und schüttelte unwillkürlich den Kopf. Zu einem Mann, der es ablehnte, sich fortzupflanzen, weil er etwaigen Nachkommen eine zusehends aus den Fugen geratene Welt ersparen wollte, passte Rache als sinnstiftendes Element so gar nicht.

Didi Krenreich deutete ihr Kopfschütteln als Ablehnung der kalorienreichen Köstlichkeiten, was ihn selbst jedoch nicht davon abhielt, erneut zuzugreifen. Dass sich Sengstvoggen ebenfalls eine Fuhre ausgesuchter Leckerbissen auf den Teller lud, als hätte er eine einwöchige Fastenkur hinter sich, und sich dazu noch ausgiebig an der Bar mit Veltliner versorgte, hatte Susanne Krenreich nicht anders erwartet. Wie der Filou allerdings letzten Endes zu Flotzinger gestanden hatte, darüber war sie sich weniger im Klaren. Hatte Bruno den Defraudanten auch nur annähernd so gehasst wie sie? Schließlich hatte er von ihnen allen die geringsten Verluste durch die Sowoinvest-Pleite zu beklagen gehabt, da er sich kaum an Ariadnes Einzahlungen beteiligt hatte, sondern, im Gegenteil, den Löwenanteil der Investition von ihr hatte stemmen lassen. Aber da war auch noch diese andere Sache, die sie einmal erwähnt hatte: Flotzinger sollte Bruno angeblich um die Chance seines Lebens und um weit mehr Geld gebracht haben, als er sich jemals selbst bei größter Disziplin hätte zusammensparen können. Käme also nicht auch er als Verdächtiger in Frage, sollte sich wider Erwarten die Polizei für sie interessieren? Komisch, die Crashkids waren auch sechs, wenn man der Presse Glauben schenkte. Wenn das kein schlechtes Omen war!

Susanne Krenreich war ziemlich abergläubisch – schon immer gewesen. Es verursachte ihr bereits Unbehagen, sich mit einer zahmen Rabenkrähe im selben Raum aufhalten zu müssen, weshalb die Gastgeberin Ajax samt Vogelbauer dankenswerterweise in das Kabinett nebenan umgesiedelt hatte, woher nun in gleichmäßigen Abständen ein beleidigtes Krächzen zu vernehmen war.

Seit die einstige Buchhalterin die Einladung in das Pumhösl-Haus erhalten hatte, kreisten ihre Gedanken auch um die Initiatorin des Treffens und um die Frage, wie stark deren Interesse am Ableben Flotzingers tatsächlich gewesen sein mochte. Wozu diese Verabredung und der heutige Vorschlag zum gemeinsamen Alibi, wenn nicht zu ihrem eigenen Schutz und dem ihrer Familie?

Doch was sich hinter Susanne Krenreichs glatter Stirn abspielte, war ihr freilich nicht anzumerken. Als auch sie sich schließlich an der Konversation beteiligte, die nun allmählich in Fluss zu kommen schien, sorgte sie mit ihrem komödiantischen Talent sogar für zusätzlichen Schwung, indem sie zur allgemeinen Erheiterung sehr gekonnt bekannte Persönlichkeiten parodierte, indem sie deren Stimmen und Gestik täuschend echt nachahmte.

Der Kontakt zu gutbürgerlichen Kreisen, den sie seinerzeit so abrupt hatte abbrechen müssen, war ihr immens wichtig, ebenso die Freundschaft zu Ariadne Pumhösl, die als Anwältin zwar keine große Nummer, aber von Geburt an schon immer dort gewesen war, wo sie, Susanne, so gerne ihren Platz gehabt hätte. In der Gesellschaft.

16 MITTEN IN DEN BEIFALL für eine varietéreife Darbietung von Susanne Krenreich läutete es unten an der Haustür. Michael, der einen Schlüssel besaß, konnte es nicht sein, und außer ihm wurde an diesem Abend niemand mehr erwartet.

Ariadne ging hinunter – und kam unverhältnismäßig lange nicht mehr zurück, sodass sich Susanne Krenreich, die an diesem Tag sensibel wie ein Seismograph auf Ungewöhnlichkeiten reagierte, schließlich veranlasst sah, im Parterre nachzuschauen.

Die Gastgeberin stand in der offenen Haustür und sprach mit einem bulligen Mann in Straßenkleidung, schien aber nicht gewillt, ihn näher treten zu lassen. Im hell erleuchteten Eingangsbereich war sein Gesicht auch in einer Entfernung von etlichen Metern leidlich gut zu erkennen. Mit einer solchen Visage, dachte Susi Krenreich, kann man am Morgen zu seinem Spiegelbild im Bad eigentlich nur immer wieder sagen: »Ich kenn dich nicht, wasch dich aber trotzdem.«

Da Ariadne Pumhösl sie die Treppe herunterkommen hörte, wandte sie sich um. Krenreich fiel sofort auf, wie blass sie war. Einen Augenblick lang führte sie das auf den Furcht einflößenden Anblick des Neuankömmlings zurück, wurde aber in der nächsten Sekunde eines Besseren belehrt.

»Polizei, Susanne«, erklärte Ariadne Pumhösl, und die Warnung, bloß nichts Verfängliches zu sagen, war deutlich aus den zwei Worten herauszuhören. »Man benötigt nur ein paar Auskünfte. Ich komm gleich wieder zu euch hinauf. Hab dem Herrn schon gesagt, dass ich Gäste habe.«

»Chefinspektor Feuersang«, stellte sich der Vierschrötige vor, ehe Krenreich der unterschwelligen Aufforderung, sich zurückzuziehen, Folge leisten konnte. »Mit wem hab ich die Ehre, wenn ich fragen darf?«

»Susanne Krenreich, ich bin eine Freundin von Frau Dr. Pumhösl.«

»Krenreich, Krenreich …«, murmelte der Chefinspektor, während er gleichzeitig ein Notizbuch zückte und kurz darin blätterte.

»Doch, da steht's: Eine gewisse Susanne und ein Diethelm Krenreich waren damals ebenfalls in die gegenständliche Schlägerei am Herbert-von-Karajan-Platz verwickelt. Sind Sie diese Susanne Krenreich, gnä' Frau?«

Da die Angesprochene zu perplex war, um zu antworten, wandte sich Feuersang wieder an die Hausherrin: »Wollen Sie mich nicht doch kurz hereinbitten, Frau Doktor? Möglicherweise redet es sich dort –«

»Nein, ich will Sie nicht hereinbitten!«, unterbrach ihn Pumhösl wütend. »Wie Sie sich hier aufspielen, ist schlichtweg eine Unverschämtheit. Ich bin Anwältin und werde –«

»Ich weiß, dass Sie Anwältin sind, Frau Doktor«, fiel wiederum der Beamte ihr ins Wort. »Darum wundert es mich doppelt, dass Sie sich wegen einer läppischen Befragung so aufregen. Ein derartiges Verhalten macht uns doch nur umso hellhöriger. Sie haben jetzt zwei Möglichkeiten: Entweder darf ich hineinkommen, oder Sie und die Inhaber der vor Ihrem Haus parkenden Wagen finden sich morgen um zehn im LKA, Referat 112, ein, die Adresse kennen Sie ja. Ich für meinen Teil habe mir bereits die Kfz-Kennzeichen notiert.«

Besonders die letzte Bemerkung machte deutlich, dass die Kripo keineswegs aufs Geratewohl hier aufgekreuzt war. Ariadne Pumhösl dachte angestrengt nach.

»Ein paar Fragen, Frau Doktor, und schon sind Sie mich wieder los«, drängte Feuersang, diesmal fast leutselig. »Es geht nur um einen Zeitabgleich.«

»Fragen zu Sowoinvest haben Sie mir ja gerade schon an der Haustür gestellt. Sagen Sie doch gleich, dass Sie unsere Alibis überprüfen wollen«, maulte Pumhösl, trat aber zum Zeichen ihres Einverständnisses zur Seite.

»Vielen Dank, Frau Doktor. Wenn Sie sich dann bitte noch gedulden würden, bis wir bei den anderen sind, dann muss ich nicht alles zweimal sagen. Aber Sie haben bestimmt schon den Berichten in den Medien entnommen, worum es geht.«

Nach dem frostigen Empfang an der Haustür war Feuersang nicht mehr allzu überrascht, in Ariadne Pumhösls Wohnung vier weitere Personen anzutreffen, deren Namen auf Weiders Liste standen. Aus naheliegenden Gründen hatte Flotzinger bei der damaligen Prügelei von einer Anzeige gegen die fünf abgesehen, um nicht unnötig Öl ins Feuer zu gießen. Wenige Tage danach war er ohnehin spurlos aus Österreich verschwunden, wobei das Handgemenge vor dem »Goldenen Hirschen« den Termin seines wohlgeordneten Rückzugs kaum noch beeinflusst haben durfte.

Natürlich lagen die Ereignisse fünfzehn Jahre zurück, aber

zeitliche Distanz war für Jacobi noch nie ein Argument gewesen, eine Spur nicht zu verfolgen. Und wenn sich nur wenige Tage nach dem Tod des Sowoinvest-Masterminds sechs Geschädigte trafen, um ganz offensichtlich sein Hinscheiden zu feiern, und diese sechs auch noch auf Weiders Liste standen, dann würde der Terrier in jedem Fall die Parole »Dranbleiben!« ausgeben, das stand für Feuersang außer Frage.

Dabei war es reiner Zufall gewesen, dass er in diesen makabren Leichenschmaus geplatzt war, dachte er, wobei er geistesabwesend im Vorbeigehen eine Nippes-Figur auf einer Kommode betastete und prompt dafür von der Hausherrin einen Klaps auf die Finger bekam.

Weil das Abarbeiten von Weiders Liste als nicht besonders dringlich angesehen worden war, hatte Jacobi es eigentlich erst für nächste Woche angesetzt, sodass er, Feuersang, sich normalerweise gar nicht damit befasst hätte, sollte er doch nach den letzten hektischen Wochen endlich seinen Zeitausgleich nehmen. Damit aber die öde Recherche nicht allein an den Kollegen hängen blieb, hatte er ihnen vor dem Wochenende die eine oder andere Überprüfung in Salzburg-Stadt und Umgebung abnehmen wollen, wobei sich die Adresse der Pumhösls, an der er täglich auf dem Weg vom und zum LKA zwei Straßen weiter vorbeifuhr, als eine der ersten angeboten hatte.

Nachdem er nun im Beisein der Gäste die Gründe für seinen überraschenden Besuch erläutert hatte, soweit er dies für nötig erachtete, wollte er eben nach den Alibis fragen, als die Haustür im Erdgeschoss mit lautem Knall ins Schloss fiel und gleich darauf jemand die Treppe in den ersten Stock heraufgestampft kam.

»Papa, du?« Ariadne Pumhösl war nicht wenig erstaunt, ihren Vater zu sehen, den sie in Linz wähnte, der aber nun schwer atmend auf der Schwelle zu ihrem Wohnzimmer stand und sich an die Brust griff.

»Du sagst nichts, gar nichts, ehe wir beide nicht unter vier Augen gesprochen haben.« Dr. Nimrod Pumhösl musste noch einige Male tief Luft holen, ehe er weitersprechen konnte. Der Sprint über die Straße und anschließend in die erste Etage seines Hauses hatte den Fünfundsiebzigjährigen an seine körperlichen Grenzen gebracht. »Wenn die Polizei etwas von dir will, ist dazu auch nach dem Wochenende noch Zeit«, japste er. »Gefahr in Verzug besteht ja wohl nicht, Herr Chefinspektor, oder? Jedenfalls werde ich das Mandat meiner Tochter übernehmen.«

Noch ehe Feuersang antworten konnte, platzte Ariadne Pumhösl der Kragen. »Abgesehen davon, dass ich gern wüsste, woher du so plötzlich kommst und wie du weißt, dass dieser Herr ein Chefinspektor ist, übernimmst du ganz sicher nicht das Mandat«, fauchte sie ihn an. »Mir geht es ja gar nicht um deine peinliche Spioniererei, sondern darum, dass du nicht checkst, wie viel Porzellan du mit deiner Hoppla-jetzt-komm-ich-Nummer zerdepperst! Mit deinem Benehmen machst du mich und meine Gäste doch erst recht verdächtig.« Ihre Mundwinkel verzogen sich zu einer verächtlichen Grimasse. »Einige für einen Anwalt unerlässliche Fähigkeiten scheinen dir mit den Jahren abhanden gekommen zu sein – was du eben sehr eindrucksvoll bewiesen hast.«

»Wo ist Michael?«, fragte der Gescholtene, ohne auf die Kritik einzugehen. Dennoch merkte man ihm an, wie sehr ihn die Vorwürfe der Tochter getroffen hatten.

»Bei einer Freundin. Und jetzt wäre ich dir dankbar, wenn du uns allein ließest. Ich bringe dir später etwas vom Büfett hinunter, und bis dahin solltest du dir vielleicht in Erinnerung rufen, dass ich ebenfalls Anwältin bin und mich nötigenfalls selbst vertreten kann.«

So hatte seine Tochter noch nie mit ihm gesprochen, aber sie hatte leider recht. Aus Sorge um sie war ihm gleich ein ganzer Rattenschwanz an Fehlern unterlaufen. Sein tollpatschiges Hereinplatzen hatte ihr verraten, dass er sie abgehört hatte, und damit hatte er nicht nur sie, sondern auch ihre Gäste desavouiert. Es ließ sich nicht leugnen: Er hatte ihr Vertrauen missbraucht, sie enttäuscht und blamiert, die Familie in die

Bredouille gebracht und damit genau das getan, was er jahrelang *ihr* vorgeworfen hatte. Wortlos drehte er sich auf dem Absatz um und ging, mit sich und dem Älterwerden hadernd, ins Parterre hinunter.

»Ich nehme an, bei Michael handelt es sich um Ihren Sohn, Frau Dr. Pumhösl?«, fragte Feuersang, ohne den innerfamiliären Disput auch nur mit einem Wort zu kommentieren.

Die Angesprochene nickte. »Ja, er sollte eigentlich jetzt hier sein, aber wie nicht zu übersehen ist, verbringt er seine Zeit lieber in anderer Gesellschaft.« Die Abwesenheit ihres Sohnes war im Moment ihr geringstes Problem.

»Was wohl auch ein wenig an mir liegt«, meldete sich da Bruno Sengstvoggen zu Wort. »Ich bin Michaels Vater. Frau Pumhösl und ich gehen allerdings schon seit Jahren getrennte Wege, weshalb meinem Sohn nicht allzu viel an meiner Gesellschaft liegt.«

»Wundert dich das vielleicht?«, fuhr ihn seine einstige Verlobte verärgert über die naseweise Einmischung an. »Erst redest du mir das Sowoinvest-Projekt ein und machst mir ein Kind, um mich danach mit beidem sitzen zu lassen: mit Kind *und* Schulden. Hätten wir dich dafür als den großen Wohltäter in Erinnerung behalten sollen, hast du das von uns erwartet?«

»Tut mir leid, wenn ich da in alten Wunden gerührt habe«, sagte Feuersang, dem es natürlich überhaupt nicht leidtat. »Schließen wir lieber dort an, wo wir vorhin unterbrochen wurden: bei Ihren Alibis für Sonntagabend. Sagen Sie mir doch bitte, wo Sie von zwanzig bis dreiundzwanzig Uhr waren, was Sie in dieser Zeit getan haben, und schon bin ich wie versprochen vorerst wieder verschwunden.«

Das »vorerst« versetzte Ariadne Pumhösl in höchste Alarmbereitschaft, und es gelang ihr auch kaum, sich ihre Beunruhigung nicht anmerken zu lassen.

Das Abfragen der Alibis dauerte tatsächlich nur wenige Minuten, wobei sich der Ermittler zum gemeinsamen Alibi der drei Frauen nicht äußerte, sondern nur die Richtigkeit der ihm vorliegenden Adressen überprüfte und sich dann mit der Anmerkung empfahl, man würde sich melden, falls noch Fragen offen seien.

Auf dem Weg zum Wagen verkniff Feuersang es sich, den Chef umgehend über den eigenartigen Leichenschmaus im Hause Pumhösl zu informieren, obwohl er im Hochgefühl seines Zufallstreffers schon beim Verlassen des Anwesens nach dem Handy gegriffen hatte. Stattdessen setzte er sich auf dem Heimweg mit Kumpel Weider in Verbindung. Er sollte so viel wie möglich über die vorläufig noch als Zeugen geführten Verdächtigen in Erfahrung bringen.

17 AM FREITAGMORGEN FANDEN der Chef und Melanie Kotek eine dicht mit neuen Infos bespickte Pinnwand im IT-Zentrum vor.

»Eine durchaus vielversprechende Spur«, zollte Jacobi den beiden Mitarbeitern, die sich die halbe Nacht um die Ohren geschlagen hatten, seinen Respekt. Dass der Ermittlungserfolg nur dem zufälligen Zusammentreffen dreier Ereignisse zu verdanken war, nämlich der Verabredung von sechs aktenkundigen Zeugen, dem bizarren Auftritt eines besorgten Vaters und vor allem der Entscheidung Feuersangs, ausgerechnet an diesem Abend in der Raphael-Donner-Straße 31a vorzusprechen, fiel für den Terrier nicht ins Gewicht. Es war das Ergebnis, das zählte.

Für Feuersang hingegen wog das Lob mehr als die Erkenntnis, dass er seinen Zeitausgleich wohl fürs Erste vergessen konnte. »Du warst ja gleich am Montagmorgen bei der Tatortbesichtigung der Meinung, es würde nicht nur um das Geld gehen, das die Leute durch Sowoinvest verloren haben, sondern vor allem darum, was die Pleite aus den Opfern gemacht hat«, erinnerte er den Chef an dessen eigene Worte.

»Auf dieses Bonmot ist er doch nur gekommen, weil ihn

Pernauers anfängliche Verbitterung über den scheinbar raschen und schmerzlosen Unfalltod von Flotzinger auf den Gedanken gebracht hat«, relativierte Kotek das Supermann-Image ihres Partners.

»Das war die Initialzündung«, gab Jacobi freimütig zu. »Geld ist eine Sache, verlorene Träume eine andere, und am schwierigsten einzuschätzen sind die Gefühle, die durch diverse Folgeverluste ausgelöst werden.«

»Und für die irgendwann ein geeignetes Ventil gesucht wird«, ergänzte Kotek. »Das wolltest du doch sagen, oder?«

»Wie gehen wir also weiter vor?«, versuchte Feuersang, der in seinen Ohren akademischen Wortklauberei ein Ende zu bereiten. »Dr. Nimrod Pumhösl wird uns kaum das Ergebnis seiner Abhöraktion zur Verfügung stellen, außerdem ist bestimmt schon alles entsorgt, was seine Tochter belasten könnte.«

»Hast du nicht notiert, dass sein Enkel Michael auch ein Problemkind sein könnte?«, gab Jacobi mit einem Blick auf die Pinnwand die Richtung vor, die Feuersang ebenfalls für die Erfolg versprechendste hielt.

»Warum auch?«, fragte der dennoch.

»Weil wir es gerade erst mit Problemkids zu tun hatten, deshalb ›auch‹. Also, Leo?«

»Michael hält nichts von seinem Vater. Er ist ein Filou, der einst seine Mutter und ihn im Stich gelassen hat und seither als Campingplatzwart am Waginger See in den Tag hineinlebt, wo er neben seinem alten Wohnwagen eine weitere Bleibe bei einer leidlich wohlhabenden und relativ jungen Witwe hat, der er vermutlich keine oder günstigstenfalls eine minimale Miete zahlt.«

»Du willst bei seinem Sohn ansetzen?«

»Ja. Michael hat zwar eine Freundin, der er möglicherweise das eine oder andere erzählt hat, sie wäre also eine alternative Informationsquelle, aber ich glaube, wir halten uns besser an ihn.«

»Gib uns eine Woche, um ihn zu observieren und seine

Gewohnheiten kennenzulernen«, schaltete sich nun Weider ein, »dann wissen wir, wie und wo wir den Kontakt zu ihm herstellen. Das sollte Melanie übernehmen, bei ihr gehen Jungs, die noch etwas grün hinter den Ohren sind, am ehesten aus sich heraus.«

»Ein sehr zweischneidiges Kompliment«, schmollte Kotek.

»Aber möglicherweise zutreffend«, räumte Jacobi grinsend ein. »Obwohl – Leo hat seine Sache bei Katja und Felix auch nicht übel gemacht. Wobei mir einfällt: Leo, du nimmst doch nächste Woche deinen Zeitausgleich. Das ist jetzt aber wirklich zu blöd.«

Feuersang ließ ein verächtliches Schnauben hören. »Heuchler! Ich weiß sehr wohl, wenn ich gebraucht werde. Und falls ich mit meiner Vermutung doch falschliege, umso besser: Loni wird's nur recht sein.«

»Aber wenn du den Zeitausgleich schon wieder verschiebst, hat sie wirklich Grund, sauer zu sein«, mahnte Kotek, der Feuersangs Frau Apollonia wegen seiner vielen Überstunden schon länger leidtat. »Ihr wolltet doch den Spätfrühling im Oberpinzgau genießen und eure Kinder besuchen. Aber egal, ob du jetzt an Bord bleibst oder nicht: Der Kontakt zu Michael Pumhösl ist in jedem Fall meine Sache.«

»So wie Leo das Verhältnis seiner Eltern zueinander geschildert hat, dürfte es nicht allzu schwierig sein, ihn nach seinem Vater auszuhorchen«, meinte Weider, »wogegen er bezüglich Mutter und Großvater wohl eher verschlossen reagieren wird.«

»Was okay ist«, sekundierte Feuersang. »Das wird Sengstvoggen an seiner statt besorgen, wenn wir ihm Druck machen. Er scheint ein Mensch zu sein, der sich niemandem verpflichtet fühlt, auch nicht seinem Sohn. Vermutlich kann er das Wort ›Solidarität‹ nicht einmal buchstabieren, obwohl er vor Jahren Lehrer gewesen sein soll. Er wird also bemüht sein, jeden Anfangsverdacht gegen seine Person auf die fünf anderen abzuwälzen.«

Kotek schüttelte den Kopf. »Wir sollten innerhalb dieser Gruppe, Sengstvoggen nicht mitgerechnet, von nur vier weiteren Verdächtigen ausgehen. In der Aktennotiz, die Hans besorgt hat, ist ausdrücklich vermerkt, dass Vizeleutnant Johann Rader Flotzinger vor noch ärgeren Prügeln bewahrt hat.«

»Du denkst, nur weil er damals so besonnen reagiert hat, kann er ihn jetzt nicht umgebracht haben?«, konterte Jacobi ungewollt bissig. »Jeder kann zum Mörder werden, wenn das Motiv nur stark genug ist.«

»Wie recht du doch hast«, retournierte Melanie Kotek umgehend. »Dann eben doch fünf.«

»Aber zunächst müssen wir einen Fuß bei diesen Schicksalsgenossinnen und -genossen in die Tür kriegen«, fuhr der Chef eilig fort, »und etwas erfahren, das weitere Ermittlungen rechtfertigt. Anschließend vernehmen wir sie einzeln. Sollte an den Alibis etwas faul sein –«

»Zweifelst du etwa daran, dass ihre Alibis faul sind?«, unterbrach ihn Feuersang ehrlich erstaunt.

»Welche Fakten liegen denn vor?«, antwortete Jacobi mit einer Gegenfrage. »Sechs Leute haben sich zu dem wenig pietätvollen Zweck getroffen, den Tod eines verhassten Menschen zu feiern. Sie sind bei uns aktenkundig, weil sie vor Jahren aus nachvollziehbaren Gründen gegen ihn handgreiflich geworden sind. Das und das eigenartige Verhalten der Abendgesellschaft bei den Pumhösls ist für uns Anlass, sie zu überprüfen. Das soll deine Leistung keineswegs schmälern, Leo«, fügte er rasch hinzu, »aber wir dürfen bei allem Jagdeifer nicht vergessen, wie kontraproduktiv, ja dumm sich Unschuldige oft verhalten, wenn sie sich von der Polizei verdächtigt sehen.«

»Aber doch nicht Anwälte«, hielt Kotek dagegen und revanchierte sich damit gleichzeitig für den Oberlehrer, den Jacobi zuvor hatte raushängen lassen.

»Erst also der Junge?«, wollte der Pragmatiker Weider die nächsten Schritte abgenickt haben, ehe Jacobis Lebensgefährtin noch eine Grundsatzdiskussion über die Würdigung von Verdachtsmomenten vom Zaun brechen konnte.

»Jawohl, zuerst der Junge«, bestätigte der Chef. »Leo nimmt seine fünf Tage Zeitausgleich. Und wenn er wieder da ist, muss Michael Pumhösl klargemacht sein. Dann kommt sofort Sengstvoggen an die Reihe.«

18 »HALLO, WARIS! Ich habe gesagt, du sollst das Kinn ein wenig anheben und den Kopf nach rechts wenden. – Nein, so geht das nicht.« Sichtlich verzweifelt drehte Modefotograf Giorgio Bertolini seine Basedow-Augen nach oben, sodass sie in geradezu unappetitlicher Weise aus ihren Höhlen zu quellen schienen.

Das Atelier in einer Seitengasse der Alpenstraße war angenehm temperiert, die Beleuchtung stimmte, die bunten Einteiler aus der Sommer- und Freizeit-Kollektion für das nächste Jahr passten wie angegossen. Nur das erfahrene Model war nicht bei der Sache. Bertolini hatte schon zu Beginn der Session gemerkt, dass die sonst so konzentriert arbeitende Frau mit den Gedanken woanders war.

»Ich mache mit Elouise weiter.« Der Fotograf, den im Allgemeinen eine in der Branche unübliche Geduld auszeichnete, schien zu einem schnellen Entschluss gekommen zu sein. »Waris, du kannst nach Hause fahren. Gib mir Bescheid, wenn du dich besser fühlst, dann vereinbaren wir für nächste Woche einen neuen Termin.«

Waris Rader, die in glamouröser Pose in der Kulisse saß, schreckte hoch. »Nein, bitte nicht, Giorgio. Ich fühl mich doch gut, und ich reiße mich jetzt auch zusammen. Ich … das kannst du nicht machen! Ich *brauche* das Geld. Mit den paar Wochenstunden, die ich in der Physio mache, und dem Gehalt meines Mannes kommen wir doch nie von unseren Schulden runter.«

Bertolini bewegte seinen rechten Zeigefinger wie das Pendel eines Metronoms hin und her. »Es hat keinen Zweck, weiterzumachen, so wie du heute drauf bist. Du fährst jetzt nach Hause, keine Widerrede!«

Zehn Minuten später stand Waris Rader auf dem Media Markt-Parkplatz neben ihrem Škoda Fabia und tippte mit zitternden Fingern die Kurzwahlnummer von Susanne Krenreich ein. »Susanne? Ich bin's, Waris.«

»Was gibt's? Ich bin mitten in der Arbeit – bei meiner regulären in der Kuranstalt, wohlgemerkt: Ich putze gerade Gymnastikräume. Also?«

»Du weißt, Susanne, ich bin nicht der hysterische Typ, aber ich *muss* mich einfach mit jemandem austauschen. Und weil ich *darüber* nur mit dir reden darf, wende ich mich zwangsläufig immer wieder an dich. Kannst ... kannst du nicht doch ...? Nur ein paar Minuten? *Bitte!*«

»Ich kann unmöglich von hier weg. Wo bist du überhaupt? Kann jemand mithören?«

»Ich stehe ganz allein auf dem Parkplatz von Media Markt.«

»Okay. Aber warum willst du unbedingt *darüber* reden? Es besteht doch überhaupt kein Grund, gleich Panik zu schieben, nur weil irgendein Kiberer sich wichtigmacht.«

»Ich habe Angst, dass die Kripo früher oder später hinter unsere falschen Alibis kommt und dann erst recht beginnt, in unseren Tagesabläufen rumzustochern.«

»Die können stochern, so viel sie wollen. Solange du ihnen keine der Türen öffnest, hinter die wir niemanden schauen lassen, wird es ein Herumstochern im Nebel bleiben.«

»Ich mag gar nicht dran denken, was passiert, wenn Johann durch die Polizei auf das offene Ende der Geschichte aufmerksam wird«, stieß Waris hervor, ohne auf die Beruhigungsversuche der Freundin erkennbar zu reagieren. »Er lässt sich hundertprozentig scheiden, und den Kontakt zu meinen Kindern wird man mir dann auch verbieten.«

»So ein Unsinn! So ein gottverdammter Unsinn!«, brüllte Susanne Krenreich in ihr Handy. Sie war mit ihrer Geduld am Ende. »Niemand nimmt dir die Kinder weg. Wenn du nur ein Gramm Hirn in deinem Schädel hast und willst, dass dich Johann weiterhin so abgöttisch liebt wie bisher, dann hältst du den Mund! Hast du mich verstanden?«

Die Erkenntnis, Waris Rader nicht von ihren Panikattacken befreien zu können, machte Susanne Krenreich ihrerseits nervös. Und während sie eine Möglichkeit nach der anderen in Erwägung zog, wie sie diese Zeitbombe entschärfen könnte, jammerte die Freundin weiter. »Und was ist, wenn er es schon weiß? Er ist seit ein paar Wochen so merkwürdig, so anders.«

»Seit dem seltsamen Anruf von Bruno?«

»Kann sein, ich erinnere mich nicht mehr, wann genau er sich so verändert hat. Mein Gedächtnis lässt mich immer häufiger im Stich. Und genauso wenig weiß ich, welcher Teufel mich damals geritten hat, mich auf deinen Vorschlag einzulassen.«

»Hinterher ist man immer klüger. Außerdem hattest du Jahre Zeit, es dir anders zu überlegen. Das Wichtigste ist jetzt, dass du die Klappe hältst, sonst zerstörst du nicht nur deine Familie, sondern auch das Leben deiner Kinder.«

»Aber eben hast du noch gesagt –«

»Dass dir niemand die Kinder wegnimmt«, fiel ihr Susanne Krenreich brüsk ins Wort. »Aber die Frage stellt sich ja wohl anders: Wie würden deine Kinder reagieren, wenn sie erführen, dass ihre Mutter den Familienetat nicht nur durch Dessous- und Bademoden-Shootings aufbessert?« Das Schweigen am anderen Ende der Verbindung erfüllte sie mit Befriedigung. Es schien, als hätte sie das Rezept gefunden, um sicherzugehen, dass Waris weiterhin schwieg.

19 SECHS TAGE SPÄTER saß ein Teeniepärchen auf einer Bank im hinteren Teil des Hellbrunner Schlossparks, von dem aus ein Kiesweg zu den Raubtiergehegen des Tiergartens und dessen Außenanlagen auf der gegenüberliegenden Westseite des Schlossbergs führte. Obwohl die milden Mai-Temperaturen noch immer auf sich warten ließen, hatte das die Vegetation im Mischwald nicht aufhalten können: Längst hatten zahllose blühende Sträucher und Blumen die ersten Frühlingsboten verdrängt und boten in ihrer Vielfalt und Buntheit vor dem frischen Hellgrün der Rasenflächen die reinste Postkartenidylle.

Die Sonne war eben untergegangen, da nahm das dunkelblonde Mädchen den Arm des gleichaltrigen Jungen von seiner Schulter, stand auf und reckte und streckte sich. »Es wird kalt.« Sie blickte auf die Selbstgedrehte, deren Glut in den nächsten Sekunden die Finger ihres Freundes zu verbrennen drohte.

»Au, verdammt noch mal!« Michael Pumhösl schleuderte den Rest des Joints vor sich auf den gekiesten Boden und zertrat ihn.

Sie schaute genervt gen Himmel. »Kannst du nicht auch mal eine normale Zigarette rauchen statt immer nur Gras? Auf Dauer macht das impotent. Wusstest du das nicht?«

Er lachte. »Ich kann mich nicht erinnern, dass du diesbezüglich schon einmal Grund hattest, dich zu beschweren.« Er griff nach ihren für ihr Alter ansehnlichen Brüsten, die sich durch ihr Sweatshirt abzeichneten, doch sie schob seine Hand weg.

»Lass das! Ich muss rüber. Wenn man merkt, dass ich nicht im Nashorngehege bin, flieg ich, und dabei hab ich noch die Bewährung laufen. Als jemand bei den Geparden absichtlich die Türen offen gelassen hat, haben schon alle auf mich als Schuldige gezeigt. Ich will nicht negativ auffallen, also wär es mir wirklich sehr recht, wenn du nicht in aller Öffentlichkeit kiffen würdest. Man riecht es kilometerweit.«

»Ach, auf einmal? Sonst ziehst du doch auch ganz gern an einer Kippe.«

»Hin und wieder, ja, aber nicht wie du jeden Tag.« Sie entfernte sich grußlos.

»Sehen wir uns nach deinem Dienst, Lopi?«, rief er ihr nach.

»Ich dachte, du musst nach Hause?«

»Das hat Zeit, ich geh inzwischen auf eine Partie Pool-Billard. Also?«

»Wenn du willst. Um halb sieben hier?«

»Okay.« Michael Pumhösl sah Penelope Wasserbauer nach, bis sie zwischen den Bäumen verschwunden war.

»Ein netter Hase«, sagte plötzlich eine dunkle Altstimme hinter ihm.

Erschrocken fuhr Michael herum. Die Frau in der schwarzen Lederjoppe und ebensolchen engen Jeans sah aus, als sei sie einem Hochglanzmagazin entstiegen: Ihre Einsachtzig, von denen ihre Beine in den hochhackigen Boots mehr als die Hälfte einnahmen, waren so geformt, dass sie kein männliches Wesen kaltlassen konnten. Verglichen mit ihr kam ihm Penelope fast ein wenig unansehnlich vor. Aber woher war der schwarzhaarige Vamp so plötzlich gekommen? »Was wollen Sie?«, fragte Michael Pumhösl nicht allzu freundlich. »Warum quatscht eine wie Sie mich an?«

»Eine wie ich? Was soll ich mir unter dieser Bezeichnung vorstellen? Aber setz dich erst mal wieder hin, ich will ein paar Takte mit dir reden.«

»Ich aber nicht mit Ihnen. Sie müssen mich verwechseln: Ich bin kein Koksdealer für die Salzburger Schickeria.«

»Ich will kein Koks von dir, sondern nur ein paar Auskünfte, Michael«, sagte der Vamp und zückte einen Ausweis.

»Polizeioberleutnant Melanie Kotek«, las er laut. »Eine Kripo-Tante in so einem Aufzug? Was wirft man mir denn vor?«

»Widerstand gegen die Staatsgewalt, wenn du dich nicht gleich hinsetzt.« Kotek lächelte Michael Pumhösl so entwaffnend an, dass er sich außerstande sah, die Aufforderung weiterhin zu ignorieren.

Beide nahmen auf der Bank Platz, auf der Michael eben noch mit seiner Freundin gesessen hatte. Neben dieser heißen Braut zu hocken, war ihm auch nicht gerade unangenehm, auch wenn sie schätzungsweise mehr als doppelt so alt war wie er selbst.

»Also, Frau Oberleutnant, worum geht es? Doch nicht um meinen kleinen Joint?« Er hatte ihren Blick in Richtung Zigarettenstummel aufgefangen.

»Nicht unbedingt, obgleich Penelope Wasserbauer durchaus recht hat, wenn sie ihre Bewährung wegen deiner Kifferei gefährdet sieht«, versuchte sie, ihn gleich zu Beginn des Gesprächs ein wenig in die Defensive zu drängen.

»Aber eigentlich sind Sie ja hinter etwas anderem her, nicht wahr?«, sagte Michael und bewies damit, dass er einen Ausweis lesen konnte und nicht von gestern war.

»Es geht um deinen Vater, Bruno Sengstvoggen.«

»Bruno ist nicht mein Vater, bestenfalls ein Samenspender, der meine Mutter und mich im Stich gelassen hat, als es nicht so lief, wie er's gern gehabt hätte. Und nennen Sie mich Mike, Michael sagen nur meine Mutter und mein Großvater zu mir.«

»Okay, Mike.«

»Was hat mein Erzeuger denn nun ausgefressen? Hat er seine Vermieterin in Waging oder sonst irgendeine Tussi ausgenommen?«

»Sagt dir der Name Dr. Norbert Flotzinger etwas?«

Sofort wurde der Blick des Jungen wachsam. »Hieß so nicht das letzte Opfer der Laserpointer-Bande?«, bemühte er sich etwas unbeholfen um Distanz zu diesem Thema.

Melanie Kotek streckte ihre langen Beine aus und betrachtete angelegentlich die Spitzen ihrer Stiefeletten. »Bemüh dich nicht, Mike«, sagte sie dann gemütlich. »Du weißt, dass mein Kollege deine Mutter aufgesucht hat, und auch, dass dies im Rahmen routinemäßiger Überprüfungen von Personen geschah, die von Flotzinger geschädigt wurden und die nach der Sowoinvest-Pleite in irgendeiner Art und Weise gegen ihn vorgegangen sind. Wir können nichts dafür, dass sich deine Mutter und vor allem dein Großvater bei der Befragung seltsam verhalten haben, aber sei beruhigt, die beiden stehen im Moment nicht im Fokus unserer Ermittlungen.«

Bei den letzten Worten hatte sie sich ihm wieder zugewandt, wobei ihre dunklen Augen und ihr sensationeller Mund nur wenige Zentimeter von seinem Gesicht entfernt waren. »Im Zusammenhang mit Flotzingers Tod interessiert uns vor allem Bruno Sengstvoggen.«

»Und warum ausgerechnet er?«, fragte Michael Pumhösl ungläubig. Den Vater als Mörder konnte oder wollte er sich anscheinend bei allen Vorbehalten gegen ihn dann doch nicht vorstellen.

»Wir haben Grund zur Annahme, dass Flotzinger ihm irgendwo im Chiemgau über den Weg gelaufen ist und er ihn danach ausgekundschaftet hat«, erklärte Kotek. »Wie wir dank bayerischer Amtshilfe wissen, hat er vor drei Wochen nicht nur deine Mutter angerufen, sondern alle Gäste der Leichenfeier. Wir fragen uns, warum er innerhalb eines Tages Leute kontaktiert hat, mit denen er schon jahrelang nichts mehr am Hut hatte? Beweisen können wir natürlich nicht, dass er wegen Flotzinger angerufen hat –«

»Aber es stimmt! Er hat Mom wegen Flotzinger angerufen«, bestätigte der Junge.

»Hat er?« Kotek war von Michaels Auskunftsfreudigkeit fast ein wenig überrumpelt. »Andererseits fragen wir uns auch, wie groß der Hass deines Vaters auf diesen Betrüger wirklich war. Schließlich hat gerade er von allen sechs Personen, die sich bei euch am letzten Donnerstag getroffen haben, am wenigsten Geld bei der Sowoinvest-Pleite verloren.« Und mit dem Wissen um das im Oldtimer sichergestellte Frauenhaar und die Bestätigung der KTU-Expertise, dass die zweite Duftspur an der Leiche von einem Parfüm mit Rosen- und Jasminkomponenten herrührte, fügte sie hinzu: »Da hätten beispielsweise die drei Damen weit gewichtigere Motive gehabt, ihm den Garaus zu machen, oder siehst du das anders?«

Abermals weiteten sich die Augen des Jungen vor Schreck, dennoch pflichtete er der Ermittlerin zunächst bei. »Mag sein, wenn man nur den von Sowoinvest verursachten Schaden als Motiv heranzieht. Aber Bruno hatte noch andere Gründe, Flotzinger zum Teufel zu wünschen.«

»Ach?« Kotek hatte damit gerechnet, dass Michael versuchen würde, seine Mutter aus der Schusslinie zu nehmen.

»Ja, Flotzinger hatte ihn auf einem Empfang, den man seinerzeit extra für die Sowoinvest-Investoren gegeben hatte, mit einem Verleger bekannt gemacht, der später für meinen Vater, der auch als Autor arbeitete, eine ähnlich schicksalhafte Rolle spielen sollte wie Flotzinger für die Bautreuhand-Kunden: die Rolle eines Traumparasiten.«

»Eines was?«

»Eines Traumparasiten. Das Copyright für das Wort gehört meinem Altvorderen. So nennt er Menschen, die von den Träumen und Wunschvorstellungen anderer leben. Sich an ihnen bereichern.«

»Aber tun das nicht fast alle – entweder direkt oder indirekt von den Träumen anderer leben?«

»Wenn Sie's sagen. Bruno fühlte sich jedenfalls von dem Verleger – sein Name ist mir leider entfallen – brutal übervorteilt. Angeblich hat er sein Esoterik-Essay ›Grüne Hügel‹, der von der Erinnerung an ein früheres Leben und von Wiedergeburt handelt, ohne sein Wissen in Übersee herausgebracht und damit einen Überraschungserfolg gelandet. Auf dem Heimatmarkt hat er dagegen nur ›Jokasteade‹, einen Roman von Bruno, verlegt. Die Veröffentlichung sollte den Ahnungslosen wohl über die vermeintliche Ablehnung des Essays hinwegtrösten, an den er so große Hoffnungen geknüpft hatte.«

»›Jokasteade‹? Ein ausgefallener Titel. Klingt nach Jokaste, der Mutter und Ehefrau des Ödipus.«

»Exakt. Der Roman, der übrigens grandios floppte, behandelt die Beziehung einer alleinerziehenden späten Mutter zu ihrem problematisch sozialisierten Sprössling. Bruno hat die erfolglose Veröffentlichung längst abgehakt, sieht sich aber nach wie vor um die ganz große Chance und die Früchte seines Essays betrogen, der im angelsächsischen Sprachraum ein heimlicher Bestseller geworden sein soll.«

»Aber wie will er hinter den Betrug gekommen sein? Der Verleger wird ihn doch nicht als Autor und auf alle Fälle einen anderen Titel für die englische Übersetzung angegeben haben.«

»Reiner Zufall. In Toronto stolperte eine Sommerliebe Brunos beim Schmökern in einem Essay mit der nämlichen Thematik über haargenau jene Textpassage, die er ihr einst in einem Bungalow am Strand von Zakynthos aus dem deutschen Originaltext vorgelesen hatte. Daraufhin rief sie ihn an.«

»Was ich immer sage: Die Welt ist ein Dorf. Hat dein Vater den Verleger zu einer Stellungnahme aufgefordert?«

»Aufgefordert? Gedroht hat er ihm, und das nicht nur mit dem Anwalt. Aber der Traumparasit hatte anscheinend Übung im Umgang mit übervorteilten Autoren, jedenfalls reagierte er auf keine wie auch immer geartete Intervention. Der von Bruno angestrengte Plagiatsprozess verursachte nur Kosten, verhalf ihm aber nicht zu seinem Recht, bestenfalls zur Erkenntnis, nicht der Einzige zu sein, der auf diese Weise abgezogen worden war. Die Prozesskosten waren auch der Grund, weshalb Mom hauptsächlich allein in den Treuhandfonds eingezahlt hat.«

»Schön und gut«, meinte Kotek, »aber eben *weil* sich dein Vater um Geld und Ansehen betrogen gesehen hat, würde er sich doch eher am Verleger rächen wollen als an Flotzinger.«

»Das sieht man anders, wenn man weiß, dass der Verleger und der Treuhand-Fuzzi ganz dick miteinander waren und Flotzinger Bruno ausdrücklich an diesen Halsabschneider verwiesen hat, der allerdings inzwischen verstorben ist.«

»Aha!«

»Aber das ändert nichts an den vielen gemeinsam begangenen Betrügereien. Sie haben mit Gleichgesinnten sogar ein Netzwerk gebildet, das dem ›Kontur‹-Journalisten Schneck seitenlange Artikel wert war. Schneck behauptete steif und fest, Flotzinger sei der Kopf dieser parasitären Seilschaft gewesen, die ihre Rüssel in vielen Töpfen hängen hatte.«

»Und woher willst du das alles so genau wissen? Du warst doch damals kaum auf der Welt.«

»Mom hat sich einige dieser Artikel aufgehoben und sie mir zu lesen gegeben, als ich vierzehn war. Dazu hat sie mir auch die ganze Vorgeschichte erzählt – nicht nur einmal, wie Sie sich denken können. Was Brunos Verhältnis zur Sowoinvest-Pleite betrifft, so hat er genau genommen ebenso viel verloren wie alle anderen – jedenfalls viel mehr als die paar von ihm eingezahlten Kröten: Das Traumhaus in Unterkoppl, so es denn erbaut worden wäre, hätte letztlich ja auch ihm gehört, aber durch die Gier von Flotzinger und Konsorten blieb es eben ein Traum. Er selbst hat vor gar nicht langer Zeit in Moms und meiner Anwesenheit gesagt, Flotzinger sei für die beiden größten Flops in seinem Leben verantwortlich, und er könne für nichts garantieren, sollte er ihn noch einmal in die Finger bekommen.«

Kotek wiegte zweifelnd den Kopf hin und her. »Sicher hat dein Erzeuger gleich zwei Träume begraben müssen, Mike, aber gemessen an seiner relativ geringen Bereitschaft, sich für seinen Lebensunterhalt zu quälen, geht's ihm heute nicht gerade schlecht. Auch wenn er Flotzinger zufällig begegnet ist: Würden Rachegelüste einen Bonvivant wie ihn wirklich aus der Hängematte des Dolcefarniente reißen, und würde er aufs Spiel setzen, was ihm am meisten wert ist: seine Freiheit?«

Michael konnte sich auf den abermaligen Schwenk Koteks von der Verfolgerin zur Anwältin seines Vaters zunächst keinen Reim machen, dann aber ging ihm ein ganzer Kronleuchter auf: Zu Beginn des Gesprächs hatte die Beamtin anklingen lassen, Sengstvoggens Motive seien eigentlich zu leichtgewichtig, wobei sie zugleich mit der Erwähnung der drei Damen an sein Unterbewusstsein appelliert hatte und er ihr daraufhin brav in die Falle getappt war: In panischer Angst um seine Mutter war ihm nichts Besseres eingefallen, als Bruno hinzuhängen, um letztlich festzustellen, dass die Polizei einem Bohemien wie ihm den Mord trotz offensichtlicher Motive noch weniger zutraute als er selbst. Kotek hatte nur testen wollen, wie er reagierte, wenn sie seine Mutter ins Spiel brachte. Leider hatte er sie zu spät durchschaut. »Kann ich jetzt gehen?«, fragte er steif.

»Natürlich, Mike. Du bist nicht verpflichtet, mit mir zu reden. Ich hätte zwar gern noch das eine oder andere über die Bekannten deiner Mutter erfahren, aber sei's drum. Warst du übrigens an dem Sonntag zu Hause, als sich die drei Damen bei Waris Rader getroffen haben wollen?«

»Ja, war ich.«

»Und?«

»Nichts und!« Michael Pumhösl erhob sich von der Parkbank, Kotek ebenfalls.

»Okay, Mike, ich merke schon, dass ich bei dir verschissen habe –«

»Mom hat einmal behauptet, Susanne sei vor dem Platzen des Sowoinvest-Skandals Flotzingers Gelegenheitsgeliebte gewesen, ehe er sie Knall auf Fall hat feuern lassen«, sagte er spontan, als wolle er ihre letzte Bemerkung so nicht stehen lassen. »Seit dieser Zeit soll Susanne ihn inbrünstig gehasst haben.«

Da Kotek nicht mehr mit einer derart brisanten Info gerechnet hatte, war sie doppelt überrascht, knüpfte aber sofort daran an: »Du magst Susanne Krenreich wohl nicht besonders?«

»Sie sagen es, obwohl sie mir nichts getan hat. Aber sie hat eine unangenehme Art, sich einem aufzudrängen.«

»Auch deiner Mutter gegenüber?«

»Allen gegenüber«, antwortete er ausweichend, wobei Kotek ihm anmerkte, dass er seine Mitteilsamkeit bereits wieder bereute.

»Und Waris Rader? Magst du die auch nicht?«

Er schüttelte den Kopf. »Nein, die kann ich ganz gut leiden. Waris ist voll cool, geradezu das Gegenteil von Susanne und überhaupt ganz anders als die meisten spießigen Vorstadtweiber, die sich nach außen bürgerlich geben, es aber eigentlich faustdick hinter den Ohren haben. Waris nimmt auch Typen wie mich ernst. Jetzt hab ich allerdings wirklich genug getratscht. Ciao, Frau Oberleutnant.«

Kotek ließ ihn ein paar Schritte gehen, dann rief sie ihm nach: »Ich tu auch nur meine Arbeit, Mike!«

»Eine Scheißarbeit«, erwiderte er, ohne seine Schritte zu verlangsamen.

Als er außer Hörweite war, stellte sie die Verbindung zu Jacobi her.

»Na? Wie ist's dir mit dem Jungen ergangen?«, fragte ihr Lebensmensch hörbar geistesabwesend.

An den Hintergrundgeräuschen erkannte sie, dass er im Begriff war, seinen Schreibtisch aufzuräumen. »Du fährst schon nach Hause?«, wollte sie deshalb wissen. »Hat es Knatsch mit Krummbiegel gegeben?«, fügte sie ahnungsvoll hinzu.

»Wie man's nimmt: Nach mehr als einer Woche hat er endlich gemerkt, dass wir den Tod von Flotzinger entgegen seiner veröffentlichten Meinung nicht den Crashkids anrechnen, sondern als eigenen Fall behandeln. Natürlich hat er mich daraufhin wieder zu sich zitiert.«

»Und?«

»Ich habe ihm a) klarmachen können, wie unklug es wäre, die Hinweise von Anwalt Zwicker auf mögliche Racheakte von Sowoinvest-Opfern zu ignorieren –«

»Aber war es nicht umgekehrt?«, unterbrach sie ihn. »Hast nicht du Alfons darüber informiert, dass wir diese Spur verfolgen?«

»Krummbiegel gegenüber wirkt es aber besser, wenn die Initiative von einem so renommierten Anwalt wie Dr. Zwicker ausgegangen ist, meine Liebe.«

»Aha. Und b)?«

»War natürlich, dass die Spurenlage am Tatort und der Befund der Gerichtsmedizin die Crashkids entlasten. Ich hatte ihm das Wichtigste in den Unterlagen vorab markiert und vorgeschlagen, die aktuelle Sprachregelung aus ermittlungstechnischen Gründen beizubehalten.«

»Laut der die Crashkids nach wie vor als Verursacher auch des tödlichen Unfalls von Flotzinger gelten, was von Krummbiegel in den Medien ja rauf und runter gebetet worden ist. Also hast du ihm ohnehin eine goldene Brücke gebaut, warum hat's dann trotzdem Stunk gegeben?«

»Es lohnt sich nicht, darüber zu reden. Er fühlt sich nicht genügend informiert und absichtlich außen vor gelassen. Zusammengefasst: Unser bisher schon korrektes Verhältnis hat sich um ein paar weitere Grad abgekühlt, weshalb die Welt aber nicht untergeht. Ich hab Sengstvoggen übrigens schon für morgen herbestellen lassen, schließlich ist er österreichischer Staatsbürger und noch immer an einer Adresse in Gastein gemeldet.«

»Und er hat keine Ausflüchte gemacht?«, fragte sie verwundert.

»Zunächst schon, doch die Alternative, von der bayerischen Polizei in Rosenheim vernommen und danach als Mordverdächtiger nach Österreich abgeschoben zu werden, hat ihm noch weniger geschmeckt als unsere höfliche Einladung. Also, jetzt erzähl mir, was Michael Pumhösl dir zu sagen hatte.«

Da sie zu Hause ohnehin noch ein ausführlicheres Gespräch über den Status quo im Fall Flotzinger führen würden, gab Kotek das Ergebnis der inoffiziellen Befragung im Telegrammstil wieder, und wie von ihr vermutet, veranlasste selbst die angebliche Plagiatsaffäre ihren Lebensgefährten nicht, Sengstvoggen auf der Verdächtigenliste weiter vorne einzureihen. Mit keinem Wort ging er auf dessen vordergründig plausible, letztlich aber zu leichtgewichtige Motive ein, sondern griff sofort die von Michael unterstellte Liaison zwischen Susanne Krenreich und Flotzinger auf. »Sollte da was dran sein, hätte die Ex-Landesbedienstete gleich dreimal Grund gehabt, eine günstige Gelegenheit beim Schopf zu packen.«

»Warum gleich dreimal?«

»Stell dir mal vor, du bist die Geliebte Flotzingers –«

»Pfui!«

»Und zahlst, seinem Rat vertrauend, zusammen mit deinem nichtsahnenden Partner in den Fonds ein. Als dir aber später Zweifel kommen, wirst du als Landesbedienstete und Geliebte geschasst und verlierst auch noch dein ganzes Geld.«

»Du hast recht: Auf einem derartigen Substrat zertrampelter Gefühle muss der Hass wie Springkraut wuchern. Was denkst du: Hat sie ihren Ex-Mann über ihr Verhältnis zu Flotzinger aufgeklärt?«

»Das glaube ich eigentlich nicht, was aber nicht heißen muss, dass er nie Wind davon bekommen hat. Er soll ja so eine Art Hundeflüsterer sein. Solche Leute dürften über einen feinen Instinkt verfügen. Vielleicht sollten wir, was den sexuellen Appetit Flotzingers anlangt, auch bei dieser kaffeebraunen Schönheit, die Leo so gefällt, Nachlese halten. Und ebenso bei ihrem

Mann, denn wenn zwischenmenschliche Kalamitäten, etwa Ehebruch und enttäuschte Liebe, ins Spiel kommen, ist alles möglich.«

»Dann sieh dich mal vor, Katzenbär, ich komm nämlich jetzt gleich nach Hause.«

20 DASS SICH BRUNO SENGSTVOGGEN an diesem leidlich schönen Spätfrühlingstag pünktlich um neun Uhr im Referat 112 einfand und das Angebot Koteks, einen Anwalt hinzuzuziehen, noch einmal ablehnte, wie er das auch schon tags zuvor am Telefon getan hatte, sprach zweifelsohne für ihn. Freilich wäre er nicht der erste Mörder gewesen, der vernehmende Beamte mit Wohlverhalten zu beeinflussen suchte. So gesehen passte es Jacobi ganz gut, dass Verhörspezialist Feuersang nach insgesamt sechs Tagen Kurzurlaub wieder mit an Bord war und Kotek mit seiner großen Erfahrung zur Seite stehen konnte.

Beide wurden aber gebeten, die Befragung von Sengstvoggen noch ein paar Minuten aufzuschieben, da Redl und Haberstroh mit ihrem Bericht im Büro des Chefs warteten.

Der Major und sein Adlatus hatten in den vergangenen Tagen sämtliche durch die Treuhand-Pleite ausgelösten Suizide noch einmal akribisch recherchiert und in drei Fällen sogar Angehörige, Mitarbeiter und Kollegen vor Ort befragt.

»Aber auch in diesen drei Fällen hat sich die Sachlage wie bei allen anderen weitgehend transparent und unverdächtig dargestellt«, resümierte Redl abschließend. »Von zwei Ehepaaren – eines aus Lamprechtshausen, das andere aus Hintersee – hat sich jeweils der Mann umgebracht und dabei die Gattin mit je einem Kind zurückgelassen, als klar war, dass man vor dem Nichts stand und die Schulden auf absehbare Zeit nicht würde zurückzahlen können.«

»Tragisch und außerdem sinnlos«, meinte Jacobi bitter und konnte sich einen wenig professionellen Zusatz nicht verkneifen. »Da hätten andere Personen viel schlüssigere Gründe gehabt, derartige Konsequenzen aus dem Finanzdebakel zu ziehen.«

»Tragisch, ja, ob sinnlos, darüber ließe sich von Fall zu Fall diskutieren«, warf Haberstroh ein, der von der Figur her Feuersangs Zwillingsbruder hätte sein können, im Gegensatz zu ihm aber keine apokalyptische Visage, sondern ein biederes Allerweltsgesicht besaß. Nur die verschmitzten Schweinsäuglein verrieten, dass es ihr Besitzer faustdick hinter den Ohren hatte. »Einer der Männer, Thomas Feichtner, seines Zeichens Versicherungskaufmann, hatte eine Lebensversicherung laufen, die sogar bei Suizid zahlte«, begründete er seinen Einwand. »Damit war der jungen Witwe und dem Kind zumindest in der ersten schwierigen Zeit nach dem Tod des Gatten und Vaters finanziell geholfen.«

»Auch die andere Witwe kommt als Rächerin kaum in Frage«, schloss Redl daran an. »Sie hat wenige Monate nach dem Freitod des Ehemannes einen gut situierten Bauernsohn geheiratet, der ohnehin seit Jahren hinter ihr her war, aber eben nicht ihre erste Wahl.«

»Eine pragmatische Lösung also«, kommentierte der Chef. »Wohl jenen, die nie auf eine solche zurückgreifen müssen. Was ist mit dem dritten Paar, das ihr ins Auge gefasst hattet?«

»Eine ähnliche Geschichte, die möglicherweise einen kleinen Schönheitsfehler aufweist«, sagte Redl vorsichtig. »Ein Arzt aus Hof bei Salzburg, ein gewisser Paul Landsteiner, hatte sich ein Jahr vor dem Platzen des Wohnbaufonds von seiner Frau getrennt und ihr das angezahlte Eigenheim in ihrem Geburtsort Elixhausen überlassen. Trotz der noch offenen Verbindlichkeiten für diese Liegenschaft hat er schon am Tag der Scheidung in den Sowoinvest-Fonds für das Bauprojekt in Unterkoppl eingezahlt, angeblich haben ihm seine Eltern die nötige Summe vorgestreckt.«

»Warum angeblich?« Jacobi, der es nicht gewohnt war, dass seine Mitarbeiter schlampig ermittelten, runzelte befremdet die Stirn.

»Landsteiners Vater hat das behauptet«, erklärte Redl. »Freilich erst, als wir uns für die Herkunft des Geldes zu interessieren begannen. Daraufhin haben wir die Mutter vor einem Supermarkt abgepasst. Sie stützte zwar die Version ihres Mannes, ist aber eine grottenschlechte Lügnerin. Als wir ihr das auf den Kopf zusagten, begann sie zu weinen und forderte hysterisch, in Ruhe gelassen zu werden.«

»Wir wollten uns auch in der Raiffeisenkasse von Hof über die besagte Transaktion erkundigen«, merkte Haberstroh an, »haben dort aber wenig überraschend keine Auskunft erhalten: Ohne richterliche Anordnung gibt es keine Kundendaten.«

»Okay. Ich nehme an, Dr. Paul Landsteiner hat ebenfalls Suizid begangen, als das Sowoinvest-Lügengebäude zusammengebrochen ist«, versuchte Jacobi, zum Punkt zu kommen. Sengstvoggen sollte auf gar keinen Fall über Gebühr hingehalten werden, denn Zeugen, die sich schikaniert fühlten, neigten dazu, wortkarg zu werden, falls sie das nicht ohnehin schon waren.

»Ja, hat er«, bestätigte Haberstroh.

»Existiert denn irgendein Hinweis darauf, dass ein Angehöriger einen Rachefeldzug gegen Flotzinger gestartet haben könnte?«, fragte der Chef weiter. »Gibt es Kinder?«

»Weder noch«, stellte Redl klar. »Landsteiners geschiedene Frau lebt seit Jahren in einer festen Beziehung, hatte aber nie Kinder, und die Eltern von ihm wären wohl kaum in der Lage, den Stunt mit dem Mercedes-Oldtimer durchzuführen.«

»Wo ist dann das Haar in der Suppe?«

»Paul Landsteiner könnte eine Geliebte gehabt haben –«

»Anzunehmen, wenn er sich so überstürzt und zu seinem Nachteil von seiner Frau getrennt hat und nicht schwul war.«

»Jedenfalls war er erpicht darauf, einen neuen Hausstand zu gründen«, versuchte Redl, sein Argument zu untermauern, »was auch zu einem Zerwürfnis mit seinen Eltern geführt haben soll, die in dem Rosenkrieg für die verlassene Frau Partei ergriffen. Und trotzdem wollen sie ihm die Anzahlung bei Sowoinvest vorfinanziert haben? Das bezweifle ich.«

»Warum? Letzten Endes, wenn es hart auf hart kommt, halten Eltern doch immer zu ihren Kindern.«

»Einen konkreten Hinweis auf eine Geliebte sind uns allerdings auch Nachbarn und Bekannte schuldig geblieben«, räumte Redl ein, ohne Jacobis klischeehaftem Argument zu widersprechen. »Zur Sicherheit haben wir die Kollegen vor Ort um Meldung gebeten, falls sie diesbezüglich noch etwas erfahren sollten.«

»Du liebäugelst also mit der Möglichkeit, dass diese imaginäre Frau für ihren Geliebten in den Fonds eingezahlt und nach eineinhalb Jahrzehnten den Racheengel gespielt haben könnte?«

»Wir haben die Suizide recherchiert, wie du's verlangt hast«, sagte Redl steif. »Es ist deine Sache, die Ermittlungsergebnisse zu gewichten.« Er schätzte Jacobi, nicht aber dessen zuweilen unangebrachte Süffisanz.

»Sei bitte nicht gleich eingeschnappt! Wir werden eine mögliche Geliebte von Landsteiner natürlich ebenso im Visier behalten wie die Damenrunde rund um Pumhösl«, versicherte der Terrier, der seine Frage durchaus nicht nur ironisch verstanden wissen wollte. »Schon das Parfüm an Flotzingers Leiche legt ja nahe, dass bei seiner Ermordung eine Frau die Hand im Spiel gehabt hat – entweder als Vollstreckerin oder zumindest als Lockvogel.«

»Apropos Vollstreckerin: Wenn wir definitiv von einem Racheakt ausgehen, könnte auch der ehemalige Baulöwe Bernd Schimmelpfennig, in der Branche ›Schlemi‹ genannt, in Gefahr sein. Hast du daran schon gedacht?«, wechselte Redl das Thema. »Er war immerhin die Nummer zwei bei Sowoinvest.«

Der Oberst nickte zustimmend. »Hab ich, weshalb ihr beide ihn auch demnächst in seiner Villa am Dürrnberg aufsuchen und diesen Aspekt mit ihm erörtern werdet. Personenschutz bekommt er nicht, das sag ich gleich dazu, sehr wohl aber gute Ratschläge, wie man sich selbst am besten schützt. Wer weiß, vielleicht hat er ja als Gegenleistung auch einen Tipp für euch, wer Flotzinger besonders gehasst hat. Lasst aber trotzdem nicht außer Acht, dass Schimmelpfennig nicht nur als Opfer in Frage kommt.«

Seine Leute machten runde Augen.

»Du meinst, er könnte auch der Täter sein?«, vergewisserte sich Redl.

»Dass wir von keinem Mordmotiv wissen, bedeutet nicht automatisch, dass er keines hatte«, fuhr Jacobi ungerührt fort. »Auch er könnte Rachegelüste gehegt haben, etwa falls noch alte Rechnungen aus jenem Unglücksjahr offen waren. Wer auch immer Flotzinger auf dem Gewissen hat, er war in der Lage, ihn zu einer bestimmten Zeit an einen bestimmten Ort zu locken. Dazu waren sicher nur wenige Personen imstande, eine von ihnen könnte Sex als Köder ausgelegt haben. Guter Sex setzt gewöhnlich die Anwesenheit der beteiligten Personen voraus, was für Absprachen, Deals und diverse andere Mauscheleien nicht unbedingt nötig ist.«

»Der Einsatz von Sex als Lockmittel heißt aber nicht, dass der Mörder von Flotzinger a priori eine Frau sein muss, oder?«, war Redl um Klarstellung bemüht.

»Nein, heißt es nicht«, räumte Jacobi ein. »Die Frau, deren Parfüm an der Leiche festgestellt wurde, könnte wie gesagt auch als trojanisches Pferd fungiert haben. Eben deshalb behalten wir neben diversen Geschädigten auch Flotzingers alte Seilschaften auf unserer Rechnung, denn wer, wenn nicht ein Schlitzohr wie Schimmelpfennig, hätte besser gewusst, mit welcher Art Köder sein alter Spezi gelockt werden konnte? – Ihr beide habt gut gearbeitet, Lenz. Nichtsdestoweniger spüre ich in meinen Eingeweiden, dass des Rätsels Lösung im Freundeskreis von Ariadne Pumhösl zu finden ist. Deshalb werdet ihr auf dem Rückweg von Bad Dürrnberg auch einen Abstecher zur Rainer-Kaserne machen und das Alibi von Vizeleutnant Johann Rader überprüfen. Sollte die Kommandantur nicht willig sein, ladet ihn einfach vor. Und falls ihr jetzt noch etwas in petto habt, spart es euch für später auf: Wir treffen uns in einer Stunde drüben bei Hans.«

Jacobi hatte also anschließend an die Vernehmung Sengstvoggens das bereits avisierte Briefing im IT-Zentrum angesetzt, an dem die Belegschaft vollzählig teilzunehmen hatte. Um die Entscheidung, wie nach der Fallanalyse vorzugehen war, beneidete Redl den Freund nicht. Das Spektrum möglicher Täter war riesig, was, um effiziente Ermittlungen in alle Richtungen zu gewährleisten, eine utopische Aufstockung des Personalkaders erfordert hätte.

Da waren zunächst Flotzingers im Stich gelassene Angehörige, dann seine Kumpane, die sich übervorteilt gefühlt haben mochten, vor allem aber die große Schar der Sowoinvest-Geschädigten und zum Schluss noch jene Personen, die er persönlich tief gekränkt hatte. Die Art und Weise, wie er ums Leben gekommen war, konnte durchaus ein Hinweis auf die letzte Gruppe sein.

21 »TUT MIR LEID, dass es etwas gedauert hat«, entschuldigte sich der Oberst bei Sengstvoggen, der im Korridor vor dem Verhörraum I auf seine Vernehmung gewartet hatte. Ein erfahrener Ganove wäre auf der Hut gewesen, wenn sich der Terrier so verbindlich gab, aber der Zeuge schien nichts dabei zu finden, als ihm Jacobi mit einer einladenden Handbewegung auch noch die Tür öffnete. »Meine Beamten werden als Ausgleich dafür die Befragung nicht allzu sehr ausdehnen.«

»Ich hab Zeit. Im Frühjahr ist auf meinem Campingplatz ohnehin noch nicht viel los«, gab sich Sengstvoggen betont locker, während er an Jacobi vorbei in den hellgrau gestrichenen fensterlosen Raum trat.

Kotek und Feuersang folgten ihm auf dem Fuß und nahmen ihm gegenüber an jenem Tisch Platz, an dem vor einigen Tagen noch Grolich und Jablonsky geschwitzt hatten. Während Kotek das Aufnahmegerät in Betrieb nahm und Namen und Daten auf das Band sprach, drückte Jacobi draußen neben der schalldichten Trennscheibe die Taste für »Mithören« an der Sprechanlage.

»Also, Herr Sengstvoggen«, begann Kotek, während sie das Mikro in die Halterung steckte und in die Mitte des Tisches schob. »Dr. Flotzinger wurde nachweislich am Sonntagabend vor elf Tagen ermordet, indem man ihm mittels Kampfsportgriff das Genick brach. Ich nehme mal an, Sie halten Ihre Aussage aufrecht, diesen Abend in Gesellschaft Ihrer Vermieterin in Waging verbracht zu haben?«

»Allerdings.«

»Konkret in der Zeit von zwanzig bis zweiundzwanzig Uhr?«

»Ist das die Todeszeit von Flotzinger?«

»Beantworten Sie bitte die Frage.«

»Ich war von achtzehn Uhr bis zweiundzwanzig Uhr mit meiner Vermieterin, Frau Christl Perhamer, in meiner Wohnung in Waging, Fisching 22, zusammen, ja. Christl ist dazu ja schon befragt worden.«

»Wichtige, gerichtsrelevante Fragen wie jene nach dem Alibi werden im Verlauf von Ermittlungen oft mehrmals gestellt«, schaltete sich Feuersang an dieser Stelle ein. »Zeugen ändern ihre Aussagen hin und wieder.«

»Ich meine nicht«, meinte der Bohemien lapidar.

Der Chefinspektor nickte. »Ja, unsere bayerischen Kollegen haben im Zuge der Amtshilfe Frau Perhamer dazu bereits befragt, und sie hat Ihre Aussage bestätigt. Dagegen werden die Alibis, die mir Frau Dr. Pumhösl, Frau Krenreich und Frau Rader vor einer Woche aufgetischt haben, stark von uns angezweifelt. Können Sie uns etwas dazu sagen, Herr Sengstvoggen?«

»Tut mir leid. Ehe Sie, Herr Inspektor, an diesem Donnerstagabend in unsere Runde geplatzt sind, ist davon nicht gesprochen worden – jedenfalls nicht in meinem Beisein.«

Sengstvoggens demonstrative Ahnungslosigkeit ließ erkennen, dass er – zumindest vorläufig – noch nicht bereit war, ihnen als Informant zur Verfügung zu stehen, weshalb Kotek erst einmal ein anderes Thema anschnitt. »Stimmt es, dass Sie Flotzinger für den Ihnen vorenthaltenen Erfolg des Essays ›Grüne Hügel‹ mitverantwortlich gemacht haben und über ihn seinen Bekannten, den schoflen Verleger, im Ausland ausfindig machen wollten?«

»Und stimmt es ebenfalls, dass Sie als Junglehrer Kurse im japanischen Kampfsport Jiu Jitsu gegeben haben?«, flankierte Feuersang umgehend Koteks Versuch, den Druck auf den Zeugen zu erhöhen.

Sengstvoggen lachte bitter auf. Seine Verärgerung war offensichtlich. »Beides hat Ihnen sicher Ariadne gesteckt, um mir Schwierigkeiten zu machen. Sie hasst mich, kommt aber auch nicht von mir los.«

»Vielleicht hat sie es ja getan, weil wir von einer Mörderin ausgehen und nicht von einem männlichen Täter«, beließ ihn Kotek in seinem Irrtum. »Aber da Sie ja der große Womanizer sind, wie Sie eben haben durchblicken lassen, und es daher für Sie ein Leichtes ist, alles, was Titten hat, für Ihre Zwecke einzuspannen, werden Sie verstehen, worauf wir hinauswollen.«

»Leider nein, ich habe keine Ahnung.«

»Es steht der Verdacht im Raum, Sie könnten Frau Perhamer veranlasst haben, für Sie zu lügen – oder noch krasser: Sie könnten irgendeine andere Frau mit Versprechungen veranlasst haben, für Sie zu morden, während Sie sich nachweislich weitab vom Schuss aufhielten.«

Der Bonvivant äußerte sich dazu erst mal nicht, aber man konnte die Räder hinter seiner Stirn förmlich rotieren sehen, so sehr beschäftigte ihn Koteks Stellvertreter-Theorie. Schließlich zuckte er erschrocken zusammen, als Feuersang seinen Sessel heftig zurückstieß und aufsprang.

»Wenn Ihnen diese Variante nicht zusagt, dann sollten Sie sich vorsichtshalber zu den Alibis der Damen äußern«, knurrte der Pinzgauer, wobei er sich so weit über den Tisch beugte, dass sich seine fleischige Nase dicht vor Sengstvoggens Gesicht befand.

Der wand sich zunächst immer noch, bekannte dann aber doch unwirsch Farbe. »Also gut: Erst hat Ariadne behauptet, sie sei zu Hause gewesen, Michael und ihr Vater würden das bezeugen. Aber später hat sie …« Wieder verstummte er. Sich auf Kosten der einstigen Verlobten lästige Fragen zu ersparen, hätte er wohl in Ordnung gefunden, dass er dazu allerdings die Rolle eines Verräters spielen musste, schien ihm erst jetzt so richtig bewusst geworden sein.

»Mit ihren Freundinnen etwas anderes vereinbart«, half ihm Feuersang auf die Sprünge. »Wer von den Weibern hat denn nun kein tragfähiges Alibi?«

Sengstvoggen gab auf. »Die beiden anderen waren angeblich jeweils allein zu Hause gewesen. Waris' Mann, Johann Rader, hatte Dienst in der Rainer-Kaserne in Glasenbach, die Kinder der Raders waren bei einer Tante in Oberndorf, und Didi Krenreich hatte ebenfalls Schicht im Kurzentrum von Bad Vigaun. Deshalb hat Ariadne vorgeschlagen, das erfundene Damenkränzchen bei Bedarf als Alibi anzubieten, und Waris und Susi waren einverstanden.«

»Weil Sie gerade Susanne Krenreich erwähnen: Was ist dran an dem Gerücht einer Affäre, die sie noch vor dem Sowoinvest-Skandal mit Flotzinger gehabt haben soll?«, wollte Kotek wissen.

»Sie sind ja bemerkenswert gut informiert, Frau Oberleutnant.«

Kotek grinste. Sengstvoggen hatte sich sogar ihren Dienstgrad gemerkt.

»Aber mehr als ein Gerücht, das eine missgünstige Arbeitskollegin von Susi seinerzeit gestreut haben soll, ist es laut Ariadne bis heute nicht«, fuhr Sengstvoggen fort. »Sexy Susi hat die Affäre jedenfalls stets vehement bestritten, und Augenzeugen gibt es keine.«

»Sexy Susi?«

»Ariadne hat mir einmal in einer stillen Stunde verraten, dass Susi Krenreich ihr Raumpflegerinnen-Gehalt mittels Escort-Sex aufbessert und etwa ein Dutzend Stammkunden in irgendeiner Garçonnière oder an anderen geheimen Orten zu bedienen pflegt. Und das ist definitiv kein Gerücht, wie mir Ariadne versicherte.«

»Sie hat aber nicht gesagt, von wem sie das weiß?«

»Sie kann es nur von Susi selbst erfahren haben, vielleicht haben sie in Sektlaune getratscht, von Waris bestimmt nicht, denn die ist äußerst loyal und lehnt es schlichtweg ab, die Gerüchteküche zu befeuern.«

»Also brauche ich gar nicht erst zu fragen, ob die attraktive Frau Rader vielleicht ebenfalls näher mit Flotzinger bekannt war, oder?«

»Der Gedanke allein ist völlig absurd. Waris war und ist ihrem Johann absolut treu, das kann ich Ihnen sogar aus eigener Erfahrung bestätigen.«

»Sie haben es bei ihr probiert?«

Sengstvoggen zuckte kurz mit den Achseln. »Warum auch nicht? Sie war ja oft monatelang allein, und ihre exotische Ausstrahlung, vor allem aber ihre Kurven lassen wohl nur Männer kalt, die keine Eier in der Hose haben.«

Koteks Mundwinkel zuckten ärgerlich. »Sie sind ein Filou, Herr Sengstvoggen, was uns freilich egal ist, solange es für die Ermittlungen keine Rolle spielt. Jetzt wollen wir von Ihnen noch wissen, warum Sie alle vier Freunde Ihrer Ex-Partnerin über Flotzingers Aufenthalt in Prien informiert haben. Ein Anruf bei Ariadne Pumhösl hätte doch genügt.«

»Ich habe alle angerufen, weil damals auf dem Herbert-von-Karajan-Platz …«

»Weil damals auf dem Herbert-von-Karajan-Platz ebenfalls alle, abgesehen von Herrn Rader, auf Flotzinger eingeprügelt haben«, nahm ihm Kotek ungeduldig das Wort aus dem Mund. »Das wissen wir schon, andernfalls wären wir wohl kaum auf Pumhösl *and friends* gestoßen.«

»Das wollte ich tatsächlich sagen – aber nicht nur das. Wenn Sie mich vielleicht ausreden lassen würden?«

»Bitte, Herr Sengstvoggen.« Kotek sah im Geiste, wie Jacobi auf der anderen Seite der Trennscheibe den Kopf über ihren Anfängerfehler schüttelte, und ärgerte sich über sich selbst.

»Der Grund für meinen Rundruf war, dass mir jemand nur Minuten zuvor eine anonyme SMS mit der Chiemgauer

Adresse von Flotzinger geschickt hatte«, eröffnete der Zeuge dem skeptischen Ermittler-Team.

»Wie war der exakte Wortlaut? Ist die Nachricht noch auf Ihrem Handy gespeichert?« Koteks Jagdinstinkt war geweckt, und als ihr das Smartphone über den Tisch zugeschoben wurde, hielt es auch Jacobi nicht mehr hinter der Scheibe. Er betrat den Vernehmungsraum und las, seiner Partnerin über die Schulter blickend, den Text auf dem Display mit:

Hallo, Bruno! Falls es dich interessiert: Dr. Norbert Flotzinger hält sich schon seit einiger Zeit in seiner Zweitwohnung in Prien am Chiemsee, Hallwanger Straße 42, auf. LG.

»Verstehen Sie jetzt, warum ich nach Ariadne auch die anderen vier angerufen und sie mit der SMS konfrontiert habe?«, wandte sich Sengstvoggen an den Oberst. »Meine Handynummer haben einige Dutzend Leute, aber über mein verqueres Verhältnis zu Flotzinger konnte nur ein Insider Bescheid wissen. Ich wollte hören, wie jeder Einzelne von ihnen auf meinen Anruf reagiert, denn wer, wenn nicht einer von den fünfen, hätte mir eine solche Info senden sollen?«

»Ja, wer sonst?«, wiederholte Jacobi nachdenklich. »Ihr Smartphone ist übrigens vorübergehend beschlagnahmt, unsere Kriminaltechniker müssen feststellen, wo das Absender-Handy beim Versenden der SMS eingeloggt war. Sie erhalten es in ein, zwei Tagen zurück.«

Sengstvoggen winkte lässig ab. »Kein Problem, ich hab noch andere daheim.« Es schien, als würde er gern sagen, dass etwas kein Problem sei. »Um aber auf meinen Rundruf zurückzukommen: Die Einzige, die auf ihn nicht sehr überrascht reagiert hat, war Susanne. Umso seltsamer mutet es an, dass sie erst zwei Wochen später mit Ariadne darüber gesprochen haben soll, während sie sich sonst wegen jeder Kleinigkeit bei ihr meldet.«

»Sie müssen gute Kontakte zur Mutter Ihres Sohnes unterhalten, sonst wären Ihnen solche Details nicht bekannt.«

»Ich sagte doch bereits, dass sie nicht von mir loskommt. Was wollen Sie sonst noch wissen?«

Jacobi wechselte einen Blick mit Kotek, die noch eine letzte wichtige Frage beantwortet haben wollte: »Wie ist es um die Mobilität der beiden Damen bestellt, die nun kein Alibi mehr haben? Steht ihnen ein Auto zur Verfügung, und hätten sie Ihrer Meinung nach am fraglichen Abend ungesehen von zu Hause wegfahren können?«

Sengstvoggen verschränkte die Hände ineinander, drehte die Handflächen nach außen und ließ dabei die Finger knacken. »Susi fährt seit Jahren einen Subaru Forester aus zweiter Hand, abgesehen davon kümmert sich in St. Margarethen bei Bad Vigaun wohl kaum jemand darum, ob und wann sie wegfährt. Waris steht der Škoda Fabia ihrer Familie ebenfalls immer zur Verfügung, da Johann mit einem Dienstfahrzeug zwischen Kaserne und Wohnung pendelt. Ob irgendein Nachbar das mitbekommt, wenn sie vom Parkplatz der Siedlung in Elsbethen wegfährt, kann ich freilich nicht beurteilen.«

»Was wir bisher von Ihnen erfahren haben, Herr Sengstvoggen, ist ohnehin nicht gerade wenig. Okay, das war's dann fürs Erste. Falls sich neue Fragen ergeben, melden wir uns. Das Handy wird Ihnen an Ihre Waginger Adresse geschickt.«

22 BEIM ANSCHLIESSENDEN BRIEFING im IT-Zentrum fehlte keiner von Jacobis Gruppe. Ehe dieser aber die neuen Direktiven ausgab, ergriff Hans Weider das Wort. Er hatte in den letzten Tagen nicht nur jede Information aus Flotzingers Wohnung beziehungsweise aus seinem Tresor ausgewertet, sondern auch alle Spuren, die man dem Ermordeten seit seiner Republikflucht zuordnen konnte. Die Quintessenz daraus war die Binsenweisheit, dass der Leopard seine Flecken nie verliert. Der Ex-Staatsanwalt hatte vor eineinhalb Jahrzehnten – Österreich war gerade erst der EU beigetreten – im südlichen Andalusien eine Schlepperorganisation aufgebaut, die von der spanischen Exklave Ceuta und Marokko aus operierte und verzweifelte Schwarzafrikaner zu Tausenden in die EU schleuste.

»Aber das ist noch nicht alles«, holte der Innendienstchef an dieser Stelle weiter aus, während Kotek bei dem Gedanken an die bitter enttäuschten Hoffnungen dieser Menschen spontan an den von Sengstvoggen geprägten Ausdruck »Traumparasit« denken musste.

»Glaubhaften Zeugenaussagen zufolge ließ Flotzinger Scharen von Flüchtlingen in der Nähe von Cadiz in einer Sanitätsbaracke Blut spenden – oft mehrmals innerhalb von Tagen, sodass Kreislaufzusammenbrüche bei den armen Teufeln eher die Regel als die Ausnahme waren. Am meisten gefährdet waren Leute mit seltenen Blutgruppen, weil deren Blut höhere Erträge einbrachte und sie deshalb noch häufiger herangezogen wurden. Ähnlich lukrativ muss übrigens auch der Verkauf von Waisenkindern an illegale Puffs gewesen sein.«

»Also nicht nur Schlepperei, sondern auch noch Kinderhandel«, resümierte Kotek und schüttelte den Kopf.

»Allerdings, und zwar nicht nur mit echten Waisen, sondern auch mit Kindern, die man den Eltern abgekauft oder einfach entführt hatte.«

»Grauenhaft!«

»Als Frischfleisch-Lieferant hat Flotzinger höchstwahrscheinlich auch mit Bordellen zusammengearbeitet, leider konnte ihm das ebenso wenig nachgewiesen werden wie alle anderen Delikte. Sämtliche diesbezüglichen Anklagen mussten regelmäßig zurückgezogen werden.«

»Was aber im Umkehrschluss nicht bedeutet, dass er die Untaten nicht begangen hätte«, meinte Haberstroh.

»Du sagst es. Flotzingers Unmenschlichkeit hatte damit ohnehin noch nicht das Ende der Fahnenstange erreicht.« Wenn Weider den schnoddrigen Zyniker mimte, wollte er damit oft kaschieren, dass ihm etwas naheging. »Neben den gewöhnlichen Schleppern gab es nämlich auch noch die sogenannten Carniceros, ein Team von abgerutschten Chirurgen und OP-Schwestern, die nicht nur Lebend-Entnahmen von Nieren und Leberteilen an Geschleusten durchführten, sondern auch für Flüchtlinge zuständig waren, die beim Überwinden der EU-Grenze tödlich verunglückten.«

Feuersang ahnte bereits, was als Nächstes kam, und selbst einem hartgesottenen Provinzbullen wie ihm lief es dabei kalt über den Rücken.

»Ins Koma Gefallene oder eben erst Ertrunkene wurden unverzüglich und mit großer Routine ausgeweidet, wie die Polizei immer wieder an zurückgelassenen menschlichen Torsi feststellen musste«, bestätigte Weider seine Befürchtung, »wobei der Organhandel und das Geschäft mit den Blutkonserven mindestens so einträglich gewesen sein dürfte wie jenes mit den minderjährigen Sexsklaven und der Schlepperei an sich.«

Minutenlang herrschte entsetztes Schweigen.

»Du sagtest: gewesen«, durchbrach Jacobi irgendwann die allgemeine Betroffenheit. »Ist damit gemeint, dass Flotzinger den Menschenhandel in letzter Zeit nicht mehr betrieben hat?«

»Schon lange nicht mehr«, bestätigte Weider. »Die spanischen Behörden haben den Schlepperring vor acht Jahren gesprengt, wobei man aber wie gewöhnlich den Strippenziehern im Hintergrund kaum was am Zeug flicken konnte –«

»Oder wollte«, entschlüpfte es dem cholerischen Feuersang.

Weider warf ihm einen schrägen Blick zu. »Dazu mal eine Anmerkung am Rande: Spanien wird vorgeworfen, es nähme zu wenig Flüchtlinge auf. Ich möchte nicht wissen, wie hoch unsere diesbezügliche Bereitschaft wäre, falls sich bei uns Abertausende Illegale tummelten, wo dem normalen Bürger doch schon die anerkannten Asylanten zu viel sind. Jedenfalls verließ Flotzinger Spanien damals völlig unbehelligt, was den zugegeben sehr exklusiven Verdacht eines politisch eher links orientierten Nachrichtenmagazins nährt, es könnte einen Deal mit dem Grenzschutz gegeben haben, der ihn zur Zusammenarbeit genötigt hat. In den penibel geführten Ordnern, die in der Wohnung in Prien sichergestellt wurden, findet sich diesbezüglich allerdings keine Spur, wohl aber geht aus ihnen hervor, dass der Herr Ex-Staatsanwalt nach dem spanischen Abenteuer vorübergehend im Münchner Rotlichtmilieu Fuß zu fassen versuchte.«

»Das konnte er, ohne fürchten zu müssen, an Österreich ausgeliefert zu werden«, merkte Kotek bitter an. »Ein Auslieferungsbegehren existierte ja bis zuletzt nicht.«

Weider nickte. »So ist es. Aber wenn es dir ein Trost ist: Seine beiden Clubs in der Isarvorstadt liefen schon von Beginn an nicht besonders gut.«

»Ach?« Kotek zog die schön gezeichneten Augenbrauen hoch.

»Ja. Wegen seiner Schleppervergangenheit wollte er es vermeiden, in München aufzufallen, etwa indem er illegale Osteuropäerinnen oder Minderjährige für sich hätte arbeiten lassen. Seine Vorsicht wurde von den Rotlichtbossen nicht goutiert, im Gegenteil: Da sie Flotzinger keine zwangsrekrutierten Nutten verkaufen konnten, nötigten sie ihn zu Ausfallzahlungen. Das machte er immerhin zwei Jahre lang mit, dann zog er die Reißleine und setzte sich vermutlich mit dem Rest des Geldes, das ihm aus den Geschäften in Spanien geblieben war, in Monaco zur Ruhe. Dass er im Fürstentum als juristischer Berater tätig gewesen sein soll, wie auf seiner Visitenkarte angegeben ist, ließ sich bis jetzt nicht nachweisen. Ich vermute mal, die Karte war einfach nur Teil seiner Legende vom seriösen Privatier. Erwiesen ist dagegen, dass er oft zwischen München und Monaco hin und her pendelte.«

»Was kannst du uns über die Wohnung in Prien sagen?«, lenkte Jacobi den Diskurs wieder in Richtung aktuelle Ermittlung.

»Sie ist Teil einer unauffälligen Liegenschaft und komfortabel, aber keineswegs feudal eingerichtet. Flotzinger hat sie während seiner Münchner Zeit gekauft. Vielleicht hatte er Heimweh und wollte Salzburg nahe sein, immerhin hat er die Bleibe auch nach seinem Gastspiel im Münchner Nachtleben behalten. Und nicht zuletzt ist Prien natürlich traumhaft gelegen.«

»Eine Art Heimweh könnte da tatsächlich im Spiel gewesen sein«, sagte Jacobi. »Und damit komme ich auch schon zu meiner Bitte von gestern: Hast du –«

»Ja, ich habe mich im Netz umgesehen und mich auch an sämtliche Redakteure gewandt, die damals bei diesem Sowoinvest-Empfang Fotos gemacht haben, und sie gebeten, sie mir zu senden. Die ersten Bilder sind schon eingetrudelt, aber Fotoreporter sind nun mal nicht unsere eigenen Leute. Dass wir überhaupt was kriegen, haben wir auch nur deinen alten Freunden von der Journaille zu verdanken, Oskar. Die Auswertung wird noch dauern.«

»Okay. Und sonst?«

»Was sonst? Das war alles. Reicht dir das nicht?« Weider hatte sich auch im Fall Flotzinger bereits wieder die eine oder andere Nacht um die Ohren geschlagen und sich dennoch nie über den Zeitdruck beklagt, dem er und das ganze Team nun schon wochenlang ausgesetzt waren, ein Wort der Anerkennung wäre also nur angemessen gewesen.

Kotek hatte im Vergleich zu dem diesbezüglich ausgesprochen unsensiblen Jacobi den feineren Instinkt und sprang für ihn in die Bresche. »Natürlich reicht das, Hans. Oskar sagte noch gestern Abend, dass wir ohne dich im Fall Flotzinger nach wie vor wie der Ochs vorm Berg stünden, nicht wahr, Oskar?«

»Klar, Hans. Kennst mich ja, mir ist die Sache wichtig –«

»Und weniger das Wohlbefinden der Mitarbeiter, ich weiß«, seufzte Weider. »Lass gut sein, Oskar. Also, wie gehen wir weiter vor?«

Jacobi trat an die Pinnwand, an die in der Woche zuvor neue Fotografien und Zettel mit neuen Namen geheftet worden waren. »Trotz der beispiellos blutigen Spuren, die Flotzinger im Ausland hinterlassen hat und die seine eigene Ermordung vergleichsweise bedeutungslos erscheinen lassen, glaube ich nicht, dass sich irgendein Angehöriger eines umgekommenen Flüchtlings an ihm gerächt hat, schließlich kannten ihn diese armen Teufel gar nicht. Genauso wenig halte ich davon, Q in seiner Münchner Ära zu suchen, dazu wusste er oder sie über die Gepflogenheiten des Opfers hierzulande viel zu gut Bescheid«, machte Jacobi gleich zu Beginn klar, wobei Q, abgeleitet von »Quidam«, die von ihm seit Jahrzehnten benutzte Chiffre für eine noch nicht identifizierte Person war. »Ihr könnt mir einen Mangel an Professionalität vorwerfen, aber ich wiederhole mich an dieser Stelle gern: Ich spüre es einfach, dass der Kreis um Ariadne Pumhösl mit Flotzingers Ermordung zu tun hat, davon abgesehen grenzen drei Umstände den Täterkreis ohnehin stark ein: Erstens ist Q eine strategisch agierende und außerordentlich kaltblütige Person, die Zeit, Ort und Ablauf der Tat vorherbestimmt und um halb elf Uhr nachts auf der viel befahrenen A 10 die Scharade mit dem inszenierten Unfall abgezogen hat, obwohl sie dabei – vor allem, als sie die Leiche aus dem Kofferraum auf den Fahrersitz schaffte – jederzeit von vorbeifahrenden Zeugen hätte beobachtet werden können.«

»Der Appell an allfällige Zeugen, sich zu melden, wird ohnehin seit Montag gebetsmühlenartig im Rundfunk wiederholt«, wagte Weider in Erinnerung zu rufen.

»Zweitens hat Q versucht, den Anschlag den Crashkids in die Schuhe zu schieben«, setzte Jacobi fort, ohne den Einwurf zu kommentieren, »was gewisse topografische Kenntnisse des Salzburger Alpenvorlands voraussetzt, wie auch die Tat selbst einen Bezug zur Gegend erkennen lässt, sonst hätte sie ja bei günstiger Gelegenheit auch in Prien erfolgen können.«

»Und drittens?«, fragte Melanie Kotek.

»Und drittens – wir erwähnten es bereits – war er oder sie in der Lage, das ahnungslose Opfer spät abends zu einem diskreten Treffen zu locken. Das ist für mich der bedeutsamste Fingerzeig.«

Niemandem von den 112ern wäre es eingefallen, eine Ahnung des Chefs in Zweifel zu ziehen oder gar als Hirngespinst abzutun. Zu oft schon hatte er mit seiner Intuition richtig gelegen, weshalb nun auch Redls Frage, ob er denn der Anwältin den Mord zutraue, nicht nur rhetorisch gemeint war.

»Das wissen wir erst, wenn ich mit ihrem Vater gesprochen habe«, antwortete Jacobi, ohne eine Sekunde zu zögern. »Dessen Büroadresse in der Getreidegasse ist mir geläufig. Bestätigt der alte Pumhösl Sengstvoggens Aussage, nämlich dass Tochter Ariadne am fraglichen Sonntagabend nicht bei Raders, sondern zu Hause in der Raphael-Donner-Straße war, dann liegt freilich ein dringender Tatverdacht gegen eine der zwei anderen Frauen vor – oder gegen beide.«

Dass ein Polizeioberst höchstpersönlich eine externe Befragung durchführen wollte, hätte in jeder anderen Dienststelle Österreichs Verwunderung und Kopfschütteln hervorgerufen, nicht so im Referat 112 des LKA Salzburg. Der Wunsch Jacobis, selbst mit Dr. Nimrod Pumhösl zu reden, bewies seinen Leuten lediglich, welche Bedeutung er dieser Zeugenaussage beimaß.

Die Sitzgarnitur, einst Symbol altösterreichischer Gemütlichkeit im Büro von Hofrat Kandutsch, ächzte schauerlich, als sich Feuersang ein wenig nach vorne beugte. »Nachdem Lenz und Max zu Schimmelpfennig respektive zu Johann Rader fahren, sollen Melanie und ich wohl dem Herrn Krenreich auf den Pelz rücken, ehe wir die beiden Damen rannehmen?«

Jacobi nickte. Zu anderen Zeiten konnte es ins Auge gehen, ihn zu präjudizieren – noch dazu in so saloppem Ton. Aber das alte Schlachtross Feuersang wusste, wie der Terrier drauf war, wenn er eine Erfolg versprechende Witterung aufgenommen hatte. »Ihr fahrt nach dem Mittagessen zum Medizinischen Zentrum Bad Vigaun. Der alte Pumhösl, Johann Rader, Didi Krenreich und Schimmelpfennig werden heute befragt, und ebenfalls noch heute werden Waris Rader und Susanne Krenreich die Vorladungen für morgen Vormittag zugestellt. Die Damen sollen ruhig eine Nacht lang im eigenen Saft schmoren, vielleicht sind sie dann bis morgen gar.«

»Ich glaube ja, es wird trotzdem ein langer Vormittag werden«, unkte Feuersang. »Ich halte die beiden für ziemlich zäh.«

»Umso wichtiger ist es, aus dem Hausmeister alles rauszuquetschen, was er weiß oder zu wissen glaubt. Mein Gespräch mit Nimrod Pumhösl wird vermutlich nicht viel Zeit in Anspruch nehmen. Auch wenn er sich neulich aus Sorge um seine patscherte Tochter einen Schnitzer geleistet hat, ist er keineswegs senil und weiß, dass ihr das möglicherweise echte Alibi daheim mehr nützt als ihre naive Idee vom Damenkränzchen bei Waris Rader.«

»Was aber, wenn sie tatsächlich nicht zu Hause war, sondern nur ganz gefinkelt ein zweites Alibi in Reserve behalten hat?«, gab Kotek die Skeptikerin. »Natürlich würden ihr Vater und Sohn auch dann ihre Anwesenheit jederzeit bestätigen. Michael war übrigens an jenem Sonntagabend wirklich zu Hause, denn er hat von dort aus um zweiundzwanzig Uhr mit seiner Freundin Penelope telefoniert.«

»Und sein Handy war zu diesem Zeitpunkt an einer Basisstation unweit der Raphael-Donner-Straße eingeloggt«, assistierte Hans Weider.

»Umso besser«, befand Jacobi. »Ich glaube zwar nicht, dass der Alte es schafft, mir einen Bären aufzubinden, aber sollte ich an seiner Aussage nur den leisesten Zweifel hegen, werden er und auch sein Enkel – Jugendschutz hin oder her – hier von Leo und Max ins Kreuzverhör genommen, noch ehe Ariadne selbst dran ist. Ja, ich weiß, ich habe mich im Moment ein bisschen zu einseitig auf die drei Damen eingeschossen, was aber nicht heißt, dass Rader und Sengstvoggen für mich schon außer Obligo wären. Hans, schau dir besonders Sengstvoggen noch einmal genauer an. Mir geht seine Formulierung ›Traumparasiten‹ nicht aus dem Kopf.«

»Klingt irgendwie nach einer Verletzung, die auch tiefer sitzen könnte als von dir zunächst angenommen«, bekräftigte Kotek seine diesbezüglichen Zweifel.

Er nickte. »Bei all den Brüchen in seinem Lebenslauf ist auch ein Mordmotiv denkbar, das weder auf seine Frustration als verhinderter Bestsellerautor noch auf Sowoinvest zurückgeht.«

»Während wir für das Motiv von Rader wesentlich weniger Phantasie entwickeln müssen«, ergänzte Feuersang naseweis.

Jacobi verkniff sich ein sarkastisches Bonmot, sondern nickte nur nachsichtig. »Okay, dann macht euch also auf die Socken. Melanie? Euch rufe ich an, sowie mir Nimrod Pumhösl das Alibi seiner Tochter bestätigt hat. Danach macht ihr Diethelm

Krenreich die Hölle heiß. Ich fress einen Besen, wenn die Angelegenheit danach nicht ins Rollen kommt.«

23 WÄHREND SICH REDL UND HABERSTROH nach dem zugelieferten, aber durchaus genießbaren Kantinenessen in ihrem Dienst-A4 in Silbermetallic auf den Weg zur Schimmelpfennig-Villa machten, griffen Kotek und Feuersang auf einen der neuen Landrover Freelander aus dem Fuhrpark zurück, die zwar als robust und komfortabel galten, aber entsprechend ihrem Verwendungszweck nicht besonders dynamisch waren. Der anthrazitgraue Audi RS4 blieb dem Chef für seinen Besuch bei Nimrod Pumhösl vorbehalten. Jacobi fuhr im Dienst ausschließlich dieses alte Vehikel, seit er vor einem Jahrzehnt seinen Ur-Quattro schweren Herzens in Pension hatte schicken müssen.

Feuersang pilotierte das SUV recht flott, sodass sie trotz des starken Mittagsverkehrs und der umständlichen Anfahrtsbedingungen bereits nach gut zwanzig Minuten in den Karl-Rödhammer-Weg zu der sehr ansehnlichen Kuranstalt abbogen, die sich auf halber Strecke zwischen Bad Vigaun und der Ortschaft St. Margarethen über ein weitläufiges Areal erstreckte. Da ihnen natürlich bewusst war, dass die A 10-Überführung Bruderloch nur wenige Gehminuten entfernt war, sprachen sie zunächst beim Personalchef vor. Der ließ ihnen ohne Umschweife die Hausmeister-Dienstpläne der letzten drei Wochen ausdrucken, anhand derer Feuersang und Kotek es schwarz auf weiß hatten, dass Diethelm Krenreich am Todestag von Flotzinger tatsächlich Spätdienst gehabt hatte.

»Hätte Krenreich den Dienst auch tauschen können, ohne Ihre Abteilung darüber zu informieren?«, fragte Kotek den umgänglichen Angestellten, der es vermied, ihr in die Augen zu sehen, ihr aber ungeniert auf den Busen starrte.

»Offiziell nicht, obgleich – ganz ausschließen lässt sich so etwas nie«, lautete die indifferente Antwort. »Wollen Sie ihn sprechen? Dann müssen Sie sich beeilen.« Fast widerwillig löste der Personalchef den Blick von Koteks Oberweite, um erst auf seine Armbanduhr und dann aus dem Bürofenster zu sehen. »Er hat jetzt bis um siebzehn Uhr dienstfrei. Die Zeit nutzt er an bestimmten Tagen, um die Hunde jener Gäste Gassi zu führen, die das selbst nicht mehr erledigen können oder wollen. Heute ist so ein Tag. Da Haustiere auf dem Areal des Kurzentrums nicht erlaubt sind, wird oft und gerne auf das Angebot einer nahe gelegenen Hundepension zurückgegriffen, wo Didi die Tiere abholt, um mit ihnen seine Runden zu drehen.«

»Das da vorn neben der Tiefgarageneinfahrt – das ist er doch?« Feuersang deutete in die bezeichnete Richtung.

»Ja, das ist Didi mit dem Border Collie und dem Retriever der Frau Hofrat Hanifl. Wegen ihrer kaputten Hüften kann die schon etwas gebrechliche Dame ihre Lieblinge nicht mehr selbst begleiten und ist froh und dankbar, dass ihr ein Hundeflüsterer wie Didi die Spaziergänge abnimmt.«

Der mittelgroße, untersetzte Mann mit kurz geschnittenen blonden Haaren war schon im Begriff, das Areal des Kurzentrums mit zwei Hunden an der Laufleine in Richtung großer Parkplatz zu verlassen, als Feuersang rasch zum Fenster trat, es öffnete und mit Stentorstimme zur Ausfahrt rief: »Herr Krenreich, einen Augenblick! Kripo Salzburg. Wir hätten da ein paar Fragen an Sie.«

»Sie schon wieder. Dauert es länger?«, rief der Hausmeister ungnädig zurück. »Ich muss die Hunde ausführen, immerhin bekomme ich Geld dafür.«

»Es dauert so lange, wie es dauern muss, Herr Krenreich.« Wenn Feuersang diesen Ton anschlug, verzichteten widerspenstige Zeugen gewöhnlich auf weitere Einwände. So auch Krenreich.

Als die beiden Ermittler auf den wartenden Hausmeister zugingen, begannen die Hunde zu knurren. Sie schienen die Nervosität von Krenreich zu spüren, was diesen wiederum veranlasste, die Leine kürzer zu nehmen.

Feuersang, der seiner Kollegin einen Schritt voraus war, blieb stehen und schüttelte den Kopf. »Lassen Sie sie los, Krenreich! Sonst haben wir nie Ruhe, während wir miteinander reden.«

»Auf Ihre Verantwortung.« Der Hundeflüsterer nahm seine Schützlinge von der Leine, worauf beide sofort mit lautem Gekläff auf den Mann in der hellgrauen Windjacke losstürmten. Feuersang rührte sich nicht vom Fleck – und als sowohl der Retriever als auch der Border Collie kurz vor ihm stoppten und sich nur mehr aufs Bellen beschränkten, streckte er langsam die rechte Hand nach dem ersten Hund aus.

Der Retriever duckte sich, sein Bellen wurde verhaltener, ging in Winseln über und verstummte schließlich ganz. Dann – Kotek wollte ihren Augen nicht trauen – beschnüffelte er die behaarte Tatze vor seiner Nase und leckte daran.

»Brav is er, schön is er«, brummte Feuersang und rubbelte dem honigfarbigen Hund mit beiden Händen das Fell, als sich auch schon der Border Collie winselnd herandrängte, um seinen Teil der Streicheleinheiten einzufordern.

»Sie können recht gut mit Hunden«, sagte der Hausmeister respektvoll, während er seine Schutzbefohlenen wieder an die Leine nahm.

»Meine Eltern waren Bergbauern im Oberpinzgau und hielten hauptsächlich Schafe und Ziegen, da waren Hirtenhunde ein Muss«, erklärte Feuersang. »Wir werden Sie auf Ihrem Rundgang begleiten, Herr Krenreich. Wo soll's denn langgehen?«

»Nun, zuerst den Liedererweg hinüber bis zur St. Margarethenstraße, dann die Riedlstraße den Berghang hinauf und in einem weiten Bogen zur L210 hinüber, anschließend über die Langgasse und die St. Barbarastraße wieder zurück zum Kurzentrum.«

»Okay, dann mal los.«

Die Hunde liefen voraus, und die Beamten nahmen Krenreich in die Mitte.

»Als Flotzinger starb, hatten Sie Schicht«, kam Kotek gleich auf den Punkt, ohne sich mit Vorreden aufzuhalten. »Ihr Alibi vom Sonntag der vorigen Woche scheint also zu stimmen, es sei denn, Sie hätten mit einem Arbeitskollegen intern den Dienst getauscht und das Kurzentrumsareal mit einem Dienstfahrzeug von der Parkgarage aus unbemerkt verlassen. Haben Sie?«

»Wann genau hat der Hurenbeutel den Löffel denn nun abgegeben?« Krenreich gab sich gar keine Mühe, seine Zufriedenheit über Flotzingers Schicksal zu verbergen, wobei Kotek jene Magensäure- und Eukalyptusfahne anwehte, die sie von Gewohnheitstrinkern kannte.

»Etwa um einundzwanzig Uhr dreißig. Sie haben meine Frage noch nicht beantwortet.«

»Ich habe an diesem Sonntag meinen Spätdienst absolviert, wie er auf dem Dienstplan steht. Es gab an diesem Tag keinerlei Abweichung vom Gewohnten, an eine solche könnte ich mich erinnern.«

Er unterließ es, Arbeitskollegen als Alibizeugen anzuführen, und Kotek, die sich längst einige Namen auf ihrer Dienstplan-Kopie angestrichen hatte, verzichtete darauf, nach solchen zu fragen.

»Aber Sie konnten Ihre Frau telefonisch nicht erreichen«, war Feuersang gezwungen, auf den Busch zu klopfen, da er die Telefonprotokolle der Pumhösl-Runde noch nicht kontrolliert hatte.

»Ja, sie hatte ihr Handy ausgeschaltet«, bestätigte Krenreich tatsächlich, »was aber bei ihr nicht die Ausnahme ist, sondern eher die Regel. Heute zum Beispiel geht sie wieder nicht ran.«

»Diese Marotte mit dem Handy – hatte sie die auch schon vor dem Sowoinvest-Debakel?«, schlug Kotek einen Bogen zurück zum Anfang der Geschichte.

Der Hausmeister überlegte kurz und nickte dann. »Doch, ja, auch schon vor unserem schwarzen Freitag.« Seine Kooperationsbereitschaft wirkte aufgesetzt.

»Sie wissen aber nicht erst seit heute, warum Ihre Partnerin zu gewissen Zeiten nicht erreichbar sein will, oder?« Feuersangs rüder Macho-Untergriff machte es dem Hundeflüsterer fast unmöglich, sich dumm zu stellen, wobei er es sich immerhin noch aussuchen konnte, ob er als saft- und kraftlose Lusche oder als ahnungsloser Idiot dastehen wollte. Vielleicht zögerte er deshalb so lang mit der Antwort, vielleicht aber auch, weil er seine Susi schützen wollte. »Wir sind schon seit fast zwei Jahrzehnten nicht mehr verheiratet, wie Ihnen sicher bekannt ist«, sagte er schließlich unverbindlich, ohne direkt auf die Frage einzugehen.

Inzwischen war man in die St. Margarethenstraße eingebogen, die nach Osten hin als Riedlstraße auf den namensgebenden Höhenrücken hinaufführte, der dem Rengerberg- und Schlenkenmassiv vorgelagert war.

»Aber sind nichtsdestoweniger noch immer ein Paar.« Koteks Anmerkung enthielt gleich mehrere unausgesprochene Fragen.

»Sie wollen wissen, ob ich meine Ex noch liebe?«, griff Krenreich eine davon auf, nachdem er eine ganze Weile geschwiegen hatte. »So liebe, dass ich für sie einen Mord begehen würde? – Nein, das würde ich nicht. Aber ich würde sie auch nie hinhängen, falls Sie darauf hinauswollen.«

»Auch dann nicht, wenn Sie wüssten, dass Ihre Ex schon vor fünfzehn Jahren das Gspusi von Flotzinger war?«, schoss Feuersang den nächsten schmerzhaften Pfeil ab, dem er gleich einen weiteren folgen ließ. »Und dass sie diese Liaison möglicherweise in der jüngeren Vergangenheit wieder neu hat aufleben lassen?«

»Mumpitz! Totaler Mumpitz!«, widersprach ihm Krenreich aufgebracht. Seine Erregung übertrug sich sofort auf die Hunde, die wieder zu bellen begannen und erst beruhigt werden mussten, ehe er, diesmal wesentlich gedämpfter, fortfahren konnte. »Glauben Sie wirklich, Susi hätte sich so weit erniedrigt, mit Flotzinger wieder ins Bett zu hüpfen, nach allem, was uns dieses Schwein angetan hat?«

In Koteks Ohren klang es, als wolle Krenreich mit dieser rhetorischen Frage in erster Linie sich selbst überzeugen.

»Wieder, Herr Krenreich! ›Wieder‹ ist das entscheidende Wort!«, nagelte Feuersang ihn denn auch fest. »Sie wussten also vom damaligen Verhältnis Ihrer Frau mit Flotzinger.«

»Schon damals war sie nicht mehr meine Frau«, giftete Krenreich zurück.

»Einmal ist sie Ihre Partnerin, dann wieder nicht«, monierte der Ermittler achselzuckend. »Sie richten es sich auch so, wie Sie's gerade brauchen.«

»Auf jeden Fall muss das Band, das Sie beide verbindet, ziemlich reißfest sein«, merkte Kotek an, »sonst wären Sie bei all den Querelen und Turbulenzen nicht zusammengeblieben.«

»Schon gar nicht, nachdem Sie vom lukrativen Nebenverdienst Ihrer Ex erfahren haben«, setzte der wenig zimperliche Pinzgauer noch eins drauf.

Krenreich schritt unwillkürlich rascher aus. Es dauerte fast eine Minute, bis er den neuerlichen Tiefschlag einigermaßen weggesteckt hatte. »Welchen Nebenverdienst denn?«, fühlte er sich dann doch gezwungen zu fragen, aber die Angst vor der Antwort stand ihm ins Gesicht geschrieben.

»Na, den Escortservice von Ihrer sexy Susi«, sagte Feuersang so schmierig, dass die Angst des Hausmeisters der Empörung wich. »Das ... sind ... alles nur böswillige Gerüchte ohne jeden realen Hintergrund«, beteuerte er fast heulend. »Selbst wenn sie irgendwann einmal ein Verhältnis mit Flotzinger gehabt haben sollte, heißt das noch lange nicht, dass sie eine ... eine ...«

»Sexarbeiterin ist?«, kam Kotek ihrem Kollegen zuvor, dem wahrscheinlich eine deftigere Bezeichnung auf der Zunge gelegen hatte.

Krenreich schüttelte den Kopf. »Für die Polizei ist alles immer nur schwarz oder weiß, aber so simpel gestrickt ist das Leben nun mal nicht. Ehe ich seinerzeit mit meinem Sportartikelgeschäft pleiteging, haben wir uns vorsichtshalber scheiden lassen, damit Susis Erbe mütterlicherseits nicht der Konkursmasse zugerechnet werden konnte.«

»Und dann?«, drängte Feuersang ungeduldig, nachdem Krenreich nicht mehr weitersprach.

»Susi war damals noch sehr jung, das pralle blühende Leben, und als Flotzinger, den sie vom Tennis her kannte, ihr den Job im Landesamt 10 verschaffte, war sie ihm logischerweise dankbar. Herr Inspektor, ich –«

»Chefinspektor.«

»Herr Chefinspektor, ich hab zwar nie einen guten Geschäftsmann abgegeben, bin aber auch nicht als Vollidiot auf die Welt gekommen. Ich ahnte, dass zwischen ihnen was lief. Flotzinger half niemandem aus purer Selbstlosigkeit, was natürlich nichts anderes bedeutete, als dass sich Susi bei ihm im Bett revanchieren musste.«

»Dass sie aus freien Stücken mit Flotzinger geschlafen haben könnte, schließen Sie aus?«, fragte Kotek.

»Ich schließe nur aus, dass sie die Einzige gewesen sein soll, die auch noch nach der Sowoinvest-Pleite versucht hat, über die Sex-Schiene etwas zu retten. Sonst nichts!«

»Aber Flotzinger hat doch schon vor dem Skandal dafür gesorgt, dass Ihre Susi den Posten in der Landesrechnungsabteilung verloren hat«, warf Feuersang ein. »Wie konnte sie da –«

»Moment!«, unterbrach ihn Kotek, denn ihr Handy hatte schon mehrmals den erwarteten Anruf Jacobis angekündigt. »Ja, Oskar?«

»Bin schon auf dem Rückweg ins Büro«, legte ihr Lebensmensch gleich los. »Ich habe Pumhösl nach dem Alibi seiner Tochter befragt und sehe keinen Grund, an seiner Aussage zu zweifeln. Sie deckt sich mit der von Sengstvoggen: Ariadne Pumhösl war am fraglichen Abend daheim. Sie hat bis spät in die Nacht auf ihren Sohn eingeredet, gefälligst seine Ausbildung als Karosseriespengler voranzutreiben, wobei Michael um zweiundzwanzig Uhr von seiner Freundin Penelope angerufen worden ist, wie wir ja wissen. Anwälte sind durch die Bank gute Schauspieler, aber der alte Pumhösl hätte schon den Iffland-Ring verdient, wenn seine Sorge um die Tochter und der damit einhergehende Ärger über das Gemeinschaftsalibi gespielt gewesen wären, womit ich ohnehin nicht gerechnet habe. Aufhorchen hat mich hingegen eine Info lassen, die ich von Ariadne Pumhösl selbst bekommen habe, nachdem ich ihr wegen der Falschaussage und der Anstiftung dazu die Leviten gelesen und so nebenbei mit der Anwaltskammer gedroht hatte.«

»Du hast sie angerufen?«

»Nein, ich bin direkt nach dem Besuch beim Senior in die Raphael-Donner-Straße gefahren. Natürlich hatte der Alte die Tochter inzwischen vorgewarnt, aber es war ihm immerhin gelungen, sie zur Vernunft zu bringen. Sie gab nicht nur zu, den fraglichen Sonntagabend zu Hause verbracht zu haben, was auch von Sohn Michael, den ich ebenfalls antraf, bestätigt wurde –«

»Aber wie begründete sie dann ihre Idee von dem falschen Alibi zu dritt?«, unterbrach ihn Kotek.

»Das ist tatsächlich einigermaßen merkwürdig: Sie sagte, es habe sie – nicht zuletzt unter dem Einfluss von Alkohol – ungemein erregt zu glauben, eine ihrer Freundinnen habe Flotzinger ins Jenseits befördert. In diesem Augenblick habe sie sich solidarisch mit der Mörderin und spontan dazu animiert gefühlt, sie zu schützen und diesen Vorschlag zu machen.«

»Das ist eine nicht nur merkwürdige, sondern ziemlich bizarre Argumentation, findest du nicht? Für eine Anwältin in jedem Fall verwerflich! Wie kommt sie überhaupt darauf, dass eine ihrer Freundinnen Flotzinger umgebracht haben könnte?«

»Weil sie mich unmittelbar nach ihrem Geständnis über ein Telefonat informiert hat, das sie Wochen zuvor zufällig mit angehört haben will und in dem sich die Krenreich ganz eindeutig mit einem Kunden zum Sex verabredet haben soll – am darauffolgenden Sonntag.«

»Wochen zuvor zufällig mit angehört?«, wiederholte Kotek skeptisch. »Wieder so eine vage Formulierung. Zu vage, wenn du mich fragst.«

»Ich frag dich aber nicht. Sexy Susi war vor etlichen Wochen wie schon des Öfteren bei Ariadne Pumhösl zu Besuch. Wir konnten das nachprüfen, weil sie von dort aus mit ihrem Handy telefoniert hat.«

»Und?«

»Und als die Gastgeberin eine frische Packung Kaffee aus der Speisekammer im Parterre holen wollte, es sich dann aber anders überlegte und in ihrer Küche die Kaffeemaschine aus einer angebrochenen Tüte befüllte, hörte sie die Krenreich, die ja ihre Freundin unten im Parterre wähnte, im Nebenraum sprechen. Sie hatte einen gewissen Benno am Handy – der Name spielt für unsere Ermittlungen wohl keine Rolle – und sagte, sie könne am Samstag nicht, dafür aber am Sonntag, diesmal wieder wie üblich in der Taugl.«

»Dem Wortlaut nach könnte es auch eine Verabredung zum Schnapsen gewesen sein«, foppte Kotek.

»Das hab ich auch gesagt, aber Ariadne Pumhösl meinte, sie hätte von dieser Nebenbeschäftigung ihrer Freundin auch schon aus anderer Quelle erfahren.«

»Okay, aber dass der Name Benno nicht ermittlungsrelevant ist, seh ich anders. Benno kann sich von ›Bernd‹ ableiten, einem zugegeben häufigen Vornamen, den aber auch die Nummer zwei der Sowoinvest-Abzocker, nämlich Bernd Schimmelpfennig, führt.«

Gezählte zehn Sekunden später, in denen aus ihrem Handy nur das gedämpfte Motorengeräusch des RS4 und der Beatles-Song »Drive My Car« drang, bezog Jacobi dazu Stellung. »Du hast recht, Katze, und dein Kater wird alt. Natürlich muss mit Benno nicht unbedingt Schimmelpfennig gemeint gewesen sein, aber so etwas zu übersehen, das ist schon … hrrmm!« Fast schon im Begriff, seine Nachlässigkeit einzuräumen, beließ es der Chef dann doch bei einem unwilligen Räuspern.

»Wir werden ja sehen, was es mit dem Namen auf sich hat«, befreite ihn Kotek vorübergehend von dem Stachel in seinem Ego. »Mich interessiert ohnehin die Erwähnung des Treffpunkts wesentlich mehr. ›Diesmal wieder wie üblich in der Taugl‹, das weist ja nicht nur auf die relative Nähe zum Bruderloch hin, sondern lässt auch noch Spielraum für weitere Spekulationen.« Während Kotek die Kurzbezeichnung für die Taugl-Klamm betonte, behielt sie Diethelm Krenreich im Auge, und so flüchtig das Flattern seiner Lider bei der Erwähnung auch gewesen sein mochte, es war weder ihr noch Feuersang entgangen.

»Was Neues vom Hausmeister?«, fragte Jacobi abschließend, als hätte er ihren Gedankengang mitverfolgt.

»Bis jetzt nicht viel, aber das wird sich gleich ändern«, antwortete Kotek vielsagend.

»Verstehe. Dann bis später.« Er legte auf.

»Wo waren wir stehen geblieben, Herr Krenreich?«, knüpfte die Ermittlerin dort an, wo sie durch Jacobis Anruf unterbrochen worden waren. Inzwischen waren es nur noch einige hundert Meter bis zur Abzweigung Samhofstraße, die Straßenführung und der dichte Baumbestand verwehrten den Blick hinunter auf das idyllisch gelegene Bad Vigaun und seine kleine gotische Kirche nun schon seit einigen Minuten. »Ja, richtig, Sie hatten sinngemäß gesagt, Ihre Partnerin sei nicht die Einzige gewesen, die nach der Sowoinvest-Pleite versucht habe, mit Körpereinsatz den einen oder anderen Euro zu retten. Wem von den Zeugen galt diese Anspielung? Es kommen ja nicht allzu viele aus Ihrem Bekanntenkreis in Frage. Raus mit der Sprache, Herr Krenreich!«

Aber Krenreich zog es vor, darauf erst einmal nicht zu antworten. Er schwieg beharrlich.

»Na gut, dann eben anders!«, schnaubte Feuersang. »Ihre Frau verbrachte laut Ihrer Aussage den Tatabend mit Waris Rader und Dr. Ariadne Pumhösl in der Rader'schen Wohnung. Bleiben Sie dabei, oder haben Sie Ihre Ansicht darüber inzwischen geändert?«

Die suggestive Fragestellung hätte auch einem weniger schlauen Zeitgenossen als Krenreich verraten, dass das Dreier-Alibi inzwischen obsolet war.

»Ich habe nur weitergegeben, was Susanne mir gesagt hat«, hielt er sich deshalb bedeckt. »Da ich am vorletzten Sonntag nicht bei Raders war, werde ich meine Erstaussage weder bekräftigen noch widerrufen.«

»Hat Waris Rader ebenfalls etwas mit Flotzinger gehabt – oder möglicherweise sogar auch mit Schimmelpfennig?«, fügte Kotek, einer plötzlichen Eingebung folgend, hinzu. »Immerhin war ihr Mann im Rahmen des österreichischen UNO-Mandats ja gleich mehrmals für jeweils ein halbes Jahr auf den Golanhöhen.«

Der Hausmeister stutzte kurz, schüttelte dann aber energisch den Kopf. »Kann ich mir nicht vorstellen, aber selbst wenn: Glauben Sie im Ernst, eine so scheue Person wie Waris würde darüber mit jemandem reden?«

»Nicht einmal mit ihren Freundinnen Susanne und Ariadne?«

»Mit niemandem. Über dieses Thema ist ja nicht einmal mit Susi zu reden, und das will was heißen. Was ich weiß, ist auch nur das Ergebnis –« Er stockte.

»Das Ergebnis Ihrer heimlichen Beobachtungen?«, mutmaßte Feuersang und erhöhte dann, da er vergeblich auf eine Bestätigung wartete, den Druck. »Herr Krenreich, Sie müssen uns sagen, was Sie wissen, sonst machen Sie sich mitschuldig. Verdunkelung bei Mord zieht jede Menge Schmalz nach sich.«

»Auch wenn ich geschieden bin, können Sie mich nicht zwingen, gegen meine Ex auszusagen, die ich im Übrigen nach wie vor als meine Partnerin betrachte«, sagte der Hausmeister mit gepresster Stimme.

Koteks Schmolllippen formten sich zu einer spöttischen Schnute. »Ach, jetzt doch wieder? Sie können sich sparen, den edlen Lancelot raushängen zu lassen, Herr Krenreich!« Und dann übergangslos: »Worin bestand eigentlich das Erbe Ihrer Frau, das damals vor Ihrem Konkurs durch die prophylaktische Scheidung dem Zugriff des Fiskus entzogen werden sollte?«

»Das … das war nur ein kleines Häuschen, ein Chalet in der Einschicht«, kam es mit erheblicher Verzögerung retour.

»Soso, nur ein kleines Häuschen. Nun, spätestens im Zuge der Sowoinvest-Abwicklung müsste aber auch das weg gewesen sein, oder etwa nicht?«

Wieder ließ sich der Hausmeister mit der Antwort Zeit, aber seine Angst war mittlerweile fast greifbar. »Nein, sie durfte es –« Das restliche Genuschel war so unverständlich, dass Kotek nachfragen musste.

»Sie durfte es behalten«, wiederholte er eine Nuance lauter. »Wie sie das geschafft hat, dürfen Sie mich allerdings nicht fragen.«

»Aha. Und? Wohnt Ihre Susanne jetzt noch dort? Die Bleibe in Salzburg wird sie ja seinerzeit wohl verloren haben. Herrgott, Herr Krenreich, lassen Sie sich doch nicht alles einzeln aus der Nase ziehen!«

»Die Dienstwohnung in Salzburg-Nonntal musste sie beim Ausscheiden aus der Landesbuchhaltung natürlich sofort räumen, hat aber dennoch nie im Chalet Quartier bezogen. Seit damals wohnt sie zur Untermiete in St. Margarethen, in der Ortschaft, durch die wir vorhin spaziert sind.« Der Zeuge war auffällig blass geworden. Innerhalb von Sekunden bildeten sich kleine Schweißperlen über seiner Nasenwurzel.

Kotek lächelte maliziös. »Warum, Herr Krenreich, wohnt eine Frau zur Untermiete, wenn sie doch ein Haus besitzt? Können Sie mir auf die Sprünge helfen?«

»Das Haus ist nur so eine Art Blockhütte, wirklich nicht groß. Susanne vermietet es als Ferienwohnung – sagt sie zumindest.« Der Ex-Mann von sexy Susi schien kurz vor dem Zusammenbruch zu stehen.

Feuersang nickte zu seiner Kollegin hinüber. »Jacobis Schule«, sagte er anerkennend, ehe er sich wieder dem Zeugen zuwandte. »Wie lange brauchen wir wohl, um dieses Häuschen im Grundbuch zu finden? Wollen Sie wirklich noch weitermauern und wegen ein paar Minuten Zeitgewinn eine Klage wegen Behinderung der Ermittlungen riskieren?«

»Aber ich schwöre, ich weiß nicht, was es mit dieser verwünschten Kate auf sich hat!« Krenreichs Lippen und Hände zitterten, und wieder übertrug sich seine extreme Erregung auf die Hunde, die angstvoll zu winseln begannen.

»Wo genau liegt das Haus, Herr Krenreich?«

Die grauen Augen des Polizisten fixierten ihn mitleidlos, und wie schon zuvor, als Krenreich den unbequemen Begleiter vom Bürofenster aus brüllen gehört hatte, sah er sich auch jetzt wieder jenem kannibalischen Zwitterwesen aus Stier und Mann gegenüber, von dem seine Oma einst so virtuos zu erzählen gewusst hatte, dass er in der Erinnerung daran noch immer die Knochen der geopferten Jungfrauen splittern zu hören glaubte. »Nur etwas mehr als einen Kilometer von hier«, stieß der Hausmeister schließlich hervor. »Das Chalet befindet sich in der vorderen Taugl, Römerstraße Nord 3b, gleich hinter der Römerbrücke, ein Stück unterhalb der Tauglmühle.« Fast weinerlich fügte er noch hinzu: »Ich ahnte schon früher, dass uns diese verdammte Hütte eines Tages Schwierigkeiten machen würde, und als Ihre Kollegin eben am Handy die Taugl erwähnte, wusste ich, dass es jetzt so weit ist.«

Kotek hatte das Mobiltelefon schon wieder am Ohr. »Oliver, ihr bekommt Arbeit.« Sie gab dem Chef der Kriminaltechnik die genannte Adresse durch, rief dann Weider an, bat ihn, die Besitzverhältnisse des Chalets zu überprüfen, und sandte anschließend eine SMS an Redl.

»So, Herr Krenreich, wir gehen jetzt zurück«, ordnete Feuersang unterdessen an. »Sie sehen zu, dass Sie die Hunde loswerden, und dann schauen wir, wo Ihre Ex- oder Nochimmer-Partnerin abgeblieben ist.«

»Aber ich muss doch –«

»Was Sie müssen, Herr Krenreich, das werden in nächster Zeit wir Ihnen sagen.«

24

SCHIMMELPFENNIGS VILLA BEFAND SICH auf der Hochebene Fischpointleiten an der bewaldeten Nordflanke des Dürrnbergs, ein Stück außerhalb der Ortschaft gleichen Namens und in unmittelbarer Nähe der deutsch-österreichischen Grenze. Aufgrund des hügeligen Geländes und einer Kurve, die der Zufahrtsweg beschrieb, war die Liegenschaft von der Königssee-Achental-Straße aus nicht einsehbar. Erst unmittelbar nach der Kurve öffnete sich der Nadelwald zu einer Lichtung, und die beiden Insassen des A4 hatten nun freien Blick auf das Landhaus in unverkennbar neoklassizistischem Stil, den man an den Auftragsbauten des Architekten allerdings vergeblich suchte. Die Sicht ins Tal war ihnen hingegen durch eine Backsteinmauer verstellt, die das Grundstück umgab und deren stacheldrahtbewehrte Krone ein ausgeprägtes Sicherheitsbedürfnis der Insassen verriet.

Kontrollinspektor Haberstroh dachte sich seinen Teil, als er vor dem schmiedeeisernen Portal auf die Bremse stieg. »Gut gewählte Lage, wenn man so viele Leute ins Unglück gestürzt hat wie der Herr Architekt«, brummte er nicht ohne Neid. »Falls nötig, kann man nach verschiedenen Seiten türmen und bei Bedarf auch gleich das Land verlassen.«

Major Redl auf dem Beifahrersitz nickte. »Stimmt. Aber wenn es dir ein Trost ist: Hans hat festgestellt, dass ›Schlemi‹ nach der Sowoinvest-Pleite von seinen insgesamt fünf Häusern nur diese Hütte geblieben ist. Und selbst dieses Kleinod gehört de jure eigentlich seiner Haushälterin beziehungsweise deren unmündiger Tochter, auf die er die Villa nebst einem kleinen Blockhaus in der Nähe von Bad Vigaun vor dem Crash noch rasch hat überschreiben lassen.«

»Der Arme! Ist das Gör möglicherweise das Ergebnis eines Schäferstündchens mit der Haushälterin?«

»Mag sein, aber wir sind nicht hier, um zu spekulieren, Max. Schwarz auf weiß haben wir nur, dass sich Schimmelpfennig ein lebenslanges Wohnrecht für die Villa hat eintragen lassen.«

»Ach?«

Haberstroh war inzwischen ausgestiegen und betätigte die Klingel am Tor. Während er auf eine Rückmeldung von drinnen wartete, überflog er die Inschriften auf zwei Metalltafeln neben der Gegensprechanlage: »Vorsicht! Stacheldraht steht unter Hochspannung!« Und darunter: »Betteln und Hausieren verboten!«

Es dauerte, bis es in der Lautsprechermembran knackte und eine Stimme fragte: »Wer sind Sie, und was wollen Sie?«

Der Kontrollinspektor hielt seinen Dienstausweis vor das Kameraauge und sagte sein Sprüchlein auf. Sekunden später glitt das Tor automatisch und geräuschlos zur Seite, und der Audi rollte auf einen der Parkplätze, die sich vor und neben der sich harmonisch ins Gesamtensemble einfügenden Garage befanden. Auch die schwere, mit Bronzeblech beschlagene Kassettentür öffnete sich wie von Geisterhand, als sich die Beamten dem Hauseingang näherten.

Im stilvollen Entree, das mit gedämpften Operettenklängen aus unsichtbaren Lautsprechern beschallt wurde, bedeutete ihnen eine nicht unattraktive Brünette in Jeans und Kleiderschürze, näher zu treten.

»Bitte nur weiter und am Ende des Vestibüls geradeaus durch den Salon«, sagte sie, während sie die Ausweise noch einmal begutachtete. »Herr Schimmelpfennig erwartet Sie auf der Veranda.«

»Und Sie sind?«, wollte Redl von der etwa vierzigjährigen Frau mit dem modischen Kurzhaarschnitt wissen.

»Marika Nagy, ich bin Hausdame bei Herrn Schimmelpfennig.« Sie sprach ihren Nachnamen »Noodsch«, also ungarisch aus, wobei sie einen leichten, aber reizenden Akzent erkennen ließ.

Der Eindruck, den die feudale Innenarchitektur des Landhauses auf die Beamten machte, wurde an der Verandatür nur noch durch den Blick überboten, den man von dort aus über die Bergweide unterhalb des Anwesens und die Baumwipfel des zurückweichenden Waldrands hinweg auf das Salzburger Becken und das umliegende Alpenvorland hatte.

Ein korpulenter Endfünfziger mit weißgrauer Löwenmähne, Seehundschnauzer und Ray-Ban-Sonnenbrille erhob sich aus einem weißen Rattan-Gartenstuhl und deutete auf zwei noch freie Sitzgelegenheiten. Dem Uhrenfreak Haberstroh stach dabei sofort die Omega Seamaster an seinem linken Handgelenk ins Auge. »Bitte, setzen Sie sich, meine Herren! Einen Drink vielleicht?«

Auf dem großen Gartentisch standen eine Flasche Pinot Noir, ein Krug Wasser und Trinkgläser. Benutzte Dessertteller, Servietten und der mit Gulaschsoße bekleckerte Jogginganzug des Hausherrn wiesen darauf hin, dass hier eben noch zu Mittag gegessen worden war.

Redl und Haberstroh lehnten den Drink ab, folgten aber der

Aufforderung und nahmen auf der anderen Seite des Tisches Platz.

Der Major verlor keine Zeit mit Small Talk. »Sie ahnen sicher den Grund unseres Besuchs, Herr Schimmelpfennig. Zuallererst wüssten wir gern von Ihnen, wo Sie sich zur Todeszeit von Dr. Norbert Flotzinger aufgehalten haben.«

Schimmelpfennigs Brauen wanderten nach oben. »Es war kein Unfall?«

»Nein, Ihr ehemaliger Geschäftsfreund wurde ermordet«, sagte Redl kurz und bündig.

Der Architekt verzog den Mund. »Und wie kommen Sie in einem solchen Zusammenhang ausgerechnet auf mich? Hören Sie: Wir waren Kumpels und saßen seinerzeit im selben Boot. Bertl und Benno – als Team hatten wir bis zu jenen bedauerlichen Vorkommnissen bei Insidern einen Ruf wie Donnerhall.«

»Das mag ja sein, ist aber keine Antwort auf meine Frage, und den Bezug zur Sowoinvest haben Sie jetzt hergestellt. Also: Erinnern Sie sich noch, was Sie am vorletzten Sonntagabend in der Zeit von zwanzig bis dreiundzwanzig Uhr gemacht haben?«

»Da saß Herr Schimmelpfennig im Wohnzimmer vor dem Fernseher«, sagte Marika Nagy, die von der Verandatür aus das Gespräch mitverfolgt hatte. »Das weiß ich deshalb noch, weil wir uns gemeinsam einen englischen Krimi angesehen haben, nachdem ich Ildiko ins Bett geschickt hatte. Gleich nach der ›ZiB 2‹ bin auch ich schlafen gegangen.«

»Ja, richtig«, bestätigte der Hausherr. »Ildiko musste am Montag drauf eine Mathearbeit schreiben, deshalb ist sie zeitig zu Bett.«

Auch ohne Weiders Hintergrundinformationen hätte Redl nun gewusst, dass mit Ildiko die zwölfjährige Tochter der Hausdame gemeint war. »Sie pflegen einen familiären Umgang mit Ihren Hausangestellten und deren Angehörigen?« Seine unterschwellige Unterstellung lockte Schimmelpfennig kurzfristig aus der Reserve.

»Das dürfte wohl meine Sache sein, Herr … Wie waren gleich Ihr Name und Dienstgrad?«

Redl zückte erneut seinen Ausweis. »Major Lorenz Redl, LKA Salzburg, Referat 112. Die Dienstnummer steht hier oben.« Gegen offene oder versteckte Einschüchterungsversuche war er längst so immun wie sein Vorgesetzter und Freund Jacobi. »Meine Frage war übrigens nicht als Provokation gedacht«, log er routiniert, »sie folgt vielmehr der Überlegung, ob Ihnen und Menschen, die Ihnen etwas wert sind, möglicherweise Ähnliches wie Norbert Flotzinger widerfahren könnte.« Bei dieser hanebüchenen Behauptung linste er zu Marika Nagy hinüber, und tatsächlich wechselte das Gesicht der Hausdame jäh die Farbe. »Es gab bereits eine solche Situation?«, kombinierte er blitzartig.

»Unsinn!«, blockte Schimmelpfennig sofort ab. »Vor einigen Wochen hat ein Betrunkener versucht, mich mit seinem Wagen an einer heiklen Stelle der Dürrnberg-Landstraße abzudrängeln.« Und dann betont lässig: »Das war alles. Ganz offensichtlich handelte es sich um eine Verwechslung.«

»Und? Haben Sie den Vorfall angezeigt?«

»Nein, es hat ja nur ein paar zu vernachlässigende Blechschäden an meinem Wagen gegeben, außerdem wollte ich mir das nervige Behördenprozedere ersparen.«

»Der Irre wollte uns den Abhang hinunterstürzen«, mischte sich Marika Nagy nun ungefragt ein. »Und eine Verwechslung war das ganz bestimmt nicht – schon allein wegen der zeitlichen Nähe zum Tod von Norbert: Der Anschlag passierte nämlich eine Woche davor.« Sie war immer noch etwas blass, wirkte aber gefasst.

»Es war also ein Mann?«, fragte Haberstroh.

Nagy zuckte mit den Schultern. »Ich glaube, ja. Der Lenker des Wagens ließ sich nach zwei unmissverständlichen Attacken auf uns plötzlich zurückfallen, weil ein Pick-up den Berg heraufkam. Die Gelegenheit nutzte Benno, beschleunigte den BMW und fuhr so schnell davon, dass wir bis Hallein nicht mehr eingeholt wurden.«

»Die Marke des anderen Wagens?«

»Irgendein graues Allerweltsfabrikat«, mischte sich Schimmelpfennig abermals ein.

»Das Kfz-Kennzeichen? Wenigstens einzelne Buchstaben oder Zahlen?«

Der Ex-Baulöwe schüttelte den Kopf. »Es ging alles zu schnell.«

»Das Auto hatte eine markante Kühlermaske«, wusste seine Haushälterin.

»Vielleicht ein Volvo oder ein Škoda?«, versuchte Haberstroh, ihrer Erinnerung auf die Sprünge zu helfen.

Diesmal zuckten beide Befragten mit den Schultern. Redl sah, dass sie so nicht weiterkamen, und versuchte etwas anderes. »Ich kann Ihnen nur raten, heute noch Personenschutz zu beantragen«, appellierte er an Schimmelpfennig. »Hören Sie auf Ihre Hausdame. Der Mord an Flotzinger sollte Ihnen Warnung genug sein.«

Doch Schimmelpfennig wischte die Bedenken mit einer heftigen Handbewegung beiseite. »Bin ich vielleicht Masochist? Sie wollen mir ernstlich zumuten, den Medienzirkus von damals noch einmal mitzumachen? Es würde sofort heißen: Ah, da schau her! Schlemi braucht wieder mal Polizeischutz. Nein, danke, das kommt nicht in Frage!«

»Hegen Sie eine bestimmte Vermutung, wer Ihnen da ans Leder wollte?«, insistierte Redl weiter.

»Niemand wollte mir ans Leder! Der Mann war betrunken, hat seinen Wagen verrissen und mich angefahren. Oder er hat mich verwechselt. Aus, mehr war da nicht! Marika ist wegen der Sache mit Norbert einfach nur ein bisschen hysterisch, und ich war's direkt nach dem Vorfall auch. War ja schon ein kleiner Schock.«

»Sie kannten Flotzinger auch, Frau Nagy?«, wandte sich Haberstroh wieder an die Haushälterin, die zumindest im Augenblick keinen Hang zur Hysterie erkennen ließ.

Sie nickte. »Bertl war oft bei uns zu Gast.«

»Auch noch nach der Sowoinvest-Geschichte?«

Marika Nagy blickte verunsichert zu Schimmelpfennig, aber dessen Miene war nichts zu entnehmen. »Selten. In den ersten fünf Jahren nach der Pleite hat er sich nie blicken lassen«, gab sie zögernd Auskunft.

»Ich selbst hatte meinen Wohnsitz wegen der Anfeindungen nach der Pleite ja ebenfalls kurzfristig ins Ausland verlegt«, schaltete sich Schimmelpfennig nun doch wieder ein.

»Aber nicht nach Ceuta oder Cadiz?« Haberstrohs platter Schnellschuss sollte beim Architekten Nervosität erzeugen, doch um ein Schlitzohr wie Schimmelpfennig in Panik zu versetzen, bedurfte es wirkungsvollerer Geschütze.

»Ich weiß, dass Bertl in Spanien abermals versucht hat, aus Scheiße Gold zu machen«, räumte er ruhig ein, »aber ich habe seit dem Platzen von Sowoinvest mit seinen Geschäften nichts mehr zu tun gehabt. Damals habe ich mich kurz nach Ruhpolding zurückgezogen, bis sich der ärgste Sturm gelegt hatte.«

»Und inzwischen hat Frau Nagy auf Ihre Villa aufgepasst, oder?«, reizte Redl.

Der Architekt richtete den Blick demonstrativ himmelwärts. »Ja, zum Teufel! Sie wissen doch bestimmt, dass alle meine anderen Liegenschaften einkassiert worden sind. Zudem bekam ich jahrelang keine Aufträge mehr, ich war wirklich arm wie eine Kirchenmaus.«

»Tja, arm ist halt ein relativer Begriff«, kalauerte Haberstroh, wobei er mit dem Kinn vielsagend in Richtung Landhaus deutete.

»Genauso wie das Gegenteil«, hielt Schimmelpfennig gelassen dagegen, als hätte er mit diesem Kapitel seines Lebens längst abgeschlossen. Dann aber brach es doch aus ihm heraus: »Ja, glauben Sie denn, einzig und allein die Sowoinvest-Einzahler seien um ihre Spargroschen betrogen worden? Ich hatte mich ebenfalls viel zu sehr drauf eingelassen und fast alles, was ich besaß, belastet, um noch mehr Geld zu machen, noch mehr zu bekommen. Ich war besessen von dem Gedanken, es jenen globalen Monopoly-Spielern gleichzutun. Es ist eben nicht die Gier allein, die auch den abgezocktesten Typen das Gehirn vernebelt, sondern eine völlig abgehobene Vorstellung von sich selbst.«

Dass sich der Ex-Baulöwe für einen abgezockten Typen hielt, konnte Redl nicht vom Thema abbringen. »Und da sind Sie nicht stinksauer auf Flotzinger gewesen, der ja überhaupt erst die Idee zu dem ganzen Fischzug gehabt hatte?«, fragte er.

»Nein, denn im Gegensatz zu den anderen Einzahlern wusste ich ja zu jedem Zeitpunkt, welches Risiko wir eingingen«, parierte Schimmelpfennig geschmeidig die Attacke, doch sein Gegenüber setzte nach.

»Weshalb Sie auch im letzten Moment und mit Hilfe eines befreundeten Notars die Liegenschaft hier vor dem Zugriff des Staates bewahren und mündelsicher auf die Tochter Ihrer Hausdame übertragen konnten.« Die Frage nach dem Vater von Ildiko sparte er sich für einen späteren Zeitpunkt auf.

Der Architekt zuckte nur mit den Achseln. »Na und? Gelernt ist eben gelernt. Wenn bei Ihnen eingebrochen würde, Major, würden Sie den Einbrecher doch auch dingfest machen, weil Sie dazu in der Lage sind, oder etwa nicht?«

In diesem Augenblick vermeldete Redls Handy eine eingegangene SMS. Die Nachricht kam von Kotek. Er überflog sie und wandte sich sofort wieder an Schimmelpfennig, wobei er auch Marika Nagy im Auge behielt. »Sind Ihnen die Namen Susanne Krenreich und Waris Rader ein Begriff?«

Die starr blickenden Augen der Haushälterin waren ihm Antwort genug. Die Frau schien sich nicht verstellen zu können.

»Nein, damit kann ich leider nichts anfangen«, gab sich Schimmelpfennig ahnungslos.

»Auch der Begriff ›Taugl-Chalet‹ sagt Ihnen nichts?«

Jetzt hielt es der alte Fuchs doch für angebracht, nicht ausschließlich auf die Alzheimer-Karte zu setzen. »Meinen Sie die Blockhütte unterhalb der Römerbrücke bei Bad Vigaun?«

»Ja, die meine ich.«

»Bertl hat sie seinerzeit irgendeiner Buchhaltungsmaus abgeluchst und vor dem D-Day auf Marika überschreiben lassen.«

»Und wem gehört die Hütte heute?« Redl musste die Frage mit Nachdruck wiederholen, ehe der Herr Architekt sich bereitfand, darauf zu antworten.

»Noch gehört sie mir.«

»Also hat Frau Nagy sie irgendwann, als das Interesse an Sowoinvest nachließ, an Sie weiterveräußert – wahrscheinlich für den obligaten Euro. Aber warum gehört sie *noch* Ihnen?«

»Dazu sage ich ohne Anwalt nichts mehr«, schnaubte Schimmelpfennig sichtlich verärgert. »Die Unterredung ist hiermit beendet.« Sein Freud'scher Versprecher fuchste ihn anscheinend gewaltig.

»Das Chalet gehört deshalb bald nicht mehr Ihnen«, übernahm es Redl, seine eigene Frage zu beantworten, »weil die frühere Inhaberin, Frau Krenreich, im Begriff ist, sie wieder zurückzukaufen, wobei sie ihren Partner ohnehin immer in dem Glauben gelassen hat, die Liegenschaft würde nach wie vor ihr gehören, um so ihre häufige Anwesenheit dort zu begründen, nicht wahr?«

Schimmelpfennig ließ keinerlei Reaktion erkennen.

»Käme also Frau Krenreich Ihrer Einschätzung nach für den Mordanschlag in Frage?«, schob Haberstroh nach, wobei er bewusst offenließ, welchen Anschlag er meinte.

»Ich hab doch schon gesagt: Die Unterredung ist beendet!«, blaffte Schimmelpfennig zurück.

»Und Sie wollen tatsächlich keinen Polizeischutz?«, fragte Redl noch einmal, obwohl ein solcher, wie Jacobi mehrfach betont hatte, ohnehin nicht in Frage gekommen wäre.

Mit einem unwirschen Kopfschütteln lehnte der ehemalige Baulöwe abermals ab und stand auf. »Wenn ich noch etwas aussagen soll, dann schicken Sie mir gefälligst eine Vorladung, Major! Marika wird Sie hinausbegleiten.«

An der Haustür wollte Haberstroh Marika Nagy eben für den nächsten Tag in das LKA vorladen, als Redl ihm ein Zeichen gab, das zu unterlassen. Inzwischen hatte der Polizeimajor nämlich eine Wahrnehmung gemacht, die weder die Kamera im Foyer erfasst noch ein Luchs wie Haberstroh mitbekommen hatte.

»Auf Wiedersehen, die Herren!« Die Hausdame winkte ihnen lässig zu, während der automatische Schließmechanismus der Tür bereits in Aktion trat.

Auf dem Weg zum Wagen hielt Haberstroh mit seinem Frust nicht hinterm Berg. »Entschuldige mal, warum denn keine Vorladung? Überhaupt, warum nehmen wir sie nicht einfach mit? Wie wär's mit Verdunkelungsgefahr, häh?«

»Gedulde dich noch einen Moment, bis wir auf der Forststraße sind«, vertröstete ihn Redl und informierte ihn eine Minute später über die Nachricht, die er von Marika Nagy erhalten hatte.

»Morgen um 9 Uhr im Interspar-Café Hallein!«, lautete die hastig hingekritzelte Botschaft auf dem Zettel, den sie ihm klein zusammengefaltet in die rechte Tasche seiner Jacke geschmuggelt hatte.

»Um die Zeit geht sie wahrscheinlich in die Stadt zum Einkaufen«, fühlte er sich bemüßigt zu erläutern. »Schimmelpfennig soll nicht wissen, dass sie uns treffen will. Wenn wir sie jetzt vorgeladen hätten, hätte er sie massiv unter Druck gesetzt, ja das Maul zu halten. Da das nicht in unserm Sinn sein kann, werden wir also bis morgen warten und hören, was sie uns zu sagen hat. Vorher müssen wir ohnehin noch mit Johann Rader ein paar Takte sprechen.«

25

DA DIE KRIPO-BEAMTEN den zuständigen O. v. D. in der Kaserne Glasenbach darüber in Kenntnis setzten, dass Vizeleutnant Rader als Zeuge zum Unfalltod von Dr. Flotzinger befragt werden sollte, wurden ihnen keine Steine in den Weg gelegt, sondern im Gegenteil ein kaum benütztes Container-Büro zur Verfügung gestellt, wo die Befragung durchgeführt werden konnte.

Rader, gleichfalls bemüht, die Angelegenheit nicht unnötig hochzuspielen, hatte das Angebot der Kommandantur, einen juristischen Berater hinzuzuziehen, dankend abgelehnt und tauchte zur verabredeten Zeit bei Redl auf, der selbst vor Jahren beim MEK eine harte Ausbildung genossen hatte und auf den ersten Blick in Rader einen jener disziplinierten zähen Unteroffiziere erkannte, die allgemein als Rückgrat jeder Armee galten.

»Setzen Sie sich bitte, Vizeleutnant.« Er selbst nahm hinter dem behelfsmäßigen Schreibtisch Platz, Rader davor. Haberstroh musste stehen, denn es war kein weiterer Stuhl vorhanden.

»Ich nehme an, Sie wissen, worüber wir mit Ihnen reden wollen«, begann Redl.

»Ich vermute es, Major. Wissen werde ich es erst, wenn Sie es mir sagen.«

»Es geht wie schon bei der Befragung am vergangenen Donnerstag um den Mord an Dr. Norbert Flotzinger und um Ihr Alibi. Sie haben angegeben, Sie hätten sich am vorletzten Sonntag zwischen zwanzig und dreiundzwanzig Uhr hier in der Kaserne aufgehalten und an einer Geburtstagsfeier teilgenommen.«

»So war es auch.«

»Haben Sie die Kaserne während der angegebenen Zeit verlassen?«

»Nein, habe ich nicht.«

»Bitte notieren Sie uns die Namen und Dienstgrade jener Personen, die an der Feier teilgenommen haben, und zwar möglichst vollständig.« Notizblock und Stift lagen bereit, und Rader tat, wozu er aufgefordert worden war.

»Nächste Frage«, fuhr Redl fort, als Rader den Stift beiseitelegte. »Haben Sie an diesem Abend Ihre Frau angerufen?«

Der Unteroffizier stutzte kurz, schüttelte dann aber den Kopf. »Abermals nein. Ich bin ja ohnehin schon kurz nach dreiundzwanzig Uhr nach Hause gegangen.«

Hätte ein Anruf seine Frau zum Beispiel in der Nähe von Bad Vigaun erreicht, wäre ihr Standort zu diesem Zeitpunkt ohne Weiteres nachzuweisen gewesen, und das wusste Rader natürlich.

»Waren die beiden anderen Damen, Frau Dr. Pumhösl und Frau Krenreich, zum Zeitpunkt Ihres Eintreffens zu Hause noch anwesend?«, probierte Haberstroh eine andere Variante.

»Nein, die hatten Waris, abweichend von ihren früheren Aussagen, an diesem Abend gar nicht besucht«, räumte Rader wahrheitsgemäß ein.

»Frau Dr. Pumhösl hat Sie angerufen, stimmt's?«

»Stimmt. Aber ich habe dieses Dreier-Alibi schon vorher für überflüssig und eine Schnapsidee gehalten.«

»Und haben dennoch geschwiegen, als Chefinspektor Feuersang aufkreuzte und danach fragte. Warum?«

»Ich wollte meine Frau und die anderen Damen nicht als Lügnerinnen hinstellen und schon gar nicht auf ihre Kosten den letzten Gerechten geben.«

»Wie damals auf dem Herbert-von-Karajan-Platz, als Sie Flotzinger vor Ihren wütenden Freunden in Schutz genommen haben, nicht wahr?«, ergänzte Redl, auf dessen Smartphone sich in diesem Moment Jacobi meldete. »Ja, Chef?«

»Eben hat jemand mit einem nicht registrierten Handy unsern Journaldienst angerufen und behauptet, Rader habe die Geburtstagsfeier in der Kfz-Werkstatt der Kaserne für circa eine Stunde verlassen, aber nach seiner Rückkehr um dreiundzwanzig Uhr partout den Eindruck erwecken wollen, dass er nie weg gewesen sei.«

»Interessant.«

»Ja, nicht wahr? Auf die Frage, warum Rader heimlich weggewesen sein könnte, teilte uns der anonyme Anrufer mit, was er schon vor Wochen von einem in der Offiziersmesse beschäftigten Kellner erfahren und seinerseits dem Vizeleutnant weitererzählt habe.«

»Nämlich?«

»Dass Raders Frau inkognito für einen Escortservice arbeitet –«

»Auweia!«

»Einen Escortservice, dessen Dienste neben gut betuchten Geschäftsleuten angeblich auch A-Beamte und höhere Chargen des Bundesheers in Anspruch nehmen. Der Anrufer meinte, wenn er Derartiges über seine Partnerin erführe, würde er auch beizeiten mal unangekündigt nach dem Rechten sehen.«

»Das ist freilich eine Krot, die man erst mal schlucken muss. Hat er auch gesagt, wo jene Person ihre Tätigkeit ausübt?« Redl vermied es wohlweislich, bei dieser Frage den Blick auf Rader zu richten.

»Leider nicht, aber auch ohne diese Info beginnen sich die Nebel allmählich zu lichten. Ich sage nur: Taugl-Chalet. Stubi und sein Tross sind bereits dorthin unterwegs. Übrigens hat der anonyme Anruf lang genug gedauert, um den Standort des Informanten eruieren zu können. Interessanterweise befindet er sich nur ein paar Meter von dir entfernt. Hans hat aus einer Laune heraus nämlich auch deinen Standort ausgelesen, alles Weitere war keine Hexerei.«

Redl beendete das Gespräch und wandte sich an Rader. »Wie weit ist Ihre Werkstatt von uns entfernt?«

»Etwa hundert Meter, in drei Minuten ist man dort.« Die stumme Frage, die in seinen Augen stand, blieb unbeantwortet.

»Sie entschuldigen uns einen Moment.« Redl riss den Zettel mit den Namen der Alibizeugen vom Notizblock, gab Haberstroh einen Wink und ging mit ihm nach draußen. Nach kaum zwei Minuten kehrte er allein zu Rader zurück. »Kontrollinspektor Haberstroh wird Ihr Alibi anhand der Aussagen der von Ihnen notierten Zeugen überprüfen und dabei auch die Person ausfindig machen, die behauptet, Sie hätten die Feier eine Stunde lang geschwänzt. Was sagen Sie zu dieser Neuigkeit, Vizeleutnant Rader?«

Selbst die guten Lichtverhältnisse im Container-Büro ließen keine Bewegung in Raders asketischem Gesicht erkennen, nur eine Ader an seiner linken Schläfe zuckte unaufhörlich. »Mag sein, dass ich kurz weg war«, räumte der Berufssoldat schließlich ein, nachdem er das Für und Wider abgewogen hatte. »Ich bin die paar Meter nach Hause gefahren, hatte einfach Angst um meine Frau. Glaubte für einen Moment, sie könnte etwas Dummes tun, während ich nicht da war. Als ich aber im zweiten

Stock unseres Wohnblocks vor der Tür stand, hörte ich sie drinnen in unserer Küche hantieren. Ich machte kehrt und fuhr in die Kaserne zurück. Das war's, aber es stimmt nicht, dass ich dafür eine volle Stunde gebraucht habe, da hat Ihr Informant übertrieben. Warum, das fragen Sie ihn am besten selber.«

»Was war das für eine Dummheit, von der Sie befürchteten, dass Ihre Frau sie begehen könnte?«, wollte Redl wissen, für den die Motive des Informanten im Moment zweitrangig waren.

»Das ist privat, ich möchte darüber nicht sprechen.«

»Vizeleutnant Rader, Sie wissen, dass bei einer Mordermittlung nichts privat bleibt.«

Der Unteroffizier stand auf. »Ich möchte das Gespräch jetzt beenden und mich vor einer Fortsetzung gegebenenfalls nun doch juristisch beraten lassen.«

»Wir werden die Nebenbeschäftigung Ihrer Frau so vertraulich behandeln, wie es nur möglich ist, aber nur dann, wenn Sie mit uns zusammenarbeiten.«

Von einem Augenblick auf den anderen wich dem Berufssoldaten das Blut aus dem Gesicht. »Welche ... Nebenbeschäftigung denn, verdammt noch mal?«

»Jedenfalls nicht die als Bademoden- und Dessous-Model.«

Rader plumpste auf seinen Stuhl zurück und sackte merklich in sich zusammen. Volle drei Minuten verstrichen, bis er sich zu einer Aussage aufraffen konnte. »Also gut, ich hatte Angst, sie könnte versuchen, gewaltsam aus ihrer vertrackten Zwangssituation auszubrechen.«

»Sie haben mit ihr also über diesen eigenartigen Escortservice gesprochen?«

»N... nein, sie hat keine Ahnung, dass ich mir über die wesentlichen Eckpunkte dieser unappetitlichen Geschichte längst im Klaren bin. Und ich will vorläufig auch nicht mit der Tür ins Haus fallen, weil ich mir lebhaft ausmalen kann, wie sie es aufnehmen würde.«

»Wie denn?«

»Daran möchte ich nicht einmal denken, geschweige denn darüber reden.«

»So sehr lieben Sie sie?«

»Ja«, sagte Rader schlicht. »Was ich weiß, habe ich von Wachtmeister Rumpold erfahren, der vermutlich auch Ihr Informant ist. Er ist von mir schon wiederholt wegen Disziplinlosigkeit und unnötigen Schikanierens von Rekruten abgemahnt worden, weshalb es ihm ungeheure Genugtuung bereitet hat, mir den Tratsch von der Offiziersmesse aufs Brot zu schmieren und auch, ihn jetzt an Ihre Leute weiterzugeben.«

Redl hatte das Smartphone bereits wieder in der Hand und informierte Haberstroh über den Namen.

»Sie gehen also davon aus, dass Ihre Frau zu sexuellen Diensten erpresst wird oder wurde«, setzte er anschließend fort. »So weit richtig?«

Wieder nickte Rader. »Ja, ich glaube, sie ist da von Susi Krenreich in etwas reingezogen worden, aus dem sie nicht wieder herausfindet. Ich will mir gar nicht vorstellen, wie weit in die Vergangenheit zurück die traurige Farce reicht. Jedenfalls hab ich schon vor Monaten, genau genommen seit meiner letzten Rückkehr von den Golanhöhen, gemerkt, dass etwas nicht stimmt. Waris weint oft, wenn wir zusammen sind.«

»Ist der ehemalige Baulöwe Bernd Schimmelpfennig irgendwie in diese Sex-Geschichte involviert?«, fragte Redl geradeheraus.

»Er stellt zumindest die Räumlichkeiten zur Verfügung. Was genau er noch macht, weiß ich aus nachvollziehbaren Gründen nicht.«

»Mit den Räumlichkeiten meinen Sie das Taugl-Chalet?«

»Unter anderem, ja.«

»Was noch?«

»Es gibt da eine Garçonnière in einem renovierungsbedürftigen Plattenbau bei Hallein. In so einem Haus interessiert niemanden, wer kommt und geht.«

»Die perfekte anonyme Absteige«, stellte Redl fest und schob ihm wieder Notizblock und Stift über den Tisch. Die Frage, ob Rader seiner Frau nach der Plauderei mit Wachtmeister Rumpold nachspioniert hatte, ersparte er sich und ihm. Dafür kam ihm ein anderer Gedanke. »Kann es sein, dass Sie sich mit Diethelm Krenreich kurzgeschlossen haben, den Sie in einer ähnlich prekären Situation sahen wie sich selbst?«

»Kein Kommentar.«

»Vizeleutnant Rader, was Sie uns nicht sagen, werden wir von Krenreich erfahren. Er wird zeitgleich mit Ihnen vernommen und ist bei Weitem nicht so zäh wie Sie. Also?«

»Er hat mir die Lage des Chalets genannt, die Absteige in Hallein hab ich selbst entdeckt, als ich …« Er stockte.

»Als Sie Ihrer Frau wieder einmal nachgefahren sind«, ergänzte Redl trocken. »War in der letzten Zeit auch Flotzinger an diesem Geschäft beteiligt?«

»Das weiß ich nicht.«

»Aber Sie haben ihn am oder im Chalet gesehen?« Redl ließ dem Verdächtigen nun kaum noch Zeit zum Überlegen. Seine Fragen kamen wie aus der Pistole geschossen.

»Nicht ihn selbst, nur seinen Mercedes-Oldtimer, der einmal in der Nähe der Hütte geparkt war. Das war aber nicht an seinem Todestag.«

»Woher wissen Sie, dass es Flotzingers Oldtimer war?«

Trotz der angespannten Situation zuckten die Mundwinkel des Befragten. »Eine Halterfeststellung ist auch für unsereins kein Problem, Herr Major.«

»Vizeleutnant Rader, haben Sie Dr. Flotzinger getötet – vielleicht im Affekt?«

»Nein. Und nach allem, was ich bisher über den getürkten Unfall von Flotzinger erfahren habe, kann ich's auch gar nicht gewesen sein. Denn auch, wenn mein Alibi zugegebenermaßen lückenhaft ist: Es geht sich zeitlich nicht aus.«

Wie aufs Stichwort klingelte Redls Handy. Haberstroh hatte Raders Alibizeugen befragt und sich auch Wachtmeister Rumpler zur Brust genommen. Doch die Aussage des Denunzianten entlastete den Vizeleutnant: Als Rader die Kaserne verlassen hatte, war Flotzinger bereits eine Leiche gewesen. Die angegebenen Zeiten passten nicht zueinander. »Was sich ausgeht, werden unsere Spezialisten feststellen«, sagte Redl, nachdem er aufgelegt hatte. Doch nach den unverdächtigen Zeugenaussagen war ihm klar, dass Rader höchstens Beihilfe geleistet haben konnte, etwa indem er, von seiner Frau zu Hilfe gerufen, Flotzingers Leiche auf die A 10 transportiert und danach sofort wieder den Rückweg in die Kaserne angetreten hatte. Die Hypothese, er könnte das Sowoinvest-Mastermind auch gefoltert und ermordet haben, musste dagegen fallen gelassen werden. »Ihre Frau hätte jedenfalls alle Zeit der Welt dazu gehabt, denn sie hat kein Alibi«, trat Jacobis bester Ermittler den geordneten Rückzug an. »Aber von Ihnen werde ich wohl nicht erfahren, ob sie die Mörderin von Flotzinger ist, oder?« Die Suggestivfrage diente nur dazu, die Reaktion von Rader zu testen.

»Das ist sie nicht«, sagte der ganz ruhig. »Wie ich vorhin schon erklärt habe, war sie an diesem Abend zu Hause. Ich kann das auch beschwören, sollte es nötig sein.«

»Ich bezweifle nicht, dass Sie das tun würden. Auf wessen Kappe geht übrigens die Auto-Rempelei auf der Dürrnberg-Landstraße? Auf Ihre oder auf die Ihrer Frau?«

»Auto-Rempelei? Von einer solchen ist mir nichts bekannt.«

Zufrieden registrierte Redl, wie das eben noch blasse Gesicht seines Gegenübers Farbe annahm. Rader wusste demnach, was gemeint war – und war kein routinierter Lügner. Entweder hatte er also selbst versucht, Schimmelpfennig von der Straße zu drängen – oder er kannte zumindest die Person, die es getan hatte.

»Sie halten sich zu unserer Verfügung, Vizeleutnant Rader. Wir kommen morgen noch einmal auf Sie zu.«

»Und was ist mit meiner Frau? Wollen Sie sie etwa mitnehmen?« Während der Vernehmung war Rader die Anspannung nicht so stark anzumerken gewesen wie in diesem Augenblick. »Falls Sie das in Erwägung ziehen, möchte ich nämlich dabei sein.«

»Wo befindet sie sich jetzt?«, wollte Redl wissen.

»Sie hat von sechs Uhr morgens bis dreizehn Uhr im Institut ›Physio-Lackner‹ gearbeitet, danach hat sie frei, dürfte also daheim bei den Kindern sein. Lukas und Ruth hatten zwar heute beide Nachmittagsunterricht, sollten aber jetzt um siebzehn Uhr ebenfalls bereits zu Hause beziehungsweise auf dem Weg dorthin sein.«

»Es ist Ihnen natürlich freigestellt, einen Anwalt zum Franz-Hinterholzer-Kai zu bestellen und auch zum LKA mitzufahren, aber bei der Vernehmung Ihrer Frau werden Sie nicht dabei sein. Sie dürfen vorläufig auch nicht mehr mit ihr telefonieren. Ihr Handy, bitte!«

»Sie überschreiten Ihre Befugnisse, Major.«

»Das tu ich nicht. Bei Verdunkelungs- und Verabredungsgefahr ist eine solche Maßnahme durchaus gerechtfertigt. Sie erhalten Ihr Mobiltelefon zurück, sowie unsere Beamten bei Ihrer Frau eingetroffen sind. Bis dahin warten wir hier – gemeinsam mit Ihnen. Also?«

Während Rader widerstrebend sein Handy herausrückte, rief Redl Jacobi an und gab anschließend gleich die Adresse des Apartments im Halleiner Plattenbau an die Kriminaltechniker weiter, die an diesem Tag wahrlich nicht über mangelnde Auslastung klagen konnten.

Überraschenderweise hielt der Chef nichts davon, Waris Rader noch an diesem Tag im LKA zu vernehmen und so die Medien auf sie aufmerksam zu machen, wobei seine Vorbehalte naturgemäß andere waren als jene, die Schimmelpfennig die Öffentlichkeit meiden ließen. »Ich werde Melanie und Leo nach Elsbethen schicken«, entschied er. »Da sie weder die Krenreich noch deren Subaru finden konnten und natürlich auch nicht ins Taugl-Chalet dürfen, ehe die Spusi dort nicht jedes Stäubchen untersucht hat, befinden sie sich im Moment ohnehin auf dem Rückweg. Sie werden Waris Rader in ihren eigenen vier Wänden informell befragen. Und bis sie vor Ort sind, Lenz, schließt du dich bitte mit Melanie über die Vernehmung von Rader kurz.«

»Okay, das mache ich gleich.« Bei der Vernehmung von Frauen bewies Kotek nicht selten im Vergleich mit dem Rest der Truppe die feinere Nase, weshalb sich Redl durch die

Anordnung Jacobis keineswegs zurückgesetzt fühlte, obwohl Haberstroh und er nur einen Katzensprung vom Rader'schen Domizil entfernt waren. »Das heißt, Max und ich sollen, sowie wir unsere Zelte hier abbrechen können, nach Hallein zurückfahren und einen Blick in die Absteige werfen?«

»Darum wollte ich grad ersuchen. Nicht ausgeschlossen, dass sich die Krenreich dort verkrochen hat. Grad ist mir übrigens wieder bewusst geworden, was ich in den letzten Tagen so vermisst habe: deine gewählte Ausdrucksweise. Übrigens: Gute Arbeit, Leute!«

Redl schmunzelte. Wenn sich Jacobi schon einmal ein Lob abrang, konnte man sich etwas darauf einbilden.

»Wenn du uns schon einmal lobst, hast du sicher auch nichts dagegen, wenn wir im Offizierskasino noch einen kleinen Imbiss einnehmen, ehe wir nach Hallein zurückfahren. War ein ziemlich ausgefüllter Tag, Oskar.«

Jacobi machte von der Möglichkeit für Polizisten, kostengünstige Mahlzeiten in einer Bundesheerkaserne einzunehmen, zwar selber kaum Gebrauch, hatte aber natürlich nichts dagegen. »Lasst es euch schmecken. Und ruft nur an, wenn ihr die Krenreich entdeckt habt.«

26 DIE WOHNSIEDLUNG an der General-Albori-Straße in Elsbethen war in der Tat kaum mehr als einen Kilometer von der Kaserne Glasenbach entfernt, Kotek und Feuersang waren also vorgewarnt worden, dass Johann Rader jederzeit in die Vernehmung seiner Frau platzen konnte. Die Fassade mit den großzügigen, dunkel gebeizten Holzbalkonen machte einen ebenso gepflegten Eindruck wie der begrünte Innenhof des Wohnblocks, die Eingänge im Sechziger-Jahre-Design, das enge Stiegenhaus mit der Granittreppe und das Fehlen eines Lifts wiesen auf ein stattliches Alter der Bausubstanz hinwiesen.

Die Rader'sche Wohnung war schnell gefunden. »Ihr könnt

heimfahren, wir sind vor Ort«, gab Feuersang Redl Bescheid, der eben noch mit Kotek telefoniert hatte, dann läutete er.

Im Flur waren Schritte zu hören. »Ja, bitte?«

»Oberleutnant Melanie Kotek, LKA, meinen Kollegen Feuersang kennen Sie ja schon. Wir hätten da noch ein paar Fragen zum Fall Flotzinger.«

Hinter der Wohnungstür blieb es still.

»Frau Rader?«

Die Tür öffnete sich, soweit es die Kette des Vorhängeschlosses zuließ. »Die Ausweise, bitte.«

Entweder hatte sie Angst vor wem auch immer, oder sie wollte einfach nur Zeit gewinnen: Auf alle Fälle schien sie ein Problem damit zu haben, den Beamten den Zutritt zu gewähren. Feuersangs Visage konnte jedenfalls nicht der Grund sein, dass sie die Begutachtung der Ausweise dermaßen in die Länge zog – die kannte sie schon.

Immerhin hatten so auch die Ermittler Muße, die Frau mit den klassisch ebenmäßigen Gesichtszügen und den hüftlangen braunen Haaren genau in Augenschein zu nehmen. Auch in legerer Alltagskleidung war das Dessous-Model eine umwerfende Erscheinung. Wer ihr Alter nicht kannte, hätte sie mindestens zehn Jahre jünger geschätzt. Sie muss sich ziemlich gut unter Kontrolle haben, dachte Kotek, sonst hätte die psychische Tortur der letzten Jahre Spuren in ihrem Gesicht hinterlassen.

Aus einem Zimmer am Flurende drang laute Popmusik. »Die Kinder«, erklärte die schöne Somalierin. »Ich werde ihnen sagen, dass –«

»Nein, lassen Sie nur«, wehrte Kotek ab. »Das passt schon so.«

Waris Rader wusste sofort, wie die Bemerkung gemeint war, sodass ihr letztlich nichts anderes übrig blieb, als den Beamten die Plastikkarten zurückzugeben und sie hereinzubitten.

»Mein Mann hat mir eingeschärft, nur in seinem Beisein mit der Polizei zu reden.« Ihr letzter lahmer Versuch, die Befragung abzuwenden, indem sie die wenig emanzipierte Ausländerin gab, reizte Kotek zum Frontalangriff.

»Frau Rader, Ihr Mann wird ohnehin demnächst hier hereinplatzen, um Sie zu beschützen. Er weiß, dass wir hier sind. Aber ich glaube nicht, dass Sie ihn dabeihaben wollen, wenn Sie uns erklären, warum und für wen Sie als Callgirl arbeiten. Das werden Sie aber müssen – entweder hier oder in der Zentrale des Landeskriminalamts.«

Waris Raders Milchkaffee-Teint nahm schlagartig einen ungesunden Grauton an. »Das … das … Bitte, gehen wir doch in die Küche!« Mit unsicheren Schritten, als stünde sie unter Drogen, ging sie voraus.

Feuersang fürchtete schon, sie würde umkippen, aber sie überwand die Schwäche. Kein Festnetzanschluss in der Diele, registrierte Kotek unterdessen. Die Ermittler entdeckten nur ein nicht mehr ganz hippes Handy, das auf einem schmalen Schuhkasten lag.

Die Küche war geräumig und sauber, doch das Mobiliar im Stil der achtziger Jahre machte einen abgewohnten Eindruck. Entweder legten die Wohnungsinhaber keinen gesteigerten Wert auf ein ansprechendes Ambiente, oder es fehlte schlichtweg das Geld dazu.

Waris Rader setzte sich geistesabwesend auf einen der plastikbeschichteten Stahlrohrstühle am Küchentisch und stützte, den Blick starr zum Fenster hinaus in die Ferne gerichtet, die Unterarme auf der Tischplatte auf.

Kotek nahm kurzerhand am Tisch Platz, obwohl sie nicht dazu aufgefordert worden war, während Feuersang an der Tür stehen blieb.

Die Ermittlerin berührte einen Arm der Zeugin, um sich ihrer Aufmerksamkeit zu versichern, wartete aber vergeblich auf eine Reaktion. »Frau Rader, von der Beantwortung unserer Fragen, die wir so ähnlich auch Ihrem Mann gestellt haben, hängt eventuell die Zukunft Ihrer Familie ab«, begann sie. »Dass Sie das Chalet in der Taugl-Klamm und auch die Absteige in Hallein, Abhauserweg 47b, kennen, ist ein Fakt«, fuhr sie fort. »Wir wollen jetzt wissen, ob Sie Sonntagabend vor vierzehn Tagen eine der beiden Adressen aufgesucht haben, während Ihr Mann angeblich an einer Geburtstagsfeier in der Kaserne teilgenommen hat. Und beharren Sie bitte nicht auf dem Damenkränzchen-Alibi, das ist inzwischen obsolet. Also, wo waren Sie, als Flotzinger ermordet wurde?«

»Johann war tatsächlich in der Kaserne«, glaubte Waris Rader, die Zweifel am Alibi ihres Gatten ausräumen zu müssen, als hätte Kotek nicht eben ausdrücklich nach ihrem eigenen gefragt. »Als er mich anrief, habe ich im Hintergrund die Stimmen einiger seiner Kollegen gehört.«

»Die Frage ist nun, wo Sie den Anruf entgegengenommen haben«, sagte Kotek, ohne sie mit der anderslautenden Aussage ihres Gatten zu konfrontieren. »Sie wissen, dass wir überprüfen können, wo und wann Ihr Handy eingeloggt war. Muss ich Sie also erneut auffordern, meine Frage zu beantworten?«

Waris Rader zog es vor, diesmal nichts zu sagen. Da sah ein etwa zwölfjähriger Junge, der Mutter wie aus dem Gesicht geschnitten, zur Tür herein und beäugte die beiden Fremden misstrauisch. »Ist alles in Ordnung, Mama?«, fragte er, wobei er es demonstrativ unterließ, den offensichtlich unerwünschten Besuch zu grüßen.

»Nicht alles, Lukas, aber es ist nichts, was dich oder Ruth beunruhigen müsste. Die Herrschaften sind von der Polizei. Geh wieder auf dein Zimmer, Papa und ich erklären euch später alles.«

Nachdem sich Feuersang überzeugt hatte, dass sich der Junge tatsächlich in sein Zimmer zurückgezogen hatte, setzte Kotek die Vernehmung fort. »Frau Rader, Ihr Mann hat behauptet, Sie nicht angerufen zu haben, sondern während der Geburtstagsfeier rasch hierhergefahren zu sein, um sich zu überzeugen, dass Sie zu Hause waren.« Sie machte eine Pause, um die Wirkung des folgenden Bluffs zu erhöhen. »Aber Sie waren nicht da, Frau Rader! Wo waren Sie also an diesem Sonntag um zweiundzwanzig Uhr?«

Draußen im Flur ging die Wohnungstür. Die Befragte zuckte bei dem Geräusch zusammen. Ihre aufgerissenen Augen und die fest aufeinandergepressten Lippen ließen unschwer erkennen, dass sie mehr Angst vor der Begegnung mit ihrem Mann hatte als vor allfälligen Konsequenzen, die sich für sie in der Frage des Alibis ergeben konnten.

Als Johann Rader gleich darauf in die Küche gestürmt kam, fluchte Kotek still in sich hinein. Hätte dieser Hirt nicht ein paar Minuten später auftauchen können? Fast hätte sie die Frau so weit gehabt!

»Johann! Es … es tut mir so leid!« Beinahe springflutartig stürzten Waris Rader die Tränen aus den Augen. »Ich weiß, du wirst mir das alles nie verzeihen können, aber –«

»Wir besprechen das später in Ruhe, Liebes«, schnitt er ihr kurzerhand das Wort ab, legte ihr dabei aber beschwichtigend die Hand auf die Schulter. »Jetzt ist nur wichtig, dass du dich nicht um Kopf und Kragen redest.« Und an die Beamten gewandt: »Ohne Anwalt sagen wir gar nichts mehr. Und da ich nicht annehme, dass Sie einen Haftbefehl dabeihaben, bitte ich Sie jetzt, zu gehen.« Gleichzeitig scheuchte er die Kinder, die mit weit aufgerissenen Augen hinter ihm standen, mit einem energischen Wink in das nächste Zimmer zurück.

Feuersang, der fast auf Tuchfühlung zu Rader an der Tür lehnte, rührte sich keinen Millimeter von der Stelle, und auch Kotek blieb gelassen sitzen.

»So funktioniert das nicht, Herr Vizeleutnant. Ihre Frau ist dringend verdächtig, den Republikflüchtling Dr. Norbert Flotzinger ermordet zu haben, und hat im Gegensatz zu Ihnen kein tragfähiges Alibi. Entweder kann ich die Befragung jetzt vor Ort fortsetzen, oder Ihre Frau Waris wird wegen Verdunkelungsgefahr in einer Mordermittlung unverzüglich an den Franz-Hinterholzer-Kai 4 verbracht. Zur dort stattfindenden Einvernahme kann selbstverständlich ein Rechtsbeistand hinzugezogen werden, aber die Medien werden wir dann natürlich nicht mehr außen vor lassen können.« Kotek hatte die Sätze routiniert heruntergerattert, und vielleicht verfehlten sie gerade deshalb ihre Wirkung nicht.

Waris Rader vermied es zwar, ihren Mann anzusehen, und hielt den Blick zu Boden gesenkt, hatte aber nichtsdestotrotz eine Entscheidung getroffen. »Ich werde reden und alles sagen, was ich weiß.«

»Zunächst möchte ich meine erste Frage beantwortet haben«, hakte Kotek sofort wieder ein. »Erzählen Sie mir, wo Sie am bewussten Sonntagabend zwischen einundzwanzig und zweiundzwanzig Uhr waren, und dann interessiert mich, womit man Sie erpressen konnte und wie lange das schon geht.« Sie formulierte so zurückhaltend, weil die Popmusik im Kinderzimmer längst verstummt war und der Nachwuchs der Raders sicher mit den Ohren an der Tür hing.

Die Somalierin senkte den Kopf. »Ich werde reden, versprochen, aber nicht vor den Männern. Das … das bringe ich einfach nicht –«

»Herr Rader«, sprang ihr Kotek geistesgegenwärtig zur Seite, »auch Ihnen wird vermutlich daran gelegen sein, dass Ihre Kinder nicht mit Dingen konfrontiert werden, auf die sie nicht vorbereitet sind. Ich möchte Sie daher bitten, mit Ruth und Lukas einen kleinen Spaziergang zu unternehmen, auf dem Chefinspektor Feuersang Sie begleiten und dabei auch etwaige Fragen beantworten wird, soweit er es vertreten kann.«

Johann Rader schaute seine Frau an, und diesmal wich sie seinem Blick nicht aus. »Willst du wirklich, dass ich nicht dabei bin?«, fragte er, obwohl er die Antwort bereits kannte.

Sie blickte ihn fast flehend an und nickte. »Ich will das jetzt durchziehen, und da ist es für uns alle besser, wenn du zunächst nicht dabei bist. Ich weiß, wie das klingt, aber so redet es sich einfach leichter. Und sei unbesorgt: Ich habe nichts Strafbares getan.«

Kotek hätte ihr gern aufs Auge gedrückt, dass illegale Prostitution sehr wohl strafbar war, verzichtete aber wohlweislich darauf.

»Später werde ich dir zu allem Rede und Antwort stehen«, versprach die gequälte Frau, um nach kurzem Innehalten hinzuzufügen, »soweit du es dann überhaupt noch hören willst.«

Kaum hatten Gatte, Kinder und Chefinspektor die Wohnung verlassen, wollte Waris Rader, ohne ein weiteres Mal dazu aufgefordert worden zu sein, auch schon loslegen, sodass Kotek, die vorab erst die erforderlichen Daten auf den Rekorder zu sprechen hatte, sie einbremsen und um Geduld ersuchen musste. Schließlich war alles so weit. »Bitte.«

»Ich bin tatsächlich nicht daheim gewesen«, räumte die Zeugin umgehend ein, »war aber bereits auf der Rückfahrt, als Johann mich anrief. Natürlich bin ich nicht rangegangen, er hätte doch sofort gemerkt, dass ich im Auto unterwegs war.«

»Aber eben weil Sie sich nicht gemeldet haben, ist Ihr Mann entweder in die General-Albori-Straße oder nach Hallein oder aber zum Taugl-Chalet gefahren. Er wusste seit Kurzem über Ihren zweiten Nebenjob Bescheid.«

Waris Rader nickte niedergeschlagen, wirkte aber nicht allzu überrascht. »Ich habe es bereits geahnt, er war so anders in den letzten Wochen.«

»Wohin sind Sie gefahren? Zur Absteige in den Abhauserweg 47b oder zum Taugl-Chalet?«

»Zum Taugl-Chalet. Dabei bestand diesmal gar keine Notwendigkeit – im Gegenteil! Aber um das zu erklären, muss ich etwas weiter ausholen.«

»Holen Sie aus, so weit Sie wollen«, sagte Kotek und erinnerte sich dabei, dass sie kürzlich dieselben Worte gebraucht hatte, als sie Revierinspektorin Novak ermuntert hatte, ihr von den Crashkids zu erzählen. »Aber vorher sagen Sie mir noch, ob Sie Flotzinger an diesem Abend überhaupt getroffen beziehungsweise gesehen haben. Sie haben zwar angegeben, Sie seien zum Chalet gefahren, aber nicht, ob Sie auch in dem Haus gewesen sind.«

»War ich auch nicht«, versicherte Waris Rader. »Ich habe mit der Ermordung Flotzingers nichts zu tun, hab nur seinen Mercedes-Oldtimer auf dem Waldweg vor der Hütte stehen sehen. Zu diesem Zeitpunkt habe ich nicht mal im Traum daran gedacht, dass er Flotzinger gehören könnte, schließlich war ich ihm ja schon fünfzehn Jahre lang nicht mehr begegnet.«

»Wollen Sie damit andeuten, dass Sie seit den Tagen der Sowoinvest-Pleite keinen wie auch immer gearteten Kontakt zu Flotzinger gehabt haben?«

»Ich deute es nicht nur an, es *ist* so«, beharrte Waris Rader auf diesem nicht unwichtigen Detail. »Susi und ich sind, wie viele andere Leidensgenossen auch, in ein tiefes schwarzes Loch gefallen, als die Pleite bekannt wurde. Das i-Tüpfelchen war dabei noch, dass uns Flotzinger nur eine Woche danach diesen Floh ins Ohr setzte: Auf einer Party für Finanzmakler und Banker draußen am Fuschlsee böte sich uns die Chance, den Karren noch einmal aus dem Dreck zu ziehen und mit einem blauen Auge davonzukommen.«

»Indem Sie nett zu den Herren wären«, ergänzte Kotek ahnungsvoll. »Aber so naiv konnten Sie doch gar nicht sein, Flotzinger das zu glauben. Vertrag ist nun mal Vertrag, und Unterschrift ist Unterschrift.«

Auf Waris Raders glatter Stirn entstand eine senkrechte Falte. »Man glaubt alles, wenn man es glauben will.«

Das klang zwar nach Klischee, aber der Zeugin schien es weniger darum zu gehen, ihr Verhalten zu beschönigen, als sich von ihrem Seelenmüll zu befreien. Bei diesem Stand der Ermittlungen konnte Kotek auf ihre Befindlichkeiten freilich nur bedingt Rücksicht nehmen. »Frau Krenreich war doch bereits Monate zuvor auf Betreiben Flotzingers aus dem Landesamt 10 entfernt und als seine Geliebte in die Wüste geschickt worden. Sie muss ihn also nicht nur abgrundtief gehasst, sondern auch gewusst haben, dass da nichts mehr zu retten war – und ließ sich trotzdem von ihm auch nach der Pleite noch als Partyhäschen herumreichen. Dass Sie, Frau Rader, auf eine so zynische Masche hereingefallen sind, mag man allenfalls Ihrer Naivität und der psychischen Ausnahmesituation anlasten, aber für die Buchhalterin Susanne Krenreich gilt diese Ausrede nicht. Warum also ließ sie sich von Flotzinger so demütigen und zog auch noch andere mit hinein?«

»Weil sie ihm hörig war, ganz einfach – und zwar von Anfang an. Sie hat es mir selbst gestanden, dass sie ihm vom ersten Tag an verfallen war, lange bevor er ihr den Job am Landesamt 10 verschafft hatte. Diese Frau hat Dinge mit sich machen lassen, das glauben Sie nicht.«

»Das heißt also, sie hasste ihn nie so, wie sie das besonders Ariadne Pumhösl gegenüber immer vorgab, oder liege ich damit falsch?«

»Es war ein kompliziertes Verhältnis. Sie hasste ihn sehr, aber gleichzeitig war sie ihm mit Haut und Haaren verfallen.«

»So wie Sie? Oder warum sonst haben Sie sich später wieder von diesem grässlichen Menschen einspannen lassen?«, klopfte Kotek auf den Busch.

Waris Rader sah sie erstaunt an. »Was meinen Sie mit ›später‹? Seit jener Party am Fuschlsee hatte ich nie mehr mit Flotzinger zu tun.«

»Wollen Sie jetzt plötzlich abstreiten, dass Sie noch vor Kurzem im Chalet und in der Halleiner Absteige Herrenbesuch empfangen haben?«

»Nein, aber beides hat nichts mit Flotzinger zu tun. Vor drei Jahren – Johann war gerade wieder auf den Golanhöhen – trat Susi, die ja unsere finanzielle Misere kennt, an mich mit der Frage heran, ob ich nicht Interesse an einem wirklich gut bezahlten Nebenjob hätte.«

»Aber Sie jobbten doch ohnehin schon neben Ihrem Hauptberuf als Dessous- und Bademoden-Model«, konnte sich Kotek nicht enthalten, einzuwerfen.

»Gelegentlich, ja, was aber das Kraut ebenso wenig fett machte wie meine Anstellung als Physiotherapeutin. Ich mach's kurz: Nachdem sich meine erste Empörung gelegt und ich nachgerechnet hatte, siegte mein Pragmatismus. Die Schulden, die Kinder und die Pflege für meinen Schwiegervater fraßen Johanns und mein Einkommen Monat für Monat auf, sodass uns kaum Geld für die notwendigsten Investitionen, geschweige denn für irgendeinen Luxus blieb. Also stimmte ich zu, für die Agentur Nagy zu arbeiten.«

»Für die Agentur Nagy? Wie interessant. Wer ist dessen Inhaber oder die Inhaberin?«

»Das weiß ich nicht und hat mich auch nicht zu interessieren. Das Geschäftliche wird verlässlich über ein Bankkonto abgewickelt, das Prozedere ist genau festgelegt, und die Kunden halten sich fast ausnahmslos an die Hausordnung. Meine einzige Kontaktperson ist Susi. Es gibt zwar noch eine Frau, die immer sauber macht, aber von der weiß ich nur den Vornamen und habe keine Ahnung, in welchem Verhältnis sie zur Agentur steht.«

»Marika, nicht wahr?«

»Sie kennen sie?« Waris Rader war zum ersten Mal wirklich überrascht.

»Marika Nagy ist die Haushälterin von Bernd Schimmelpfennig«, erklärte Kotek.

Es dauerte einige Zeit, bis bei der Gelegenheitsprostituierten der Groschen fiel. »Doch nicht von … *dem* Schimmelpfennig?«

»Ganz genau: von *dem* Schimmelpfennig. Wissen Sie denn überhaupt noch, wie der Herr Architekt aussieht beziehungsweise ausgesehen hat?«

»Dunkel. Ich bin ihm auf jenem ominösen Sowoinvest-Empfang vorgestellt worden, auf dem man uns ein letztes Mal nach Strich und Faden belogen hat. In den Jahren danach hab ich mich im Gegensatz zu unserer Freundin Ariadne nie mit Dingen beschäftigt, die auch nur im Entferntesten mit dem Skandal von damals zu tun hatten. Ich erinnere mich bloß, dass Schimmelpfennig korpulent war, eine blonde Stoppelfrisur hatte und einen Dreitagebart trug.«

»Nun, heute ist er immer noch korpulent, hat sich eine weiße Löwenmähne wachsen lassen, trägt einen Seehundschnauzbart und gern Sonnenbrille.«

Wie schon zu Beginn der Befragung wurde Waris Rader ganz grau im Gesicht, und der Rekorder nahm fast eine Minute lang nur das Ticken der Küchenuhr auf. »Ich … ich hatte dann und wann einen Kunden, der so aussieht«, erklärte die sichtlich gezeichnete Frau endlich. »Herr Müller. Er trug immer eine optische Sonnenbrille, fuhr einen dicken BMW und war für seine sechzig Lenze ziemlich entspannungsbedürftig.«

»Herr Müller, soso.« Aber ein solches Erbleichen konnte man nicht spielen. Kotek war immer mehr dazu geneigt, der attraktiven Somalierin ihre Ahnungslosigkeit abzunehmen.

»Eine Frage am Rande: Sie machen den Job jetzt seit circa drei Jahren, in denen Ihr Mann zweimal für sechs Monate auf den Golanhöhen war. Wie aber haben Sie diese Tätigkeit vor ihm verheimlicht, wenn er zu Hause war?«

Waris Rader hatte sich noch längst nicht von dem Tiefschlag erholt, dass sie für insgesamt ein paar tausend Euro wiederholt mit jenem Mann geschlafen hatte, der neben Norbert Flotzinger hauptverantwortlich für die finanzielle Misere ihrer Familie war. »Das war dann natürlich nicht mehr so leicht«, flüsterte sie gequält, »aber es ging. Dann habe ich eben mehr Physio- und Fototermine vorgegeben, als tatsächlich angesetzt waren, und die Escort-Termine immer dann abgesagt, wenn ich die Geheimhaltung gefährdet gesehen habe. Viele Monate ging das ohne Komplikationen über die Bühne, nicht zuletzt, weil mir Johann vertraut hat – bis vor ein paar Wochen. Aber ich hatte ohnehin schon viel länger befürchtet, dass ihm über den Kasino-Tratsch etwas zu Ohren kommen könnte, denn ich zähle auch hohe Offiziere zu meinen Kunden, unter ihnen auch ein paar indiskrete Süffel.«

»Und die wissen über Ihren familiären Hintergrund Bescheid?«

»Ich hoffe nicht. Aber ich kann sehr wohl eins und eins zusammenzählen, wenn Herren in Zivil von uniformierten Bundesheerangehörigen hergefahren und wieder abgeholt werden. Überhaupt habe ich mit der Zeit ein gutes Auge für Stammkunden entwickelt. Als Faustregel gilt: Je spießiger ihr gesellschaftliches Umfeld ist, umso brünstiger gebärden sie sich abseits der restriktiven Normen. Allerdings gibt es unter ihnen auch Herren – und Damen –, die das Lustbetonte mit dem Nützlichen verbinden.«

»Sie machen mich neugierig.«

»Für ein paar Euro extra hatte ich dann und wann so eine Art Zwischenbotin zu spielen: Jemand kam zum vereinbarten Treffpunkt und drückte mir – nachdem er sich hatte verwöhnen lassen oder auch nicht – ein gelbes Kuvert in die Hand, das ich in den Briefkasten einer unserer anderen Adressen einwerfen sollte. Manchmal lief es auch umgekehrt: Im Briefkasten des Chalets wartete bereits ein rotes Kuvert, das ich dem jeweils avisierten Kunden übergeben sollte. Seit wir diesen Rohrpost-Job übernommen hatten, bezeichnete Susi unseren Betrieb in Anlehnung an die Verbindung zweier Rohre übrigens nur noch als ›Muffen-Puff‹.«

»Humor scheint sie ja zu haben, aber den hat man ja auch Elfriede Blauensteiner nachgesagt. Und weiter?«

»Nichts weiter. Susi hat mich immer gewarnt, ich sollte meine Nase ja nicht in die Angelegenheiten von Kunden stecken, und ich habe ihren Rat beherzigt.«

»Haben Sie trotzdem eine Ahnung, was die Kuverts enthielten?«

»Es fühlte sich nach USB-Sticks an, aber mehr weiß ich wirklich nicht.«

»Okay. Noch eine Frage zu den Auslandsaufenthalten Ihres Mannes: Warum haben Sie das Escort-Geschäft nicht ruhen lassen, wenn er zu Hause war?«

»Das wollte ich ja, aber …«

»Aber was?«

Da Waris Rader nicht antwortete, versuchte es Kotek mit einem Schuss ins Blaue. »Hat Susanne Krenreich Druck gemacht?«

Die Zeugin nickte.

»Bitte sprechen Sie«, erinnerte Kotek sie mit einem Blick auf den Rekorder.

»Sie war zwar damit einverstanden, dass ich, um mein Geheimnis zu wahren, nun weniger Termine wahrnahm, gab mir aber gleichzeitig zu verstehen, dass man diese Art Job nur in beiderseitigem Einverständnis kündigt.«

»Das ist mehr als deutlich. Wie handhabte sie eigentlich die

Geheimhaltung in ihrer eigenen Beziehung? Sie ist doch bei einer Reinigungsfirma angestellt, die nicht nur im Kurzentrum Bad Vigaun putzt. Wie kann sie da gleichzeitig –«

»Susi ist bei Blitz & Blank nur teilzeitbeschäftigt und putzt ausschließlich im Kurzentrum, was ihr Geschiedener aber nicht weiß«, klärte Waris Rader den vermeintlichen Widerspruch auf. »Didi vermutet allenfalls, dass sich seine Ex nebenher einige Euro mit illegaler Prostitution verdient, hat aber null Ahnung von der Agentur, die übrigens auch mit Susi nur per SMS kommuniziert. Zudem sieht sich Susi keinesfalls genötigt, ihrem Hausmeister Rechenschaft über ihren Tagesablauf abzulegen, auch wenn sie ihn als Lebensgefährten nach wie vor schätzt und nicht missen möchte.«

»Jetzt noch einmal zum Taugl-Chalet am einschlägigen Sonntagabend«, schlug Kotek den Bogen zurück zum inkriminierten Blockhaus. »Sie sagten, es habe keine Notwendigkeit bestanden, hinzufahren, Sie hätten es aber trotzdem getan. Erläutern Sie das bitte näher.«

»Ich bin ursprünglich schon Tage davor von Susi um einundzwanzig Uhr hinbestellt worden, weil wir dort einen neuen Kunden zu zweit verwöhnen sollten. Doch nur wenige Stunden vor dem vereinbarten Termin schickte sie mir eine SMS, die Session würde bis auf Weiteres verschoben – das ist die Chiffre dafür, dass ein Kunde den Termin nicht wahrnimmt.«

»Und warum sind Sie dennoch hingefahren?«

»Weil ich neugierig war. Diese Absage im letzten Augenblick kam mir seltsam vor, und da ich ohnehin allein zu Hause und Johann vor dreiundzwanzig Uhr kaum zurückzuerwarten war, wollte ich der Sache auf den Grund gehen. Als ich dann aber von der Römerstraße aus den Oldtimer zwischen den Bäumen vor der Hütte und drinnen Licht sah, hab ich mich nicht näher rangetraut, weil für mich nun klar war, dass Susi den Kunden allein bedienen wollte. Ich bin rasch an der Zufahrt vorbei und direkt nach Hause gefahren.«

»Sie haben behauptet, dass die Krenreich Flotzinger hörig war. Vielleicht war das der Grund für das Canceln des Dreiers?

Sie wollte ihn nicht mit einer Kollegin teilen, an der ihr Meister offensichtlich sehr interessiert war.«

»Ein derartiges Motiv ist bei einem Profi wie Susi nur schwer vorstellbar.« Die finstere Miene der Somalierin ließ erkennen, dass sie einen anderen Grund hinter Krenreichs Entscheidung vermutete, und der war nicht schwer zu erraten: Sie, Waris, hätte bei einem unvorbereiteten Wiedersehen mit Flotzinger überreagieren können. Doch statt einer diesbezüglichen Frage stellte Kotek die viel wichtigere: »Ist die SMS noch auf Ihrem Handy gespeichert?«

»Wo denken Sie hin? Kommunikation lösche ich immer umgehend. Aber Ihre Spezialisten müssten die Nachricht doch rekonstruieren können, oder?«

Gerade diese Bemerkung machte die Ermittlerin abermals geneigt, die Zeugin nicht für die Mörderin von Norbert Flotzinger zu halten. »Die können das ganz sicher, Frau Rader. Spielten bei der Hörigkeit von Frau Krenreich eigentlich auch Substanzen eine Rolle, die unter das Suchtmittelgesetz fallen?«, holte sie eine bis dahin zurückgehaltene Frage nach.

»Darüber möchte ich nicht sprechen.«

»Okay. Und wie steht's damit bei Ihnen? Man bringt Models ja gerne mit Koks in Verbindung.«

»Ich hab den Job bei der Agentur Nagy angenommen, um zusätzliches Geld zu verdienen, nicht, um es mir in die Nase zu ziehen.« Diesmal war ihr anzusehen, dass sie log.

»Arbeiten noch andere Frauen für die Agentur Nagy?«, wechselte die Ermittlerin erneut das Thema. »Die Erwähnung von anderen Adressen lässt das vermuten. Und wenn ja, wie lange schon?«

»Susi hat da noch zwei Hausfrauen an der Hand. Die eine, Senta Grilitsch, knapp dreißig, ist in Adnet zu Hause, ihr Mann ist Fernfahrer, ständig auf Achse und zeigt kein Interesse daran, die Familie zu vergrößern.« Waris Rader antwortete jetzt wieder bereitwillig und ohne Vorbehalte, sichtlich erleichtert, dass es nicht mehr um Drogen ging. »Senta wurde vor zwei Jahren von Susi angeworben und übt den Job seither sehr ambitioniert aus. An manchen Tagen hat sie sogar mehrere Kunden, aber weit und breit keinen Grund, jemanden umzubringen. Für sie ist der Job bei der Agentur mehr als nur ein Zubrot, weil er sie zusehends unabhängiger macht, und außerdem hat sie weder mit Flotzinger noch mit Schimmelpfennig je etwas zu tun gehabt.«

»Und die andere Hausfrau?«

»Ist die junge Frau eines Fußballers in der Landesliga, dem nachgesagt wird, er sei schwul, und dem seine Ehefrau allem Anschein nach nur als Staffage dient. Als Sowoinvest geplatzt ist, muss sie gerade mal zehn Jahre alt gewesen sein. Natalie Brunner wohnt in Salzburg-Maxglan, sie mag ein bisschen blond und hie und da zickig sein, aber sie versteht ihren Job und ist ganz gewiss keine Mörderin.«

»Wo befinden sich nun die übrigen Etablissements für die Tête-à-Têtes?«

»Ich kenne nur noch eine angemietete Wohnung in Hallein-Oberalm.« Waris Rader nannte Straße und Hausnummer. »Die wird hauptsächlich bei Terminengpässen benutzt, aber der Besitzer will sie jetzt verkaufen.«

»Das klingt, als könnte es auch noch andere Locations geben, oder täusche ich mich?«

Die Somalierin hob die zierlichen Achseln an. »Es ist nicht auszuschließen, aber da müssen Sie schon Susi fragen, nur sie kennt sämtliche Mitarbeiterinnen und alle Apartments.«

»Das werden wir tun, sowie wir sie erreichen. Und auch die Alibis der übrigen Kolleginnen müssen überprüft werden. Keine Sorge, wir werden diskret vorgehen. Das war's dann auch schon, Frau Rader. Kommen Sie morgen um zehn Uhr oder besser um elf mit Ihrem Mann ins LKA, Referat 112. Ihr Mann wird dann noch einmal einvernommen werden, Sie dagegen müssen nur Ihre inzwischen abgetippte Aussage durchlesen, sie ergänzen, sofern Ihnen noch etwas einfällt, und sie unterschreiben. Dann können Sie gehen. Seien Sie froh, dass Sie reinen Tisch gemacht haben, so ein Doppelleben muss doch langsam, aber sicher auf den Magen schlagen.«

Die Antwort der Unteroffiziersgattin bestand nur aus einem tiefen Seufzer.

27 NACHDEM KOTEK Waris Rader das Versprechen abgenommen hatte, nicht etwa aus falsch verstandener Scham oder Konfliktscheu eine Kurzschlusshandlung zu begehen und die Kinder im Stich zu lassen, verabschiedete sie sich, rief beim Hinuntergehen Feuersang an und wartete anschließend im Wagen auf ihn.

Die Zeit nutzte sie für einen Kurzreport an Jacobi, der ihre Frage nach einem gemeinsamen Briefing noch an diesem Tag abschlägig beantwortete.

»Nix da, dazu ist morgen auch noch Zeit. Du kommst jetzt nach Hause. Ihr alle habt heute ein Monsterprogramm runtergerissen, auch die KTU: Der Luminoltest im Chalet ist positiv ausgefallen, ebenso die erste grobe Blutverteilungsanalyse, obwohl jemand den Holzboden nass gewischt hat. In der Hütte ist definitiv eine Gewalttat verübt worden. Genaueres morgen oder übermorgen. Lenz und Max hab ich auch heimgeschickt, sie werden morgen zusammen mit Leo auf einen anderen Fall angesetzt und sollen alle einigermaßen ausgeruht sein.«

»Warum das denn? Muss ja was verdammt Arges sein, wenn du fast unsere gesamte Truppe vom Flotzinger-Mord abziehst.«

»Ich hab mir schon gedacht, dass du sauer sein wirst, aber ich hab wirklich meine Gründe: In St. Johann tyrannisiert eine Jugend-Gang mit Migrationshintergrund ihre Umgebung. Sie schikaniert und erpresst andere Jugendliche, zieht sie regelmäßig und mit Methode ab, verprügelt dabei auch Erwachsene, die sich für ihre misshandelten Sprösslinge einsetzen –«

»Und die Kollegen vor Ort sehen dabei zu, oder was?«, empörte sich Kotek, obwohl nach der Vernehmung von Waris

Rader auch bei ihr die Luft für diesen Tag raus war und sie sich nur noch nach einem warmen Bad sehnte.

»Etwas aus der Ferne kritisieren und vor Ort den Problemen gegenüberstehen sind zwei Paar Schuhe. Willst du ein paar biederen Inspektoren, die sich dieser Meute von wohlgemerkt bewaffneten Jugendlichen gegenübersehen, vielleicht die Qualitäten von Special Forces abverlangen? Außerdem kann ich mir zum jetzigen Zeitpunkt ohnehin noch kein definitives Urteil erlauben, dafür gibt es in der Sache zu viele Gerüchte.«

»Was für Gerüchte?«

»Dass manche Kollegen tatsächlich vor dieser bis zu achtzehnköpfigen Bande Respektabstand halten und dass sogar eine junge Richterin bedroht worden sein soll. Aus Angst um ihr Baby hat sie angeblich schon die letzte Verhandlung gegen den Rädelsführer platzen lassen.«

»Krass. Und auf welchen konkreten Fall setzt du Lenz, Leo und Max dann an?«

»Ein Jugendlicher, der sich die Repressalien nicht länger gefallen lassen wollte, wurde in einer Disco vor Dutzenden Zeugen zusammengeschlagen und hat dabei ein Auge verloren. Der Vorfall, der ja auch bei uns aktenkundig ist, ereignete sich bereits vor Wochen. Keiner der Zeugen ist besonders gesprächig, alle haben Schiss vor den Rabauken, die ihrerseits jede Menge Alibizeugen haben aufmarschieren lassen, weshalb die Anklage vorläufig abgewiesen wurde.«

»Ich verstehe, es geht also um mühselige Ermittlungs- und Überzeugungsarbeit. Ziemlich deprimierend! Unsere Leute sollen den Augenzeugen peu à peu die Angst nehmen, damit sie endlich aussagen, weshalb Lenz auch aus Gründen der Staatsräson mit solchen Restln wie Leo und Max in Saining Hans einreiten muss.«

»Nicht nur deshalb«, ergänzte Jacobi, »auch zu seinem eigenen Schutz habe ich die beiden abgestellt. Mit den Typen in St. Johann ist nicht zu spaßen. Außerdem muss man sich fragen: Was kommt als Nächstes, wenn man sie gewähren lässt?

Tut mir leid für dich, Katze, aber es sollte dir ein Trost sein, dass ihr in der Causa Flotzinger so rasch vorangekommen seid. Ich glaube, du kannst sie auch allein zu Ende bringen.« Dass Hans Weider und er sie nach Kräften unterstützen würden, musste er nicht extra betonen. »Lenz wird sich noch mit Marika Nagy beim Interspar Hallein treffen, ehe er Leo und Max nach St. Johann folgt. Sie hat *ihn* hinbestellt, also wird er auch dort sein. Ruf ihn heute noch an und bring ihn auf den letzten Stand, erzähl ihm auch von dem Escort-Briefkasten. Anschließend treffen Hans, du und ich uns zum Briefing. Die letzte Neuigkeit will ich dir aber nicht vorenthalten: Christl Perhamer, die Vermieterin von Sengstvoggen, hat ihre Aussage zurückgezogen. Als Begründung gab sie an, die Lüge habe sie zu sehr belastet. Sie sei eine anständige Bürgerin und habe ursprünglich ihrem Untermieter nur einen Gefallen tun und ihm etwaige Unannehmlichkeiten ersparen wollen.«

Kotek blickte finster. »Aha, und Sengstvoggen neuerlich zu überprüfen, bleibt jetzt an mir hängen, nachdem sonst niemand mehr verfügbar ist, sehe ich das richtig?«

»Das kannst du vom Büro aus machen, musst ja ohnehin noch den Bericht schreiben. Krummbiegel will auf dem Laufenden gehalten werden.«

»Aber wie soll –«

»Du bittest die Kollegen in Rosenheim wieder um Amtshilfe, immerhin geht's um Mord, weshalb Sengstvoggen nun auch nicht mehr als Zeuge, sondern als Verdächtiger geführt wird. Und nach St. Margarethen musst du vorläufig auch nicht mehr pendeln, denn Susanne Krenreichs Wohnung wird die nächsten drei Tage von der Polizeiinspektion Hallein überwacht. So, das reicht fürs Erste, alles Weitere erfährst du zu Hause, wo wir uns den Kopf bei Dolcelatte, Prosciutto, Piemonteser Salami, Camembert und einer Flasche Blaufränkisch Leithaberg DAC weiterzerbrechen können. Ich hab Keller und Kühlschrank ein bisschen aufgefüllt. Bis gleich, Katze.«

»Meiner Linie und meiner Galle schwant Übles«, ächzte

Kotek, denn Jacobis brachiale Brotzeiten waren berüchtigt, aber er hatte schon aufgelegt.

28 LORENZ REDL HATTE die A 10 über die Ausfahrt Hallein verlassen, bog am dritten Kreisverkehr links zum Großmarkt Interspar ab und parkte den A4 in dessen wenig besetzter Tiefgarage. Dann fuhr er mit dem Lift ins Parterre und wandte sich nach rechts, wo sich das Café-Restaurant befand.

Schon von Weitem sah er Marika Nagy an einem hinteren Fenstertisch sitzen, von dem aus sie alle Personen, die kamen oder gingen, im Auge hatte.

Redl, der zehn Minuten zu früh dran war, rätselte einen Augenblick lang darüber, warum die Frau noch vor ihm zur Verabredung erschienen war, verwarf einen vagen Verdacht aber schnell wieder. Hätte sie Angst vor einer Falle gehabt, hätte sie ihn gar nicht erst herbestellen müssen. Schimmelpfennigs Haushälterin mochte ihrem Chef und Lebensgefährten zwar bei diversen Geschäften zur Hand gehen, nachdem er in seinem Brotberuf nie mehr richtig Fuß hatte fassen können, aber nach Redls Dafürhalten war es zu hoch gegriffen, in ihr eine Spionin für Schimmelpfennig zu sehen, auch wenn Koteks Bericht das immerhin hatte anklingen lassen.

Natürlich war Nagy neben der Haushälterin auch noch die Concierge, die für den Terminplan und die Instandhaltung der diversen Absteigen zuständig war, aber jetzt und hier schien sie in erster Linie eine Mutter zu sein, die Angst um ihr Kind hatte. Weider hatte inzwischen eruiert, dass Ildiko Nagy als Alleinerbin ihres Schlemis eingetragen war, wovon sie aber herzlich wenig gehabt hätte, wäre sie als Kollateralschaden bei einem Attentat auf den ehemaligen Baulöwen mit zu Tode gekommen.

Genau das und *nur* das ist die Triebfeder, die zu diesem Treffen geführt hat, dachte Redl nicht zum ersten Mal, während er Marika Nagy, die inzwischen aufgestanden war, leutselig die Hand schüttelte.

»Vielen Dank, dass Sie gekommen sind, Major«, begrüßte sie ihn und nahm wieder Platz. »Auch einen Cappuccino?« Sie winkte eine Kellnerin heran, die gerade einen der Nebentische abwischte.

»Ich bin es, der sich bedanken muss, dass Sie unsere Ermittlungen unterstützen wollen, Frau Nagy«, erwiderte Redl, sich ebenfalls setzend. »Ja, bitte auch einen Cappuccino«, sagte er zur Bedienung.

Kaum hatte diese sich entfernt, vergeudete er die Zeit nicht weiter mit Floskeln. »Haben Sie etwas dagegen, wenn ich unser Gespräch aufzeichne? Nur als Gedächtnisstütze.«

Marika Nagy zögerte kurz, stimmte dann aber zu. »Okay, meinetwegen.«

»Ich nehme an, es hat, von dem Vorfall am Dürrnberg mal abgesehen, in letzter Zeit noch einen weiteren Anschlag auf Schimmelpfennig gegeben?«, begann Redl. »Andernfalls hätten Sie mich wohl kaum zu diesem Vieraugengespräch gebeten.«

Marika Nagy nickte heftig. »Ich habe solche Angst um Ildiko – und natürlich auch um Benno«, schob sie mit einiger Verzögerung hinterher. »Vor circa drei Wochen, nur zwei Tage nach dem Anschlag auf der Dürrnberg-Landstraße, saßen Benno, Ildiko und ich am frühen Nachmittag auf der Terrasse beim Kaffee. Für Anfang Mai war es relativ kühl, aber immerhin ein sonniger Tag, weshalb es sich gut draußen aushalten ließ. Ich hatte in der Küche frischen Kaffee gemacht und brachte ihn zusammen mit einem Saft für Ildiko nach draußen, als der Alptraum begann. Ildiko, der wir von dem Vorfall auf der Dürrnberg-Landstraße natürlich nichts erzählt hatten, lachte plötzlich laut auf und sagte: ›Da nimmt dich jemand mit einem Laserpointer ins Visier, Onkel Benno. Auf deiner Stirn ist ein roter Punkt.‹ Benno, der gerade Zeitung gelesen hatte, erstarrte sofort, war unfähig, auch nur einen Finger zu rühren. Dann war der rote Punkt plötzlich auf der –«

Die Haushälterin verstummte abrupt und konnte nur mit

Mühe ein Schluchzen unterdrücken. Schließlich schaffte sie es doch, den Satz zu beenden: »Auf der Stirn meiner Tochter. Zu begreifen, dass er nicht von einem Spielzeug, sondern vom Leuchtpunktvisier eines Gewehrs herrührte, das Tablett fallen zu lassen, zu Ildiko hinzustürzen und sie zu Boden zu reißen, war eins. Wie ich so blitzartig reagieren konnte, ist mir freilich heute noch ein Rätsel.«

»Was hat Schimmelpfennig währenddessen getan?«

»Zunächst gar nichts. Ich sagte ja, er saß wie gelähmt da. Erst als Ildiko und ich am Boden lagen, riss auch er den Tisch um und ging dahinter in Deckung.«

»Ein ziemlich dürftiger Schutz gegen ein Scharfschützengewehr. Was passierte dann?«

»Erstaunlicherweise fiel kein Schuss, dabei muss uns der Heckenschütze mehr als ausreichend lang in seiner Zieloptik gehabt haben.«

»Um über die Umfriedung zu spähen, muss er auf einem der Bäume links oberhalb Ihres Anwesens gesessen haben?«, bewies Redl sein geschultes topografisches Gedächtnis.

»Das habe ich mir auch gedacht«, sagte Marika Nagy. »Am nächsten Tag – am selben traute ich mich nicht mehr vor die Tür – habe ich die Umgebung und die Rinde der in Frage kommenden Bäume auf mögliche Spuren untersucht, bin dann auf einen raufgeklettert und tatsächlich fündig geworden. Der Sniper hatte sich in der Astgabel einer hundertjährigen Birke bequem postiert, wobei sogar nachvollziehbar war, welche Äste und Zweige seinem Gewehr als Auflage gedient hatten. Von dort aus hatte er freien Blick auf unsere Terrasse und einige Fenster.«

»Alle Achtung, Sie sind ja ein gewiefter Spurenleser«, zollte ihr Redl, der selbst in diesem Punkt ein Ass war, Respekt. »Aber noch einmal zurück: Irgendwann werden Sie doch versucht haben, mit Ihrer Tochter ins schützende Haus zu gelangen?«

Die Haushälterin wartete mit der Antwort, bis die Bedienung Redls Cappuccino gebracht und sich wieder entfernt hatte. »Nicht irgendwann«, sagte sie dann fast heftig, »sondern sowie ich begriffen hatte, dass Benno noch immer nicht beschossen wurde. Da ein Anschlag in erster Linie nur ihm und nicht meiner unschuldigen Tochter gelten konnte, rechnete ich mir gute Chancen aus, Ildiko unverletzt aus der Gefahrenzone zu schaffen.«

»Aber ist nicht auch auf Ildiko gezielt worden?«, reizte Redl, der nicht nur den Freud'schen Versprecher von der »unschuldigen Tochter« registriert hatte, sondern auch die Motivation des vermeintlichen Heckenschützen zu kennen glaubte.

»Vermutlich, weil der Attentäter wusste, dass ein Schuss auf meinen Augenstern auch Benno getroffen hätte.«

»Ildiko ist nicht nur Ihre, sondern auch Bernd Schimmelpfennigs Tochter, nicht wahr?«

Marika Nagy nickte. »Ja, aber Ildiko weiß nicht, wer ihr Vater ist. Benno wollte es seinerzeit aus bestimmten Gründen so, und seither schiebt er den Zeitpunkt, es ihr zu sagen, immer wieder hinaus. Lieber spielt er den Onkel und jetzt auch noch den Firmpaten.«

»Wen hält Ildiko dann für ihren Vater?«

»Jemanden, der nicht existiert und der uns angeblich noch vor ihrer Geburt in Richtung USA verlassen hat. Doch manchmal kann ich mich freilich des Gefühls nicht erwehren, dass Ildiko den Braten schon gerochen hat.«

»Sie und Ildiko sind also ins Haus gerannt«, knüpfte Redl wieder dort an, wo er selbst vom eigentlichen Gesprächsthema abgewichen war. »Was geschah dann?«

»Nichts mehr. Benno kauerte zwar noch eine Zeit lang hinter dem umgekippten Tisch, aber dann dämmerte es uns, dass sich der Sniper aus dem Staub gemacht hatte.« Sie atmete so erleichtert auf, als wären ihre Tochter und sie der Gefahr erst in diesem Moment entronnen.

»So wie Sie den Vorfall schildern, ist er wohl eher als Warnung an Schimmelpfennig zu verstehen und nicht als ein Anschlag auf ihn, der tatsächlich durchgeführt werden sollte. Das passt auch zu Ihrem ungewollten Versprecher von der ›unschuldigen Tochter‹, der demzufolge ein Hinweis auf eine andere, schuldige Person sein könnte. Schon den Anschlag am Dürrnberg haben Sie ernster genommen als Ihr Lebensgefährte, Chef oder was auch immer Schimmelpfennig für Sie ist, und Sie werden schon wissen, warum.«

»Er ist mein Arbeitgeber, und logischerweise war da vor Jahren etwas mehr zwischen uns«, erklärte sie unverbindlich, ohne auf ihren Versprecher einzugehen. »Davon abgesehen halte ich weder den Anschlag auf der Dürrnberg-Landstraße noch den Fingerzeig mit dem Laserpointer nur für eine Warnung, sondern sehe darin unmissverständliche Drohungen, dass es das nächste Mal nicht mehr so glimpflich abgehen wird. In letzter Zeit träume ich auch immer wieder von verstorbenen Personen, an die ich eigentlich sonst kaum noch denke. So etwas gilt in meiner Heimat als schlechtes Omen, dass jemand aus dem näheren persönlichen Umfeld demnächst sterben muss.«

Nicht nur das Zittern ihrer Stimme, auch die glänzenden Augen der Frau verrieten ihre Angst. Und zwar nicht so sehr vor einer konkreten Person, sondern eher vor einem unbekannten kafkaesken Verhängnis, wie Redl aus der letzten Äußerung herausgehört zu haben glaubte.

»Haben Ihre Ängste etwas mit dem Escortservice zu tun, der auf Ihren Namen läuft, oder vielleicht mit dem seltsamen Briefwechsel, der in Ihren Etablissements abgewickelt wird?«, fragte er deshalb beiläufig.

»Die zum Teil angemieteten Wohnungen werden von uns nur weitervermietet und fallweise auch durch andere ersetzt«, kam es postwendend retour. »Was sich dort abspielt, ist nicht unsere Sache, deshalb haben wir von dieser Seite her auch nichts zu befürchten.«

Redl nippte zum ersten Mal an seinem Kaffee und zählte anschließend im Geiste langsam bis zehn. »Frau Nagy«, begann er dann sanft, wie er es bei Jacobi während Vernehmungen schon zigmal gesehen hatte, »wenn ich Ihnen helfen soll, müssen auch Sie mir ein wenig entgegenkommen, so läuft das Spiel nun mal. Vielleicht fällt es Ihnen ja leichter, über Ihren Schatten zu springen, wenn ich Ihnen Folgendes verrate: Wir kennen bereits drei Adressen und auch die Namen von vier Ihrer … äh … Mitarbeiterinnen.« Er konnte den Widerstreit ihrer Gefühle – einerseits Mutter, andererseits Komplizin – in ihrem Gesicht regelrecht mitverfolgen, aber seine Geduld wurde diesmal nicht auf die Probe gestellt.

Marika Nagy benötigte nur Sekunden, um abzuwägen, was getan werden musste. »An mir soll es nicht liegen, Herr Major, wenn Sie nur meine Ildiko beschützen.«

»Und Schimmelpfennig nicht?«, fragte Redl scherzhaft.

»Er will mit ihr nächsten Mittwoch einen Ausflug in die Eisriesenwelt machen«, platzte sie plötzlich heraus, ohne seinen Einwurf überhaupt zur Kenntnis genommen zu haben. »Ildiko ist ein echter Fan, was Höhlen betrifft, und wünscht sich dieses Abenteuer, seit sie zum ersten Mal einen Film über das Naturwunder im Tennengebirge gesehen hat. Den meisten anderen Kindern wäre ein solcher Ausflug als Geschenk zur Firmung viel zu popelig, nicht so Ildiko. Ihre Klasse hat letztes Jahr schon einen Ausflug nach Werfen gemacht, aber ihr ist leider eine Grippe dazwischengekommen, weshalb sie, was ihr Firmungspräsent betrifft, jetzt wieder diesen Wunsch geäußert hat – umso stärker, als sich die Eisriesenwelt gerade im Frühjahr von ihrer schönsten Seite zeigt. Benno sieht trotz der bisherigen Anschläge keinen Grund, den geplanten Trip abzusagen.«

»Einen solchen Grund sehe ich eigentlich auch nicht. Ich verstehe natürlich, dass Sie nach den Vorfällen Nerven zeigen, aber Sie werden den Ausflugstermin ja schließlich nicht plakatiert oder ins Netz gestellt haben, oder?«

»Natürlich nicht! Ich habe Ildiko sogar eingeschärft, mit niemandem darüber zu sprechen. Abgesehen von uns dreien und jetzt Ihnen weiß niemand davon, und trotzdem bin ich beunruhigt.«

»Wie gesagt, ich verstehe Ihre Angst. Schimmelpfennig wurde schon gestern Personenschutz angeboten, aber er hat ihn strikt abgelehnt.«

»Benno mag das halten, wie er will, den Personenschutz verlange *ich* jetzt, und zwar für meine Tochter. Er nimmt mich ja nicht einmal mit in die Eisriesenwelt. Ich muss am kommenden Mittwochvormittag das Chalet gleich nach dessen Benutzung putzen, schließlich soll ja wieder Geld in die Kasse kommen. Dass in unserm kleinen Dienstleistungsbetrieb nun ohnehin kein Stein mehr auf dem andern bleibt, will er nach wie vor nicht wahrhaben. Als ich ihm seine Kleinlichkeit vorwarf und forderte, Susi könne doch auch einmal putzen, schließlich sei das ohnehin ihr regulärer Job, meinte er nur, sexy Susi habe andere Qualitäten und sei im Gegensatz zu mir immerhin schon eine Buchhaltungsmaus gewesen, ehe das Schicksal sie aus der Bahn warf, während ich es noch nie weitergebracht hätte als bis zur grauen Hausmaus.«

»Nicht sehr charmant, der Vater Ihrer Tochter.«

»Eigentlich bin ich das seit Jahren gewohnt, aber diesmal haben mich seine Worte – wohl auch wegen der Aufregungen in letzter Zeit – sehr getroffen, das gebe ich zu. Also, Herr Major, was sagen Sie dazu?«

»Ich nehme an, wir reden von verdecktem Personenschutz?«

Die Haushälterin nickte heftig. »Benno darf auf keinen Fall wissen, dass Ildiko während des Ausflugs unter Polizeischutz steht, das würde seine ohnehin schon miese Laune nur noch verschlechtern. Die hat nicht nur mit den Anschlägen, sondern auch mit einem anonymen Anruf vor vierzehn Tagen zu tun, in dem ihm mitgeteilt wurde, dass man die Dienste unserer Hasen nicht mehr benötige. Unser Service sei zwar abhör- und hackersicher, aber trotzdem nicht diskret genug.«

»Also gab es diesen Botendienst doch«, hielt Redl fest.

Wieder nickte Marika Nagy. »Jedenfalls bis wir über Bertls Tod und die Stilllegung des Briefkastens informiert wurden. Klar, wir wissen heute über die Nutzer genauso viel oder wenig wie gestern, aber ich kann Bennos Frust schon nachvollziehen. Wir waren an jeder einzelnen Dienstleistung unserer Damen, also auch am Briefkasten-Service, mit dreißig Prozent beteiligt und sahen in ihm ein willkommenes Zubrot neben dem Laufgeschäft.«

Redl war nicht besonders überrascht über den von Nagy

ins Spiel gebrachten Anruf. Nachrichtendienste hatten ihre Augen und Ohren überall, natürlich auch bei der Polizei. Schimmelpfennigs Briefkasten stand jedoch nicht im Fokus des Referats 112, weshalb man zu gegebener Zeit einen Bericht darüber schreiben und ihn an den Staatsschutz weiterleiten würde.

»Die nachrichtendienstliche Tätigkeit Ihres Betriebs ging also auf Flotzinger zurück?«, fragte er trotzdem, sich auch an Weiders Recherchen erinnernd.

Marika Nagy hob die Schultern. »Was Konkretes kann ich dazu nicht sagen, ich weiß nur, was Benno vor Jahren, als es noch besser zwischen uns lief, im Rausch einmal rausgelassen hat. Bertl sei in Spanien vor die Wahl gestellt worden, entweder für seine Schlepper- und sonstige Tätigkeiten weggesperrt zu werden oder für den EU-Grenzschutz Frontex respektive dessen Geheimdienst zu arbeiten. Natürlich entschied sich Bertl für Letzteres und wurde dahingehend zunächst von seinen Münchner Nachtclubs aus aktiv. Doch nachdem ihm die ukrainischen Rotlichtgrößen an der Isar zu sehr auf den Pelz gerückt sind, er aber aus dem Nachrichtendienst nicht aussteigen konnte, wandte er sich an Benno, der – wie er selbst immer betonte – schon vor Sowoinvest und auch danach sein Platzhalter im Österreich-Geschäft gewesen war und dessen kleiner Hausfrauen-Puff Bertl nun für seine Zwecke geeignet schien.«

»Flotzinger mag früher vielleicht der Alphawolf gewesen sein, aber warum nahm Schimmelpfennig es hin, dass sein einstiger Kumpan nach Jahren wieder bei Ihnen beiden aufkreuzte und den Laden schwuppdiwupp zum Agenten-Briefkasten aufpeppen wollte?«, warf Redl ungläubig ein.

»Sie kannten Bertl nicht, sonst würden Sie eine solche Frage nicht stellen.«

Redl dachte an die vielen toten Flüchtlinge in der spanischen Exklave Ceuta, und ihm dämmerte, was Marika Nagy meinte. »Wie standen Sie zum alten und neuen Geschäftspartner Ihres Patrons? Fühlten Sie sich von ihm nicht zur Seite geschoben?«, bohrte er nach, aber die Frage brachte die resolute Hausdame keineswegs in Verlegenheit.

»Doch, aber grundlos, wie sich später herausstellte. Denn entgegen anfänglicher Befürchtungen, Bertl würde sich in alles einmischen, rief er nur selten an, und noch seltener bekamen wir ihn zu Gesicht. Schließlich war er selbst am meisten auf Diskretion bedacht, weshalb er zum Beispiel österreichischen Boden prinzipiell nur nachts betrat. Die Agentur wurde um ein paar diskrete Mitarbeiterinnen erweitert, die keine überflüssigen Fragen stellten, und es wurden Briefkästen installiert, aber das waren die Neuerungen auch schon. Ansonsten präsentierte sich Bertl als der instinktsichere Kommunikator, der er schon immer gewesen war.«

Das erschien Redl dann doch etwas zu glatt, aber er unterließ es diesmal, weiter nachzuhaken, um den Informationsfluss nicht leichtfertig versiegen zu lassen. »Was sagten denn die beiden Damen dazu, die schon vor Flotzingers Rückkehr für die Firma angeschafft hatten?«, verlagerte er deshalb das Thema geringfügig. »Frau Krenreich und Frau Rader waren einst von ihm um ihren Lebenstraum betrogen worden. Wie reagierten sie auf sein plötzliches Wiederauftauchen?«

»Waris Rader hatte bis zuletzt keine Ahnung, dass Bertl wieder mit im Boot saß. Aber hätte sie's gewusst, hätte es sicher Knatsch gegeben, denn im Gegensatz zu den anderen Hasen hatte Waris mit dem Job ein großes Problem, das sie – wie Sie schon angemerkt haben – auf Flotzinger zurückführte. Gleichzeitig war sie aber auch besessen davon, Geld für ihre Familie heranzuschaffen, und die Freier waren verrückt nach ihr.«

»Und sexy Susi?«

Marika Nagys Lippen kräuselten sich verächtlich. »Sie, die am meisten Grund gehabt hätte, ihren einstigen Liebhaber zu hassen, feierte das Wiedersehen mit ihm so exzessiv, dass sie anschließend zwei Tage brauchte, um halbwegs wieder beieinander zu sein. Und wenn ich sage, sie war ihm bis zuletzt hündisch ergeben, so definiert das ihre Beziehung zu ihm noch immer unzureichend.«

Redl dachte an Feuersangs Schilderung, wie – gelinde gesagt – erfreut sich die kleine Abendgesellschaft bei Ariadne Pumhösl über Flotzingers Tod gegeben hatte. Entweder hatte Susanne Krenreich den anderen also jahrelang Gefühle vorgegaukelt, die sie so nicht empfand, oder sie hatte Flotzinger etwas vorgespielt, bis sie den Augenblick zur Rache gekommen sah. Frauen konnten das. Oft in der schwächeren Position, glichen sie diesen Nachteil durch Geduld und grandiose Verstellungskunst aus. »Weil wir gerade bei den freien Mitarbeiterinnen Ihres Betriebs sind«, knüpfte er daran an, ohne Schimmelpfennigs Gefährtin an seinen Überlegungen teilhaben zu lassen, »hat die Agentur Nagy neben Susanne Krenreich, Waris Rader, Senta Grilitsch und Natalie Brunner noch weitere Damen und neben dem Taugl-Chalet und den beiden Adressen in Hallein noch andere Apartments an der Hand? Wir können nämlich Susanne Krenreich nirgendwo finden.«

»Darauf antworte ich erst, wenn Sie mir den verdeckten Personenschutz für Ildiko am kommenden Mittwochvormittag zugesichert haben.«

»Ich würde Ihnen sofort wenigstens einen Bodyguard zusagen, aber uns stehen im Moment kaum Leute für Spezialaufgaben zur Verfügung, weil wir neben dem Mord an Flotzinger noch andere sehr arbeitsintensive Fälle an der Backe haben.«

»Heißt was?«

»Ich muss meinen Vorgesetzten anrufen und nachfragen, ob er jemanden für den Job abstellen kann.«

Und das tat Redl dann auch umgehend. Nachdem er Jacobi und die mithörenden Weider und Kotek auf den Stand der Dinge gebracht hatte, erklärte sich Letztere sofort bereit, gemeinsam mit einem zweiten noch zu benennenden Kollegen den Schutz für Ildiko bei ihrem Firmungsausflug zu übernehmen.

»Wenn auch die glimpflich verlaufenen Anschläge am Dürrnberg auf das Konto von Johann Rader gehen mögen, den man zuvor über den Nebenjob seiner Frau aufgeklärt hatte und der deshalb vor Wut kochte, so ist dennoch nicht auszuschließen, dass sich der wahre Mörder Flotzingers von der Düsternis der Eisriesenwelt eingeladen fühlen könnte, Schimmelpfennig dort zur Rechenschaft zu ziehen«, hörte Redl sie genau das sagen, was auch er vermutete.

»Wir werden das noch im Detail erörtern«, befand Jacobi. »Du kannst Frau Nagy jedenfalls ausrichten, dass mindestens einer von uns in der Schauhöhle auf ihre Tochter aufpassen wird.«

Redl hatte den Lautsprecher seines Handys eingeschaltet. »Sie haben es gehört, Frau Nagy. Jetzt sind Sie dran: Wie war das noch mit den noch ausstehenden Namen und Adressen?«

Tatsächlich zierte sich die Concierge der Agentur nun nicht länger und rückte im Bewusstsein, nicht nur den Briefkasten-, sondern auch den Escortservice zu Grabe zu tragen, mit weiteren zwei Namen von jungen Hausfrauen und einer Adresse in der Ortschaft Dornerdörfl in der Nähe von Golling heraus.

29 WÄHREND LORENZ REDL schon auf dem Weg nach St. Johann im Pongau war, kam es um Punkt zehn Uhr im IT-Zentrum des LKA-Referats 112 zu dem von Jacobi anberaumten Briefing in der Causa Flotzinger, die offiziell noch immer unter der Aktenbezeichnung »Laserpointer-Crashkids« geführt wurde.

Der Chef nahm Kotek und Weider gegenüber in seinem Polstersessel Platz und legte den kleinen Notizblock vor sich auf den Tisch. Obwohl er die meisten der anliegenden Punkte schon am Vorabend mit seiner Lebensgefährtin bei einer deftigen kalten Platte durchgegangen war, wusste sie, dass er für Weider, den Dritten in der Runde, alle noch einmal wiederholen würde. Jacobi war zwar nicht der Prototyp des verknöcherten Beamten, der stur an irgendwelchen Vorschriften klebte, aber er legte Wert auf die Einhaltung bestimmter Gepflogenheiten, solange diese nicht die eigentliche Ermittlungsarbeit behinderten.

»Also, der Reihe nach«, begann er erwartungsgemäß. »Die Überprüfung aller für die Agentur Nagy tätigen Damen und der von ihnen frequentierten Absteigen hat begonnen?«

»Hat begonnen«, wiederholte Weider wie ein Echo.

»Was liegt bei Raders an, Melanie?«

»Johann Rader, den Lenz zur weiteren Vernehmung herbestellt hat, ist entgegen seiner Ankündigung ohne Anwalt gekommen und wartet nebenan vor Raum I. Wie besprochen übernimmst du das, da ich die neuerliche Überprüfung von Sengstvoggens Alibi durch die Waginger Behörden in die Wege leiten werde. Waris Rader hat die Abschrift ihrer Befragung bereits unterzeichnet und wartet nur noch auf ihren Mann.«

»Okay, das war auch schon Punkt drei – Sengstvoggen. Bin gespannt, was er uns diesmal auftischen wird. Punkt vier betrifft die Erkenntnisse, die uns Marika Nagys Aussagen beschert haben – oder auch nicht. Lenz hat uns das Gespräch mit ihr schon überspielt. Doch bevor wir uns mit ihrer Person beschäftigen, möchte ich unsere Position zu dem ominösen Briefkasten-Service klarstellen. Ebenso wie Lenz halte ich für diesen Teilaspekt unseres Falles den Staatsschutz zuständig. Nebenbei gesagt wundert es mich nicht, dass Nachrichtendienste neuerdings wieder auf die alten subtilen Methoden zurückgreifen, nachdem heute jeder PC und jedes Handy ausgelesen wird. Würden wir unsere Entdeckung aber schon jetzt melden, würde uns der gesamte Fall weggenommen werden und die Akte Flotzinger verstaubt in den streng gehüteten Ressorts der Staatspolizei enden. Wir sollten also zunächst den Mord aufklären und erst dann auf den Briefkasten aufmerksam machen. Ich denke, es liegt auf der Hand, dass wir es mit einer Beziehungstat und nicht mit Auftragsmord zu tun haben, oder?«

Da Jacobi auf seine rhetorische Frage keine Antwort erwartete, fuhr er unverzüglich fort. »Was ist nun von der Frau zu halten? Auf der einen Seite haben wir ihre Bereitwilligkeit, mit der sie über Schimmelpfennigs sogenannten Muffen-Puff und die Verbindung zu Flotzinger Auskunft gibt und damit ihren Quasi-Lebensgefährten und Vater ihrer Tochter mehr oder weniger in die Pfanne haut. Auf der anderen ist da die aus ihrer Sicht nicht unberechtigte Angst vor Flotzingers Mörder, den sie naheliegenderweise auch für die Anschläge auf Schimmelpfennig verantwortlich macht.«

Kotek wiegte verneinend den Kopf. »Lenz ist der Meinung, der Rempler gegen Schimmelpfennigs BMW geht auf Raders Konto, dem man kurz zuvor gesteckt hatte, in welche Misere sich seine Frau ... äh ... geritten hatte. Eine unüberlegte Aktion, aber durchaus verständlich. Ich würde auch jede Kanaille, die dich in die Kiste zu locken versucht, in der ersten Wut von der Straße fegen wollen. Aber Scherz beiseite«, feixte sie, als ein entgeisterter Jacobi den Mund eine Sekunde zu lang offen stehen ließ. »Der nächste Anschlag weist noch stärker auf Rader hin, weil er erstens als Werkstattleiter und Waffenwart verhältnismäßig leicht an Präzisionswaffen käme und auch das Know-how hätte, eine solche Aktion professionell durchzuführen –«

»Und zweitens?«

»Zweitens sehe ich in dem Umstand, dass trotz idealer Schussposition eben nicht geschossen wurde, einen Beweis dafür, dass er der Mann auf der Birke war. Zwei Tage nach der Rempelei auf der Bergstraße hatte er sich wieder einigermaßen beruhigt und überlegte, wie er dem Alptraum, in den seine Frau geraten war, ein Ende setzen könnte. Da kam ihm die Idee, Schimmelpfennig und Marika Nagy durch eine harsche Drohung nicht nur einen gewaltigen Schrecken einzujagen, sondern mit dem Sniperszenario auch ganz gezielt einen Hinweis auf sich selbst zu liefern – fast wie Tell nach dem Schuss auf Gessler: ›Ihr kennt den Schützen, sucht keinen andern!‹«

»Das könnte glatt stimmen. Die Agentur sollte sich unmissverständlich aufgefordert fühlen, Waris Rader ohne Wenn und Aber ziehen zu lassen. Wobei wir gleich auch festhalten müssen, dass die Anschläge auf Schimmelpfennig damit nicht auf das Konto jener Person gehen, die Flotzinger ermordet hat«, sagte Jacobi. »Und, Melanie, ich wusste immer schon, dass ich dich nicht nur wegen deiner … äh … schönen Augen in der Abteilung behalten habe.«

»Du hast ein irres Glück, dass wir nicht allein sind. Was hast du sonst noch im Köcher beziehungsweise auf deinem Spickzettel?«

»Die Auswertung der KTU hat laut Oliver Folgendes ergeben: Obwohl nach dem Mord, der zweifelsfrei im Chalet stattgefunden hat, sauber gemacht wurde, hat man Reste von Koks in den Ritzen vom Holzfußboden sichergestellt, außerdem Blut, Haare und Hautfetzen, die Flotzinger zugeordnet werden konnten, und schließlich Frauenhaare, die von zwei verschiedenen Personen stammen, wobei einer auch das Haar gehört, das in Flotzingers Mercedes gefunden wurde.«

»Also ist der Mörder von Flotzinger endgültig weiblichen Geschlechts«, meldete sich Hans Weider erst zum zweiten Mal an diesem Morgen zu Wort.

»Falls keine zweite Person bei Flotzingers Ermordung anwesend war, kann das als gesichert angenommen werden, ja«, pflichtete ihm Jacobi bei. »Unter dem Tisch in der Stube wurde übrigens auch die Flaumfeder einer Krähe gefunden. Seltsam, nicht? Ein weiteres Rätsel stellt ein Kleenextuch dar, auf dem sich neben Lippenstift und Wimperntusche auch Theaterschminke befand, weiße und schwarze. Das Tuch muss wohl beim Entsorgen hinter die mittlerweile entleerte Abfalltonne im Holzschuppen gefallen sein und dort schon etliche Tage gelegen haben, ehe es von der Spusi entdeckt wurde.«

»Vielleicht gehörte eine Maske oder das Aufbringen von Körperbemalung zu den Sex-Spielchen, mit denen man Flotzinger angelockt hat«, spekulierte Melanie Kotek munter drauflos.

»Oder die Mörderin wollte ihn mit einer bestimmten Art der Bemalung quälen«, stellte Weider eine andere Möglichkeit zur Diskussion. »Mir geht deine potenzielle zweite Person nicht aus dem Kopf, Oskar«, griff er dann Jacobis Vermutung auf, »wobei ich nicht um Sengstvoggen herumkomme, der nun kein Alibi mehr hat. Er hat selbst zugegeben, Waris Rader angegraben zu haben. Warum nicht auch sexy Susi? Diese Frau ist doch genau seine Kragenweite, das schiere Gegenteil von Ariadne Pumhösl, der distinguierten, aber unscheinbaren Mutter seines Sohnes. Was, wenn ihn diese Sirene instrumentalisiert hat, um ihre Rache an Flotzinger ausleben zu können?«

Kotek wusste, dass Jacobi Sengstvoggen nach wie vor nicht für den Täter hielt, und obwohl sie seine Meinung weitgehend teilte, behielt sie das mit Rücksicht auf Weiders Empfindsamkeit für sich und versicherte diesem, noch ehe Jacobi dazu etwas sagen konnte: »Wir lassen eine mögliche Verbindung zwischen den beiden nicht außer Acht, versprochen! Unsere bayerischen Kollegen werden ihm entweder noch heute oder am Montag unsere Vorladung übermitteln, auf dem Handy ist er ja nicht zu erreichen.«

»Ehe wir zur personenbezogenen Fallanalyse kommen, hätte ich gerne noch den Bericht über die Auswertung des Archivmaterials gehört, Hans«, wandte sich nun auch Jacobi an Weider.

»Natürlich, aber erwartet euch nicht zu viel. Die Ergebnisse meiner Recherchen über den Sowoinvest-Empfang, auf dem man übrigens weder Kosten noch Mühen scheute, um die Opferlämmer zu weiteren Einzahlungen in den Fonds zu bewegen, sind folgende –«

»Hast du Fotos oder TV-Aufnahmen auftreiben können, auf denen jemand von unseren Kandidaten zu erkennen ist?«, fiel ihm Jacobi, der einem weitschweifigen Bericht zuvorkommen wollte, gleich ins Wort.

»Auf dem Empfang in den Prunkräumen der Residenz waren weit über hundert geladene Gäste und jede Menge Journalisten anwesend«, reagierte Weider leicht gereizt auf die rüde Unterbrechung. »Natürlich gibt es minutenlange Beiträge mit Flotzinger, die zeigen, wie er von einem Podium aus das Publikum bequatscht. Auch Schimmelpfennig ist ab und zu im Bild, doch außer Susanne Krenreich, die sich auffällig oft in der Nähe von Flotzinger herumtreibt, und Waris Rader, die so manchem Fotojournalisten einen Schnellschuss wert gewesen ist, haben wir keinen der Verdächtigen auf den vielen Metern Archivmaterial entdecken können.«

»Was aber nicht heißen muss, dass Bruno Sengstvoggen, Ariadne Pumhösl und Marika Nagy nicht anwesend waren.« Wieder war es Jacobi, von dem der Einwand kam.

»Nein, natürlich nicht«, pflichtete ihm Weider bei. »Die drei tauchen ja auch in den Gästelisten auf.«

»Warum war eigentlich sexy Susi da?«, wunderte sich Kotek. »Ich dachte, Flotzinger hätte sie abserviert, lange ehe die Investmentblase geplatzt ist?«

»Du vergisst, dass der Empfang Monate vor dem Crash gegeben wurde«, erinnerte Jacobi sie und versuchte es nun bei Weider auf die freundschaftliche Tour. »Hans, du hast doch noch was in der Hinterhand, das dir aufgefallen ist, nicht wahr?«

Weider schüttelte traurig den Kopf. »Außer dem Ausschnitt der Krenreich, der fast hinunter bis ins Heimatland reichte, wirklich nichts, das einen Anstoß in eine bestimmte Richtung geben könnte.«

»Wie lief das Ganze eigentlich ab? Du erwähntest zum Beispiel den Vortrag von Flotzinger, was gab es noch für Programmpunkte?«

»Ein paar Honoratioren schwangen ebenfalls noch Reden, allerdings kürzere als Flotzinger, zwischendurch flimmerten auf Großleinwänden Sowoinvest-Werbeclips, in denen attraktive junge Menschen die Vorzüge des Bauprojekts priesen, wobei ihre Begeisterung von heroischen Klängen amerikanischer Filmmusik untermalt wurde. Nach der Einlage eines Streicherquintetts war der offizielle Teil vorbei, das kalte Büfett wurde gestürmt und allenthalben Small Talk geübt, das war's.«

»War irgendwas Besonderes auf den Videoclips?«, drängte der Terrier.

»Eine Bikini-Schönheit, die mit federnden Schritten und schwingenden Brüsten den Pool im Garten ihres funkelnagelneuen Sowoinvest-Hauses abschreitet.«

»Filou! Sonst nichts?«

»Hm, vielleicht noch ein Clown.«

»Ein Clown?«, fragte Kotek konsterniert.

»Ja, ein trauriger Clown, der zunächst vor Kindern seine Späßchen macht, dann aber weint, weil er in keinem schönen Sowoinvest-Haus wohnt.«

»Ein Clown also«, sagte Jacobi so geistesabwesend, dass Kotek ihn an die noch ausstehende aktuelle Fallanalyse erinnern musste, derentwegen sie ja hier saßen.

»Stimmt ja, aber dazu ist alles schnell gesagt, wie wir ja gestern Abend schon erörtert haben«, kam er schließlich zur Sache. »Vom Modus operandi, vom Motiv und von der Tatzeit ausgehend, kommen von der ins Auge gefassten Pumhösl-Runde und vom Sowoinvest-Kreis nur mehr folgende Personen in Frage: Schimmelpfennig und seine Hausdame, vorausgesetzt, die Anschläge auf die beiden gehen auf Raders Kappe. Motiv: Sie waren nicht damit einverstanden, dass sich Flotzinger in ihr Geschäft gedrängt hatte, wobei Marika Nagy nicht nur ihre Position innerhalb des Escortservice gefährdet hätte sehen können, sondern auch die finanzielle Absicherung ihrer Tochter.«

»Hältst du die Bitte um Personenschutz für Ildiko für ein Ablenkungsmanöver?«

»Möglich wäre es«, meinte Jacobi achselzuckend. »Als Mörderin von Flotzinger ist sie jedenfalls nicht auszuschließen. Sie wusste seit ausreichend langer Zeit von Flotzingers gelegentlichen Besuchen im Chalet und könnte durch die Crashkids auf die Idee gekommen sein, ihnen den Mord in die Schuhe zu schieben, wobei sie Ort, Zeit und Vorgehensweise von A bis Z bestimmte. Es macht sie und Schimmelpfennig nicht weniger verdächtig, dass sie sich gegenseitig ein Alibi geben.«

Kotek nickte ungeduldig. »Okay. Und was ist mit Ariadne Pumhösl? Die ist uns in letzter Zeit ja fast schon ein wenig abhanden gekommen.«

»Vorausgesetzt, ihr Vater wurde, was ihr Alibi betrifft, ebenso getäuscht wie wir, könnte sie es noch immer gewesen sein. Vielleicht habe ich sie gestern ja etwas zu voreilig abgehakt. Sie könnte der Krenreich nach jenem zufällig belauschten Telefonat nachspioniert haben und hinter ihr Geheimnis gekommen sein. In so einer Situation würde nicht nur der Grimm über die jahrelange Heuchelei der Freundin in ihr hochgekocht sein wie Magma in einem Vulkan.«

»Und dann hat sie den Mercedes-Oldtimer von Flotzinger so gekonnt an die Leitplanke gefahren, dass Oliver bei der Begutachtung vor Ort zunächst keinen Verdacht schöpft?«

»Das ist zugegeben ein Schwachpunkt dieser Hypothese, es sei denn, jemand war ihr bei der Inszenierung behilflich.«

»Was ist mit Didi Krenreich?«, fragte Weider. »Könnte er nicht von Ariadne Pumhösl zur Beihilfe überredet worden sein? Zum Beispiel unter dem Vorwand, die arme Susi von Flotzinger befreien zu wollen?«

Kotek winkte ab. »Das Alibi von Krenreich hält, da fährt die Eisenbahn drüber. Außerdem hat er ein veritables Alkoholproblem und wäre schon allein deshalb ein großer Unsicherheitsfaktor für ein derartiges Unternehmen gewesen, womit wir wieder bei Sengstvoggen wären, der ja als zu leichtgewichtig für eine solche Bluttat eingeschätzt wird.«

Die gegen ihn gerichtete Spitze veranlasste Jacobi, in für ihn typischer Gestik die Schultern hochzuziehen und dabei die Handflächen nach oben zu wenden. »Können wir uns vielleicht darauf einigen, die rätselhafte Ariadne vorläufig zurückzustellen, bis wir Sengstvoggen neuerlich überprüft haben?«

»Bleibt also neben Schimmelpfennig und Nagy nur noch sexy Susi, die am dichtesten an Flotzinger dran war«, hielt Kotek fest, »und der ich auch den Stunt mit dem Auto ohne Weiteres zutraue. Nur eines glaube ich nicht: Dass sie Flotzinger, dem sie so lange Zeit bis zur Selbstverleugnung hörig gewesen ist, plötzlich getötet hat.«

»Auch in einer solchen Beziehung kann der berühmte Tropfen das Fass zum Überlaufen bringen«, flüchtete sich Jacobi in einen Allgemeinplatz. »Aber erst einmal müssen wir sie finden. Und dann kennen wir wahrscheinlich auch die Mörderin oder – wenn wir von mehreren Personen sprechen – die Mörder. Um den Kreis der möglichen Täter definitiv einzugrenzen, werde ich mir jetzt Johann Rader vornehmen.«

30 ALS JACOBI DEN VERNEHMUNGSRAUM BETRAT, erhob sich der asketisch wirkende Vizeleutnant des österreichischen Bundesheeres hinter dem grauen Kunststofftisch vom Stuhl, und obwohl er den Oberst fast um Haupteslänge überragte, merkte man ihm den Respekt an, den er dem bekannten LKA-Beamten entgegenbrachte.

»Nehmen Sie bitte wieder Platz, Herr Rader«, bat Jacobi und verzichtete bewusst auf Gruß und Unteroffizierstitel. »Sie sind einverstanden, dass wir die Befragung aufzeichnen?« Er hatte schon vorweg auf die Aufnahme-Taste des Rekorders gedrückt, ohne die Antwort abzuwarten. »Herr Rader, ich will es kurz machen: Ich erzähle Ihnen, was wir wissen oder zu wissen glauben, und Sie werden sich dazu äußern oder auch nicht. Fakt ist, dass Sie an jenem Dienstag, an dem ein Pkw-Fahrer versucht hat, den 5er-BMW von Bernd Schimmelpfennig von der Dürrnberg-Landstraße zu drängen, einen Termin in der EMCO-Klinik am Dürrnberg hatten, den Sie Ihrer Dienststelle zwar bekannt gegeben, aber nicht wahrgenommen haben. Können Sie mir sagen, warum?«

»Ich bin nicht verpflichtet, Ihnen über meinen Gesundheitszustand Auskunft zu geben.«

»Sie sind mir gegenüber zu gar nichts verpflichtet, nur würde es sich im Hinblick auf ein Verfahren wegen gefährlichen Eingriffs in den öffentlichen Straßenverkehr gut machen, mit uns zusammenzuarbeiten. Auch eine Anklage wegen Beihilfe zum Mord ließe sich am leichtesten vermeiden, indem Sie die Wahrheit sagen. Darüber haben Sie sich doch auch schon Gedanken gemacht, nicht wahr?«

Der Ermittler erhielt keine Antwort, aber so rasch hatte er auch keine erwartet. »Sehen Sie, strafbar ist ja ohnehin nur der

Rempler mit Ihrem Škoda, wobei wir, was Ihr Motiv anbelangt, sehr kulant sein können, wenn Sie –«

»Mein Škoda hat nirgendwo einen Blechschaden«, unterbrach ihn Rader brüsk.

»Das wissen wir. Machen Sie sich nicht lächerlich, Mann! Sie sind Leiter einer Mechanikerwerkstatt und haben die Schäden natürlich längst ausgebessert, wahrscheinlich sogar außerhalb der Rainer-Kaserne, wofür Sie sicher geeignete Adressen an der Hand haben. Sie zeigen sich uneinsichtig, Herr Rader. Ich versuche, Ihnen eine goldene Brücke zu bauen, aber Sie gehen nicht darauf ein. Dabei habe ich Ihren Verzicht auf juristischen Beistand zunächst als gutes Zeichen gewertet. Kapieren Sie es denn noch immer nicht? Wir wollen die Person kriegen, die Flotzinger auf dem Gewissen hat, nur das ist uns wichtig. Dass Sie versucht haben, Ihre Frau mit hanebüchenen Methoden vom Escort-Dienst loszueisen, ist für uns nur insofern von Bedeutung, als wir den Vorfall auf der Dürrnberg-Landstraße und die Drohung mit dem Laserpointer vom Fall Flotzinger klar trennen und damit abhaken wollen.«

»Angenommen, jemand gäbe die erwähnten Delikte zu, was hätte eine solche Person zu erwarten?«

Jacobi war von der so früh gezeigten Kooperationsbereitschaft so überrascht, dass er beinahe vergessen hätte, die Pause-Taste des Rekorders zu drücken. »Jemanden mit einem Laserpointer zu Tode zu erschrecken, ist nicht gerade die feine englische Art, eher ein Bagatelldelikt. Ein Verfahren dazu würde wegen Geringfügigkeit gar nicht erst eröffnet werden«, erläuterte er dann. »Bleibt noch der Eingriff in den Straßenverkehr, der aus Unachtsamkeit und ohne Absicht erfolgt sein kann. Schimmelpfennig hat keine Anzeige erstattet, weshalb in diesem Punkt viel Spielraum bleibt. Eventuell könnten wir die Angelegenheit sogar unbearbeitet lassen.«

Das war mehr als deutlich, aber Raders Sorge galt auch seiner Waris. »Was hat meine Frau arbeitsrechtlich für Ihre nicht gemeldete Tätigkeit als … äh … Hostess zu erwarten?«

»Herr Rader, wir jagen Gewaltverbrecher, für Abgabenhinterziehung sind wir nun wirklich nicht zuständig. Am besten wendet sich Ihre Frau an einen Anwalt oder an die Gewerkschaft, immerhin übt sie ja auch reguläre Jobs aus. Also, wie verbleiben wir heute miteinander?«

»Ich war das am Dürrnberg. Ich war auf dem Weg –«

»Sie waren bereits auf dem Rückweg vom Dürrnberg«, fiel ihm Jacobi ins Wort, »weil Sie es sich kurzfristig mit dem Klinik-Termin anders überlegt hatten, und waren beim Bergabfahren zu schnell unterwegs. Ihr Škoda geriet ins Schleudern, Sie streiften einen vorausfahrenden Wagen, erstatten aber erst jetzt Selbstanzeige. So war es doch, nicht wahr? Und nun warten Sie auf die Meldung des Geschädigten.«

»Und … und die Sache mit dem Laserpointer?«, stotterte Rader verblüfft.

»Auch in diesem Fall warten wir auf eine Anzeige, was ebenfalls dauern kann. Für heute sind wir jedenfalls fertig mit Ihnen. In den nächsten Tagen kommen Sie bei uns vorbei und unterschreiben Ihre Aussage, die wir wie eben formulieren werden. Auf Wiedersehen, Vizeleutnant Rader.«

31 VON DER KLEINEN PENSION »GÖLLBLICK«, die sich etwas abgelegen an der Straße zwischen den Ortschaften Asten und Dornerdörfl am Fuß des Oberlangenbergs befand, genoss man, wie der Name schon verhieß, einen wunderbaren Ausblick über das Salzachtal und auf das Bergmassiv des Kleinen und Großen Gölls. Für die Besitzerin der Liegenschaft, die schwerhörige, über achtzigjährige Gundula Schwindhackl, war diese Idylle eine Alltäglichkeit, wogegen sie das aktuelle Verhalten ihrer Untermieterinnen, die zwar pünktlich ihre Miete bezahlten, den überwiegenden Teil des Monats jedoch durch Abwesenheit glänzten, schon eher außergewöhnlich fand.

Dabei regten sie nicht einmal die Herrenbesuche auf, die

Natalie und Susanne an den wenigen Tagen erhielten, an denen sie die Garçonnière im angebauten Trakt in Anspruch nahmen, wobei Frau Schwindhackl trotz ihrer zweiundachtzig Lenze sehr wohl wusste, was sich unter ihrem Dach abspielte. Aber was war denn schon dabei, solange alles reibungslos und diskret geschah, verlässlich sauber gemacht wurde und die Kasse stimmte?

Doch seit zwei Wochen hielt sich eine der Frauen – Schwindhackl war sich nicht sicher, welche – durchgehend in der Wohnung auf, die über einen separaten Eingang verfügte. Wer immer es nun war – Susanne oder Natalie –, setzte, von einigen nächtlichen Spaziergängen abgesehen, kaum einen Fuß vor die Tür und hatte in der gesamten letzten Zeit keinen Besuch empfangen. Stattdessen lief die Frau tagsüber oft minutenlang in den beiden Räumen wie ein gefangener Tiger auf und ab, und ihre Vermieterin roch mitunter sogar Tabakrauch, obwohl Rauchen im Haus eigentlich nicht erlaubt war.

Als eben die Turmuhr von Kuchl zehn Uhr geschlagen hatte, war nach vierzehn Tagen doch wieder an der Tür der Garçonnière geläutet worden. Trotz ihres miserablen Gehörs hatte die betagte Dame das gehört – genauso wie den erstaunten Ausruf, als geöffnet wurde.

»Du?«, hatte Natalie gefragt – oder war es Susanne? –, da war der Ankömmling auch schon eingetreten. Nachdem er geduzt und offensichtlich nicht erwartet worden war, konnte es sich bei ihm eigentlich um keinen Kunden handeln. Vielleicht war es ein Verflossener? Ein geschiedener Ehemann? Plötzlich wurde Gundula Schwindhackl bewusst, dass ihre Untermieterinnen weitgehend unbeschriebene Blätter für sie waren, was sie bisher zwar nie gekümmert hatte, aufgrund dieses auffälligen Verhaltens jetzt aber ihre Neugier weckte.

Sie blickte aus dem Küchenfenster auf die Straße hinunter. Im Hof hinter dem Haus parkte zurzeit ein Auto, das wusste sie, allerdings hätte vorne auf der Straße ebenfalls eines stehen müssen, der Besuch war ja wohl kaum zu Fuß gekommen. Aber da war keins.

Das alles beunruhigte die rüstige Pensionistin, und noch

während sie nach einer Erklärung für diese rätselhaften Vorgänge suchte, ertönte die antiquierte Klingel an ihrer Haustür.

»Bitte, Fräulein Susanne macht plötzlich der Kreislauf zu schaffen!«, rief jemand in die Sprechanlage. Die Stimme klang angstvoll. »Kann mir jemand behilflich sein, den Arzt zu rufen? Ich habe mein Handy nicht dabei.«

Gundula Schwindhackl ging zur Tür, schob den Riegel aber nur sehr zögernd zurück. Man hörte ja so viele schreckliche Berichte von Überfällen auf alleinstehende Senioren.

Da appellierte die Person draußen noch dringender. »Bitte, darf ich bei Ihnen telefonieren, oder ist vielleicht jemand bei Ihnen, der sich mit Reanimation auskennt?«

»Nein, leider nicht. Ich bin allein und habe davon keine Ahnung«, erklärte die alte Dame und begriff, kaum dass sie die Sicherheitskette ausgeklinkt hatte, ihren zweifachen Fehler.

Die Haustür wurde aufgestoßen, das massive Eschenholz traf sie an der Stirn, ließ sie zurücktaumeln, und der Eindringling war über ihr. Gundula Schwindhackl sah nur seine Augen hinter den Sehschlitzen der Sturmhaube.

Fünf Minuten später saß sie, mit Kabelbindern gefesselt, mit Paketklebeband geknebelt und mit einem Handtuch über dem Kopf, auf dem Boden des Eingangsflurs, sodass sie nur wahrnehmen konnte, dass Licht im Gang brannte.

»Es geschieht Ihnen nichts, wenn Sie sich ruhig verhalten«, sagte die Stimme, die ebenso gut einem Mann wie einer Frau gehören konnte. »Ich habe nur mit dem Escort-Vögelchen ein paar Takte zu reden, und zwar an einem andern Ort. Wenn das erledigt ist, rufe ich die Polizei, man wird Sie dann umgehend befreien.«

Sekunden später fiel die Haustür ins Schloss, Gundula Schwindhackl war wieder allein, ihr nicht mehr junges Herz pochte noch immer heftig, und sie zitterte am ganzen Körper.

Irgendwann hörte sie, wie ein Auto im Hof gestartet wurde, dann auf die Straße fuhr und sich in Richtung Dornerdörfl entfernte. Es war Susannes Subaru, sie kannte das Motorengeräusch, denn auch ihr verblichener Erich hatte so ein Vehikel gefahren. Boxermotoren waren neben Barolo sein Lebensinhalt gewesen. Dass Susanne und Natalie damals im Subaru bei ihr vorgefahren waren, hatte auch den Ausschlag gegeben, ihnen die Garçonnière zu vermieten.

»Aua!« Die ersten Versuche Gundula Schwindhackls, sich ihrer Fesseln zu entledigen, gerieten zu einem ebenso frustrierenden wie schmerzhaften Erlebnis: Die Kabelbinder schienen ihre Hand- und Fußgelenke danach nur noch fester zu umschließen. Schließlich fand sie sich damit ab, sich vorläufig in Geduld üben zu müssen.

Nach geschlagenen drei Stunden – die arme Frau hatte schon große Probleme, das Wasser zu halten – öffnete sich die Haustür, und Gruppeninspektor Lurmtaxer, der Gundula Schwindhackl schon lange kannte, machte große Augen. »Also war das doch kein verspäteter Aprilscherz, der Anrufer hat die Wahrheit gesagt.« Nachdem er ein Notarzt-Team alarmiert hatte, kniete er sich neben das Überfallopfer, trennte die Kabelbinder mit seinem Taschenmesser durch und polterte ehrlich erzürnt: »Eine ausgesprochene Sauerei, so etwas mit einer älteren Dame zu machen! Einen Moment noch, Frau Schwindhackl, gleich haben wir's.« Vorsichtig half er ihr auf die Beine. »Und jetzt erzählen Sie: Wer hat sich diesen üblen Scherz mit Ihnen erlaubt?«

»Gleich, Lurmtaxer, gleich! Erst mal muss ich aufs Häusl.« Sprach's und stakste eilig ins WC, vor dem sie die ganze Zeit gesessen hatte.

Später berichtete sie umständlich, wie es betagte Personen nicht ungern tun, was ihr widerfahren war. Sie war mit ihrer Erzählung noch nicht fertig, als auch schon die Rettung eintraf. Während sich der Notarzt um Frau Schwindhackl kümmerte, rief Lurmtaxer das LKA an und ließ sich zu Jacobi durchstellen.

32 »UND ES WAR GANZ SICHER EIN MANN, der den Überfall auf Frau Schwindhackl gemeldet hat?«, fragte Jacobi, der eben von einem späten Mittagessen aus der Kantine in sein Büro zurückgekehrt war.

»Moment, ich frag mal bei Revierinspektorin Novak nach. Sie hat den Anruf auf unserem Posten in Golling entgegengenommen, ich selbst war grad nicht da.« Lurmtaxer legte Jacobi in die Warteschleife, meldete sich aber kurz darauf wieder zurück.

»Sabrina glaubt, dass es ein Mann war, ist sich aber nicht sicher. Dasselbe hat übrigens auch Frau Schwindhackl gesagt. Der oder die Unbekannte hat ja nur ein paar Worte gesprochen. Soll ich sie noch einmal wiederholen, Oberst?«

»Nein danke, Lurmtaxer, Ihr Gespräch mit mir wurde ohnehin aufgezeichnet, und wir werden es uns sicher noch einige Male anhören. Apropos: Der Anruf der oder des Unbekannten wurde nicht aufgenommen, oder?«

»Leider nein, denn die Person war so schlau, die Nummer des Journaldienstes zu wählen und nicht die vom Notruf.«

»Tja, das scheint in letzter Zeit zur Regel zu werden«, sagte Jacobi mehr zu sich selbst als zu seinem Gesprächspartner. »Aber noch mal vielen Dank für Ihre äußerst wertvolle Mitarbeit.« Er legte auf und ging, anstatt Kotek anzurufen, gleich persönlich zu ihr hinüber. Dass er amtsfremde Kollegen und nützliche Zeugen gern über den grünen Klee lobte, innerhalb des Referats aber mit Anerkennung knauserte, hatte Methode, trug ihm aber oft Kritik von seiner Melanie ein, die, als er ihr Büro jetzt betrat, ebenfalls gerade ein Telefonat beendete.

»Du kommst im richtigen Moment«, sagte sie, wobei sie sich vom Schreibtisch abstieß und in ihrem Bürosessel auf ihn zurollte. »Stell dir vor: Sengstvoggen hat ein neues Alibi. Zur Tatzeit will er jetzt bei der besten Freundin seiner Vermieterin gewesen sein. Er gibt an, er hätte anfangs, um die Dinge nicht unnötig zu verkomplizieren, Letztere um ein Alibi gebeten.«

»Du meinst, die Dinge sollten sich für *ihn* nicht unnötig verkomplizieren.«

»Sag ich ja. Pech, dass ihm Christl Perhamer jetzt draufgekommen ist und wenig überraschend ihre Gefälligkeitsaussage zurückgezogen hat. Die Kollegen in Waging erheitert dabei besonders, dass Sengstvoggen nun wieder ausschließlich im Wohnwagen haust.«

»Sicher nicht für lange«, relativierte Jacobi. »Bald wird er wieder eine Dumme finden, die ihm für ein bisschen Trallala einen angenehmeren Zweitwohnsitz bietet und ihn aushält. Ich habe etwas viel Brisanteres auf Lager: Entweder ist heute Vormittag Susanne Krenreich aus einer Pension unweit von Kuchl und Golling entführt worden, oder sie selbst hat ihre Entführung vorgetäuscht und dazu ein bisschen Remmidemmi veranstaltet.« Er berichtete, was er von Lurmtaxer erfahren hatte.

»Aber warum sollte die Krenreich erst vierzehn Tage warten, bis sie sich zu einer solchen Inszenierung entschließt?«, bezweifelte Kotek die letztgenannte Theorie. »Warum überhaupt diese zwei Wochen kindisches Versteckspiel in der Pension ›Göllblick‹, wenn sie die Mörderin von Flotzinger ist? In diesem Fall wäre sie doch entweder sofort abgetaucht oder in ihrem gewohnten Umfeld geblieben, um sich ahnungslos zu geben und einen auf *business as usual* zu machen.«

»Das stimmt, sich in einer selten benutzten Absteige zu verstecken in der Hoffnung, dort nicht entdeckt zu werden, passt wirklich nicht zu der Person, die wir suchen«, pflichtete ihr Jacobi bei. »Aber bekanntlich kann der Schein auch trügen. Frau Schwindhackl weiß nämlich nicht genau, welche der zwei Bordsteinschwalben sich vierzehn Tage lang in der Garçonnière aufgehalten hat. Gesichert ist nur, dass ein weißer Subaru genauso lange hinter ihrem Haus gestanden hat und nach dem Überfall auf sie weggefahren ist.«

»Eine traumatisierte Susanne Krenreich könnte von jemandem dorthin geschickt worden sein, um sie uns wenigstens eine Zeit lang vorzuenthalten«, mutmaßte Kotek.

»Oder um sie interessant zu machen«, beteiligte sich Jacobi an ihrem Ratespiel.

»Und sie kann vor Kurzem gewarnt worden sein, dass die Polizei nun auch diese Adresse kennt«, ergänzte seine Partnerin. Dazu bezog Jacobi zunächst keine Position, aber der nach innen gerichtete Blick des Terriers sagte ihr, dass er Witterung aufgenommen hatte.

Nach fast minutenlangem Abwägen rückte er damit heraus: »Es geht um Zeit. Flotzingers Mörder oder Mörderin will Verwirrung stiften, entweder um sich sicher absetzen zu können oder –«

»Oder um noch jemanden zu ermorden«, ergänzte Kotek trocken, nachdem er mitten im Satz innegehalten hatte. »Das führt mich gleich zu meiner Bitte.«

»Nämlich welcher?«

»Vorhin war kurz die Rede von Revierinspektorin Sabrina Novak, die den Anruf des mutmaßlichen Entführers entgegengenommen und – nicht zu vergessen – die Crashkids für uns identifiziert hat. Dass ich sie für befähigt halte, mir bei einer Schutzobservation von Schimmelpfennig zur Seite zu stehen, wird dich also nicht überraschen, und Lurmtaxer wird es sich sogar zur Ehre anrechnen, uns seinen Protegé für einen Tag zu überlassen.«

»Ich weiß nicht. Die Eisriesenwelt und die steilen Felswände davor sind doch kaum der ideale Hinterhalt für einen Meuchler, der nach begangener Tat schließlich noch davonkommen will.«

»Du hast Marika Nagy den Personenschutz für ihre Tochter versprochen, willst du jetzt etwa einen Rückzieher machen?«

»Und du hast gesagt, Susanne Krenreich könnte in ihrer Quarantäne gewarnt worden sein. Wer käme da als Informant in Frage? Doch wohl Marika Nagy. Dass sie uns heute Vormittag die Adresse der Pension ›Göllblick‹ gibt und beinahe zeitgleich Susanne Krenreich von dort verschwindet, kann doch kein Zufall sein.«

»Du rufst Lurmtaxer an?«, vergewisserte sie sich, ohne sich auf einen Disput einzulassen.

Jacobi blickte in Ermangelung eines Firmaments zum vergilbten Plafond des Büros empor und breitete die Hände fast wie ein Priester aus. »Okay, okay, du gibst ja doch nicht nach.«

»Und du begleitest mich morgen zu einer vorbereitenden Exkursion in die Eisriesenwelt. Ich kümmre mich um alles, unter anderem auch um eine spezielle Führung, die die Bereiche hinter der Schauhöhle mit einschließt.«

»Morgen ist Sonntag, da drängeln sich die Touristen dort zu Hunderten.« Aber mit einem so lahmen Einwand wusste sich Jacobi von vornherein auf verlorenem Posten.

»Dann eben am Montag«, kam es tatsächlich postwendend retour. Wenn sich Melanie etwas in den Kopf gesetzt hatte, musste man schon schwereres Geschütz auffahren, um sie davon abzubringen.

33

»NOCH EINMAL EIN LETZTER CHECK, SABRINA«, raunte Kotek ihrer Begleiterin zu, nachdem sie sich an diesem frühen Mittwochvormittag eben erst vom Dr.-Oedl-Schutzhaus unweit der Bergstation der steilen Zubringerseilbahn auf den Weg zum Eingang der Schauhöhle gemacht hatten. Sie war nervöser als sonst bei ähnlichen Gelegenheiten, denn obwohl sie selbst den Anstoß dazu gegeben hatte, die kompetente Revierinspektorin für diesen Job zu rekrutieren, hatte sie zur neuen Partnerin nicht das bedingungslose Vertrauen wie etwa zu einem Lorenz Redl oder dem krisenerprobten Schlachtross Leo Feuersang. Zwar hatte man notgedrungen auch einige Höhlenführer der Eisriesenwelt-Pachtgesellschaft über den verdeckten Personenschutz ins Vertrauen ziehen müssen, aber im Ernstfall musste sie sich auf Novak verlassen, wenn sie nicht nur auf sich selbst angewiesen sein wollte.

Sie marschierten am Ende der etwa fünfzigköpfigen Gruppe von Touristen, während sich Schimmelpfennig und seine Tochter etwa in der Mitte aufhielten. Schon an der Talstation und später nach dem Ausstieg hatte sich Kotek jedes einzelne

Gesicht genau angesehen, aber kein bekanntes entdecken können. Alle Höhlenbesucher waren trotz der relativ milden Frühlingstemperaturen winterlich gekleidet, manche sogar mit Grubenhelmen und -lampen ausgerüstet, weshalb derartiges Equipment an den Ermittlern nicht auffiel. Die Nachtsichtgeräte, die sie nur für den nicht vorhersehbaren Fall X dabeihatten, waren – für die Touristen unsichtbar – in den Rucksäcken verstaut.

Der Himmel war bedeckt, doch den bergauf Wandernden wurde auf manchen Streckenabschnitten dennoch ein beeindruckendes Panorama geboten, wobei allerdings nur schwindelfreie Personen den Blick ins Salzachtal hinunter, etwa auf die Burg Hohenwerfen, als erhebendes Erlebnis empfinden mochten. Der größtenteils in den Kalkfelsen gehauene, in Serpentinen angelegte Steig war steil und steinig, aber gut begehbar und auch von nicht besonders sportlichen Personen in einer halben Stunde zu bewältigen.

»Im Inneren der Höhle bleibe ich beim Schlussmann unserer Gruppe«, rekapitulierte Kotek. »So habe ich alle im Blickfeld, während Sie sich immer in der Nähe unserer Schützlinge aufhalten, um im Falle eines Überraschungsangriffs – woher auch immer – sofort eingreifen zu können. Funkgerät und Glock haben Sie griffbereit?«

»Hab ich«, bestätigte Novak, »obwohl ich mir ehrlich gesagt weder hier noch in der Höhle einen Anschlag vorstellen kann, der es dem Täter ermöglicht, danach unerkannt zu flüchten.«

»Für einen leidlich guten Bergsteiger wäre das nicht so unmöglich, wie es zunächst den Anschein hat. Durch die Schüsse auf das Opfer könnte er in dieser düsteren Szenerie sofort eine Panik erzeugen, die es ihm gestatten würde, sich im allgemeinen Chaos unter die Flüchtenden zu mischen und mit ihnen zum Ausgang zu rennen, den er als einer der Ersten erreichen wird. Draußen macht er einen auf ›Haltet den Dieb‹, lenkt die Aufmerksamkeit auf einen x-beliebigen Touristen und verdünnisiert sich dann über einen längst ausgekundschafteten Steig oder besitzt sogar die Chuzpe, mit der Seilbahn runterzufahren, bevor man auf die Idee kommt, diese zu stoppen und ihre Gäste zu kontrollieren.«

»Das hieße ja, der potenzielle Meuchelmörder müsste sich bereits vorab über die Gegebenheiten in der Schauhöhle und des Gebietes um sie herum kundig gemacht haben?«

»Genau das heißt es. Wann waren Sie das letzte Mal hier oben, Sabrina?«

»Na ja, das ist schon einige Zeit her. Ich glaube, es war im Rahmen einer Exkursion mit einer Hauptschulklasse. Und Sie, Melanie?«

»Das vorletzte Mal ebenfalls in der Pflichtschulzeit, aber nachdem ich am Samstag vom geplanten Firmungsausflug erfahren hatte, bin ich vorgestern Nachmittag in Begleitung von Oberst Jacobi hergefahren. Ein erfahrener Guide hat uns in der Höhle herumgeführt und auch Gänge gezeigt, die weit über den touristisch genutzten Bereich hinaus ins Innere des Tennengebirges reichen und die wir uns wie auch den vorderen Teil unter dem sicherheitsrelevanten Aspekt angesehen haben, soweit das gestattet war. Die Gesamtlänge der Höhle soll ja immerhin zweiundvierzig Kilometer betragen. So weit haben wir unsere Exkursion freilich nicht ausgedehnt.«

»Alle Achtung, Sie nehmen Ihren Job wirklich ernst.«

»Das haben Sie doch auch getan, als Sie sich auf die Spur der Crashkids setzten, Sabrina. Also: Der Touristentrail in der Höhle ist hin und zurück nur wenig mehr als zwei Kilometer lang und dauert etwas über eine Stunde. Aber die hat es in sich. Vom Eingangsportal in tausendsechshundertvierzig Metern Seehöhe, wo die Temperatur auf unter null Grad sinkt, geht es, stets flankiert von bizarren Eisformationen, zunächst durch die ebenso beeindruckende wie riesige Posselt-Halle über schmale Holz- und Stahltreppen schlappe siebenhundert Meter den Großen Eiswall hoch.«

»Woher kommt eigentlich das viele Eis?«, wollte Sabrina Novak wissen. »In anderen Schauhöhlen sieht man es kaum in solchen Massen.«

»Es entsteht durch einen Kamineffekt: Ein permanenter

kalter Luftstrom lässt es je nach Jahreszeit periodisch wachsen oder schmelzen, aber über einen größeren Zeitraum gesehen nimmt das Volumen insgesamt zu. Nur die ersten eineinhalb Kilometer, wo auch die Führungen stattfinden, sind ständig vereist. Für uns ist aber jetzt wichtiger, wie es nach dem Großen Eiswall weitergeht«, war Kotek bemüht, mit dem Einsatzcheck fortzufahren. Als Novak die Augen verdrehte, wäre sie fast laut geworden. »Sabrina, von unserer Ortskenntnis kann unter Umständen unser Leben abhängen. Also: Nach dem Kanzel-Eiswall, der Hymir-Burg und dem Donar-Dom, die wie auch der Odin-Saal ihre Namen wenig überraschend der ›Edda‹ verdanken, erreichen wir den Alexander-von-Mörk-Dom, zu dem diese Bezeichnung wegen seiner Größe immerhin passt.«

»Richtig, jetzt erinnere ich mich wieder«, warf Novak neuerlich ein. »Er ist nach einem Erforscher der Eisriesenwelt benannt, dessen Gebeine dort bestattet sind.«

»Seine Urne ist dort beigesetzt«, präzisierte Kotek. »Vom Dom aus gehen wir schließlich in den sogenannten Eispalast, wo die Führung und auch der vereiste Teil der Höhle zu Ende sind. Von dort würde man über den Bockstollen und den Utgard-Tunnel in die größte und eindrucksvollste Höhle, die Midgard-Halle, gelangen, die nicht öffentlich zugänglich, für Höhlenforscher dafür umso interessanter ist, weil von ihr etliche sich windende und nicht enden wollende Gänge abgehen, die ebenso fantasievolle wie bezeichnende Namen tragen wie zum Beispiel Diamantenreich, Dämonenlabyrinth, Satanshalle oder auch Jenseits.«

»Und die Sie weshalb erwähnen?«

»Es besteht die zugegeben weit hergeholte Möglichkeit, dass jemand, der über den Firmungsausflug Bescheid weiß, schon mit der ersten Gruppe in die Höhle gegangen ist und sich in einen Seitengang abgesetzt hat, um in aller Ruhe die bestmögliche Position für einen Anschlag auszukundschaften.«

»Sie haben sich diesbezüglich schlaugemacht?«

»Heute Morgen. Die Guides zählen ihre Gruppen zu Beginn und am Ende jeder Führung durch, zusätzlich werden die

Touristen angewiesen, sich ihre unmittelbaren Nachbarn zu merken. Bisher hat es keine Auffälligkeiten gegeben, trotzdem ist nicht auszuschließen, dass ein Führer, der glaubt, sich verzählt zu haben, nicht immer ein weiteres Mal nachzählt.«

»Aha. Aber im Ernst: Wer sollte denn wissen, dass Firmpate Schimmelpfennig der Tochter seiner Haushälterin ausgerechnet heute ihren Wunsch erfüllt?«

Kotek zuckte mit den Achseln. »Susanne Krenreich zum Beispiel – auch wenn sie vorläufig nirgends zu entdecken ist – oder Personen, denen sie davon berichtet hat. Das könnten alle aus der Pumhösl-Runde sein. Oder noch schlimmer: Die Mutter der Kleinen könnte arglos mit jemandem darüber geplaudert haben, den wir bisher noch gar nicht auf der Rechnung hatten.« Sie griff nach ihrem Handy. »Oskar? Mir ist da grad was eingefallen: Bohrt bitte noch mal bei Marika Nagy nach, ob nicht doch noch jemand anderes über den Ausflug ihrer Tochter Bescheid weiß. Dafür, dass sie niemandem etwas gesagt haben will, hat sie Lenz gegenüber ganz schön hartnäckig auf dem Personenschutz bestanden. Und falls ihr was in dieser Richtung erfahrt, versucht es, über Funk durchzugeben, wir werden demnächst in der Höhle sein. Gibt es was Neues über Susanne Krenreich?« Noch während sie auflegte, beantwortete sie den fragenden Blick von Novak mit einem Kopfschütteln. »Nein, nichts. Keine Spur von ihr, sagt Jacobi.«

»Okay, dann schließe ich also jetzt zu den beiden auf«, sagte die Revierinspektorin und erhöhte ihr Schritttempo.

Minuten später waren sie bereits am Portal der Höhle, die vielleicht schon in vorgeschichtlicher Zeit Menschen als Zuflucht, sicher aber nicht als ständig genutzte Wohnstatt gedient hatte, dazu war die Lage viel zu exponiert und der ewige Luftzug, der trotz des verschalten Eingangs auch außerhalb spürbar war, viel zu unangenehm.

Da man auf den Einlass warten musste, war die Gruppe wegen des scharfen Windes eng zusammengerückt, wobei sich die beiden Exekutivbeamtinnen in unmittelbarer Nähe von

Schimmelpfennig und Ildiko Nagy aufhielten, die nach wie vor keine Ahnung hatten, dass sie unter Polizeischutz standen.

Vielleicht verzichtet ein potenzieller Attentäter ja auf einen Anschlag, wenn er uns bemerkt, dachte Kotek, wobei ihr plötzlich ein Schauer über den Rücken lief.

Schließlich war es so weit: Der Führer am Beginn der Gruppe öffnete die einfache Holztür im Portalverschlag, wodurch sich der Luftzug erheblich verstärkte. Unmittelbar hinter der Tür befand sich zur linken Hand ein windgeschützter Unterstand für die Höhlenguides, aus dem nun ein zweiter Führer einige Karbidlampen holte und diese an jeden Fünften in der Gruppe ausgab. Die sehr zuverlässigen Gaslampen erfüllten ihren Zweck mit ihrem gleichmäßig streuenden Licht vermutlich besser als unruhig gehaltene Taschenlampen, vielleicht hatte ihnen das Management der Eisriesenwelt-GmbH auch aus nostalgischen Gründen den Vorzug gegeben, vielleicht waren sie aber auch einfach nur billiger gewesen.

Der Temperatursturz nach dem Betreten der Höhle war eklatant, man fühlte sich in den tiefsten Winter versetzt. Zudem roch es im Eingangsbereich der Posselt-Halle auch wie auf einer Gletscherzunge, denn zu Beginn ging man zwar noch auf Felsen, bald aber schon auf meterdickem Eis, ehe man sich an den Stahlgeländern steiler Gittertreppen den Großen Eiswall hinaufhangeln musste.

Kotek fand die Bezeichnung »Eisriesenwelt« sehr treffend, denn obwohl sie erst zwei Tage zuvor hier gewesen und stundenlang herumgeführt worden war, erschien ihr das bizarre Gewölbe genauso fremd, riesig und abweisend wie bei ihrem ersten Besuch, und sie wähnte sich tatsächlich wieder in einer geheimnisvollen Anderswelt. Als Vorletzte der Gruppe hielt sie neben der nicht aktivierten Helmlampe ihre Stablampe in der Anoraktasche bereit, denn das gespenstische Halbdunkel auf den Treppen hätte einem Attentäter ideale Bedingungen geboten.

Doch vorläufig geschah nichts, das Anlass gegeben hätte, als Personenschützer aktiv zu werden. Guide eins erläuterte an den dafür vorgesehenen Stellen die Entstehungs- und Entdeckungsgeschichte der Schauhöhle, während Guide zwei mit brennenden Magnesiumbändern faszinierende Effekte an und hinter die mystisch anmutenden Eisformationen zauberte.

Der Alexander-von-Mörk-Dom, dessen Scheitel nichts anderes als der Ausläufer einer Doline war, wurde von den Führern und den Lampenträgern hinreichend ausgeleuchtet, sodass Kotek die ganze Gruppe wieder mit einem Blick erfassen konnte.

Alles schien im grünen Bereich zu sein: Novak stand wie schon zu Beginn der Führung in der Nähe von Schimmelpfennig, hatte sich aber so geschickt positioniert, dass sie ebenfalls die gesamte Touristengruppe im Auge, selbst aber eine Eiswand im Rücken hatte.

Schließlich kam der Führer zum Ende der etwas langatmigen, weil mit historischen Anekdoten ausgeschmückten Beschreibung der Halle und forderte zum Weitergehen auf.

Einem potenziellen Attentäter hätten nun allmählich Zeit und Gelegenheit knapp werden müssen, denn die nächste, vom Eingang am weitesten entfernte Attraktion war der Eispalast, ein Rondell, das sich wegen seiner Übersichtlichkeit kaum für einen Anschlag eignete. Nach dessen Besichtigung war der Rückweg anzutreten, der allerdings nicht identisch mit dem Hinweg war, sondern zunächst am Mörk-Dom vorbei über einen künstlich angelegten Stollen eine Schleife zum sogenannten Niflheim hinüber beschrieb, einem, wie der Name schon andeutete, Höhlenabschnitt mit zerklüfteten und diffusen Eisformationen. Erst in der Nähe der Posselt-Halle trafen der Rück- und der Hinweg wieder aufeinander und verliefen danach annähernd parallel bis zum Portal.

Aufgrund einiger unübersichtlicher Nischen im Niflheim hielt Kotek diesen Teil der Schauhöhle für die letzte, aber auch beste Gelegenheit für einen Hinterhalt. Und während sie vor dem Schlussmann der Gruppe auf dem gewundenen Pfad zum Eispalast dahintrottete, beschloss sie, Novak umgehend auf diesen Aspekt hinzuweisen – per Funk. Abgelenkt durch die Überlegung, wie die Touristen und auch die mutmaßliche Zielperson auf das typische Geräusch eines BOS-Funkgeräts reagieren könnten, bemerkte sie im Vorbeigehen zwar den Seitengang, der von der Touristenroute wegführte, versäumte es aber, in das Dunkel hineinzuleuchten, wie sie es zuvor bei anderen Gängen und Nischen getan hatte.

34 DER ANRUF des neben seiner Tochter Nadine für ihn wichtigsten Menschen ließ Jacobi keine Ruhe. Obwohl er in dem Appell Melanies, Marika Nagy noch einmal zu befragen, zunächst nur eine überflüssige Fleißaufgabe gesehen hatte, griff er schließlich doch zum Hörer. Er hätte auch Weider damit beauftragen können, der sich für seine Kollegin jederzeit den Allerwertesten aufgerissen hätte, aber eine innere Stimme ließ ihm keine Wahl.

Seine Geduld wurde auf die Probe gestellt, denn das Freizeichen ertönte gezählte sieben Mal, bis jemand im Landhaus am Dürrnberg abhob.

»Marika Nagy, ja bitte?«

»Oberst Jacobi, LKA Salzburg.«

»Entschuldigung, Oberst, ich war im Garten und habe das Läuten nicht gehört.«

Jacobi glaubte, den Grund zu kennen, warum sich die Haushälterin erst so spät und mit ihrem eigenen Namen meldete. Vermutlich entsprach sie damit einer Anordnung Schimmelpfennigs, der seine Anonymität auch am Telefon gewahrt wissen wollte. »Frau Nagy, Sie haben Major Redl gegenüber versichert, mit keinem Außenstehenden über den Ausflug Ihrer Tochter in die Eisriesenwelt gesprochen zu haben. Dabei bleiben Sie?«

»Ja, natürlich. Nach allem, was in der letzten Zeit vorgefallen ist, wäre ich meschugge gewesen, meine Ildiko leichtsinnig einer Gefahr auszusetzen, indem ich herumerzählt hätte, wohin ihr Firmungsausflug gehen soll.«

»Dann eben umgekehrt: Wer weiß über den Ausflug und den Termin Bescheid?«

»Nur Benno und Ildiko – und Ihre Dienststelle natürlich.«

»Sonst wirklich niemand?«, drängte Jacobi, der ein kurzes Zögern in ihrer Stimme herausgehört zu haben glaubte.

»Das hab ich doch grad schon gesagt.« Marika Nagy klang schon fast patzig, aber das schreckte den Terrier nicht ab.

»Es kann also auch nicht sein, dass Ildiko zum Beispiel in der Schule mit jemandem darüber gesprochen hat?«

»Nein, sie ist ein kluges Mädchen und nimmt den Vorfall auf der Terrasse durchaus nicht auf die leichte Schulter. Sie hat ganz bestimmt nicht geplaudert.«

»Nun gut, dann bin ich, so scheint's, mit meinem Latein am Ende. Aber denken Sie doch bitte noch einmal nach, das sollte Ihnen Ildiko schon wert sein. Es kann durchaus auch um ihr Leben gehen, nicht nur um das von Schimmelpfennig. Allerdings – wenn Sie sich so sicher sind, dass kein Außenstehender von dem Termin weiß, warum haben Sie dann so ausdrücklich auf dem Personenschutz bestanden?«

»Sie sind wirklich ein furchtbarer Mensch! Es war doch nur so ein Gefühl. Kann schon sein, dass ich den Ausflug vor einigen Wochen Sabrina gegenüber erwähnt hab, mit der ich mich manchmal nach dem Einkaufen im Interspar zum Kaffeetrinken treffe, aber die gehört ja ohnehin zu eurem Verein.«

»Sabrina wer?« Der Chef des Referats für Gewaltverbrechen spürte ein Kribbeln im Nacken, als würde ihn jemand mit einer Brennnessel kitzeln.

»Revierinspektorin Sabrina Novak, sie ist eine Jugendfreundin von mir. Kam als Zwölfjährige mit ihrer Mutter aus Szombately zu uns nach Hof und saß dann zwei Jahre in der Hauptschule neben mir. Vor einigen Monaten haben wir uns nach langer Zeit zufällig wiedergesehen, und seither treffen wir uns hin und wieder. Benno verschweige ich das natürlich, denn dass ich Polizistinnen zu meinen Bekannten zähle, würde ihm bestimmt nicht schmecken.«

Nicht nur der Name der Kollegin, die ihnen die Laserpointer-Crashkids auf dem Silbertablett serviert hatte, auch die Ortsbezeichnung »Hof« ließ in Jacobis Elefantengedächtnis etwas einrasten. Vor allem aber alarmierte ihn, dass Sabrina Novak anscheinend vergessen hatte, Melanie gegenüber zu erwähnen, dass sie Schimmelpfennigs Haushälterin kannte und über den geplanten Ausflug in die Eisriesenwelt wenn auch nicht im Detail, so doch viel früher informiert gewesen war als das Referat 112. Das wiederum – Jacobi hätte sich vor Wut die Haare raufen können – hatte sich nicht entblödet, sie als Personenschützerin einzusetzen und, wie es jetzt den Anschein hatte, damit den Bock zum Gärtner zu machen.

Redl hatte im Gegensatz zu ihm, seinem Chef, das richtige Gespür bewiesen, als er den Suizid Paul Landsteiners in den Fokus der Ermittlungen rücken wollte, daran gab es jetzt nichts mehr zu rütteln. Doch für larmoyante Reflexionen darüber, dass die Jungen die Alten überflügeln, war jetzt nicht die Zeit, und Jacobis Niedergeschlagenheit wurde augenblicklich von der Angst um seinen Lebensmenschen verdrängt.

»Danke, Frau Nagy, ich melde mich wieder.« Noch während er auflegte, hatte er auch schon Weider in der Leitung. »Hans? Mach mir eine Verbindung zu Gruppeninspektor Lurmtaxer, aber rasch, wenn ich bitten darf!«

Sekunden später war Lurmtaxer dran.

»Jacobi, LKA. Herr Kollege, aus Gründen, die zu erläutern mir jetzt die Zeit fehlt, möchte ich Näheres über die Familienverhältnisse von Revierinspektorin Sabrina Novak erfahren. Ist oder war sie verheiratet?«

»Was ist denn los? Sie brauchen doch nur einen Blick in ihre Personalakte –«

»Es eilt, Lurmtaxer! Beantworten Sie bitte meine Fragen, ohne Gegenfragen zu stellen!«

»Nun gut. Also, Sabrina hat sich vor acht Jahren scheiden lassen und ist seither keine feste Bindung mehr eingegangen.«

»Wie lange war sie verheiratet?«

»Nur zwei Jahre. Ihr Mann hat sie wiederholt geschlagen, bis sie eines Tages den Spieß umgedreht und ihn so verdroschen hat, dass er umgehend in eine einvernehmliche Trennung einwilligte.«

»Sie beherrscht Kampfsport?«

»Ja, aber das steht auch in ihrer Personalakte: Jiu Jitsu und Karate. Ich habe ihr damals geraten, die Kurse zu besuchen, weil ich ihre Veilchen nicht mehr sehen konnte und außerdem den Kursleiter gut kannte.«

»War der Mann der Kollegin ebenfalls Polizist?«, fragte Jacobi weiter, ohne sich anmerken zu lassen, wie sehr es ihn wurmte, nicht vorher schon einen Blick in Novaks Akte geworfen zu haben.

»Ja, leider. Ich habe mehrmals versucht, ihn versetzen zu lassen, aber das ist mir leider erst gelungen, als es schon nicht mehr nötig war und er von sich aus die Veränderung angestrebt hat.«

»Frau Novak hat eine Schwester, die kürzlich geheiratet hat?«

»Ja, Ulli ist ihre einzige Angehörige. Die Eltern der beiden sind schon vor zwei Jahrzehnten bei einem Autounfall ums Leben gekommen. Ulli hat nach Bayern geheiratet, und Sabrina hat sich für die Hochzeit ihrer Schwester ein paar Tage frei genommen, aber das wissen Sie doch schon.«

»Wo genau wohnt Sabrinas Schwester jetzt?«, fragte Jacobi, obwohl er die Antwort bereits zu kennen glaubte.

»Im Haus ihres Gatten in Prien am Chiemsee. Zur Verlobungsfeier von Ulli vor einem halben Jahr war Sabrina natürlich auch eingeladen.«

»Warum erwähnen sie das?«

»Weil da etwas vorgefallen sein muss. Sabrina war danach wie verwandelt, depressiv, in sich gekehrt – ganz ähnlich wie vor vierzehn oder fünfzehn Jahren, als sie versucht hat, sich mit Tabletten das Leben zu nehmen. Nur durch einen geistesgegenwärtigen Anruf ihrer halbwüchsigen Schwester konnte sie noch gerettet werden.«

»Haben Sie sie auf ihr Stimmungstief angesprochen?«

»Das wäre zwecklos gewesen. Sabrina redet nie über Privates, das hat sie schon immer so gehalten. Wenn sich ihre wesentlich jüngere Schwester seinerzeit nicht mit der Bitte an mich gewandt hätte, ich möge doch den Gatten von Sabrina auf die Prügel ansprechen, wäre mir die wahre Ursache ihrer blauen Flecken vermutlich noch länger verborgen geblieben.«

»Höre ich da heraus, dass Sie den Übergriffen von Sabrinas Mann ein gewisses Verständnis entgegenbringen, oder bilde ich mir das ein?«

»Natürlich rechtfertigt kein wie auch immer gearteter Zwist Handgreiflichkeiten«, verwahrte sich Lurmtaxer gegen die Unterstellung. »Aber der Hilflose in dieser kurzen Ehe war – so paradox sich das anhört – tatsächlich Sabrinas Mann, der mit ihrer nicht verarbeiteten Trauer um eine große Liebe einfach nicht klarkam.«

Jacobi spürte seine Stirn feucht werden. »Hat diese große Liebe auch einen Namen?«

»Sabrinas Schwester verriet mir nur, dass der Mann Arzt gewesen sei und Sabrina ihn von einem Balken jener Scheune schneiden musste, in der sie sich zum ersten Mal nähergekommen waren. Dieses alptraumhafte Erlebnis war auch der Grund für ihren Selbstmordversuch unmittelbar danach: Sie hat dem Geliebten in den Tod nachfolgen wollen.«

»Der Geliebte war ein gewisser Dr. Paul Landsteiner aus Hof, der sich von der Sowoinvest um seine Zukunft betrogen sah«, klärte Jacobi den Gruppeninspektor auf. »Versuchen Sie sofort, Sabrina Novak über ihr Handy oder über Funk zu erreichen, Lurmtaxer. Wenn sie sich nicht meldet, was ich befürchte, versuchen Sie es immer wieder. Danke und bis später!«

Sofort drückte Jacobi wieder die Taste »IT-Zentrum« auf der Telefonanlage. »Hans, wir brauchen die Cobra in der Eisriesenwelt, und zwar so schnell wie möglich! Es geht um Minuten. Aber der Heli soll auf mich warten, ich muss unbedingt mit! Und nun hör zu: Flotzingers Mörderin ist die Revierinspektorin Sabrina Novak, unsere beflissene Kollegin aus Hallein, und sie ist drauf und dran, den ihrer Meinung nach zweiten Mitverantwortlichen für den Tod ihres Geliebten Dr. Paul Landsteiner ebenfalls zur Rechenschaft zu ziehen. Leider hatte ich Idiot nichts Besseres zu tun, als ihr den Steigbügelhalter zu machen. Und versuche bitte, Melanie über Funk zu warnen!«

Doch Jacobi wusste selbst, dass ein solcher Versuch zwecklos sein würde. Melanie war sicher längst im Innern der Eisriesenwelt – zusammen mit ihren beiden Schützlingen und einer ebenso kaltblütigen wie kompromisslosen Mörderin.

Weider litt mit seinem Chef. Es war bestimmt keine rühmliche Erkenntnis, Schimmelpfennig ausgerechnet jene Person als Bodyguard zur Seite gestellt zu haben, die bereits Flotzinger den Garaus gemacht hatte: Wasser auf die Mühlen aller, die der Polizei strukturimmanente Unintelligenz unterstellten. Zwar war der Vorschlag, dem Personalengpass mit der Rekrutierung Novaks zu begegnen, von Kotek gekommen, aber Jacobi hatte ihn abgesegnet und damit die Entscheidung zu verantworten. Dabei belastete ihn die Gefahr, in der Schimmelpfennig und Ildiko Nagy schwebten, sicher weit weniger als das ungewisse Schicksal der Lebensgefährtin, und vermutlich teilte er in diesen Augenblicken Stubenvolls Meinung, dass es tatsächlich Menschen gab, die Blut schwitzten.

»Noch was, Hans: Schicke sofort Oliver in Novaks Wohnung«, ordnete Jacobi an, als hätte er Weiders Gedanken gelesen. »Seine Leute sollen dort alles auf den Kopf stellen. Vielleicht finden sie ja etwas, das uns einen Vorteil verschafft. Und benachrichtige unsere drei in St. Johann! Sie sollen ihre Ermittlungen versus Jugend-Gang zurückstellen, und wenigstens Lenz und Leo sollen sich sofort auf den Weg zur Talstation der Seilbahn Eisriesenwelt machen. Ich fühle mich besser, wenn ich sie an meiner Seite weiß.«

Weider verstand nur zu gut, dass der langjährige Freund und Pate seiner Kinder völlig aus dem Häuschen war, und unterließ es deshalb, darauf hinzuweisen, dass Redl und Feuersang viel später als das EKO Cobra am Eingang der Eisriesenwelt eintreffen würden. Er tat einfach, was verlangt wurde.

»Die Cobra ist benachrichtigt«, meldete er sich zwei Minuten später zurück, »du musst nur noch zur Flugeinsatzstelle fahren, die warten dort auf dich – aber nicht allzu lange.«

»Danke dir. Mal sehen, wer zuerst da ist.« Verkehrstechnisch war die Verbindung vom Franz-Hinterholzer-Kai zur Polizei-Flugeinsatzstelle am Salzburger Flughafen im Stadtteil Himmelreich freilich nicht die beste, aber mit Blaulicht und Sirene würde das einstige Rallye-Ass Jacobi dieses Manko sicher ausgleichen können.

35 INZWISCHEN WAR DIE BESUCHERGRUPPE in der Eisriesenwelt am Umkehrpunkt der Sightseeing-Tour, dem sogenannten Eispalast, angekommen. Die Führer hatten an ausgesuchten Stellen Fackeln entzündet, welche nun auch diese Höhle in ein mystisch-magisches Halbdunkel tauchten. Kaum aber hatte Guide eins von einem erhöhten Platz aus seinen Vortrag begonnen, entstand unter den Umstehenden Unruhe.

»Pssst! Wat is 'n da vorn los?«, forderte die bessere Hälfte eines soignierten Berliner Ehepaars Ordnung und Disziplin ein, während Kotek vergeblich versuchte, Novak und Schimmelpfennig zu orten. Dass sie beide nirgendwo entdecken konnte, ließ sämtliche Alarmglocken in ihrem Kopf schrillen. Und plötzlich – leider zu spät – wusste sie auch, was sie schon seit der Anfahrt hierher beunruhigt hatte: ein Geruch! Sabrina Novaks Parfüm. Kotek kannte den Duft: Es war »Unforgettable«. Allerdings hatte ihr Unterbewusstsein erst jetzt die Info freigegeben, dass sie die identische Jasmin- und Rosennote vor Kurzem schon einmal wahrgenommen hatte – am Leichnam von Dr. Norbert Flotzinger.

Guide Nummer eins war auf ein halbwüchsiges blondes Mädchen aufmerksam geworden, das sich zwischen einigen Erwachsenen nach vorne gedrängt hatte. Nun flüsterte es ihm etwas zu, worauf er sofort den Blickkontakt zu Kotek suchte, die in der Gruppe ganz hinten stand.

Sie hatte sich bereits zum Führer am Schluss der Gruppe

umgewandt, ihre Marke gezückt, um ihn an den Polizeieinsatz zu erinnern, und dann gebeten, die Gruppe ruhig und ohne Aufsehen zum Ausgang zurückzuführen, sowie das Zeichen dazu gegeben würde. Dann eilte sie nach vorne zu Führer Nummer eins und zu Ildiko Nagy.

Der LKA-Ausweis erübrigte ein weiteres Mal lange Erklärungen. Das Mädchen begann aufgeregt, aber ohne Umschweife zu berichten. »Eben war Onkel Benno noch da und sagte, dass wir gleich wieder zurückgehen würden.«

»Wann genau hat er das gesagt, Ildiko?«, fragte Kotek die Schutzbefohlene.

»Kurz bevor wir in den Eispalast hinuntergestiegen sind«, antwortete die Zwölfjährige, ohne sich darüber verwundert zu zeigen, von der Polizistin mit Namen angesprochen zu werden. »Als ich eben etwas über den Eispalast zu ihm sagen wollte, war er auf einmal nicht mehr hinter mir. Da ich ihn nirgendwo entdecken konnte, habe ich mich dann an den Herrn mit der Laterne gewandt.« Sie meinte den Höhlenguide.

»Wir werden deinen Onkel finden, Ildiko, weit kann er ja nicht sein«, beruhigte Kotek sie. »Aber vorerst gehst du mit der Gruppe zurück zum Ausgang, von wo du sofort deine Mutter anrufst. Sie soll dich an der Talstation der Seilbahn abholen.« Anschließend wandte sie sich mit erhobener Stimme an die Umstehenden, die inzwischen mitbekommen hatten, dass ein Besucher vermisst wurde. »Es besteht kein Grund zur Aufregung, aber es gibt für solche Fälle eindeutige Vorschriften: Sie alle folgen den Führern jetzt bitte unverzüglich nach draußen.« Die Akustik im Eispalast war so gut, dass selbst ein Schwerhöriger jedes Wort verstanden hätte.

Während die ersten Touristen bereits aufgeregt tuschelnd den Anweisungen des vorangehenden Guides Folge leisteten, versuchte Kotek vergeblich, eine Funkverbindung zur LKA-Zentrale herzustellen.

Der zweite Guide schüttelte den Kopf. »Mit Analogfunk werden Sie von hier aus keine direkte Verbindung nach Salzburg zustande bringen.« Er zog ein PMR-Gerät aus einer Tasche seines Parkas. »Die hier sind auf Grubenfunk-Frequenz eingestellt und decken nur den Bereich bis zur Bergstation ab.«

»Dann melden Sie bitte nach draußen, dass zwei Personen abgängig sind: Herr Bernd Schimmelpfennig und Revierinspektorin Sabrina Novak. Ein Gewaltverbrechen ist nicht auszuschließen. Das LKA soll auf kürzestem Weg Verstärkung herschicken.«

»Okay, mach ich.«

»Vorher sagen Sie mir aber noch etwas anderes: Novak und Schimmelpfennig können doch unmöglich an Ihrem Kollegen vorbeigehuscht und im Bockstollen verschwunden sein, oder sind Sie da anderer Meinung?«

»Nein, das hätten etliche Leute mitbekommen.«

»Bleibt als Alternative nur, dass sie auf den letzten hundert Metern vor dem Eispalast, wo ich sie wegen der Lichtverhältnisse nicht immer im Auge hatte, in irgendeine Nische oder einen Seitenstollen abgebogen sind. Gibt es auf dieser Strecke derartige Möglichkeiten?«

»Zumindest eine«, schränkte Guide zwei ein. »Ein Ortsunkundiger entdeckt den schmalen Quergang knapp nach dem Mörk-Dom schräg zum Niflheim zurück freilich nur, wenn er ihn zufällig anleuchtet. Wenn aber gleich zwei Personen dorthinein verschwunden wären, hätten die Nachkommenden das doch mitkriegen müssen.«

»Haaaalt!«, brüllte Kotek sofort über die Köpfe der im Gänsemarsch abrückenden Touristengruppe hinweg. Der Guide an ihrer Spitze blieb stehen. »Bitte, wer hat gesehen, dass Personen unmittelbar nach dem Mörk-Dom von der vorgegebenen Route abgewichen sind?« Die Worte der Kriminalbeamtin klangen weit über das Eis- und Felsengewölbe.

Zunächst meldete sich niemand.

»Es ist sehr wichtig!« Kotek musste den Appell noch ein weiteres Mal wiederholen, ehe sich ein ältliches Fräulein meldete.

»Berta Rehbichl aus Zwickau. Vorhin ist ein stattlicher Mann, dicht gefolgt von einer mittelgroßen schlanken Frau in einem Seitengang verschwunden, der, wenn ich mich recht erinnere, links von unserer Marschroute abzweigte. Ich hab mir zunächst nichts dabei gedacht, das heißt: Ich hab mir schon was gedacht, aber … na ja!« Sie verstummte.

»Schon gut, Frau Rehbichl. Wo genau ist dieser Seitengang?«

»Fünfzig Meter vor dem Eispalast«, entband Guide eins die Frau einer Antwort. »Mein Kollege geht mit Ihnen zur Einstiegsstelle zurück.«

»Danke. Und Sie führen die Gruppe jetzt bitte rasch in Richtung Ausgang, ohne irgendwo stehen zu bleiben.«

Während der Touristentross in Richtung Niflheim abzog, setzte Guide zwei den erbetenen Funkspruch an seine Kollegen am Eingang mit der Bitte um Weiterleitung ab, dann ging er vor der Kriminalbeamtin her den Weg zurück, den sie gekommen waren.

Da für Kotek nun keine Notwendigkeit mehr gegeben war, nicht aufzufallen, hatte sie unter der Helmlampe das Nachtsichtgerät am Grubenhelm eingehakt und nahm, außer Hörweite der anderen, auch kein Blatt mehr vor den Mund. »Bitte halten Sie die nächste Touristengruppe hinter uns auf und nötigen Sie sie ebenfalls zur Umkehr. Auch die Besucher, die am Eingang auf Einlass warten, soll man unbedingt wenigstens bis zur Bergstation zurücklotsen, bis Entwarnung gegeben wird. Eine zufällige Begegnung mit der gesuchten Person könnte ein Blutbad zur Folge haben. Und melden Sie nach draußen, dass ich versuchen werde, die Vermissten aufzuspüren.«

»Aber dazu brauchen Sie doch einen Führer!«, entschlüpfte es Guide zwei.

»Den bräuchte ich vermutlich, ja«, räumte Kotek ein. »Aber ich darf Sie wegen der zweifellos bestehenden Lebensgefahr nicht hinzuziehen. Und jetzt machen Sie den Mund wieder zu, es zieht hier drinnen ohnehin schon wie Hechtsuppe.«

36 OBWOHL SICH KOTEK FÜHLTE, als hätte sie Hummeln im Hintern, wartete sie, bis sich der Führer ein Stück weit entfernt hatte. Dann steckte sie die stiftartige Stablampe in die dafür vorgesehene Schiene am Lauf der Glock, ehe sie sich äußerst vorsichtig Meter für Meter in dem Seitengang vorantastete, der nur schulterbreit und stellenweise durch frisches Eis fast unpassierbar war. Um auf dem Pfad, der teilweise an eine Robbenrutsche erinnerte, nicht stecken zu bleiben oder auf die Nase zu fallen und erst recht nicht hinter der nächsten Krümmung des Stollens erschossen zu werden, war eine raschere Fortbewegung als Schritttempo ohnehin nicht ratsam.

Ihre Vorsicht wurde belohnt: Sie bemerkte die frischen Schrammen an der einen oder anderen Eisstufe, die von schweren Bergschuhen stammen mussten. Von zwiegenähten Tretern, wie sie ihr an Schimmelpfennig aufgefallen waren.

Im Schein von Helm- und Stablampe schillerte das gefrorene Wasser je nach Untergrund bläulich grün oder weiß. Aber es war nicht nur die Kälte, die Kotek die Hände klamm werden ließ, sondern auch die Anspannung, die ihre Adern verengte. Im Gegensatz zur Blauäugigkeit, die das gesamte Referat 112 zuletzt an den Tag gelegt hatte, fühlte sie sich jetzt dicht am Puls des Geschehens und glaubte, die Situation richtig einzuschätzen.

Novak musste daran gelegen sein, die vorläufig einzige Verfolgerin so rasch wie möglich abzuschütteln oder auszuschalten, um einen komfortablen Vorsprung zu gewinnen. Das Portal der Eisriesenwelt war nicht der einzige Ausgang aus dem Höhlensystem, das wusste Kotek, und eine sportliche Eingeborene, die sich im ebenso weitläufigen wie unwegsamen Tennengebirge gut auskannte, hatte reelle Chancen, sich nicht nur tage-, sondern wochenlang in irgendeinem Biwak oder einer ungenutzten Hütte dem Zugriff der Exekutive zu entziehen.

Stumm vor sich hin fluchend beschleunigte Kotek ihre Schritte. Schon wieder hatte sie etwas nicht einkalkuliert! Der Quergang führte zum Niflheim hinüber, das auch die Touristen auf ihrem Weg zum Ausgang passieren mussten. Novak brauchte also bloß abzuwarten, bis der Letzte von ihnen diese Schnittstelle passiert hatte, und konnte Schimmelpfennig dann mit vorgehaltener Pistole in entgegengesetzter Richtung auf diesem Steig zurück zum Eispalast dirigieren, wo sich auch der Einstieg zum Bockstollen befand.

Frustriert presste die Ermittlerin die Lippen aufeinander. Über Bockstollen und Utgard-Tunnel war die Midgard-Halle für eine trittsichere Bergsteigerin relativ bequem zu erreichen. Und hätte Novak die erreicht, hätte sie leichtes Spiel: Sie würde ihr Opfer im dort beginnenden Labyrinth vor sich her treiben und irgendwo in den senkrechten Schacht einer Doline oder Gletschermühle auf Nimmerwiedersehen hinunterstürzen. Ohne Leiche würde es der Justiz Probleme bereiten, ihr den zweiten Mord nachzuweisen, wogegen die Anklage im Fall Flotzinger aufgrund der Spurenlage gute Karten in der Hand hielt.

Auf den Holzstegen im Niflheim nach auffälligen Spuren zu suchen, wäre hingegen lächerlich gewesen, nicht einmal Lorenz Redl, dem sogar Fliegenscheiße Romane erzählen konnte, hätte feststellen können, ob vor Kurzem hier zwei Personen in verkehrter Richtung zum Eispalast gegangen waren.

Kotek blieb also nichts anders übrig, als auf gut Glück zu dem bizarr vereisten Felsengewölbe zurückzumarschieren.

Schon beim ersten freien Blick in die Höhle blieb die Verfolgerin elektrisiert stehen: Die dicke Kordel, die den Zugang zum gegenüberliegenden Bockstollen normalerweise verwehrte, war nicht mehr in die Sicherung eingehängt, sondern baumelte lose herunter. Als der Touristentross den Eispalast vorhin wieder verlassen hatte, war das noch nicht der Fall gewesen.

Mindestens eine halbe Minute lang horchte Kotek in die Richtung, aus der sie vorhin in die Eis- und Felsenhalle abgestiegen waren. Nichts! Führer zwei hatte die nächste Gruppe also erfolgreich zur Umkehr bewogen. Nach einem letzten fruchtlosen Versuch, mit der LKA-Zentrale Verbindung aufzunehmen, begann Kotek mit dem Aufstieg im von Menschenhand gehauenen Bockstollen.

Minuten später hatte sie trotz des sehr unwegsamen Steigs – schließlich bewegte sie sich jetzt abseits ausgetretener Touristenpfade – dank guter Ausrüstung ohne Zwischenfälle den Utgard-Tunnel erreicht. Da! Ein Geräusch! Ein Knistern, ein Stolpern – vielleicht in etwa fünfzig Metern Entfernung, also bereits am Tunnelausgang!

Sie erstarrte zur Salzsäule, schaltete umgehend die Helmlampe aus, um sich nur noch auf das Nachtsichtgerät zu verlassen, lauschte fast eine Minute lang. Aber sosehr sie ihre Ohren auch anstrengte, es war nichts mehr zu hören.

Jetzt musste sie sich entscheiden: Entweder tat sie das Vernünftige und schützte sich selbst, indem sie hier oder im Eispalast auf das EKO samt ortskundigen Führern wartete, oder sie riskierte ihr eigenes Leben, um ein Entführungsopfer von äußerst zweifelhaftem Charakter vor dem sicheren Tod zu bewahren.

Was täte Oskar an meiner Stelle?, fragte sie sich – und fluchte abermals so ordinär in sich hinein, dass jeder Spelunkenwirt aus dem Innergebirg, hätte er es gehört, vor Neid erblasst wäre. Sie kannte die Antwort auf diese Frage doch längst: Wenn Zivilcourage gefordert war, tat Jacobi grundsätzlich das Unvorteilhafte.

Also ging sie weiter, machte sich aber nichts vor: Sie hatte höllischen Respekt vor der Kollegin. Sabrina Novak schien ihr Ding unbedingt zu Ende bringen zu wollen und würde wohl jeden, der ihr dabei im Weg war, ohne zu zögern töten. Eben diese Kompromisslosigkeit machte sie so gefährlich, und noch dazu fühlte sie sich mächtig stark. Hatte sie doch das Referat 112 zum Gegner, das es geschafft hatte, sie, die Mörderin von Flotzinger, zur Personenschützerin von Schimmelpfennig, ihrem nächsten Opfer, zu bestellen. Aber was trieb sie an?, überlegte Kotek. Konnte eine Sowoinvest-Geschädigte ihren Hass wirklich über fünfzehn Jahre hinweg derart konservieren, dass sie ihre Freiheit, ja, ihre ganze Existenz nach so langer Zeit noch ihrer Rache opferte?

Etwas Persönliches zwischen ihr und den beiden Männern

kam als Grund nicht in Frage, in diesem Fall wäre sie bei ihrer Vorgehensweise sowohl von Flotzinger als auch von Schimmelpfennig frühzeitig erkannt worden.

Obwohl Kotek bemüht war, möglichst geräuschlos auf dem teils felsigen, teils vereisten Boden aufzutreten, hallten ihr die eigenen Schritte wie Donnerschläge in den Ohren. Novak brauchte ja nur in einer Nische auf sie zu warten, um sie dann niederzuschießen. Nicht von ungefähr setzte die Verfolgerin deshalb in der von Infrarot-Optik notdürftig erhellten Szenerie extrem langsam einen Fuß vor den anderen, immer die Ohren gespitzt, ob nicht ein weiteres Geräusch sie die Zielpersonen orten ließ. Dass unter solchen Umständen viel Zeit verging, bis sie den Utgard-Tunnel durchmessen und die Midgard-Halle erreicht hatte, war nur die logische Konsequenz dieser Vorsicht.

Ab und an schaltete sie auch die anderen Lampen wieder ein, um sich besser orientieren zu können. Vor der Tunnelmündung machte sie sie wieder aus, um einer im Hinterhalt liegenden Novak so wenig Zielfläche wie möglich zu bieten.

Die schlauchartige Midgard-Halle war die weitaus größte der kartographierten Höhlen, größer noch als der Alexander-von-Mörk-Dom, und wäre Kotek zu anderer Zeit selbst im dürftigen Schein einer Stablampe durch ihre Weitläufigkeit und die abzweigenden Gänge tief beeindruckt gewesen, so bekam die Verfolgerin nun von ihrer düsteren Schönheit kaum etwas mit. In jedem der schwarzen Löcher an der Hallenperipherie konnte der Tod auf sie lauern.

Noch während sie überlegte, ob sie davon Abstand nehmen sollte, die Halle zu durchqueren, durchfuhr es sie wie ein Stromstoß: Jemand hatte laut gestöhnt – irgendwo weit, weit vor ihr. Nicht ausgeschlossen, dass das Geräusch aus einer der beiden Felsspalten am anderen Ende des Gewölbes gekommen war, durch die man in die Gänge des Labyrinths einsteigen konnte. Bis dorthin war Kotek bei ihrer Vorbereitungsexkursion zwar nicht mehr gekommen, dennoch ging es ihr sehr gegen den Strich, jetzt nichts zu tun. Oder war das Stöhnen eine Falle?

Die Angst war nach wie vor da, aber genauso der Impuls,

das Richtige zu tun. Plötzlich klang es deutlich und klar zu ihr herüber: »Krieg deinen fetten Arsch hoch, du Hundsfott! Heute bekommst du die Rechnung im Namen aller präsentiert, die du gemeinsam mit Flotzinger beschissen hast. Ich hab da vorne eine besondere Location für dich ausgesucht – mit Freiluftlift direkt in die Hölle!«

Kein Zweifel, das war Sabrina Novaks Stimme gewesen, nur nicht so kontrolliert und dunkel, wie Kotek sie von ihr kannte, sondern schneidend, heiser und wild. Klar war ebenfalls, dass sie vorhatte, Schimmelpfennig in eine Doline, einen Kamin oder sonst ein Loch zu stürzen. Und zwar bald.

Kotek lief los, rannte im Zickzack über gefährliche Verwerfungen und um spitz aufragende Felszacken herum – zehn, zwanzig, weit mehr als fünfzig Meter – und erreichte das Ende der Halle, ohne zu stürzen und ohne dass ein Schuss gefallen war. Schwer atmend lehnte sie an einer Felswand zwischen zwei nur wenige Meter voneinander entfernten hohen Spalten, die sich zu stollenartigen Gängen verengten und sie an albtraumhafte Erlebnisse in aufgelassenen Gasteiner Goldbergbau-Stollen erinnerten. Rasch holte sie eine Sprühdose mit gelber Fluo-Farbe, wie sie auch Förster verwendeten, aus ihrem Rucksack und sprühte einen Klecks in Augenhöhe auf den Kalkstein. Dann zählte sie langsam bis fünf, schaltete beide Lampen an und startete erneut.

Inzwischen hatte sie lokalisiert, dass die Stimme aus dem leicht abschüssigen linken Gang gekommen war, doch selbst nach ersten mutigen Schritten gähnte ihr der gewundene Schlund, der an die Peristaltik eines Riesen erinnerte, noch immer leer entgegen.

Je weiter sie vordrang, umso hektischer drückte sie sich einmal rechts, einmal links an die Kalksteinwände, duckte sich zwischendurch immer wieder tief auf den Boden, wo sie kurz verharrte, um dann den nächsten Schritt zu tun.

Aber nichts passierte. Nur die von den Lampen hervorgerufenen Lichteffekte auf der einen oder anderen bizarren Felsformation ließen sie manchmal zusammenzucken.

Schon begann sie sich zu fragen, ob sie vielleicht den falschen Gang gewählt hatte, und war drauf und dran, wieder zurückzusprinten, als der Schein der Stablampe Meter vor ihr über etwas Schwarzes am Boden glitt. Sofort richtete sie den Lichtkegel zurück auf die bewusste Stelle. Kein Zweifel, dort lag ein Mann rücklings auf dem Boden: Schimmelpfennig.

Rechts an seiner Stirn klaffte eine Wunde, von der ihm das Blut in einem dicken roten Faden am rechten Ohr vorbei bis in den Hemdkragen lief. Sogar sein langes weißgraues Haar war blutverschmiert. Doch er war bei Bewusstsein, wie Kotek an der schwachen Bewegung einer seiner Hände zu erkennen glaubte.

Langsam, einen Fuß vor den anderen setzend und die Glock beidhändig im Anschlag, näherte sich Kotek dem auf dem Boden Liegenden. Der Stress war enorm und die Spannung kaum noch zu ertragen. Jeden Moment konnte aus irgendeinem Winkel heraus auf sie geschossen werden. So sehr war sie damit beschäftigt, den Gang hinter Schimmelpfennig auszuleuchten, dass sie erst nach unverhältnismäßig langer Zeit und selbst dann eher zufällig den Lichtstrahl wieder auf sein Gesicht richtete.

Kotek sah die halb geschlossenen Augen, erkannte seinen Dämmerzustand und begriff gleichzeitig, dass sie ein weiteres Mal zu spät gekommen war. Kaleidoskopartig rasten ihr Gedankenfetzen durch den Kopf: Novaks weiche Kletterschuhe, deren Tritt kaum hörbar war, ebenso der Vorteil, den sich die Mörderin durch die Abkürzung zum Niflheim verschafft hatte, überhaupt ihr strategisches Talent, ihre wahren Absichten wie ein gewiefter Schachspieler so lange zu verschleiern, bis sie den einen entscheidenden Schritt voraus war.

»Nicht umdrehen, Melanie!«, sagte eine Stimme hinter ihr, während gleichzeitig eine Helmlampe aufleuchtete. »Leg deine Pistole, dein Funkgerät und dein Handy langsam auf den Boden, und halte die Hände dabei immer so, dass ich sie sehen kann.«

Die Überrumpelte spürte den bitteren Geschmack der Niederlage im Rachen. Wieder hatte Sabrina Novak sie ausgetrickst. Sie hatte den bewusstlos geschlagenen Schimmelpfennig als Köder benutzt und war – da anscheinend mit dem Gewirr der Gänge bestens vertraut – über eine Querverbindung zurück zur Midgard-Halle geeilt, sodass sie nun in ihrem Rücken stand.

Kotek tat, was sie verlangt hatte. Widerstand unter diesen Bedingungen wäre schlichtweg idiotisch gewesen.

»So ist's recht. Nun machst du ein paar Schritte von der Pistole weg und stellst auch deinen Rucksack zur Seite. Dann gehst du zu Schimmelpfennig, hilfst ihm auf die Beine, holst die Handschellen aus seiner rechten Hosentasche und kettest euch aneinander, sein linkes an dein rechtes Handgelenk. Wir machen einen kleinen Spaziergang. Los jetzt!«

37

NOCH AM FLUGPLATZ SALZBURG-HIMMELREICH hatte Jacobi die Nachricht Koteks über das Verschwinden von Schimmelpfennig und Novak und ihre Bitte um Unterstützung erreicht, was seine Angst um die Partnerin noch verstärkte. Nach einem Flug von wenigen Minuten manövrierte der Pilot den Hubschrauber bereits in die Nähe der Steilrinne, die rechts vom Portal der Eishöhle verlief und eine weithin sichtbare Orientierungshilfe darstellte, und hielt ihn dort auf Position.

Mit professioneller Schnelligkeit seilten sich die elf Männer des EKO Cobra ab und landeten unweit des Eingangs der Eisriesenwelt sicher auf dem Zubringerpfad. Jacobi brauchte dafür etwas länger. Nicht nur mangelte es ihm im Vergleich zu den durchtrainierten und halb so alten Spezialisten an Übung, er war auch nicht schwindelfrei und vermied den Blick in den Abgrund, indem er die Augen fest zukniff.

Schließlich hatte auch er es geschafft, und nachdem er sich im Helikopter vor dem Abseilen in einer klaustrophoben Anwandlung noch strikt geweigert hatte, den Einsatzhelm mit Nachtsicht- und Kommunikationsequipment aufzusetzen, bekam er ihn nun vom Zugführer persönlich verpasst. Keinen

Augenblick zu früh! Denn kaum hatte er das Bluetooth-Headset im Schutzhelm an sein Smartphone gekoppelt, klopfte auch schon jemand bei ihm an.

»Na endlich, Chef! Wo bleibt ihr denn? Ich versuche schon minutenlang, dich zu erreichen.« Trotz der Dringlichkeit der Situation behielt die Stimme von Oliver Stubenvoll ihre leicht salbungsvolle Färbung.

»Hat dich Hans nicht zur Wohnung der Revierinspektorin Novak beordert?«, fragte Jacobi nicht eben freundlich zurück, ohne auf den Vorwurf einzugehen.

Der Angepfiffene stutzte irritiert. »Da bin ich doch schon seit zehn Minuten. Stell dir vor, was ich da auf –«

»Das ist kaum möglich, es sei denn, du bist ebenfalls geflogen.«

»Keineswegs, aber meine Leute und ich waren ja fast schon vor Ort, wie du dich vielleicht erinnern wirst. Wir sollten die noch ausstehenden Absteigen und die Bleibe von Susanne Krenreich in St. Margarethen überprüfen, als mich Hans erreichte. In kaum zehn Minuten war ich an der angegebenen Adresse.«

»Wie auch immer. Jetzt sag schon, was du entdeckt hast!«

Jacobis anhaltende Schroffheit war selbst dem gemütlichen Stubenvoll zu viel. »Wenn du mich nicht dauernd unterbrechen würdest, *Chef*, wüsstest du es bereits. In Novaks Küche lag, für jeden Eintretenden gut sichtbar, ein Smartphone auf dem Tisch, daneben ein Zettel mit der Aufschrift ›Sachverhaltsdarstellung‹. Also hab ich die entsprechende Aufnahme-App auf dem Handy geöffnet und reingehört. Es dürfte sich um Novaks Geständnis handeln, auch wenn sie das gleich zu Beginn ausdrücklich in Abrede stellt. Ich überspiel dir die Audiodatei, wenn du willst. Immerhin ist sie an dich gerichtet, und vielleicht enthält sie ja einen Hinweis, der euch rascher zu Melanie bringt.«

Jacobis erster Impuls war, keine wertvolle Zeit mit Dingen zu verplempern, die nicht unmittelbar der Sicherheit seiner Partnerin dienten. Der Plan war gewesen, mit den Kollegen von der EKO Cobra in das Höhlensystem der Eisriesenwelt einzudringen und so lange nach Melanie zu suchen, bis er ein Lebenszeichen von ihr erhielt. Doch schon die wenigen Meter, die er nun hinauf zum Portal der Höhle im Laufschritt unterwegs gewesen war, hatten ihm im wahrsten Sinne des Wortes schmerzhaft vor Augen geführt, dass er für die Elitetruppe nur den obligaten Klotz am Bein darstellte. »Einen Augenblick noch, Oliver, ich melde mich gleich wieder«, hielt er deshalb den Spusi-Chef in der Leitung und wandte sich an Zugführer Major Rauhfuß, der den Einsatz leitete. »Ich bleibe hier am Eingang, worüber Sie nicht gerade unglücklich sein dürften, möchte aber über den Fortgang der Aktion auf dem Laufenden gehalten werden. Novak hat in ihrer Wohnung ein Handy mit einer an uns adressierten Sprachnachricht hinterlassen, die ich mir gleich anhören werde. Vielleicht bringt's ja was. Ich hoffe nur, dass sie nicht vorhat, Amok zu laufen.« Aber so cool, wie er sich gab, war Jacobi beileibe nicht zumute.

Rauhfuß bemerkte es. »Wir werden alles vermeiden, was die Zielperson zu einer Panikreaktion verleiten und Oberleutnant Kotek gefährden könnte, und bleiben selbstverständlich mit Ihnen in Verbindung, Oberst«, versicherte er. »Bis später.«

Die Cobra-Kollegen und der ihnen zugeteilte Führer drangen im Laufschritt ins Innere der Schauhöhle vor und sprinteten bereits wenig später den Großen Eiswall hoch, während Jacobi die Einladung des Chef-Guides auf eine Tasse Tee annahm. Als der Mann in dem biwakschachtelähnlichen Unterstand am Spirituskocher auf einer Mini-Anrichte hantierte, nahm Jacobi sich, an einem abgesägten Biertisch sitzend und mit einem Teller- und Tassenregalbrett vor der Nase, die Zeit, in die von Stubenvoll überspielte Audiodatei hineinzuhören.

38 *»HALLO, HERR OBERST!«*

Es war tatsächlich die dunkle Stimme von Sabrina Novak. Er

erkannte sie sofort, obwohl er sie nur einmal kurz am Telefon gehört hatte.

»Nachdem ich das Smartphone samt Zettel so auffällig platziert habe, sind Sie vermutlich versucht, die folgende Erklärung als Geständnis oder gar als Beichte zu werten. Vergessen Sie's! Sie ist weder das eine noch das andere. Ich werde lediglich die Beweggründe für meine Handlungen darlegen, wozu der Blick auf das Sowoinvest-Debakel und noch weiter in die Vergangenheit wohl unerlässlich ist, was – nebenbei gesagt – Ihrem Referat eine Menge Ermittlungsarbeit erspart. Ich habe diese Art der Sachverhaltsdarstellung und -übermittlung gewählt, weil Ihre Abteilung, Oberst Jacobi, keine Gelegenheit mehr haben wird, mich zu den Hinrichtungen von Norbert Flotzinger und Bernd Schimmelpfennig zu vernehmen, und auch, weil mir so kein Kiebitz dazwischenreden kann. Noch ein Wort zu Ihrer Lebensgefährtin und Kollegin Melanie, mit der ich, wenn wir uns unter anderen Umständen kennengelernt hätten, gerne befreundet gewesen wäre. Hat aber nicht sollen sein. Heute ist Montag, sollte mir Frau Kotek Mittwochvormittag frühzeitig auf die Schliche und bei der Vollstreckung des zweiten Urteils in die Quere kommen, werde ich auch sie nicht schonen. Erweist sie sich hingegen als vernünftig und lässt mich mit Schimmelpfennig ziehen, so hat sie nichts zu fürchten.«

Jacobi stoppte die Aufnahme an dieser Stelle und nahm über Funk Kontakt mit Major Rauhfuß auf.

»Ja, Oberst? Neuigkeiten? Ende«, meldete der sich umgehend.

»Novak kündigt in der Aufnahme sinngemäß an, Kollegin Kotek hätte nichts zu befürchten, wenn sie sie mit dem gekidnappten Schimmelpfennig ziehen ließe«, teilte Jacobi ihm hektisch mit. »Die Formulierung ›ziehen lassen‹ könnte ein Hinweis auf einen Fluchtweg durch das Höhlensystem hinter dem touristisch genutzten Bereich sein. Mit der Geisel im Schlepptau wird sie ja kaum durch den Vordereingang spazieren wollen. Das bedeutet aber gleichzeitig, dass Novak nicht vorhat, Schimmelpfennig bei der ersten sich bietenden Gelegenheit umzubringen, sondern ihre Rache ähnlich wie bei Flotzinger Aug in Aug zelebrieren will. Ende.«

»Ganz Ihrer Meinung, Oberst. Wir halten uns auch nicht damit auf, im vorderen Bereich jeden Winkel zu untersuchen, sondern stoßen gleich bis zur Midgard-Halle vor. Sonst noch was, Oberst? Ende.«

Über die empfindlichen Kopfhörer hörte Jacobi den heftigen Atem des EKO-Offiziers so deutlich, als würde dieser neben ihm stehen. »Nein, danke, Rauhfuß. Ende und aus.« Er schaltete den Funk ab und ließ die Aufnahme auf seinem Smartphone weiterlaufen:

»Zunächst also die Begründung, später folgt der chronologische Ablauf der Ereignisse. Ich schicke voraus, dass ich nicht vorhabe, meine Taten zu rechtfertigen, schon gar nicht mit irgendwelchen Pseudoargumenten. Ich wollte Rache für den Tod von Dr. Paul Landsteiner, der ein ausgezeichneter Kinderarzt und der wichtigste Mensch in meinem Leben war. Und ich wollte Gerechtigkeit, wollte, dass die Personen, die seinen Tod verschuldet haben, angemessen bestraft werden. ›Angemessen‹, das ist das Stichwort! Wir leben in einer Gesellschaft, die aus missverstandener Liberalität auf ihrer täterfreundlichen Justiz beharrt und so das Gewaltmonopol des Staates selbst zusehends in Frage stellt, anstatt durch einen Offensichtlichkeitsparagrafen mit Beweislastumkehr für eine nachvollziehbare Rechtsprechung zu sorgen. Nicht zuletzt deshalb hat der Einzelne manchmal nur die Wahl, entweder durch Eigeninitiative zu seinem Recht zu kommen – was nicht nur den Verlust der Freiheit, sondern gegebenenfalls auch des eigenen Lebens bedeuten kann – oder sein Los als Verbrechensopfer gottergeben hinzunehmen.«

Die Argumentation war Jacobi nicht neu, sodass die Einschätzung, eine politisch rechts außen angesiedelte Kollegin könnte durchgedreht sein, sich geradezu aufdrängte. Doch Novaks Motivation, Selbstjustiz zu üben, war – sosehr ihre Diktion das auch nahelegte – keineswegs eine politische, sondern eine zutiefst private.

»Ich habe mich entschlossen, mein Los eben nicht so einfach hinzunehmen, wobei mich die Konsequenzen einen feuchten Kehricht kümmern. In unseren Mediendemokratien, in denen Polizisten ungestraft Kinder töten, Politiker ihr Land in Milliardenhöhe schädigen dürfen, ohne Konsequenzen fürchten zu müssen, und der Korruption überführte Funktionäre sich von Gefängnisstrafen freikaufen können, überrascht es auch niemanden, dass Defraudanten, die Hundertschaften von gutgläubigen Bürgern schwerstes Leid verursacht haben, mit einem blauen Auge davonkommen. Verglichen damit mutet der Suizid eines Einzelnen freilich vernachlässigbar an, aber für mich war dieser Einzelne die Welt. Da nun die Gesellschaft, in der ich lebe, jene schützt, die seinen Tod verschuldet haben, empfand ich es als Wink des Schicksals, als ich voriges Jahr unmittelbar vor der Verlobungsfeier meiner Schwester in Prien erfuhr, dass Norbert Flotzinger in eben diesem Städtchen am Chiemsee einen Zweitwohnsitz hat. Aber alles der Reihe nach –«

In dem Moment klopfte Stubenvoll an, und da er das sicher nicht einer Lappalie wegen tat, nahm Jacobi den Anruf sofort entgegen. »Oliver, was gibt's denn noch? Hoffentlich keine weitere Hiobsbotschaft.«

»Wie man's nimmt: Auf der Rückseite des erwähnten Zettels steht nämlich auch etwas geschrieben. Leider hab ich's erst jetzt entdeckt.«

»Was denn, Mann? Spann mich nicht so auf die Folter!«

»Wir sollen eine Ambulanz zur Jagdhütte von Lurmtaxers Bruder in der Nähe des Seewaldsees schicken. Vom Kollegen Lurmtaxer habe ich erfahren, dass sein Bruder, Angestellter der Seilbahnbau-Firma Doppelmayr, in den nächsten Wochen im Ausland unterwegs ist. Ich habe mir also die Koordinaten geben lassen und sofort alles Nötige veranlasst.«

Jacobi atmete auf. Die Nachricht bezog sich nicht auf Melanie. »Könnte sein, dass Novak die Krenreich dort verwahrt hat, damit sie uns nicht vorzeitig auf den richtigen Trichter bringt. Du benachrichtigst mich, wenn du mehr weißt, okay?« Er beendete das Gespräch und wandte sich wieder der aufgenommenen Nachricht zu.

»Meine Beziehung zu Paul Landsteiner will ich nicht vor Leuten breittreten, die ihn nicht gekannt haben. Nur ganz kurz: Wir haben uns durch einen Zufall im Landeskrankenhaus wiedergesehen, weil meine damals zehnjährige Schwester Ulrike an Scharlach erkrankt und Paul trotz weniger Praxisjahre bereits ein hervorragender Kinderarzt war. Wiedergesehen deshalb, weil wir beide aus Hof bei Salzburg stammten und ich schon als Teenie für ihn geschwärmt hatte. Die folgenden zwei Jahre waren die glücklichsten meines Lebens, aber sie endeten in einem Alptraum. Paul und ich haben unsere Beziehung lange geheim gehalten, weil er damals schon verheiratet war und seine Frau von seinen Eltern sehr geschätzt wurde. Aber dann wollte er Nägel mit Köpfen machen: Er reichte die Scheidung ein, was aber nichts daran änderte, dass für die Wohnung, die er während der Ehe gekauft hatte, noch Zahlungsverpflichtungen bestanden.«

An dieser Stelle klinkte sich Jacobi aus, um eine Positionsmeldung der EKO Cobra zu empfangen. Nachdem er erfahren hatte, dass man Zu- und Abgang jenseits des Eiswalls gesichert habe, ließ er die Nachricht wieder weiterlaufen.

»Trotz dieses Handicaps wären die Schwierigkeiten noch zu bewältigen und eine gemeinsame Zukunft, die wir uns so sehr wünschten, wäre noch zu gestalten gewesen. Aber dann tat Paul, der immerhin zehn Jahre älter war als ich, etwas, wovor ich ihm ungeachtet vielerorts geäußerter Bedenken nur halbherzig abgera-

ten habe: Im Vertrauen darauf, dass ihn die Eltern unterstützen würden, stieg er bei Sowoinvest ein, dessen Betreiber jungen Salzburger Paaren mit dem Klischee vom traumhaft gelegenen Häuschen mit Garten lange Zähne machten. Doch Pauls Vater, der wegen der Scheidung noch immer stocksauer auf ihn war, weigerte sich, ihm finanziell unter die Arme zu greifen. Also sprang ich mit dem Erbteil von meinen tödlich verunglückten Eltern ein – und das war im Nachhinein betrachtet der noch viel größere Fehler. Nicht weil das Geld später futsch war, sondern weil ich dadurch Paul verloren habe. Zunächst aber lief alles noch recht gut. Eine von Sowoinvest beauftragte Werbeagentur hofierte Paul sogar vorübergehend und drehte mit ihm als Werbeträger ein paar Clips, in denen er wie am LKH für seine kleinen Patienten den Kinderclown gab. Nicht ahnend, dass wir am Ende des Tages tatsächlich die traurigen Clowns sein würden, waren wir zwei Turteltauben damals geradezu trunken vor Glück und gönnten uns sogar eine Mittelmeer-Kreuzfahrt. Die Einfahrt in die dunkelblaue Bucht von Santorin mit Paul an meiner Seite, während über uns schon die weißblauen Häuser am Kraterrand vom Morgenlicht erfasst wurden, das ist bis heute für mich ein unvergessliches Erlebnis geblieben. Dann folgte der Absturz. Von einem Tag auf den anderen war der Traum zu Ende – schlimmer noch: Paul war wie besessen von der Vorstellung, mir das verlorene Geld unbedingt zurückzahlen zu müssen. Er schämte sich unsäglich, weil ich, die Dreiundzwanzigjährige, mit meiner Warnung recht behalten und ihm dennoch mein Erbe überlassen hatte. Nicht zuletzt deshalb wandte er sich noch einmal an seine Eltern und erlitt abermals eine Abfuhr: Ein Akademiker über dreißig sollte – so formulierte es sein Vater – über seinen Hosenschlitz hinaus denken und etwaige Konsequenzen abschätzen können. Das hat Paul den Rest gegeben. Er begann zu trinken, was ebenfalls nicht ohne Folgen blieb: Ein Kunstfehler bei einer simplen Mandeloperation an einer Zehnjährigen und Zeugenaussagen, dass er bei dem Eingriff alkoholisiert gewesen war, führten zum Verlust seiner Arbeit am LKH. Danach stürzte er völlig ab, seine Persönlichkeit veränderte sich, ich erreichte ihn einfach nicht mehr. Es ist mir unmöglich, über meine Gefühle in dieser Zeit zu sprechen. Das bittere Ende von Pauls Katabasis war, dass ich ihn eines Tages von einem Balken jener Scheune abschneiden musste, in der wir uns zum ersten Mal heimlich getroffen hatten. In seiner Hosentasche steckte ein Zettel mit dem tautologische Satz: ›Ich muss den Weg gehen, den ich gehen muss.‹ Ein Zitat aus Heinrich Bölls Roman ›Ansichten eines Clowns‹, in welchem der Protagonist ebenfalls Suizid begeht, mit dem Paul aber auch auf seine Rolle als trauriger Clown anspielte, den er seiner Meinung nach nicht nur für Sowoinvest gegeben hatte –«

Der Chef-Guide deutete Jacobi mittels Handzeichen an, dass er mit ihm reden wolle, und Jacobi stoppte die Aufnahme. »Eine Frage, Herr Oberst: Könnten Sie die Schauhöhle jetzt nicht wieder für Führungen freigeben, nachdem Ihre Leute ohnehin schon auf dem Weg in die Midgard-Halle sind? Unten an der Talstation stauen sich bereits die Touristen, und Sie wissen ja, wie die Leute heutzutage sind.«

Jacobi überlegte kurz. Die Annahme, Novak könnte sich samt einer Geisel am Einsatzkommando vorbeischleichen und ihr Entkommen durch den Haupteingang erzwingen, war absurd. Außerdem mussten auch Redl und Feuersang wie jeder Tourist mit der Seilbahn heraufkommen, wenn sie nicht zwei Stunden zu Fuß gehen wollten, also war wieder Normalität angesagt.

»Okay, Herr …?«

»Obholzer. Stefan Obholzer.«

»Okay, Herr Obholzer, aber lassen Sie's langsam angehen. Drängeleien und Querelen unter den Touristen können wir jetzt wirklich nicht gebrauchen.«

»Das geht schon in Ordnung, Herr Oberst, schließlich machen wir unsern Job auch nicht erst seit gestern. Etwas Vogelbeer in den Tee?«

»Danke, gern. Halt, stopp!«, wehrte sich Jacobi nicht allzu energisch gegen die großzügige Veredelung seines Tees mit

Vogelbeerschnaps, um sich dann wieder dem Tondokument der Mörderin zu widmen.

39 »DA HINUNTER? Das ist nicht Ihr Ernst!« Kotek wandte sich entsetzt zu Novak um, konnte aber nur den Lichtkegel ihrer Stablampe erkennen.

Seit sie von ihr überrascht worden war, hatten sie in dem Gewirr von Gängen höchstens einen halben Kilometer zurückgelegt, dafür aber über eine Stunde benötigt. Das Hindurchzwängen durch die engen Klüfte und Felsspalten war keineswegs der Spaziergang gewesen, den Novak so salopp angekündigt hatte. Zudem stellte Schimmelpfennig in seiner schlechten Verfassung ein nicht nur im Wortsinn schwergewichtiges Handicap dar, vor allem aber war ihr, Kotek, natürlich nicht daran gelegen, in diesem steinernen Inferno schnell vorwärtszukommen.

Sabrina Novak hatte allerdings auch das vorhergesehen, jedenfalls ließ ihr aktueller Schachzug das vermuten. Sie hatten eine halbwegs begehbare Stelle eines Ganges erreicht, an der man aufrecht stehen konnte, die aber eine Besonderheit aufwies: Zu ihrer linken Hand befand sich eine fast mannshohe Kluft im Kalkgestein, die schon nach knapp einem Meter in einer Art Felsenkanzel endete, von der aus man in den Abgrund einer riesigen Doline blickte. Im Gang rechts, dem Durchlass direkt gegenüber, steckten zwei Kletterhaken vertrauenerweckend fest in der Felswand. Kotek hatte sie erst bemerkt, als Novak im vorderen Gang eine Karabiner-Seilsicherung eingehakt und ein Kletterseil hindurchgefädelt hatte, dessen Vorhandensein das nächste Rätsel darstellte. Hatten es Höhlenforscher in einer Nische hinterlegt, oder aber war es Teil jener Vorkehrungen, die von Novak vorausschauend für den Tag X getroffen worden waren?

»Unterhalb der Kanzel befindet sich ein kleiner Felsvorsprung, auf den seilst du dich jetzt ab!« Dieser rüde Bescheid hatte Kotek den entsetzten Ausruf entlockt.

»Nur eine Vorsichtsmaßnahme, dass du mir nicht im letzten Moment noch in die Suppe spuckst«, erläuterte Novak, die einen permanenten Sicherheitsabstand von mindestens zwei Metern einhielt. »Man wird dich finden, keine Sorge. Der Einstieg hier in den Kamin gehört zu einer Kletterroute, die Insidern bekannt ist. Rudi Kendlbacher, ÖBB-Fahrdienstleiter in Werfen, zählt nicht nur zu den routiniertesten Höhlenforschern der Eisriesenwelt, er hat mich auch wiederholt hier herumgeführt und wird das bestimmt genauso mit deinen Kollegen tun. Außerdem habe ich deine Markierung in der Neuen Welt sehr wohl bemerkt, als ich dich vorhin umgangen habe. Schließ dich jetzt von Schimmelpfennig los und gib ihm den Schlüssel für die Handschellen. Der Hundsfott soll jetzt seine beiden Hände fesseln.«

Der Ex-Baulöwe, der abgesehen von gelegentlichem Stöhnen bisher nichts von sich gegeben hatte, blieb auch jetzt still.

»Was haben Sie mit ihm vor, wenn Sie sich meiner entledigt haben?«, fragte seine Leidensgenossin, um Zeit zu gewinnen.

»Das hast du doch vorhin schon gehört. Jetzt mach schon!«

Kotek tat zunächst, was verlangt wurde, wandte dann aber ein: »Ich kann nicht klettern und bin auch nicht schwindelfrei.«

»Spar dir deine Lügen!«, drohte Novak, während sich Schimmelpfennig durch ihre Geste mit der Pistole unmissverständlich aufgefordert sah, sich wieder in Bewegung zu setzen. »Ich habe eure Personalakten sehr genau studiert. Aus ihnen geht hervor, dass du im Gegensatz zu deinem Lebensgefährten Jacobi sehr wohl schwindelfrei und eine ganz leidliche Bergsteigerin bist.«

»Meine Personalakte können Sie vielleicht gelesen haben, nicht aber die von Jacobi, an die kommen Sie gar nicht ran, Sabrina.«

»Muss ich dir erst erklären, wozu Mobile Master Forensik oder Oxygen Forensik Suite gut ist?«

»Die neue Spezialsoftware steht einigen unserer Abteilungen

seit ein paar Monaten zu Testzwecken zur Verfügung, na und? Kein Kollege kommt da rein, ohne sich zu identifizieren.«

»Ich war im Zuge des internen Anti-Hacking-Workshops voriges Jahr damit befasst, wobei ich mir Oxygen Forensik Suite runtergeladen habe, ohne dass es irgendjemandem aufgefallen wäre. Kein Kollege meiner Dienststelle hat bisher Verdacht geschöpft.«

»Also hast du auch Susanne Krenreichs Handy abgehört und ausgelesen und vermutlich noch etliche andere?« Kotek war zutiefst bestürzt und hatte Novak nicht zuletzt deshalb geduzt.

Ärgerlich winkte die ab. »Schluss mit der Quasselei, du steigst jetzt sofort da runter! Wenn du dich nicht gleich in Bewegung setzt, wirst du nirgendwohin mehr steigen.«

Das war ernst gemeint, und Kotek erkannte, dass die Toleranz Novaks ausgereizt war. Sie griff sich das Halbseil mit allen Sicherungsutensilien für einen kurzen Auf- oder Abstieg, trat wieder an die Spalte heran und beugte sich über den Abgrund.

Im Schein der Helmlampe wirkte es so, als würde sich der Kamin nach unten hin verjüngen, aber wo er endete, war aufgrund einer Krümmung des Schlundes in etwa dreißig Metern Tiefe nicht feststellbar. Dafür war der kleine Felsvorsprung etwa zehn Meter unter ihr recht gut zu erkennen, ebenso die Kalksteinwand darüber, die glatt wie ein Kinderpopo war. Ob ein Gletscher oder ein Wasserfall sie so geglättet hatte, interessierte Kotek im Augenblick wenig. Vielmehr machte ihr die Erkenntnis zu schaffen, dass sie das Mini-Plateau, das maximal zwei Leuten nebeneinander Platz bot, ohne Hilfe nicht mehr verlassen konnte, sowie das Seil hinaufgezogen wurde. Falls die Kräfte sie verließen oder der Schlaf sie übermannte, würde sie zwangsläufig in den bodenlosen Schacht hinunterstürzen.

Sabrina Novak schien Koteks Gedanken zu erahnen. Sie zielte, den maroden Schimmelpfennig ebenfalls im Auge behaltend, auf ihre Brust, wohl wissend, dass die Kollegin keine kugelsichere Weste unter dem Anorak trug. »Du kannst dich auch gern selbst abseilen, wenn du meiner Sicherung nicht traust, aber mach endlich!«

Eine gefährliche Gegnerin auszuschalten, ohne einen weithin hörbaren Schuss abgeben zu müssen, konnte für Novak eine verlockende Gelegenheit sein, weshalb ihr Kotek tatsächlich nicht über den Weg traute. »Genügt es nicht, dass du Flotzinger zur Rechenschaft gezogen hast?«, wagte sie einen letzten Appell, wobei sie die Formulierung »ermordet« geflissentlich vermied und sich, bereits im Seil hängend, an die zwei Meter über die Kante hinuntergleiten ließ, bis sie sich beidbeinig an der Wand abstützte. »Warum auch noch Schimmelpfennig, der doch ohnehin nur Platzhalter von Flotzinger war?«

»Spar dir dein Gesülze! Diesen Kotzbrocken davonkommen zu lassen, hieße, auf halbem Weg stehen zu bleiben. So weit war ich übrigens schon: Als ich Flotzingers Kadaver auf den Fahrersitz seines Mercedes drapiert hatte, dachte ich, jetzt sei es genug. Ich wollte tatsächlich meinen Rachefeldzug beenden, obwohl ich für Ildikos Firmungsausflug schon alles vorbereitet hatte. Aber euer Angebot, die Schutzobservation für Schimmelpfennig an deiner Seite zu übernehmen, konnte ich einfach nicht ausschlagen! Es war der ultimative Wink des Schicksals, eine Aufforderung aus dem Jenseits, beide Hauptschuldige zur Verantwortung zu ziehen.«

Kotek hätte Novaks Geisteszustand nur zu gern lauthals in Zweifel gezogen, war aber nicht in der Position, eine dicke Lippe zu riskieren, ohne gleichzeitig ihre Überlebenschancen drastisch zu verringern. Stattdessen stieg sie weiter rasch ab, um den Felsvorsprung zu erreichen, ehe die Mörderin möglicherweise einem plötzlichen Impuls nachgab, das Seil zu kappen. Aber nichts dergleichen geschah. Kotek erreichte wohlbehalten die kleine Plattform und horchte angestrengt nach oben.

»Mach das Seil ab!«

Es waren die letzten Worte, die Kotek von Novak hören sollte. Nachdem sie der Aufforderung trotz aufkommender Panik Folge geleistet und sich ausgeklinkt hatte – es nicht zu tun, wäre schlichtweg indirekter Selbstmord gewesen –, wurde das Seil auch schon eingeholt. Danach wurde es still im unterirdischen Verlies. So still, dass sie das Rauschen des

Blutes in ihren Ohren zu hören glaubte. Ebenso verzweifelt wie verbittert über ihre ohnmächtige Lage brüllte sie den Kamin hinauf: »Überleg dir alles noch einmal – bitte!« Aber außer einem Echo erhielt sie keine Antwort.

40 INZWISCHEN HATTEN REDL UND FEUERSANG in Begleitung eines dritten Mannes das Portal der Eishöhle erreicht. Nachdem sie von Jacobi auf den aktuellen Stand der Dinge gebracht worden waren und ihn wiederum informiert hatten, dass sie Ildiko Nagy wohlbehalten an der Bergstation der Zubringer-Seilbahn angetroffen hatten, stellten sie ihm ihren Begleiter vor, einen gewissen Rudolf Kendlbacher, ÖBB-Fahrdienstleiter vom Bahnhof Werfen.

»Ich kenne Rudi von hochalpinen Touren, Oskar«, erklärte Redl, »aber seine eigentliche Passion ist das Höhlenforschen. Er kennt sich in der Eisriesenwelt aus wie kein Zweiter, deshalb habe ich ihn noch von St. Johann aus kontaktiert und ihm unsere Nöte geschildert. Und jetzt kommt's: Stell dir vor, er kennt die Novak und ist mit ihr auf ihre nachdrückliche Bitte hin noch vor wenigen Wochen kilometerweit in eben diesem Höhlensystem herumgeklettert, weshalb er eine ziemlich konkrete Vorstellung davon hat, welche Route sie nehmen wird. Wenn du einverstanden bist, setzen wir Major Rauhfuß und den Scout des Einsatzkommandos umgehend darüber in Kenntnis.«

Jacobi spürte seine Augen feucht werden. Das war typisch Redl. Kein Wort verlor er darüber, dass er mit seiner Ahnung über die geheimnisvolle Geliebte Paul Landsteiners genau ins Schwarze getroffen hatte, stattdessen hatte er sich, kaum über Koteks Malaise unterrichtet, sofort an eine vielversprechende Adresse gewandt und wieder einen Treffer gelandet. »Bitte macht das! Es war ja vorherzusehen, dass Melanie sich an die Fersen dieser Mänade heften würde, um sie daran zu hindern,

Schimmelpfennig ein ähnliches Ende zu bereiten wie Flotzinger. Nach deinen Eröffnungen fürchte ich nur, dass sie die deutlich schlechteren Karten in der Hand hat.«

Jemand, der Jacobi nicht näher kannte, hätte hinter seiner zur Schau getragenen Coolness kaum die nackte Angst um seinen Lebensmenschen vermutet, aber Redl wusste, wie es um seinen Freund und Lehrmeister stand. »Leo und ich gehen natürlich auch rein, wenn du das willst«, bot er deshalb an, »aber Rauhfuß und seine Leute sind uns uneinholbar weit voraus und werden bestimmt noch einen Zahn zulegen, wenn sie ihre Direktiven von Rudi erhalten haben.« Er wies mit dem Kinn auf Kendlbacher, der gerade dabei war, dem Höhlenführer des EKO Cobra in einem nur für Insider verständlichen Kauderwelsch die mutmaßliche Route der Gesuchten durchzugeben.

Jacobi schüttelte den Kopf. »Danke, aber das wird hoffentlich nicht nötig sein.«

»Die Cobra versteht ihre Arbeit, Oskar«, grunzte Feuersang in seinem tiefen Bass, »die holen Melanie da schon raus.« Dass er den Oberst während eines Einsatzes mit Vornamen ansprach, bewies die Intimität der Situation. Feuersang ahnte ebenso wie Redl, weshalb sie herbeordert worden waren: nicht um den Job des EKO Cobra zu machen, sondern um dem Chef durch ihre Anwesenheit seelischen Beistand zu leisten.

Jacobi honorierte die Solidarität seiner Leute denn auch mit einem unerwarteten Geständnis. »Es ist nicht zuletzt meine Schuld, dass wir die Cobra jetzt brauchen. Ich habe zu wenig auf dich gehört, Lenz. Mit der Geliebten von Landsteiner als Tatverdächtige hast du goldrichtig gelegen, während ich den Wald vor lauter Bäumen nicht mehr gesehen habe.«

»Und? Wer hat uns denn beigebracht, die Flöhe husten zu hören?«, versuchte Redl, ihm über seine Selbstvorwürfe hinwegzuhelfen. »Außerdem war die Spur zu Schimmelpfennig ja auch ziemlich heiß.«

Jacobi winkte ab. »Lass nur! Ich weiß, wann ich Mist gebaut habe. Und wenn wir schon bei Bekenntnissen sind: Ich bin dabei, mir die Beichte der Novak anzuhören, die sie uns auf einem Smartphone in ihrer Wohnung hinterlassen hat. Mittlerweile bin ich an der Stelle, wo sie Flotzinger zufällig in Prien wiedergesehen und danach ausspioniert haben will, ebenso die ihm hörige Susanne Krenreich –«

»Auweia!« Der Zwischenruf kam von Feuersang. »Was sie betrifft, waren wir ja alle auf dem falschen Dampfer.«

»Und in weiterer Folge auch Schimmelpfennig und Marika Nagy«, vervollständigte Jacobi den Satz. »Zu diesem Zweck hat sie schon voriges Jahr unter Missachtung jeder Dienstvorschrift die Spezialsoftware Oxygen Forensik Suite von unserem Zentralcomputer runtergeladen und sowohl zu Susanne Krenreich als auch zu Marika Nagy – Letztere kannte sie bereits von früher – eine lockere Kaffeehaus-Freundschaft aufgebaut beziehungsweise aufgefrischt, um in einem günstigen Moment einen Blick in deren Handys zu werfen und ihre PIN-Nummern zu kopieren. Von da an war sie ständig über die Kommunikation informiert, die die Agentur Nagy betraf.«

Es kam selten vor, dass Redl oder Feuersang sprachlos waren, aber das war so ein Moment.

»Wie ist es ihr gelungen, Flotzinger ins Chalet zu locken?«, wollte Redl schließlich wissen.

»Lassen wir sie selbst erzählen«, sagte Jacobi und stellte den Lautsprecher seines Handys auf maximale Lautstärke.

»… nachdem ich mir monatelang überlegt hatte, wie ich Flotzinger zur Strecke bringen könnte – ich hatte schon Sengstvoggen, jemanden aus Susanne Krenreichs Bekanntenkreis, über seine Adresse in Prien informiert, um im Vorfeld eine falsche Spur zu legen –, kamen mir die Laserpointer-Crashkids gerade recht. Um die Aufmerksamkeit auf sie zu lenken, wählte ich den Schauplatz Bruderloch aus, wobei natürlich auch ein Übergang etwas weiter nördlich oder südlich denselben Zweck erfüllt hätte, wichtig war mir nur die Nähe zu meiner Stammdienststelle Hallein, damit sichergestellt war, dass ich über die Ermittlungsfortschritte informiert werden würde. Als die Kids plötzlich eine Woche mit ihren Attacken aussetzten, dachte ich fälschlicher-

weise, sie hätten sie endgültig aufgegeben, und beschloss deshalb, mich am folgenden Freitagmorgen an sie dranzuhängen – auch weil der Stichtag zeitlich nahe am Schauhöhlen-Termin lag, an dem der zweite Streich erfolgen sollte. Ich drohte Susanne also mittels anonymer SMS, den Hausfrauen-Puff samt Briefkasten auffliegen zu lassen und sie bloßzustellen, sollte sie Flotzinger nicht für Donnerstagabend zu einem Dreier mit Waris Rader ins Chalet bestellen. Ich wusste, dass ihr ein Date mit ihm und Waris nicht geheuer sein konnte, ihre Angst vor einer Bloßstellung als seine ewige Nutte aber noch größer sein würde. Flotzinger, der schon lange heiß auf die Somalierin war, sagte sofort zu, allerdings nicht für Donnerstag, da sei er verhindert, sondern für Sonntagabend. Ich instruierte Susanne, den Termin zu bestätigen – nicht ahnend, dass die Crashkids, die ich ja selbst kurz zuvor aufgespürt hatte, an jenem Freitagmorgen wieder zuschlagen würden. Als genau das der Fall war und dabei sogar eine Frau ums Leben kam, wollte ich mein Vorhaben schon abblasen, erst recht, als mir Lurmtaxer stolz mitteilte, er habe das LKA auf meine Ermittlungserfolge in Sachen Crashkids aufmerksam gemacht. Aber mein Hass auf Flotzinger war stärker als die Vernunft: Ich blieb bei dem Termin und schickte Susanne erst am bewussten Sonntagnachmittag eine SMS, sie solle Waris umgehend absagen und selbst für einige Tage in der Pension ›Göllblick‹ untertauchen. Um zwanzig Uhr bereitete ich dann meinem Todfeind einen würdigen Empfang. Zunächst trat ich ihm als nackter Clown an der Schwelle des Chalets entgegen. Sie können sich vermutlich denken, warum. Er konnte es nicht. Meine bemalten Brustwarzen machten ihn gleich so heiß, dass er meine Erklärung, Waris käme etwas später nach und wir könnten schon ohne sie anfangen, glatt schluckte und sich eine Prise Koks reinpfiff. Fast hätte ich es nicht mehr geschafft, ihm den Sekt mit dem Liquid Ecstasy aufzunötigen, so schnell hüpfte er aus seiner Hose, aber schließlich gelang es mir doch noch. Weitere Details erspare ich Ihnen, das Wesentliche wird Ihnen ohnehin schon Dr. Pernauer gesagt haben.«

Jacobi stoppte die Aufnahme, weil Major Rauhfuß anklopfte. »Was Neues, Major?«

»Wir haben inzwischen die Midgard-Halle erreicht, wo wir eine frische gelbe Markierung an einem der weiterführenden Gänge entdeckt haben. Aber das ist nicht der einzige Grund meiner Meldung: Einer meiner Leute glaubt, einen Schuss gehört zu haben. Was immer das bedeuten mag, ich wollte es Ihnen jedenfalls nicht vorenthalten.«

»Danke, Rauhfuß«, sagte Jacobi heiser, wobei er das Gefühl hatte, jemand würde einen Eiszapfen an seiner Wirbelsäule entlangziehen. »Melden Sie sich bitte gleich wieder, wenn Sie mehr wissen.« Er beendete das Gespräch und klickte zur Audiodatei zurück.

»... Flotzinger Blut abzunehmen, ihn umzubringen und in einen Leichensack zu stecken, war leicht zu bewerkstelligen. Schwerer war es schon, seinen Wagen auf der A 10 auf Höhe Bruderloch mehrmals gegen die Leitschienen zu fahren, und zwar so, dass es nach einem durch Panikbremsung verursachten Unfall aussah. Aber ich glaube, ich habe auch das ganz gut hinbekommen. Danach bin ich vom Rastplatz Bruderloch mit dem bereitgestellten Fahrrad nach Hause gefahren – wieder eine der leichteren Übungen. Dass Ihre Truppe, Oberst, früher oder später hinter den Fake kommen würde, habe ich einkalkuliert, denn alle gelegten falschen Spuren – etwa die Krähenfeder im Chalet oder das Verschwinden von Susanne – dienten nur dem Zweck, Zeit zu gewinnen. Apropos Susanne: Schon am Tag nach dem Treffen bei Pumhösls habe ich ihr gesimst, eines ihrer T-Shirts, bespritzt mit Flotzingers Blut, befände sich in meinem Besitz. Wenn sie also nicht als seine Mörderin verhaftet werden wollte, solle sie gefälligst meine Anweisungen befolgen und sich aus der Schusslinie bringen, wobei sie ruhig wissen konnte, dass der geheimnisvolle SMS-Schreiber der wirkliche Mörder ihres Langzeit-Liebhabers war. Als dann aber Ihre Leute eine Escort-Adresse nach der anderen abklapperten, wurde die Gefahr, dass Susanne zu früh auspacken könnte, immer virulenter. Dem

musste ich zuvorkommen, also habe ich sie vorgestern in die Jagdhütte von Lurmtaxers Bruder gebracht, wo sie sich auch jetzt noch befindet. Übrigens tat ich das keinen Augenblick zu früh, denn als ich zurückkam, erfuhr ich, dass wir, die Polizei, nun auch die Adresse vom ›Göllblick‹ kannten. Um Susanne müssen Sie sich keine Sorge machen, ich habe sie gestern Abend noch gefüttert, und da sie über ein Plastikröhrchen Wasser trinken kann, wird sie es locker noch ein paar Tage dort oben in der Einschicht aushalten. Anfangs hatte ich wie gesagt nicht vor, mich für meine Taten zu verantworten, sondern hatte bereits Vorkehrungen getroffen, mich auf die Kleinen Antillen abzusetzen. Mittlerweile bin ich, was meine Zukunft anbelangt, anderer Ansicht. Und wenn hier schon von Perspektiven die Rede ist, die ich für mich nicht mehr sehe, möchte ich, bevor getan ist, was getan werden muss, auf einen bestimmten Aspekt dieser unsäglichen Geschichte hinweisen, von dem bisher noch kaum die Rede war: auf mein Verhältnis zu Marika Nagy. Wir kennen uns aus der Pflichtschulzeit in Hof, weshalb es keine große Kunst war, diese Bekanntschaft zu erneuern und zu intensivieren. Natürlich habe ich Marikas Handydaten ebenso ausgelesen und kopiert wie jene von Susanne, aber mich beschlich manchmal das Gefühl, als sei das gar nicht nötig gewesen. Bei unserm wöchentlichen Kaffeeplausch in der Halleiner Altstadt informierte sie mich überraschend unbefangen und bereitwillig über Sachverhalte, die schon jede gewöhnliche Concierge einer Polizistin gegenüber für sich behalten hätte. Sie aber schien sich nicht damit abgefunden zu haben, als Puffmutter, Putzfrau und Haushälterin zu enden, anders kann ich die wiederholten Anspielungen in diese Richtung nicht deuten. Sie hält es ja schon lange bei Schimmelpfennig aus. Angeblich war sie auch auf jenem Sowoinvest-Empfang, auf dem wir Schafe ein letztes Mal geschoren werden sollten. Als Serviermädchen, aber vermutlich habe ich meine ehemalige Mitschülerin damals nicht wiedererkannt, weil Paul und ich zu sehr mit uns selbst beschäftigt waren. Sie dagegen hat mich sehr wohl gesehen, was sie mir vor Kurzem selbst bestätigt hat, und auch die Namen Sengstvoggen, Rader, Pumhösl und Krenreich waren ihr geläufig. Sogar die Pressemeldung über Pauls Suizid ist ihr nicht entgangen. Wenige Wochen danach hat sie mich zufällig in Salzburg getroffen und gesehen, wie ich drauf war. Dass ich Flotzinger auf der Stelle geschlachtet hätte, wäre er mir in die Hände gefallen. Aber das ist eben fünfzehn Jahre her, weshalb ich mir heute nicht sicher sein kann, ob sich Marika nur ahnungslos hat aushorchen lassen oder sie mich in letzter Konsequenz für ihre Zwecke instrumentalisiert hat. Fakt ist, dass ich bald nach unserm Treffen vor einem Dreivierteljahr im Halleiner Altstadtcafé ›Braun‹, bei dem wir auch Handynummern austauschten, eine SMS von einem anonymen Absender mit dem Inhalt erhielt, dass Flotzinger in Prien wohne, wo ich ihn dann tatsächlich anlässlich der Verlobungsfeier meiner Schwester in einem Restaurant wiedergesehen habe. Wer außer Marika hätte mir eine solche Nachricht zukommen lassen können? Unstrittig ist ebenfalls, dass Ihre, Oberst, an mich herangetragene Bitte, den Schutz von Schimmelpfennig zu übernehmen, mich nach dem Mord an Flotzinger noch einmal an meine Pflicht erinnert hat, meine Arbeit nicht halb, sondern ganz zu erledigen. Dabei war mein Plan fast schon ins Wanken geraten, vor allem, weil ich Nacht für Nacht die Halswirbel von Flotzinger knacken höre. Vielleicht habe ich bei meinen Darlegungen den einen oder anderen Punkt nicht berücksichtigt, den Sie oder Ihre Leute gerne beleuchtet gesehen hätten, für mich aber hat nur noch eines Bedeutung, nur dafür lebe ich noch. Wenn Sie diese Nachricht hören, bin ich allerdings schon tot – und begraben. Adios, Jacobi, und grüßen Sie Ihre Melanie – vorausgesetzt, sie lebt am Mittwochnachmittag noch.«

41 MAJOR RAUHFUSS, der Erfahrung mit Höhleneinsätzen hatte, sah sich im Nachhinein in seiner Entscheidung bestätigt, keine Suchhunde in die Eisriesenwelt mitgenommen zu haben. In den größtenteils recht unwegsamen Gängen und Klüften

wären die Vierbeiner akuter Verletzungsgefahr ausgesetzt und eher hinderlich als von Nutzen gewesen. Die Markierung am anderen Ende der Midgard-Halle, der sogenannten Neuen Welt, war ohnehin nicht zu übersehen gewesen, und von da an bestätigten ihnen immer wieder einzelne Blutstropfen, dass sie auf der richtigen Fährte waren.

Nach nur wenigen Schritten in dem gekennzeichneten Gang, der von der Neuen Welt wegführte, entdeckten sie den Rucksack, der außer Visitenkarten von Oberleutnant Kotek auch ihre Pistole und ihr BOS-Funkgerät enthielt. Doch Rauhfuß wollte den äußerst beunruhigten Jacobi nicht schon wieder kontaktieren, sondern erst einmal abwarten, was sich auf den nächsten paar hundert Metern tat.

»Kletterhaken und Karabiner im Felsen vorne rechts«, meldete ein EKO-Mann nach einer weiteren halben Stunde über die interne Kommunikation. Tatsächlich hatte er nicht nur die genannten Kletterutensilien, sondern auch ein scheinbar achtlos hingeworfenes Halbseil entdeckt.

Lautlos, mit dem StG 77 im Anschlag, pirschten sich die Männer näher an die bewusste Stelle heran. Sekunden später hatten sie die Kluft zur linken Hand entdeckt und sicherten sofort den weiterführenden Gang ab, ehe sie den Spalt ausleuchteten, wobei die Lichtkegel auch auf die gegenüberliegende Seite der gewaltigen Doline fielen.

»Ich bin hier unten!«

Der Ruf kam so plötzlich und war so laut, dass sogar die hartgesottenen Haudegen des EKO Cobra zusammenzuckten. Dann sahen sie den Lichtschein einer Helmlampe.

Minuten später stand Melanie Kotek neben den Männern im Gang, bedankte sich mit Kuss bei ihren Rettern, die sie heraufgehievt hatten, und machte auch sonst aus ihrer Erleichterung keinen Hehl. »Ich hatte furchtbaren Schiss, auf ewig da unten bleiben zu müssen.«

Während sie ihren Rucksack samt Glock und Funkgerät

in Empfang nahm und im Telegrammstil berichtete, was ihr widerfahren war, wurde ihr bewusst, dass sie mit demselben Seil heraufgeholt worden war, mit dem sie sich hatte abseilen müssen. Novak hatte es absichtlich zurückgelassen.

Inzwischen hatte Rauhfuß Jacobi die gute Nachricht übermittelt und wandte sich nun an Kotek. »Der Oberst lässt ausrichten, er kommt Ihnen bis zum Eispalast entgegen, Kollegin.«

Aber Kotek winkte ab. »Kann ich direkt mit ihm sprechen? Ich möchte mich unbedingt Ihrer Truppe anschließen, immerhin bin ich zum Personenschutz von Bernd Schimmelpfennig abkommandiert.«

»Dann sprechen Sie hier in mein Mikro.« Der Major hatte nichts dagegen, mit einem Feger wie Kotek *face to face* auf Tuchfühlung zu gehen.

»Oskar? Mir geht's gut, mir ist nichts passiert.«

»Gott sei Dank!«

»Aber Schimmelpfennig sah aus wie durch den Wolf gedreht, Novak hat ihm ziemlich zugesetzt. Ich schließe mich jetzt der Cobra an und hoffe, dass wir die beiden einholen, ehe es zum Äußersten kommt.«

Jacobi war über die Unversehrtheit seines Lebensmenschen mehr als erleichtert, dessen Beharrlichkeit behagte ihm dagegen weniger. Doch in einer Situation wie dieser konnte er Melanie gegenüber schlecht den Chef rauskehren.

»Mir ist eben gemeldet worden, dass Susanne Krenreich in einer Jagdhütte unweit des Seewaldsees gefesselt und leicht dehydriert aufgefunden worden ist«, teilte er ihr mit, unschlüssig, ob er sie zurückbeordern oder ihr ihren Willen lassen sollte. »Das Notarzt-Team bringt sie jetzt ins LKH. Vielleicht solltest du dich auch durchchecken lassen, sicher hast du einen Schock und spürst deshalb nur nichts. Leo und Lenz lassen dich übrigens ganz herzlich grüßen«, schloss er daran an, um sich dann doch zu einer Entscheidung durchzuringen. »Wenn du schon so erpicht darauf bist, deine Haut zu Markte zu tragen, solltest du wissen, dass Novak nicht nur Schimmelpfennig, sondern auch sich selbst umbringen will, wie sie es früher schon einmal versucht hat. Sie stellt also für jeden, der beides verhindern will, nach wie vor eine tödliche Gefahr dar.«

»Woher willst du das denn so plötzlich wissen? Du kennst sie ja nicht einmal persönlich.«

»Sie hat uns eine Nachricht hinterlassen, in der sie die Beweggründe ihres Handelns darlegt und die Konsequenzen, die sie daraus zu ziehen gedenkt. Apropos denken: Denk bitte daran, dass du jetzt nur noch Beobachterin bist, den Job übernimmt das EKO Cobra.«

Rauhfuß, der natürlich mitgehört hatte, nickte schmunzelnd, während Kotek eine Schnute zog.

In diesem Moment kam einer der beiden Männer, die die Vorhut bildeten, im Laufschritt zu den beiden zurück. Es war derselbe, der vorhin angegeben hatte, einen Schuss gehört zu haben. »Hilferufe in unbestimmter Entfernung, Herr Major«, meldete er militärisch knapp.

Rauhfuß bemerkte den skeptischen Blick Koteks. »Leutnant Wieland hat ein besonders scharfes Gehör, das uns schon das eine oder andere Mal einen kleinen Vorteil verschafft hat«, erklärte er und ordnete umgehend an, vorzurücken.

Während sich Kotek bemühte, in dem schwierigen Gelände mit den Männern Schritt zu halten, nahm sie beschämt zur Kenntnis, dass den Profis der Cobra ein Fehler, wie er ihr unterlaufen war, nicht passiert wäre. So schnell sie sich auch vorwärtsbewegten: Die zwei Letzten sicherten abwechselnd immer wieder nach hinten, um vor Überraschungen gefeit zu sein. So legten sie trotz etlicher Engstellen und Geländestufen, die Räuberleitern und diverse Kletterkünste erforderten, innerhalb kurzer Zeit eine für die Verhältnisse beachtliche Strecke zurück, was ohne die Ortskenntnis des Führers allerdings undenkbar gewesen wäre.

Plötzlich gebot Leutnant Wieland, der sowohl dem Guide als auch allen anderen stets einige Schritte voraus war, über sein Helm-Set Halt. »Liegende Person circa zwanzig Meter voraus. Bewegt sich nicht.«

»Auf Nachtsicht gehen!« Die Anordnung von Rauhfuß galt dem Rest der Truppe, Wieland hatte seinen Part als Kundschafter von vornherein nur über das Infrarotsichtgerät wahrgenommen.

»Aufrücken, nach hinten sichern, dann Kontakt aufnehmen!«

Sekunden später waren die kurzen Läufe dreier Sturmgewehre auf die am Boden liegende bewegungslose Gestalt gerichtet, die auf ein Signal von ebenso vielen Lichtkegeln erfasst und gleichzeitig von Wieland angesprochen wurde. »Polizei! Lassen Sie die Hände, wo sie sind, wir kommen zu Ihnen.«

Wie nicht anders erwartet war es Schimmelpfennig – er lebte noch, wie Kotek mehr erstaunt als erleichtert feststellte. War Novak des Tötens müde geworden?

Der Gerettete bewegte sich sogar, hob Kopf und Schultern leicht an. »Polizei? Wirklich Polizei?« Seltsamerweise blieb er in seiner liegenden Position, obwohl er nicht gefesselt war und abgesehen von Blessuren am Kopf und im Gesicht auch nicht schwer verletzt zu sein schien.

»Wo ist Novak?«, fragte Rauhfuß sofort.

»Abgehauen«, antwortete der Gerettete kurz angebunden.

»Wie lange ist sie schon weg?«

»Keine Ahnung. Eine halbe Stunde – oder eine ganze, ich weiß es nicht.«

»Haben Sie einen Schuss gehört, oder ist in Ihrer Anwesenheit einer abgefeuert worden?«

»Nein. Die Fotze hat mir die Knarre ein paarmal an den Kopf gehalten, aber abgedrückt hat sie nicht.« Plötzlich sprudelten die Worte aus ihm heraus: »Dass ich noch mal froh sein würde, die Polizei zu sehen, hätte ich im Leben nicht gedacht. Können Sie mir helfen?«

Während der Major eine Meldung an Jacobi absetzte, trat Kotek zu dem inzwischen aufrecht sitzenden Schimmelpfennig. »Sind Sie verletzt? Und vor allem: Warum hat Novak Sie so glimpflich davonkommen lassen?«

»Das alles weiß ich nicht, und ich will es auch gar nicht wissen! Ich kenne die Frau doch überhaupt nicht. Sie hat mir nur befohlen, mich hier auf den Boden zu legen, und ist dann davongegangen. Und zu Ihrer ersten Frage: Ja, ich bin verletzt, am Kopf und im Gesicht, wie Sie eigentlich sehen müssten, oder haben Sie Tomaten auf den Augen?«

»Aber Ihre Gliedmaßen scheinen intakt zu sein«, stellte Kotek, seine Pöbelei ignorierend, fest. »Warum stehen Sie nicht auf?«

»Bei Festbeleuchtung ist das leicht gesagt, aber diese Kanaille hat mich in absoluter Dunkelheit zurückgelassen. Ich habe jetzt noch ihre Drohung im Ohr, dass ich unweigerlich in einen Abgrund stürzen würde, sollte ich aufstehen und auch nur einen Schritt irgendwohin machen. Was hätten Sie denn an meiner Stelle getan?« Unwirsch ergriff er die dargebotene Hand und hielt es nicht einmal für nötig, sich zu bedanken, als er wieder auf beiden Beinen stand.

»Ein ›Danke‹ kommt Ihnen wohl schwer über die Lippen?« Kotek wäre erstickt, hätte sie die Bemerkung nicht anbringen können, so sehr war ihr dieser Rüpel zuwider.

Aber Schimmelpfennig kümmerte die Kritik nicht. »Warum sollte ich?«, meinte er achselzuckend, wobei der Anblick, den er mit dem blutverschmierten Gesicht und den verdreckten Klamotten bot, darüber hinwegtäuschte, dass er sich vom Stress der letzten Stunden erstaunlich rasch zu erholen schien.

Kotek, die eben Verbandszeug auspacken wollte, baute sich, die Hände in die Hüften gestemmt, vor ihm auf. »Vielleicht, weil ich Sie und Ihre Tochter schützen wollte und dabei selbst beinahe ums Leben gekommen wäre?«

»Ist das nicht der Job von Leuten wie Ihnen, die Sicherheit von Staatsbürgern zu gewährleisten? Ach ja, wo ist Ildiko eigentlich?«

Bei so viel Unverfrorenheit blieb der Polizeioffizierin die Luft weg.

Der Major merkte, dass sie nahe daran war, dem Verwundeten eine zu scheuern. »Oberleutnant Kotek, wir wollen jetzt abrücken.« Sein warnender Unterton brachte sie zur Besinnung. »Die Zielperson kam aus nachvollziehbaren Gründen bisher nur langsam voran«, fuhr er rasch fort, »kann also noch nicht weit sein. Unsere Chancen, sie bald einzuholen, stehen nicht schlecht, aber jemand muss Herrn Schimmelpfennig aus dem Labyrinth hinausbegleiten. Diese Person sollte in der Lage sein, ohne Führer bis zur Midgard-Halle zurückzufinden, wo beide dann abgeholt und medizinisch versorgt werden.«

Kotek hatte sich, was ihre Teilnahme an der Verfolgung von Novak betraf, Jacobi gegenüber durchsetzen können, weil er ihr in grenzenloser Erleichterung über ihre Rettung den Wunsch nicht hatte abschlagen können, aber Rauhfuß war nicht Jacobi. Trotzdem startete sie einen Versuch. »Das ist nicht Ihr Ernst, Major. Jetzt, wo wir so kurz vor dem Ziel sind!«

»Doch, Oberleutnant, das ist mein Ernst. Sie selbst haben sich vorhin dem Oberst gegenüber auf Ihre Pflicht als Personenschützerin berufen, ich wiederum kann keinen meiner Männer dazu abstellen. Die sind zwar Spezialisten, aber keine Pfadfinder in der Eisriesenwelt.«

Der Guide, der sie noch immer begleitete, trat zu ihnen. »Sie haben einen Kompass und Ihr BOS-Funkgerät, Frau Kotek. Ich kann es Ihnen gern auf Grubenfrequenz einstellen, falls Sie es nicht schon getan haben. Sollten Sie auf dem Rückmarsch Gefahr laufen, sich zu verirren, nehmen Sie einfach Verbindung zu Ihren Leuten am Tor auf. Rudi Kendlbacher lotst Sie dann sicher zum Ausgang. Aber markieren Sie trotzdem hin und wieder Ihre Route, der Teufel schläft ja bekanntlich nie.«

Kotek blieb also nichts anderes übrig, als sich ins Unvermeidliche zu fügen und mit dem bemühten Führer den Rückweg Sektion für Sektion durchzugehen.

»Was ist nun mit Ildiko?«, wiederholte Schimmelpfennig ungeduldig seine Frage, da er noch immer auf eine Antwort wartete.

»Sie ist inzwischen von ihrer Mutter an der Bergbahn-Talstation abgeholt worden«, fertigte ihn Kotek ab, um sich gleich wieder dem Guide zuzuwenden.

Erst als sie sich ausreichend informiert fühlte, konnte das Einsatzkommando abrücken, während sie sich widerwillig daranmachte, die Blessuren ihres wenig geschätzten Schutzbefohlenen zu versorgen. »Die Wunde an Ihrer Stirn muss draußen vom Notarzt genäht werden«, stellte sie fest. »Novak hat Sie niedergeschlagen, um mich in eine Falle zu locken, nicht wahr?«

»Woher soll ich das wissen? Die Frau hat mich nicht nur einmal geschlagen, und ich hab noch immer keine Ahnung, warum.«

»Sie hat Ihnen also nicht vorgehalten, dass Sie die Nummer zwei der Sowoinvest-Abzocker waren?«

Sein Schweigen auf diese Frage war endlich eine Antwort, die Kotek akzeptieren konnte.

Beide brachen schließlich auf, während die anderen längst nicht mehr zu hören, geschweige denn zu sehen waren. Sie waren noch keine fünfzig Meter weit gekommen, als es in Koteks Funkgerät knackte.

»Oberleutnant Kotek? Ende.«

Wenn Rauhfuß sie fünf Minuten nach dem Abmarsch schon wieder kontaktierte, musste etwas passiert sein. Sofort ging sie auf »Senden«, ehe Jacobi es tat, der die Meldung auch gehört haben musste.

»Ja, Major Rauhfuß? Ende.«

»Wir stehen hier am Rand einer Doline, ähnlich jener, aus der wir Sie vorhin befreit haben. Auch hier ist der Boden des Kamins nicht auszumachen –«

»Und?«, fiel ihm Kotek ins Wort und ignorierte damit sämtliche Funkergepflogenheiten.

»Wir haben im Gang einen Rucksack gefunden und direkt am Abgrund, keine zehn Zentimeter davon entfernt, eine Glock 17 sichergestellt. Aus ihr wurde vor Kurzem ein Schuss abgefeuert. Ende.« Er musste nicht erwähnen, dass die Glock 17 die Standard-Handfeuerwaffe der österreichischen Polizei war.

»Sie können mit Ihren Männern den Rückmarsch antreten, Major«, schaltete sich Jacobi plötzlich dazwischen. »Natürlich besteht – rein theoretisch – die Möglichkeit, dass Novak erst geschossen und dann die Pistole hingelegt hat, um ihren

Freitod vorzutäuschen und sich klammheimlich davonmachen zu können. Dagegen spricht allerdings, dass sie den Suizid angekündigt hat. Mit einem Schuss in den Kopf wollte sie möglicherweise ausschließen, den Sturz in die Doline zu überleben und erst nach Stunden oder Tagen in absoluter Finsternis ihren Verletzungen zu erliegen.« Den Hinweis, die Asservate äußerst penibel und KTU-adäquat zu behandeln, verkniff er sich, einen anderen aber nicht: »Oberleutnant Kotek wird mit Herrn Schimmelpfennig sicher gern auf Sie und Ihren Führer warten, Herr Major. Dem gemeinsamen Rückmarsch dürfte dann nichts mehr im Wege stehen. Ende.«

42 ALS DIE VIER LKA-BEAMTEN und das Einsatzkommando Cobra die Talstation der Seilbahn verließen – Letztere hatte schon wiederholt die schwindelerregende Kulisse für berühmte Blockbuster abgegeben –, waren seit Koteks und Novaks Aufstieg zur Schauhöhle mehr als sieben Stunden vergangen. Ildiko war längst zu Hause bei ihrer Mutter am Dürrnberg, und auch Schimmelpfennig, der einen Krankenhausaufenthalt strikt abgelehnt hatte, hinkte bereits überraschend unbekümmert zum Parkplatz hinunter.

Bei seinem Anblick kam Kotek wieder die Galle hoch. »Mich wundert es wirklich nicht, dass die Welt zusehends ungenießbarer wird, wenn zu guter Letzt immer Kotzbrocken wie der da obenauf schwimmen.«

Dass sie den blutigen Showdown, der für den zweiten Hauptverantwortlichen des Sowoinvest-Coups vorgesehen war, glimpflicher überstanden hatte als er, tröstete sie nur wenig. Auch wenn er einige Faustschläge ins Gesicht und einen K.-o.-Hieb mit dem Pistolenkolben hatte einstecken müssen, so hatte ihn Novak doch wider Erwarten und entgegen ihrer ursprünglichen Absicht verschont. Die Gründe für diese Planänderung in letzter Minute würden nun leider für immer im Tennengebirge begraben bleiben, während – und das ärgerte Kotek besonders – der Defraudant sein unverdientes Glück ebenso wenig wie die Leistungen seiner Retter zu würdigen wusste.

Nachdem sich Jacobi noch einmal bei einem zufriedenen Rauhfuß bedankt hatte, rückte das Einsatzkommando zum Privatparkplatz der Eisriesenwelt-Rasthütte unweit der Talstation ab, auf dem schon ein Kleinbus der Cobra Salzburg wartete. Kotek und Redl hatten ihre Fahrzeuge jeweils auf dem Touristenparkplatz abgestellt, der sich ein gutes Stück weiter unten am Ende der ausgebauten Zubringerstraße befand, aber man hatte es ja nun nicht mehr eilig.

Und während Redl mit dem in St. Johann verbliebenen Haberstroh telefonierte und mit ihm einen Treffpunkt vereinbarte, an dem er abgeholt werden wollte, wandte sich Kotek ein letztes Mal nach den grauen Kalksteinwänden unter dem ebenso grauen Himmel um. Doch von ihrem Standort aus war der Eingang zu dem schicksalhaften Höhlensystem nicht mehr zu sehen. »Warum hat sie sich das angetan? Für nichts?«, fragte sie und richtete den Blick dabei auf den Gipfel des Hochkogels. »Warum betreibt sie erst diesen wahnwitzigen Aufwand und lässt Schimmelpfennig dann im allerletzten Moment doch ungeschoren zurück – nur Minuten, bevor sie sich selbst erschießt und die Doline hinunterstürzt?«

Jacobi, der ebenfalls stehen geblieben war, legte zärtlich einen Arm um ihre Hüfte, was er sich im Dienst und vor den Mitarbeitern sonst nie gestattete. »In der Nachricht, die sie uns hinterlassen hat, deutet sie den Grund an: Sie hat ihren Hass auf Flotzinger in der Tat fünfzehn Jahre hindurch nie verglühen lassen, aber als der Todfeind schließlich leblos vor ihr lag, zerfiel auch diese unselige Glut zu Asche. In jener Nacht nahm sie vorübergehend von dem Vorsatz Abstand, sich auch noch an Schimmelpfennig zu rächen. Sie wollte nur noch weg von hier, wo alles sie ständig an ihre Liebe und den Alptraum nach dessen Selbstmord erinnerte.«

»Und du meinst wirklich, unsere Entscheidung, sie zur

Schutzobservation von Schimmelpfennig heranzuziehen, hat sie noch einmal umgestimmt?«

»Ganz ohne Zweifel, sie betont das ja mehrmals. Aber rede dir jetzt bloß nicht ein, wir trügen am weiteren Fortgang der Dinge irgendeine wie auch immer geartete Mitschuld!«

»Tu ich ja nicht.«

»Sabrina Novak hatte zwar auch den Mord an Schimmelpfennig von langer Hand vorbereitet, doch ihre Bemerkung, sie habe Nacht für Nacht das Knacken von Flotzingers Halswirbelknochen gehört, beweist ja ihren Ekel vor der bereits begangenen und indirekt auch vor der geplanten Tat. Exakt in dieser Phase der Schwäche sah sie sich mit dem – ihrer Meinung nach – unmissverständlichen Wink aus dem Jenseits konfrontiert, und der freiwillige Rücktritt von ihrer Rache erschien ihr nun erst recht als Verrat an ihrer Liebe.«

»Zunächst ja, aber schließlich …?

»Schließlich hat sie es nicht einmal mehr fertiggebracht, dir weh zu tun, Katze. Geschweige denn, dich von hinten zu erschießen, was für eine Mörderin, die ohnehin Selbstmord begehen will, den geringsten Aufwand bedeutet hätte.«

»Du meinst, in diesem Augenblick begriff sie, dass sie auch den unsäglichen Schimmelpfennig nicht mehr würde töten können?«

Jacobi nickte. »Sie war fertig, leer. Wer nichts mehr fühlt, kann auch nicht mehr hassen, und ohne Hass wird das Töten schwierig. Es sei denn, man ist ein Soziopath oder durch Gewöhnung schon abgestumpft. Conny Wächter wird uns noch ein exaktes Psychogramm von Sabrina Novak erstellen, aber ich bin mir jetzt schon sicher, dass ich mit meinem Profiling nicht danebenliege.«

»Und was geschieht jetzt mit Schimmelpfennig, Marika Nagy, sexy Susi und den übrigen Provinz-Hostessen?«

»Was ich schon angekündigt habe: Mit ihnen sollen sich Staatsschutz, Drogenreferat, Sitte und Steuerbehörde befassen. Wir, die Kripo, werden uns der bewährten österreichischen Tradition folgend nicht im Revier der Nachrichtendienste wichtigmachen, das ist deren Bier. Für uns war nur der Fall Flotzinger relevant, und den halte ich, mal abgesehen vom Schreibtischkram, für erledigt. Falls man Waris Rader zu sehr zusetzt, werde ich Alfons bitten, ihr Mandat zu übernehmen. Eine solche Liebe muss einfach honoriert werden.«

»Du meinst Johann Raders Liebe zu seiner Frau?«

»Allerdings.«

»Aber was ist mit Sabrinas Andeutung, dass Marika Nagy sich ihrer bedient hätte, um sowohl Flotzinger als auch ihren Langzeit-Lebensgefährten in den Tod zu schicken? Anstiftung zum Mord ist ein Delikt, das in unsere Zuständigkeit fällt.«

»Marika Nagy hat niemanden angestiftet, auch wenn die Novak das so gesehen haben will. Sie ist dabei wohl ihrer eigenen Paranoia aufgesessen, dem ständigen Misstrauen einer einsamen Wölfin. Und selbst wenn Marika ihre einstige Schulkollegin auf Flotzinger aufmerksam gemacht haben sollte, kann man ihr daraus keinen Strick drehen, denn wo wäre da die strafrechtliche Relevanz?«

Kotek wiegte zweifelnd den Kopf hin und her. »Ihre Angst um ihre Tochter war in der Rückschau doch ziemlich verräterisch. Vermutlich wusste sie, dass ein Anschlag auf Schimmelpfennig geplant war.«

»Sie hat es bestenfalls geahnt, was aber nach den von Johann Rader verübten Anschlägen und dem Tod von Flotzinger durchaus nachvollziehbar ist. Und ganz sicher hat sie nicht gewusst, dass ihre Kaffeehausfreundschaft Sabrina Novak die Mörderin von Flotzinger ist. Sonst hätte sie uns doch ungeachtet aller Folgen sofort informiert und Ildiko keinesfalls diesen Ausflug mit Schimmelpfennig machen lassen. Aber gut«, fuhr er rasch fort, nachdem sich der Widerspruch in Koteks Miene schon ankündigte, »nehmen wir mal an, sie hätte ursprünglich mit dem Gedanken gespielt, Novak auf Flotzinger zu hetzen, der sich mit seinem Nachrichten-Service in ihre biedere Agentur gedrängt hatte. Auch das macht sie noch nicht zur Komplizin der Mörderin, denn wie heißt's im schönen Vormärz-Studentenlied? ›Die Gedanken sind frei!‹ Marika Nagy mag daran gedacht haben, ja, aber sie hat nicht selbst Hand angelegt, als Flotzinger das Genick gebrochen wurde. Dasselbe gilt für ihr Verhältnis zum Kindsvater ihrer Tochter. Sicher hat sie ihn schon hundertmal zum Teufel gewünscht und sich ebenso oft ausgemalt, wie sie ihn dorthin befördern könnte, nur: Bisher hat sie nichts dergleichen getan, weshalb wir auch nicht päpstlicher sein sollten als der Papst, Katze.« Und mit einem schrägen Seitenblick schob er hinterher: »Bei dieser Gelegenheit möchte ich nur daran erinnern, wie massiv du mich zu Jahresbeginn angegangen bist, als ich im Fall Grankenbruch auf einen sehr vagen und um drei Ecken geäußerten Verdacht hin erwogen habe, zu ermitteln.«

Redl und Feuersang waren längst weitergegangen und außer Hörweite, trotzdem äußerte Kotek ihre nächste Frage nur flüsternd: »Und wenn Sabrina nun doch nicht tot ist und uns mit dem Schuss, der Pistole und dem abgelegten Rucksack nur geleimt hat? Vielleicht kriecht sie demnächst über einen der kaum bekannten Ausgänge des Labyrinths, vielleicht sogar vom ›Jenseits‹ aus, wieder ans Tageslicht und verschwindet in Richtung Kleine Antillen?«

Jacobi hob die Schultern an und wendete die Handflächen nach oben. »Ich für meinen Teil glaube, dass ihr Aufenthalt im Jenseits unwiderruflich ist, aber natürlich ist auch deine Variante nicht ganz auszuschließen. Offiziell gilt sie in den nächsten fünf Jahren jedenfalls als vermisst und bleibt ebenso lang zur Fahndung ausgeschrieben. Erst dann wird sie für tot erklärt. Wenn es dein Gewissen als Ermittlerin beruhigt, kannst du ja Einblick in die Kontobewegungen ihrer Schwester, der einzigen Erbin, beantragen, falls du mit deinem Charme einen bayerischen Staatsanwalt für so ein Vorhaben gewinnst. Dazu müsstest du allerdings wirklich päpstlicher sein als der Papst.«

Glossar

AMS – Arbeitsmarktservice

aufgebrezelt – (österr. ugs.) aufgedonnert, schick gemacht

Beisl – (österr. ugs.) Kneipe

Blauensteiner, Elfriede – berüchtigte österr. Serienmörderin

BOS-Funk – nicht öffentl. Landfunkdienst für Behörden und Organisationen mit Sicherheitsaufgaben

Bruderloch – geologische Auswaschung, Zufluchtsort von Christen in der Völkerwanderungszeit

Carnicero (span.) – Fleischer, Metzger

Corviden – Rabenvögel

Einschicht – (süddeutsch, österr.) einsame Gegend

Gfraster – (wienerisch) schlimme Kinder od. Jugendliche; auch: kriminelle Erwachsene

GHB – Gamma-Hydroxybuttersäure; Droge, je nach Dosis aufputschend oder betäubend

Gspusi (das) – (österr. ugs.) Liebesaffäre, Verhältnis, Geliebte

Hirt (als Schimpfwort) – (ugs.) fehleranfälliger Tollpatsch, Null-Checker

IMSI-Catcher – dient der Polizei zur Anpeilung eines Handys, indem dessen International Mobile Subscriber Identity (IMSI) ausgelesen wird. Auch Abhören ist möglich (seit 2008).

Kiberer – (österr. ugs.) Kriminalbeamter

kinematisch – sich aus der Bewegung ergebend

Krot (Kröte) – die Krot schlucken = zur Vermeidung eines größeren Übels ein kleineres in Kauf nehmen

KTU – Abteilung für kriminaltechnische Untersuchung

Livores – Totenflecke

Mänade – rasende weibliche Person (geht zurück auf den antiken Dionysos-Kult)

MEK – Mobiles Einsatzkommando (österr. Polizei)

patschert – (österr. ugs.) unbeholfen, ungeschickt

PMR-Funk – Privatfunk

Restl – (österr. ugs.) bes. bulliger Mann (abgeleitet von Restl = Wamme oder evtl. auch von »Wrestler«, Ringer)

Saining Hans – (ugs. für:) St. Johann im Pongau

Schäuferl – (österr. Diminutiv für) Schaufel; ein Schäuferl nachlegen = noch eins draufsetzen

Schmalz – (österr. Gauner- u. Polizeijargon) deliktabhängiges Ausmaß der Gefängnisstrafe

Schnapsen – Kartenspiel

Stentor – stimmgewaltiger Held der griechischen Sage

Thanatologie – (in der Rechtsmedizin) Feststellung des Todeseintritts und der damit verbundenen Umstände

Topfen – (österr.) Quark

Vibices – Blutungen der Totenflecke

Wickel mit jemandem haben – (österr. ugs.) sich in einer ernsten Auseinandersetzung mit jemandem befinden

Georg Gracher

HAHNBALZ

Broschur, 272 Seiten

ISBN 978-3-89705-667-1

»Die Geschichte ist spannend konzipiert, mit viel Lokalkolorit gewürzt und geizt auch nicht mit einer nötigen Portion Humor.«

Alpenadria

»Ein Wespennest aus Leidenschaft, Korruption, Verrat und Rache.«

Gasteiner Kulturkreis

www.emons-verlag.de